诗书人生

许渊冲——著

译林出版社

目　录

第一辑　随　笔

第一辑

随　笔

青春之歌

一个平平常常的人，怎么会做出不平常的事？怎么能把一个国家创造的美，转化成为世界各地很多人都能欣赏的美？怎么能使一个中国人写的外国文章，可以和外国的作家比美争辉，从而在某一方面使一个受压迫、受欺凌的民族，克服自己不如他人的心理？

20 世纪的美国作家福克纳说过，他会在小说中写他怎样成为自己的。他是一个不算平凡的人，自然会做出不平凡的事。一个平凡的人，怎能做出不平凡的事，转变成为不平凡的人，那就不容易了。19 世纪英国作家赫兹利特说过："值得回忆的事，是生活中的诗。"一个平凡人回忆的，恐怕就不是诗而是散文了。

我这个平凡的人，20 世纪 20 年代初出生在一个平凡的家庭，我的父亲也很平凡，但他给我第一个不平凡的印象，是他有一次工作后回家，忽然伏在书桌上哭了起来，说一个月薪水 40 元（那时小学老师月薪约 60 元），现在要打七折，只发 28 元，房租要交 12 元，只剩下 16 元，一家五口，连饭都吃不饱（那时学生伙食费每月约 5 元），怎能生活下去？这使我开始了解生活的困难，知道父亲身上养家糊口的重担，自己一个孩子，只有好好听父亲的话，做父亲要我做的事。父亲只是要我好好读书，学到一门本领，将来可以赚钱过活。一九二六年我入小学，那时家庭经济情况好转，我能学什么本领呢？

我父亲有一个堂兄，在乡务农，我们称他为乡下大伯。他最小的儿子比我大四岁，抗日战争期间参了军，后来升到少将，是我们家里军阶最高的兄弟。乡下大伯会讲三国，他农闲时进城住在我们家里，我们就围着听他讲三国里的英雄人物。所以我小时候想学的本领，就是做个英雄。我还记得他给我们讲张飞智擒严颜的故事。张飞围攻严颜坚守的城寨，严颜不敢出来应战，张飞只好撤军。严颜看见张飞带领军队撤退，快撤完时，他打开城门，杀出城来抢夺后军粮草。不料后军忽然杀出一员大将，手舞丈八蛇矛，把严颜刺下马来，活捉了去。这员大将不是别人，正是张飞。原来前面的张飞是一个身材和他相仿的副将假扮的，真正的张飞混在后军之中，到了紧急关头才杀出来。可见张飞不但勇猛善战，而且足智多谋。但我小时候只知道张飞的勇猛，看不出他的谋略。要学他的英雄本领，首先要有他的丈八蛇矛，那时市场上有小贩卖木刀木枪，给小孩做玩具，木柄上还漆了红色，镶了金边，对男孩很有吸引力，要卖四五角钱一把。我要父亲给我买枪，父亲嫌贵，说你喜欢英雄故事，还是给你买《三国演义》《封神演义》吧。这是父亲第一次给我买的书。

《封神演义》写的是周武王讨伐商纣王的故事。纣王暴虐无道，宠信美人妲己，杀害忠臣良将，这使我小时候就痛恨昏君，甚至对美人也有偏见，正面人物里我喜欢的是少年英雄杨戬。尤其是读了《西游记》之后，读到大闹天宫的孙悟空都打不过二郎神杨戬，对他更是佩服得没话说。但是怎样学习这位少年英雄呢？那时卖香烟的商人在每包香烟中赠送一张广告画片，画的都是英雄人物。我哥哥比我大四岁，他在海盗牌香烟中得到了一张杨戬的画片，上面的杨戬头戴金盔，身披金甲，两眼之间有只神眼闪闪发光，手上拿着一把三尖两刃刀，身后跟着一只哮天犬。哥哥就把杨戬和三国的英雄画片来做战争的游戏，连齐天大圣孙悟空都不是他的对手，三国里的英雄自然纷纷败下阵来。我们在小学时就这样纸上谈兵，过了一点英雄瘾。关于武王伐纣的故事，后来我在《诗经·大明》中还读到过两段。现在把这两段的原文和我当时读得懂的语体译文抄在下面：

殷商之旅，	殷商派出军队来，
其会如林。	军旗密密树林样。
矢于牧野，	武王誓师在牧野：
维予侯兴。	“我周兴起军心壮，
上帝临女，	上帝监视着你们，
无贰尔心！	休怀二心要争光！”
牧野洋洋，	广阔牧野作战场，
檀车煌煌，	檀木兵车亮堂堂。
驷騵彭彭。	四马威武又雄壮。
维师尚父，	三军统帅师尚父，
时维鹰扬。	好像雄鹰在飞扬，
凉彼武王，	协助武王带军队，
肆伐大商，	指挥三军击殷商，
会朝清明！	一朝开创新气象。

《诗经》描写的三军统帅姜子牙，并不像杨戬一样身披金盔金甲，只是简单把他比作展翅的雄鹰。于是我才想到英雄人物并不一定要全副武装，还能以智力胜过体力的。但是香烟画片上的姜子牙，是

一个坐在水边钓鱼、愿者上钩的老人，钓鱼竿哪里比得上三尖两刃刀的英雄气概呢！所以理性知识的萌芽一下就被感性的认知压倒了。

等我升入中学之后，初中一年级在图书馆读到西方荷马史诗《伊利亚特》的故事，史诗中描写的英雄赫克托耳既是感性又是理性的英雄，如：

冲锋陷阵我带头，论功行赏不落后。

描写的美人也不像妲己那样迫害忠良，如天后、智慧之神和爱神三个女神要特洛亚王子帕里斯评判她们哪个最美。天后答应给他一个王国，智慧女神可以使他成为天才，爱神只能给他一个美人，他却认为爱神最美。

从希腊的神话故事看来，荷马把天后写得和人间的皇后一样，要和嫔妃争风比美，把智慧女神写成才女，把爱神写成重情的女郎，这就是说，西方把神写成人了。而中国的《封神演义》恰恰相反，把人写成了神。如写姜子牙能撒豆成兵，杨戬会七十二般变化，都是说凡人有神仙的本领。中国文学把人“神化”，所以后来皇帝被叫作“天子”，国家进行了几千年的封建统治，君主专政。西方把天神平民化，所以国家进行了民主改革，比中国要早几百年。这种文化对政治的影响，我小时候并不知道，只不过有一点模模糊糊的影子而已，但是已经在幼小的东方心灵中，播下了一点西方文明的种子。

中国小说中虽然把人“神化”，但是在实际生活中，中国人并不像西方人那样信神，而且信仰宗教的人比西方少得多。早在2500年前，《论语》中就说过：“子不语怪、力、乱、神。”这就是说，中国文化圣人孔子是不谈神怪暴乱的。不谈神怪，所以多谈平凡的人、平常的事；不谈暴力，所以多谈和谐的关系、和平的生活。这是中国和西方一个非常重要的不同点。西方因为信仰宗教，2000年来，发生过百年的宗教战争，而中国历史上的战争，多是一个王朝推翻另外一个王朝，儒家和佛教道教一直是和平共处的。因此，早在100年前，英国哲学家罗素就说过，中国的人权统治优于西方的神权统治。20年前，更有75位荣获诺贝尔奖的科学家提出，如果21世纪要过和平幸福的生活，应该回到2500年前中国的孔子那里去寻找智慧。而孔子的智慧，从反面来讲，包括“不语怪、力、乱、神”，从正面讲来，包括“礼乐之治”。所谓“礼”，就是尊重人；所谓“乐”，就是使人愉快幸福。关于礼乐之治，《礼记》中有一段话说得好：“大道之行也，天下为公，选贤与能，讲信修睦……货，恶其弃之于地也，不必藏于己；力，恶其不出之于己也，不必为己……故外户而不闭，是为大同。”这是我八岁时学会唱的一支歌，当时并不太懂，只是跟着哥哥学唱，学会后直到今天还没有忘记，对我成为今天的我，不能说影响不大。因为歌词提出了理想的大同社会，就是天下为公；选贤与能，就是民主政治；讲信修睦，就是和平共处。货不弃地，就要物尽其用；力出于己而不必为己，就要人尽其才，而不争名夺利。人人能够如此，夜里睡觉都不必关门了，这就是大同世界。

中国的大同世界和西方的理想社会有没有相通之处呢？比孔子晚200年的希腊哲学家柏拉图，他的理想国就是一个真善美的社会，不过“善”字，他用的是“公平”一词，而所谓“公平”，就是各尽所能，各得所值的意思，这就和人尽其才、物尽其用的大同社会差不多了，甚至可以说是今天社会主义的先声。至于共产主义，柏拉图也谈到过，不过他所谓的“共产”，并不是指生产资料公有，而是指领导人除必需品外，不能够有私产。这个理想没有实现，到了中世纪，西方发展成了神权社会。

关于鬼神，我小时候自然也有迷信。如我四岁时，母亲梦见有个披头散发的女人向她索命，结果生下妹妹之后，母亲果然去世了。奇怪的是，不久之后的一个夜里，我在帐子上看见了一个半身人影，但在帐子和灯之间并没有人。父亲来到卧房，我告诉他，他说："是你娘回来看你，教你认字的吧。"那到底是什么影子，直到现在，我还没有搞得清楚明白。

到了大学时代，我参加阳宗海夏令营，有一个同学会看相，他一看见我就说："你六十岁以后会大发。"说也奇怪，我六十岁以前只出版了四本书，中英中法互译各一本；到了一九八〇年，邓小平号召20年内，国民生产总值要翻两番，我响应号召，要把损失了的时间弥补回来，结果提前10年就出版了20本书。到了现在，已经出版中英法文文学作品120多部了，这不是应验了大学同学神奇的预言吗？

更神的是，一九九四年秋天的一个夜晚，我在北京大学畅春园南门外看见一个灯光明亮的飞行物飞过，停在海淀体育馆旁边的高楼屋顶上。当时只有一个过路人，我问他看见没有，他说明天大约会见报吧，飞行物在屋顶上大约停了10分钟，然后就向东边飞机场方向飞走了。但是第二天报上并没有任何消息。是不是不明飞行物呢？还有没有别人看见呢？我不知道，只好记下来说明我少见多怪了。

关于神怪问题，小时候读《三国演义》也发现了，如小霸王孙策反对迷信，杀了于吉，结果自己也死于非命。我哥哥有一张孙策的香烟画片，他头戴束发银冠，身披锁子银甲，手执长柄大斧，是一个和杨戬差不多的少年英雄。《三国》中说，他和周瑜情同兄弟，分别娶大乔小乔两姐妹为妻。一说曹操攻打东吴，目的之一是要夺取美人二乔，并且在铜雀台盖了藏娇的金屋。但是在赤壁之战中，曹操被周瑜用火攻计打得大败。我在小学初二乙组教室的壁板上，看到一张赤壁之战的五彩画图，图中的周瑜也是银盔银甲，外罩一件淡绿战袍，坐在战船前甲板上，指挥东吴水军万箭齐发，把火箭射入曹军的战船，把曹军打得大败。这使我觉得孙策和周瑜的兄弟情谊是友谊的理想。后来读到苏东坡的《赤壁怀古》，词中说道：

……故垒西边，人道是，三国周郎赤壁。……遥想公瑾当年，小乔初嫁了，雄姿英发。羽扇纶巾，谈笑间，樯橹灰飞烟灭。故国神游，多情应笑我，早生华发……

据郭沫若解释，小乔和周瑜（公瑾）一同参加了赤壁之战，有说有笑，看着曹操的战船烧得化为灰烬。苏东坡神游赤壁的时候，年纪比当年周瑜和小乔年老得多，头上已经有了白发，于是多情的小乔就笑他看起来比古人还老了。这个解释很美，使人把"英雄美人"看作人生的理想。

但是历史上的英雄美人并不都像周瑜和小乔这样幸运。孙策号称小霸王，而西楚霸王项羽身经百战，战无不胜，最后却兵败垓下，唱出了霸王别姬的悲歌：

力拔山兮气盖世，时不利兮骓不逝。
骓不逝兮可奈何，虞兮虞兮奈若何！

楚霸王说自己力大无穷，可以移山倒海气冲斗牛，但是时运不济，连乌骓马都不肯奔驰作战了。马不作战还有办法，美人虞姬怎么办呢？结果虞姬自杀，霸王自刎乌江，他却说："此天之亡我，非战之罪也。”

项羽说“天亡我”，却赢得了人间的同情。据说虞姬听了《垓下歌》后，就唱了一首《和项王歌》：

汉兵已略地，四面楚歌声。
大王意气尽，贱妾何聊生！

歌中说刘邦的人马是不是已经占领了楚国的土地？征调了楚国人来作战？要不然，怎么汉军中唱起了楚国的歌？其实这是刘邦的疑兵之计，让汉兵唱楚歌是要使项羽丧失斗志。虞姬歌舞之后就自杀了。她为战败的英雄殉情，小乔却为胜利的周瑜助兴，可见英雄无论成败，都可以赢得美人的真心，赢得世人的同情，这在青年人心目中留下了不以成败论英雄的思想，甚至有对失败英雄的同情。苏东坡还写了一首绝句《虞姬墓》：

帐下佳人拭泪痕，门前壮士气如云。
仓皇不负君王意，只有虞姬与郑君。

“帐下”就指在垓下的军营帐中，“佳人”则指拭泪唱歌舞剑的虞姬；“门前”指营帐之外，“壮士”却指慷慨激昂、气冲云霄的楚军将士；“仓皇”是说紧急关头，胜败得失、生死存亡之际，“不负”是对得起。始终忠于楚霸王项羽的，只有帐中自刎的虞姬和帐外的郑荣。这首诗说明了后世人对英雄末路的同情，同时叫人不要随波逐流。到了李清照时，她对乌江自刎的项羽不只是同情，还有赞美，如她的《乌江》诗：

生当作人杰，死亦为鬼雄。
至今思项羽，不肯过江东。

李清照说：一个人活着，就要做个英雄豪杰；即使面临死亡，也要以英雄人物为榜样。如《史记》中记载项羽在乌江对将士说："吾起兵至今八岁矣！身七十余战，所当者破，所击者服，未尝败北，遂霸有天下。"这使我觉得百战百胜的项羽比杨戬和孙策还更英勇。但是他在乌江战败，乌江亭长劝他回江东，他却答道："籍（项羽）与江东子弟八千人渡江而西，今无一人还。纵江东父老怜而王之，籍独不愧于心乎！"他就不肯过江东，自杀而死。这给人的启示是：英雄不论生死成败，做事一定要问心无愧。刘邦用韩信打败了项羽，后来吕后又借口杀了韩信。刘邦是成则为王了，但是不是问心有愧呢？是不是比项羽更英雄呢？他写了一首《大风歌》：

大风起兮云飞扬，
威加海内兮归故乡，
安得猛士兮守四方！

他说自己像风吹云散打败了项羽，得了天下又回故乡，却又担心没有韩信这样的猛士来守天下，像他这样能问心无愧吗？他能算英雄吗？

比起刘邦和吕后，我小时候更喜欢项羽和虞姬这一对英雄美人。自然，英雄是主要的，美人是次要的，美人和爱情的观念随着岁月而改变。刘邦和吕后之间，更重要的是理智关系超过了感情关系。到了汉武帝刘彻，情况就不同了，他听了乐工李延年赞美自己妹妹的诗歌：

北方有佳人，遗世而独立。
一顾倾人城，再顾倾人国。
宁不知倾城与倾国？佳人难再得。

李延年说自己的妹妹是北方超群出众的美人，为了看她一眼，全城的人都会倾城而出，甚至连士兵也不守城了；为了多看她一眼，全国的人都会出动，甚至君王也不顾王位了。为什么呢？因为城池和王位都不如美人难得。李延年是出名的乐工，他的歌流传很广，汉武帝一听，就把他妹妹迎入宫中，封为夫人，朝欢暮乐，并像刘邦写《大风歌》一样写了一首《秋风辞》：

秋风起兮白云飞，草木黄落兮雁南归。
兰有秀兮菊有芳，怀佳人兮不能忘。

刘邦自比大风，刘彻却把自己比作白云，在草枯叶落的时候，不禁想起像兰花一样美、像菊花一样香的李夫人来。在李夫人死后，武帝又写了一首哀悼她的《落叶哀蝉曲》：

罗袂兮无声，玉墀兮尘生。
虚房冷而寂寞，落叶依于重扃。
望彼美之女兮，安得感余心之未宁？

汉武帝说，我再也听不到夫人罗衣拂地的悉索声了，白玉台阶上已经布满了灰尘；寝宫也空虚寒冷，寂寞难忍，只有落叶依依不舍地留在门槛边上。我到哪里去找得到我的美人呢？我悲伤的心怎能平静，怎能得到安宁？这首《哀蝉曲》说明刘彻不但是重理智，而且感情也比刘邦和吕后更深。而理智和感情的矛盾，却是君王和每一代人都共有的。

到了三国时代，汉室宗亲刘备对甘夫人、糜夫人的感情，似乎还不如对桃园结义的关羽和张飞的兄弟情深。也就是说，在中国历史上，兄弟之情也发挥了影响。这种影响，我小时候也能感到，上面说的我喜欢少年英雄杨戬和孙策，可能就是受了哥哥的影响。

哥哥渊洵比我大四岁，小时候我的兴趣多是跟着他走的。我喜欢杨戬和孙策，因为他的两张香烟画片使我感到很美，得到了最初的美感。乡下大伯给我讲张飞的故事也使我感兴趣，但是因为没有看到画片，没有美感，兴趣就不如对杨戬和孙策大了。至于项羽，我也没有看到画片，但是霸王别姬的故事能打动人，使人惋惜，这就是美的感情代替了美的形象，理性知识代替了感性知识，随着岁月的推移，人也一步一步慢慢成熟了。

哥哥的手很灵巧，他会用竹子做手枪，给了我一把，可以用来玩打仗的游戏，我非常喜欢，仿佛有了做英雄的工具似的。哥哥又会把硬纸片剪贴成军舰，在装满了水的大盆子里，演习周瑜在赤壁如何打败曹操的水战，但他只教我用纸折成小船，当作曹操打败仗的水军，使我对他的大军舰非常羡慕。

哥哥在小学比我高三级，他的读本上有图有字，我拿来看，有不认得的字就问他，这样我认得的字和三年级的学生差不多，很早就能看小说了。他不但帮我认字，还教我造句，记得“虽然……但是……”就是他教我的。他给弟弟和堂弟讲《天方夜谭》，当时感兴趣的是《阿拉丁的神灯》和《阿里巴巴与四十大盗》。神灯触动了孩子的幻想，大盗在富家门上画了白圈做标记，准备夜间行动，富家少女却在每家门上都画白圈，使大盗不知哪家富有，也使我感到少女的聪明。哥哥参加南昌全市运动会回来唱运动会歌《大道之行》，我虽然不懂，也跟着哼会了，直到今天还没忘记。还有五卅惨案之后，他唱的“心头的火烧、烧、烧；此仇必报、报、报、报。”不但点燃了我幼小的爱国心，还使我爱上了叠字的音韵。

我随父亲去星子县工作，得到了一张三国大将许褚的香烟画片，这是我知道的第一个姓许的历史人物，他和刘备的“五虎上将”之一马超大战，把马超的长枪都折断了，非常了得。我就开始模仿画片，画他骑马作战的英姿。一年后我又看到一本连环画，讲杨戬出世的传说，比香烟画片更加生动，我的兴趣就由画人物转为画故事，那时哥哥画神话故事《橘中二叟》，画两个老人在橘子中下棋，得到老师好评。我也依样画葫芦，结果这张图画在小学比赛中，居然得了第六名。使我从小就爱美甚于爱真。

哥哥喜欢动手，对课外的事比做功课更来劲，小学毕业之后，他没有考取公立中学，而进入了学费更高的私立鸿声中学，在家里觉得不光彩，有了自卑心理。等我小学毕业之后，他就给我看他中学的国文读本、做他数学读本中的习题。记得国文有王安石的《伤仲永》，数学有加减乘除四则应用题。我考当时江西省最出名的南昌第二中学时，考题多数出自中学读本，如国文要把《伤仲永》由文言译成语体，数学题如几个工人每天工作几个小时，几天就能完成的事，如果增减工人数目和工作时间，需要几天才能完成。我因为做过这类题目，考试都答对了，结果考取了二中。哥哥见了高兴又不高兴，高兴的是他帮我考取了，不高兴的是他自己没考取。父亲奖我一本《天方夜谭》，哥哥说奖应该由两个人平分。

哥哥入中学后，对图画的兴趣转为集邮。那时淑忱表姐去美国留学，寄来美国奥运会短跑冠军的邮票；乐忱表哥去欧洲学音乐，寄来大画家鲁本斯的邮票。我也跟着集邮，喜欢的英雄人物扩大到了现实中的运动健将；对美的爱好也由画片扩大到图书，再扩大到邮票了。

哥哥在中学参演了《仲卿与兰芝》，就是《孔雀东南飞》中男女主角的名字。他说这个故事是《红楼梦》的先声，我非常感兴趣，但是买不到书，觉得非常遗憾。后来在商务印书馆图书目录中看到一本顾一樵的小说《芝兰与茉莉》，以为就是这个故事，赶快买了一本。入大学后，才知道顾一樵就是清华大学工学院院长顾毓琇，是中国留美的第一个科学博士，又当选为一九七六年的世界诗人，是全世界难得的文理全才，后来我把他的诗词 100 首译成英文，没想到自己在初中就读过他的小说。不过小说写的是爱情故事，那时我年纪小，感兴趣的只是英雄人物，并不喜欢谈情说爱，所以受的影响不大。

哥哥喜欢的英雄人物是《三侠五义》中的南侠展昭和北侠欧阳春，他喜欢的作家是赵焕亭，常跟我们讲《奇侠精忠传》中的故事，说冷田禄本领如何出众，田红英又如何讨人喜欢，他们的风流艳事如何变化多端，但我听得不感兴趣，反而觉得他们是歪门邪道，就像鲁迅《阿 Q 正传》中的阿 Q 向吴妈求爱一样。其实那时我对鲁迅也并不能真正欣赏，只是觉得他写的阿 Q 好笑而已。就像我喜欢读老舍的《赵子曰》一样，因为老舍一开始就说，“赵”是《百家姓》中的第一姓，“子曰”是《论语》中的第一句话，所以“赵子曰”就是天下第一人了。我这样喜欢鲁迅和老舍，而哥哥的小名“老洵”和“老迅”同音，我就把“老舍鲁迅”中“老迅”二字除掉，剩下“鲁舍”二字，用作笔名，这也可以看出我那时的爱好。

哥哥喜欢动手，但在学校里的功课成绩不算太好，所以家里认为他不走正路。他可能出生得太早了，如果生在一个理论和实践并重的时代，他可能会取得更好的成绩，他不但学习不走正道，做事也有自己的一套。记得有几个同学到我们家来找他，他要我泡茶招待，但有一个姓赵的同学和他关系不好，他就要我在他面前放上一杯白开水，别的同学走了，赵同学还要留下来，哥哥就拉住我的手说，今天有人约我们有事，我们要出去了，就这样我们同他一起出了大门，他往左走，我们往右。我问哥哥谁约我们有事，他一看赵同学已经走远了，就说没有人约我们，我们回去吧。我这才知道我还在走直路，他却会转弯抹角达到目的。后来我在北京大学碰到这位赵同学，才知道他在武汉大学师从朱光潜教授，并且随同朱先生一起来北京大学任教。但是谈起往事，他却没有印象，没有留下一点痕迹。

我小时候学英文，觉得 26 个字母非常奇怪。没有兴趣，只有走直路死记硬背；哥哥却教我用中文来注音，如“i”可以注成“艾”，这样转一个弯，就好记了。我用这个办法把“女儿”注为“刀豆”，虽然勉强记住，但是觉得英文远远不如中文，中文“女子”为“好”，多么好认又好记啊。不过后来听哥哥背英文儿歌：

Twinkle，twinkle，little star（小小星星眨眼睛）
How l wonder what you are（你是哪来的精灵？）

我觉得音韵格调都很好听，这样就由音乐开始，对英文诗歌产生了兴趣。再后翻阅哥哥订的《英语周刊》，发现一些小问题也有兴趣。记得一个小问题是：“t”为什么看起来像个岛？我怎么看不出它像岛呢？一看答案，原来“t”是在“水”（water）字的中央，这才恍然大悟，知道英文也有和中文“好”字相似的妙处，不过英文妙在形式，中文妙在内容。

我的童年是在大家庭度过的，家里以祖母为中心，下面有大伯、二伯、父亲三个小家。祖母去世后，三个小家没有分开，还是住在一起。我小学四年级以前住石头街，四年级住状元府，五六年级住海棠庙。大伯父母生了三男一女：大堂姐淑英比我大八岁，在南昌女子职业学校读书，教过我用针线装订书籍，还教几个弟弟唱《木兰辞》和《苏武牧羊》，使我们知道花木兰女扮男装、代父从军的故事。而我小时候对男女的评价一律平等，只看她们是否英雄，不管她们是否美丽。

大堂兄渊泽比我大六岁，是我们兄弟的模范。我进入小学读一年级时，他已是六年级的预备毕业生，记得我入学第一天参加开学典礼时，他站在大礼堂的讲台上，挥舞着两面彩旗，指挥全校学生唱歌，非常神气，就有点像一个英雄。小学毕业后他考取了全省最出名的南昌第二中学，和他的同班同学丁浩一起代表学校，参加全省理化比赛。他们毕业时，江西省第一次举行全省毕业会考，他们那班考了全省第一，个人第一的是他的同班同学万发贯。中学毕业后，万和丁浩考取了清华大学，大堂兄和汪德佑考取了上海交通大学，都是全国著名的学校，他们那一班就成了二中的模范班。

在石头街时，大堂兄住我对面的小花厅，他房里有一个书架，书架上有四本《水浒》。那时洵哥有一张豹子头林冲的香烟画片，林冲拿着红缨蛇矛，背着酒葫芦，眼睁睁地望着大火焚烧的草料场，落难英雄令人非常同情。我就在《水浒》中找到林冲雪夜上梁山的故事，越读越恨贪官污吏，这培养了我的是非观念，还有打抱不平的思想。此外，书架上有英文本歌德的《少年维特之烦恼》，那时不能看英文书，没想到这本爱情小说后来对我的影响，不在《水浒》英雄好汉的故事之下。在状元府时，我读了《楚汉演义》里项羽的故事，更增加了对失败英雄的同情。

搬到海棠庙后，我在大堂兄的书桌上发现了林语堂主编的《论语》半月刊。看见封面上画了一个黑色的大方块，注解说这是农历除夕之夜黑人在森林中捉乌鸦的图像。喜欢绘画的我一点也看不懂，这算什么画呀？一问大堂兄，才知道这是林语堂的幽默，是讽刺官场一团漆黑、一塌糊涂的意思。于是我才开始对林语堂感兴趣。

林语堂在《论语》半月刊中有《我的话》专栏，所谓“我的话”，用他自己的话来说，就是“自己见到之景，自己心头之情，自己领会之事，信笔直书，便是文学，舍此皆非文章”。他又幽默地说：“世界大同的理想生活，就是住在英国的乡村，屋子安装有美国的水电煤气等管子，有个中国厨子，有个日本太太，再有个法国的情妇。”英国房屋、美国设备，是他“见到之景”；日本太太、法国情妇，是他“心头之情”。至于“领会之事”，他在《论语》中讲过一个故事：一个富人有一个穷朋友，穷人向富人借了钱，结果却跑到一家高级饭店去吃了一顿甲鱼。富人知道后批评穷朋友不该奢侈浪费，穷人却回答说：“我没有钱吃不起甲鱼，有了钱又不许我吃，那我什么时候才能吃甲鱼呢？”这种与众不同的想法，就要富人去领会了。

哥哥批评林语堂思想落后，但是林语堂说：“我最大的长处是对外国人讲中国文化，而对中国人讲外国文化。”“一半为国，一半为己，争点体面。”这种为国增光的思想，美国安德森说他是“文化人中之龙凤”，恐怕不能算是落后。尤其是对我，“文中有我”的说法，后来起了大作用。

关于英语学习，大堂兄对我也有帮助，如我初中二年级时参加全校英语演说比赛，讲题大得吓人：“救国是我们的责任”。我只能写中文稿，请他为我译成英文，但大堂兄帮人，有时会流露出自己的优越感。记得有一次我们谈到英语会话，我说会话是

“conversation”，他马上说我念错了，“a”不应该读长音，而该读短音。后来一查字典，却是他读错了。

自然，学习英语，林语堂的帮助比家庭的帮助大得多。首先，他在开明书店出版的《开明英文法》改正了很多语法书的错误观念。其次，熊式一表叔在英国出版了《西厢记》英译本，得到好评。林语堂也说很好，但是缺少诗意。我对式一叔很敬佩，听到林语堂的意见也觉得对，如对“露滴牡丹开”的熊译是：

And the drops of dew make the peony open.

每个字都译得正确，但是全句太散文化，能不能参考林语堂的意见，译得更有韵味一点呢？我后出版的译文是：

The dew-drop drips,
The peony sips
With open lips.

这样就可以使读者如闻露滴之声，如见牡丹之形，使诗有声有色了。用这种诗中有我的方法来翻译，不但是《西厢记》，就是林语堂翻译的作品，也不是没有提高的可能。如他译的李清照《声声慢》中著名的七对叠字：“寻寻觅觅，冷冷清清，凄凄惨惨戚戚。”他说：“我用双声方法，译成‘So dim，so dark，So dense，so dull，So damp，so dank，so dead’，十四字译出，确是黄昏细雨无可奈何孤单的境地，而最后一字最重，这是译诗的人苦处及乐处，煞费苦心，才可译出。”这种译法用双声的音美，传达原词叠字的音美和形美，但是能否更好传达原文的意美呢？如：

（1）I look for what I miss,
I know not what it is.
I feel so sad, so drear,
So lonely, without cheer.
（2）I seek but seek in vain.
I search and search again.

如以“三美”而论，可能仁者见仁，智者见智。但是词下片的“守着窗儿，独自怎生得黑？梧桐更兼细雨，到黄昏点点滴滴。”译成：

How could I quicken
The pace of darkness that won't thicken?
On broad plane—leaves a fine rain drizzles
As twilight grizzles.

这几句没有看到林语堂的译文，是参考他“词中有我”的方法译的。“怎生得黑”用了“quicken”和“thicken”，说天黑得太慢了，怎能加快它的步伐？又用“drizzles”和“grizzles”说夜色昏暗，细雨点点滴滴落在梧桐叶上，四个动词都重复 i 韵，传达了“点点滴滴”的意美和音美，可算接近“三美”了。

其实，林语堂的“词中有我”，等于《论语》中的“从心所欲，不逾矩”。不逾矩是不违反客观规律，从心所欲是发挥主观能动性，就要“有我”。朱光潜在《诗论》中说过：“从心所欲不逾矩，是一切艺术的成熟境界。”翻译诗词是一种艺术，所以“译中有我”，就表示达到了一个更高的水平。例如“露滴牡丹开”，如说露水滴下，牡丹绽开，那只是散文的描写；如说露水点点滴滴落下，牡丹张开嘴唇吸饮露珠，那就使露水形象化，使牡丹拟人化，是文词中有我了。这就是科学和艺术的不同，科学求真，说一是一，说二是二；艺术既可以说一指一，也可以说一指二，普遍的可以特殊化，抽象的可以具体化。如“独自怎生得黑？”可以具体化成：怎能加快黑暗降临的步伐？“到黄昏”可以说是：黄昏变得更阴暗了。这样就使散文更诗化，使文学翻译从必然王国向自由王国上升了一步。我后来总结自己的经验，提出了“优化”的译论，这是一家之见，科学派的译者并不同意。

我哥哥喜欢科学，中学毕业后考入江西工业专科学校，他就不喜欢林语堂，甚至说他落后。抗日战争初期，我们学校疏散到乡下去，他因得了肺病，留在城里医治。那时国民党和共产党合作，他给我寄了一本毛泽东的《论持久战》来，可见他的思想进步。书中有毛泽东的照片，穿着灰布军服，非常朴素，站在窑洞前面喂鸡。我看了觉得很奇怪，为什么要对这样一个普通人进行围剿呢？哥哥思想进步了，但身体太差，26 岁就因病去世了。

我手头的全家照片，是一九五六年我在北京出版第一本书后，回到南昌老家，在豫章公园照的。那年父亲已经 64 岁，我最感激他的，是在家庭经济困难的情况下，他借了 300 元薪水供我去昆明上大学。所以我翻译的英国桂冠诗人德莱顿的诗剧《江山殉情》一出版，我立刻送去一本，向他表示谢意。继母那年 52 岁，由于哥哥过继给二姑妈，弟弟过继给二伯父，所以家里只有我一个孩子，从小是继母带大的。她给我最深的印象是说父母辛苦，子女应该孝顺。谈到生儿育女的艰难，她讲过一个李老君（就是老子李耳）的故事，说李老君出世时，他的母亲还在苋菜地里劳动，结果血水把苋菜都染红了，这就是苋菜叶子变红的原因。我问李老君是从哪里生出来的？她说是从母亲的腋下出来的，这使我从小对生育有错误的观念。

我的弟弟比我小一岁，他喜欢玩，很小就会骑自行车，还会游泳。我骑自行车和游泳都是跟他学的。但他学习功课不好，没有考取第二中学，而是考入南昌商业职业学校，毕业后在税务局工作。抗战胜利后父亲失业，我去欧洲留学，家庭经济负担完全落在他的肩上，所以我对他很感激。他的税务工作经验丰富，新中国成立之后，南昌商业职业学校提升为江西财经学院，他被调去讲解税务。全国税务局长多来财院进修，所以他也是桃李满园了。学校评职称时，要评他为副教授，他却说自己只是商业职业学校毕业，学历不高，评个讲师已经不错了。在争名夺利的时代，这种作风实在少见。弟妹张素兰也是财务工作者，开始工资比他还高，但是看到他实际工作能力强，所以就下嫁了。

这时我在北京香山外国语学院教法文，同时又翻译英文作品。第二年出版了中译法的《农村散记》，第三年出版了罗曼·罗兰的小说，同时开始把毛泽东诗词译成英法韵文，就这样开始成为诗译英法唯一一人了。

童年时代的雪泥鸿爪

Children are our immortality. （Santayana）

孩子是我们的永生。（桑塔亚纳）

我是父亲的一个梦。

他出身寒微，梦想着有一个富裕的家；他读了几年私塾，梦想着接受高等教育；他地位低下，梦想着往上爬；他早年丧妻，梦想着幸福的婚姻生活。他看见国民党一九二八年屠杀共产党人，警告儿子不要加入任何政治党派。在国民党时期，他受到压迫和剥削；到了共产党时期，他却成了压迫者和剥削者，因为他有二十几亩田地不是自己种的。他的三个儿子从学校毕业后，被压迫者的梦想实现了；但他的地位并没有改变，因为剥削者的梦想不能实现，他甚至被儿子瞧不起。

这是父亲生活的悲剧。

母亲受的教育比父亲多。她是当时江西省唯一的女子职业学校的学生，会画花画鸟，使我从小就爱上了美。在我三岁的时候，她教我认字角。有一天，我要她教几个字，她正忙着家务，没有教我。

我却用头顶着她的腹部，硬要她教，不知道她腹中已经怀着妹妹了。她急得对父亲说："说不定顶下来了（小产），也好。"因为她梦见一个披头散发的女人向她讨债，要她的命。不幸，她的梦变成了事实。妹妹一出生，母亲就去世了。

一天夜里，我一个人坐在床上，忽然看见床头帐子上出现一个半身人影，而灯和帐子之间并没有人。父亲一进来，半身人影就消失了。

父亲说："恐怕是你娘回来教你认字吧。"这是母亲去世的悲剧。

一九二一年四月十八日，我出生于江西南昌。在中国历史上，江西早以"人杰地灵"闻名。唐宋八大家中，欧阳修、曾巩、王安石三人都是江西人。南昌是江西的省会，有帝王将相遗留的文化古迹。如唐太宗的弟弟滕王李元婴任都督时修建了俯览赣江的滕王阁。公元六七六年，阎都督在阁上大宴宾客，初唐四杰之一的王勃写了一首流传千古的《滕王阁诗》：

> 滕王高阁临江渚，佩玉鸣鸾罢歌舞。
> 画栋朝飞南浦云，珠帘暮卷西山雨。
> 闲云潭影日悠悠，物换星移几度秋。
> 阁中帝子今何在？槛外长江空自流。

王勃写完诗就走了，最后一句空了一个字，都督和宾客百思不得其解，议论纷纷，最后只好快马加鞭，把王勃请回来。他大笔一挥，加了一个"空"字，就成了"槛外长江空自流"。

唐朝灭亡之后，南唐中主李璟（916—964）迁都洪州（今南昌），遗迹在皇殿侧二中新址。后主李煜向宋太祖投降，被俘到汴京（今开封），写了一些怀念故国的诗词，如著名的《虞美人》：

春花秋月何时了？往事知多少？
小楼昨夜又东风，故国不堪回首月明中。
雕栏玉砌应犹在，只是朱颜改。
问君能有几多愁？恰似一江春水向东流！

如今，唐代滕王阁的“画栋”“珠帘”，南唐故国的“雕栏玉砌”，早已不知何处去，剩下的只有西山烟雨，东湖云影，还有“一江春水向东流”了。

南昌实验小学在离东湖不远的樟树下。一九二六年秋天，我去实小参加入学考试。因为考试的字我都认得，所以跳了一级，进入一年级下学期。

参加开学典礼时，新生要向孔子画像行三鞠躬礼。但不久之后，孙中山的遗像就代替了孔子，因为国民党和共产党合作的北伐取得了战争的胜利，而北伐军的总司令是蒋介石。我还记得十月十日夜晚举行庆祝胜利的游行，群众提着灯笼，口唱革命歌曲：

打倒列强，除军阀！
国民革命成功，齐欢唱！

从此以后，小学教科书中就开始讲孙中山的事迹和学说。

记得二年级学过孙中山的“行易知难说”：又听过他任大总统时没有带出入证，门卫不许他进总统府的故事。这可以从平凡中看出伟大。但我当时并不理解，只会羡慕电影中北伐英雄的马上雄姿。

《国语》教科书中有司马光和曹冲小时候的故事。有个小孩掉进大水缸里要淹死了，司马光用石头打破缸放掉水，救了孩子的命。曹操不知道大象的重量，他的儿子曹冲就把大象放到空船上，画下水线；再要大象上岸，又把石头堆到船上，船下沉到水线上，再称石头，就知道大象有多重了。这两个故事似乎说明了“行易知难”的学说。

教科书中还有一个李白的故事，说李白问一个老妇为什么磨铁杵，老妇人答道：“只要功夫深，铁杵磨成针。”这个寓言似乎就不能说明“行易知难”了。

还有一个庄子和惠子观鱼的故事。庄子说：“鱼在水中游来游去，多么快活！”惠子说：“你不是鱼，怎么知道鱼快活呢？”庄子反问道：“你不是我，怎能知道我不知道鱼快活呢？”从惠子的观点看来，是“行易知难”的；但从庄子的观点来看，只要将心比心，就不一定难了。

总而言之，“行易知难”的学说使我认为智力劳动高于体力劳动。小学二年级的体力劳动是打扫教室卫生，教室土地高低不平，土内还有杂质，孩子很难打扫干净，使我从小害怕体力劳动。

上国语课时，李祖岑老师问：“伴侣的‘侣’字怎样写？”全班学生都答不出，只有我在黑板上写对了，老师说我是好学生，这是我第一次在学校里得到表扬。但有一个力气大的同学不服气，借口我打扫教室不干净，把我打了一顿，这是我第一次挨打，使我觉得好学生还不如力气大好。

乡下大伯给我们讲故事，说唐太宗东征时被围，高叫：“有人救得李世民，你做君来我做臣。有人救得唐天子，万里江山平半分！”结果薛仁贵骑白马，手拿方天画戟，保驾杀出重围，使我觉得力气大的薛仁贵真是英雄，皇帝并没有什么了不起，“金口玉言”说了也不算数，薛仁贵救了他的命，并没有分到五千里山河，反被借故打入天牢。这是我小时候对帝王的看法。

听京剧唱片，我喜欢听高庆奎唱的《逍遥津》。听到汉献帝受曹操欺侮，连伏皇后的命也保不住，“父子们在金殿伤心落泪”，真是可怜！读《三国演义》(这是我读的第一部小说)，曹操对刘备说：“天下英雄唯使君与操耳！”曹操这个乱世奸臣，怎么能算“天下英雄”呢？后来看京剧《战宛城》，看到曹操在宛城打了败仗，张绣追赶曹操，说曹操是穿红袍的，他就吓得把红袍脱下；张绣又说曹操长了长胡子，他又吓得把胡子割掉；幸亏大将典韦舍命相救，才逃出一条生路。在我看来，典韦才是英雄；但在京剧中，典韦只是配角，主角却是曹操，我觉得不公平，这是我小时候的英雄史观。

二年级教室墙壁上贴了许多图画，给我印象最深的是周瑜火烧赤壁的那一张。比起薛仁贵和典韦来，薛仁贵救了皇帝反而坐牢，典韦救了魏王却送了命，都是有勇无谋；周瑜却是智勇双全，能够以少胜多，大败曹操八十万人马，可以算是真英雄。但《三国演义》上说诸葛亮三气周瑜，说周郎妙计安天下，赔了夫人又折兵！可见周瑜才智不如诸葛。但在京剧舞台上周郎少年英俊，胜过诸葛的羽扇纶巾，所以我小时候喜欢周郎之美，胜过诸葛之才。

20年代，每包香烟中都赠送一张画片，上有小说中的英雄人物，如周瑜、曹操等。我的哥哥渊洵就收集画片来玩打仗的游戏。如果我得到了一张周瑜，而他得到了一张曹操，打起仗来，他说曹操有八十万大军，周瑜兵少，自然打不过曹操，于是他取得了胜利。如果是我得到了曹操，而他得到了周瑜，他又说曹操八十万人马是陆军，在水上打不过周瑜的水兵，还是他取得了胜利。

哥哥比我大四岁，他的手很灵巧，会把竹子做成手枪，办法是截下一节竹子，在上面开一个长方孔，在下面开一个小孔，把一根软竹片做弹簧，从长方孔的后方凸起伸到前方，一直伸到小孔下面，再在弹簧前方的竹筒里放一个小石子做子弹，用手指一扣小孔下面的弹簧，软竹片就会把石子弹出去。哥哥给我做了一支竹手枪，那是我最喜欢的玩具。哥哥还会用硬纸片做军舰，我只会用纸折小船，于是我们就在水盆里做周瑜战曹操的游戏。

我读小学一年级时，哥哥已是实小三年级的学生。我在他的教科书里第一次读到李白的名诗《静夜思》:“床前明月光，疑是地上霜。举头望明月，低头思故乡。”字都认得，念起来也顺口，但是没见过霜，也没离开过家，所以不知道什么“思故乡”。只是听故事讲:“八月十五天门开，金银财宝落下来。”我一“举头望明月”，就希望月亮会开天门，会落下财宝。

哥哥的教科书里还有胡适翻译的法国故事《最后一课》，讲一个法国小学生的故乡被德国占领，小学不许再教法文，而要改教德文，小学生这才后悔没有学好祖国的语言。我对普法战争的历史一点也不知道，所以也没有激起我对法国小学生的同情。但当上海发生五卅惨案，英帝国主义者枪杀中国工人时，哥哥教我唱一支爱国歌曲:“帝国主义勾结军阀害我中华，几阵枪声满街热血一场残杀。热泪的抛、抛、抛、抛，大凡的恼、恼、恼、恼，心头的火烧、烧、烧，此仇必报、报、报、报！”这才开始有了爱国思想。

哥哥的学习成绩不如大堂兄渊泽。渊泽比哥哥大两岁，爱给我们讲《天方夜谭》的故事。我最爱听《阿里巴巴和四十大盗》，大盗要抢富人，先派探子进城打听，在富人门上画一个圆圈，准备晚上来抢。有个富人的女儿很聪明，在每一家的门上都画个圆圈，晚上大盗来了，不知道抢哪一家好。我觉得这个女孩比得上小时候的司马光和曹冲。

我在大堂兄的书架上读到过《水浒传》，觉得梁山泊的好汉反抗贪官，比阿里巴巴四十大盗好。我还记得一百单八将的名字，但不明白宋江为什么能坐第一把交椅，他的武艺远不如早上梁山的林冲，这和《说唐》排的座次不同。《说唐》完全是按武艺高低排座次的：如第一条好汉是李世民的四弟元霸，第二条好汉是宇文成都，……第七条好汉是罗成……这使我从小养成了按本领定地位的思想，也就是按劳取酬的先声吧。在小学时，我认为力气大也是本领大，自己力气小就甘拜下风，安分守己。读了《水浒》之后，又觉得本领大不一定力气大；只要学好本领，还是可以坐上第一把交椅的，或像林冲，坐第六位也不错。

我入学时，大堂兄在实小六年级，他学习成绩很好，在学校里，在家中（祖母在世，堂兄和我们组成了一个大家），他的地位都高高在上。实小是南昌市最好的小学，他毕业后，考取了江西全省最好的第二中学；二中毕业，又考取了全国一流的上海交通大学。可惜他太用功，得了肺病，二十二岁就去世了。哥哥渊洵没有考取二中，进了一个私立中学，高中考取工业专科学校，毕业后又只考上厦门大学（当时不算一流），比起大堂兄来，处处低人一头，郁郁寡欢，也得了肺病，在二十四岁去世。

二堂兄渊潋比我大两岁，在实小比我高一级。他的算术很好，九九表背得滚瓜烂熟，会打算盘，我背九九表就是跟他学的。他对时事很了解，实小举行时事测验，他得全校第一。邻居有个孩子，要我把刀口对准鼻子，然后说我三天之内会死，吓得我大哭起来。二堂兄听见了，立刻把刀口对准自己的鼻子，说是不会死的，叫我不要害怕。我小时候怕死，读到薛仁贵归天不禁流下泪来，那是我第一次为古人担忧。但读到《西游记》中孙悟空大闹天宫，又闹地府，把阎罗王的生死簿都烧了，可以长生不死，我又希望我们的名字都烧了才好。可惜孙悟空没有烧掉二堂兄的名字，因为他在二十几岁时也追随渊泽、渊洵于地下了。

堂弟渊涵比我小半岁，他们三兄弟都是大伯的儿子。大伯在银行工作，经济条件比我们好。我们每年只得二百文压岁钱，他们却得一千文。我们玩竹枪时，渊涵却买了一支玩具枪。但在两个堂兄去世之后，大伯不许渊涵升学，结果只过了平凡的一生。

一九二八年春，父亲要去星子县工作，就把哥哥渊洵寄托在二姑母家，又把弟弟渊深交托给二伯，只要继母带我一个人坐船到星子县去。船经过鄱阳湖，听说三国时周瑜曾在这里大练水兵，便觉得湖上烟波浩渺，像是水兵遗留下来的战尘，显得杀气腾腾，到县城后，看到周瑜点将台的遗迹，不过是一大堆黄土，上面有荒烟衰草，周围有乱石残砖而已，不禁大失所望。

我从江西的省会南昌来到外县，知道许多故事，又会画人物像，所以学习成绩高人一头，连县长的子女也比不上。记得县长请我们吃饭，他念了四句藏头字谜："一点周瑜无志量，三战吕布刘关张，口骂奸臣曹操贼，十万雄兵难抵挡。"问我猜得出是什么字吗？我回答说是"计"字，因为"一点"加"三"再加"口"是"言"字，"言"旁加"十"就是"计"了。县长夫人问我怎么称呼她，我叫了一声"师母"；她说不对，"应该叫我丈母娘"。

我得到一张香烟画片，上面画着曹操的大将许褚，骑着高头大马，没穿盔甲，手里拿着半截长矛，原来是从五虎上将马超手里夺过来的，我认为他是许家的英雄。恰好一个同学有张画着马超的香烟片，我们就玩许褚战马超的游戏。在南昌时，我和哥哥打仗玩，总是他胜我败；到了外县，我就不肯认输，结果弄假成真，把那个同学打伤了。父亲知道后非常生气，狠狠地打了我一顿，把我的香烟画片都烧掉了。我大哭了一场，并不是因为打得痛，而是因为失去了我心爱的画片。一天，继母告诉我说：县长的小女儿听说我挨了打，把眼睛都哭肿了，并且收集了许多香烟画片，要送给我。晚上，我到她家去取，她怕父亲再把画片烧掉，就亲自送我回家。在途中，我们看到萤火虫在草上飞，觉得非常好玩，两个人用小手去捉，居然捉到了一只。不料萤火虫一到手上，就再也不发光了。更想不到的是，她短暂的生命也像萤火虫一样，只在童年时代发出了光辉，十几岁时，也随着萤光消逝了。

我在星子县只住了半年，夏末秋初，又随父亲坐船回南昌。经过吴城的时候，鄱阳湖上没有风，帆船不能开。吴城岸上有个龙王庙，可以抽签问天气。父亲带我去问，签上总说没有风。我记得《封神榜》里哪吒闹龙宫的故事，就把签筒打翻，结果第二天居然起风了。我扬扬得意，以为是自己的功劳，有一点天不怕，地不怕，以胆大为荣了。

回到南昌，我又考入实验小学三年级，弟弟渊深也入了学。一天上午，他告诉我，有一个同班同学欺负他。我和弟弟玩时，总是我胜他败；但是我却不让他受别人欺侮，就同他去大兴问罪之师，摘掉那个同学的帽子，塞在一家理发店的门板后面。不料那个同学也有大哥哥，下午来向我们讨回帽子，我再到理发店去找，却找不到了。幸亏二堂兄向大伯母要了五角钱，买了一顶帽子赔他，才算了事。从此以后，我再也不敢在学校逞英雄了。

小学三年级是李正开老师教国语，教科书中有威灵顿和林肯的故事。威灵顿是英国大将，打败拿破仑后，骑马走过一个村庄，一个小孩却大胆拦路，不许马进村里，威灵顿居然绕路走了。我只佩服孩子胆大，却不了解威灵顿平凡中的伟大。林肯当选美国总统之前，曾在一家商店做伙计，有一次多收了顾客的钱，他冒着大雨把钱送到顾客家里去。我想，还钱是件普通的事，怎么能当选总统呢?

上历史课时，韩祖德老师问:“战国七雄是哪七国？”大家都不知道。只有一个新从靖安转学来的涂茀生回答说:“秦楚齐燕韩赵魏。”我对他很佩服。他比我大两岁，教我唐诗《枫桥夜泊》:“月落乌啼霜满天，江枫渔火对愁眠。姑苏城外寒山寺，夜半钟声到客船。”我听得似懂非懂，联系到我坐船到星子的情景，就把诗改成:“日落西山红满天，三五渔船停湖边。星子城外点将台，暮色苍茫到客船。”于是茀生成了我的好朋友，是最早的一个。

一九二九年春，我升入四年级，还是李正开老师教国语，他的普通话说得很好，是全省小学教师推广普通话的代表。记得教科书中有莎士比亚《威尼斯商人》的故事，说商人借了犹太人的钱，不能到期还债就要割一磅肉赔偿损失；商人朋友的妻子是律师，说犹太人割肉不许出一滴血，否则就是谋财害命。当时我觉得女律师真聪明。上算术课做四则习题，如鸡兔同笼，有十个头，三十只脚，问有几只鸡？几只兔子？说是五只鸡五只兔子，这就是学聪明了。上国语课讲了一篇《中山陵游记》，作文时我模仿写了一篇《旅行记》，李老师说模仿得好，在班上念了我的作文。我又写了一篇作文《求己说》，李老师要我拿到全校朝会上去演说。这是我第一次在几百人面前发言，我个子小，题目大，声音更大，满脸通红，同学们一听，就哄堂大笑起来，但我并没有怯场，声音也没降低，讲完了才下台。

我从四年级就开始写日记。我第一天的日记写了一个同学随地吐痰受到处罚的事，但把“痰”字错写成“啖”，因为我觉得“吐啖”都是口旁，比“痰”字好看。李老师给我改了错字，在日记后批了一个“阅”字。

江西省立图书馆在百花洲，那里有湖有桥，有花有树，还有亭台楼阁，是当时南昌最美的地方。我去图书馆看书，要经过高桥和东湖，湖滨有个小茶馆，茶馆里有一个人说书，只见他惊堂木板一拍，口沫飞溅，讲得非常起劲。我走过茶馆时，总要站在门口听几分钟。一天晚上，我正听得神往，不料忽然下起雨来，我又没有钱进茶馆喝茶，只好冒着大雨回家，结果淋得浑身湿透。第二天晚上我再去图书馆，就穿上雨鞋，拿了雨伞，但回家时并没有下雨，我反倒大失所望，就把这写在日记里。李老师阅后画了双圈，表示写得很好。

在教室里，我的座位靠墙，光线不好。在默写时，我的“贺”字看起来缺了一笔，李老师扣了我的分数，我争辩说是没有错。老师以为我骄傲了，打了我一耳光，这是我第一次挨老师的打。

四年级开始学英文，由涂宜钧老师教。他穿一身西装，戴一副玳瑁眼镜，显得很洋气。他点名时喜欢给学生取外号，如“曹赣生，眼瞪瞪”，叫我们听得发笑。他讲英文26个字母，说“a”看起来像一个牛头，听起来像在和人打招呼。他教我们念到d、g、p、t、z时都停一下，这样有韵好记；又教我们拼音：ba、be、bi、bo、bu、by，也很顺口。但那时候还没有学国际音标；有些英文生字音形距离很大，看了念不出，我就望而生畏了。但在家里听见哥哥背英文儿歌：

Twinkle，twinkle，little star
How I wonder what you are

我跟着念，却背出来了。

涂老师除了教英文外，还教我们体育。上课时先做体操，然后游戏：全班分成两组赛跑；或者围成一圈，一个学生在圈外跑，跑时拿块手帕丢在一个同学背后，如果跑完一圈，这个同学还没发现背后有手帕，就要站到圈子中央去表演；如果这个同学发现了，应该拾起来去追丢手帕的人，追上了就要他表演，追不上再把手帕丢在另一个同学背后，就这样丢呀追呀，觉得很好玩。此外，操场上还有一架滑梯，一副跷板，一个沙坑。滑梯容易把裤子磨破，家里不许我滑；跷板要两个人坐，一头坐一个，一起一落，倒很有趣；但淘气的同学欺侮我小，往往不打招呼就跳下跷板，让我从高处落下来，摔得很痛。涂弗生不欺侮我，所以我喜欢同他玩。

操场当中是一个篮球场。有一天中午，我们班队和别的队赛球，我做啦啦队，声音特别大，班队受到鼓舞，结果得了胜利。但输的队不服气，怪我叫得太响，要来打我。说时迟，那时快，我们班队的队长一个箭步跳到我的面前，不许对方动手。那是我第一次感到集体的温暖。

音乐老师是刘忠谋，他教我们唱赵元任的名曲《教我如何不想他？》。我唱时没有想什么人，但在家里，堂姊渊淑教我们唱《木兰辞》和《苏武牧羊》，唱到“三更同入梦，两地谁梦谁”时，我倒真有点想苏武母子了。

哥哥去看全市运动会，回家对我们讲运动员跑得多么快，歌唱得多么好听，使我非常羡慕，并且跟他学唱：“大道之行也，天下为公。选贤与能，讲信修睦……”我虽然一点也听不懂，但是背得烂熟，后来才知道这是中国几千年文明的结晶，礼乐治国的歌声。我们不但“文以载道”，连歌也早已“载道”了。

教图画的是魏老师。我看到一本连环图画，是《封神榜》中的《杨戬出世》，非常喜欢，就模仿画书中的人物，还有《三国》中的许褚，《西游记》中的猪八戒等。魏老师说画得不错，要我参加全校图画比赛，结果得了第六名。

一九三〇年春，我升入五年级。有一天，我去百花洲图书馆，见门口站了两个卫兵，不许人去借书，原来这里改成了蒋委员长的行营，他们要去打赣南的共产党了。那时，邻居有个亲戚从赣南来，说共产党红军真厉害，十几岁的小青年，手拿红缨枪，却能打败拿步枪的大兵。后来，传说赣江漂来了一个人头，一看却是到赣南去打共产党的总指挥张辉瓒师长，于是大家简直把红军看成神兵神将了。

为了打共产党，南昌城里都扎了兵，占用了学校和民房。实验小学只好两个班合用一个教室，吵吵闹闹，简直不记得学了什么功课。好在家里给我订了一份《儿童世界》，里面有很多故事，中国的如《南柯一梦》，外国的如欧文的《吕柏大梦》。吕柏因为怕老婆，躲到山里去睡了一大觉，回家却已经过了几十年，老婆早已死了。南柯太守也梦见自己在大槐安国做了驸马，公主一死，打了败仗，惊醒后发现自己原来睡梦中到了一棵大槐树下的蚂蚁穴中。我觉得美国欧文的故事没有什么趣味，蚂蚁打架也不如红军打仗有意思。

那时我最喜欢看的是武侠小说，最著名的是《江湖奇侠传》，拍成的电影叫《火烧红莲寺》，正在湖滨电影院放映，但是票价太高，我买不起，只好借看小说过瘾。记得小说第一回讲柳迟偷了一只鸡，用黄泥巴包住，放在火上烤熟，吃起来非常香，这就是有名的叫花子鸡。柳迟拜笑道人为师，学会了手指飞剑术；笑道人会口吐飞剑，比柳迟高一级；有个小青年陈继志，只要一拍后脑，脑后就会飞出剑来，比笑道人还高一级。

一九三一年九月十八日，日本侵占了中国东北三省，全国同胞义愤填膺，要求政府抗战，把侵略军驱逐出去。我们小学生也想和陈继志一样，学好武艺，保卫国家。我和涂茀生、吴琼等几个同学像柳迟一样，在课后到野外去寻师练武，茀生取了个外号“凌霄子”，吴琼叫自己作“琼霄子”，我也就自称“冲霄子”。但我们既找不到笑道人，也找不到陈继志，又不能无师自通，只好在游山玩水后回家了。

六年级上学期还是李正开老师教国语课，他一直是我这班的级任导师。记得他讲过朱自清的《背影》;还讲过法国作家都德的《塞干先生的山羊》，说山羊和狼斗，不肯屈服，斗了一夜，结果被狼咬死，这是鼓励弱者要有奋斗的精神。李老师还教我们分段落，加标点。他在黑板上写了山羊的故事，没有标点，叫我念给全班听；我在该停的地方都停了，但把“一夜之久”念成了“一夜三久”，引起了全班的哄笑。

下学期李老师病了，由韩祖德老师代课。韩老师年纪大，性情温和，不像李老师那样严，学生都喜欢他。他开始教我们文言文，第一课是陶渊明的《桃花源记》，第二课是刘基的《卖柑者言》，说柑橘坏了就是“金玉其外，败絮其中”，使我一生都引以为戒。才上两课，就发生了日本在九月十八日侵占我国东三省的事件，这时我才明白了为什么要学塞干先生的山羊不怕强暴，斗争到底的精神。韩老师要我们作文时写一篇《告同胞书》，现在把我的作文抄录如下：

诸位同胞们：

我们的东三省如今已被日本夺去了。这是什么原因呢？原来日本有一个少尉到我国来探看军情，不知怎么失了踪。日本得了这个消息，便不由分说，说是我国人把他杀了，便出兵来攻东三省，把我国的军械缴了，要隘占了，兵工厂和铁甲车炸了，飞机夺了，主席捉了。唉！这是多么可耻啊！这仇如不报，还成什么国家呢！同胞们，快快起来吧！将我们的热血和他们决一死活吧！

这是九一八事变后的实录，反映了当时中国的民心，地无分南北，人无分老幼，都对日本侵略者怀着刻骨的仇恨。从这封二百字的《告同胞书》中，也可以看出当时小学生的作文水平。

此外，韩老师还要我们写了一篇《旅行青云谱记》。我的作文中有一句："看见一片丛林，被风吹得微微摇动，仿佛欢迎我们进去参观似的。"韩老师在句末加了双圈，表示写得很好；可惜收尾太简单了，老师加了一句："登塔巅一望，看见西山屏风似的峙在西面，章江衣带似的绕在北面；远望南昌市危塔高耸，近看蔡家坊炊烟四起，才知道天时已不早了，于是下塔循原路而归。"老师是借我的作文，写他自己的游记；我却从他的眼里看见了我看得到而写不出的东西，学到了对仗的句法，增加了对故乡的感情，因为蔡家坊就是我的故园。

这一学期，我还代表全班参加了全校的作文、算术、演说比赛，结果演说得了第二。第一名是薛蕃荣，他比我大两岁，各门功课都好，人又清秀斯文，讲起演来声音清脆，头头是道，娓娓动听；我却声音洪亮，说话带有感情，也能吸引听众。我们两人还代表全校，出席全市各小学的演说竞赛，结果还是他名列全市第一。我很喜欢他，上课时和他坐同一张书桌，下课后和他同路回家。他代表学校出席全市童子军露营活动，半个月没有来上课；我上课时看见他的位子空着，下课后一个人回家，不禁怅然若有所失。他的学习成绩全班第一，我毕业考试时是甲等第五名。我们一同升入江西省著名的南昌第二中学，同班听章子周老师讲电视机，没想到薛蕃荣后来成了我国制造第一台电视机的总工程师。他是我童年伴侣中成就最辉煌的一个。

实小作文比赛得第一的是神童熊传诏，他和我的二堂兄渊澂同班。一九五七年，他不知怎么被打成了右派，从此潦倒一生，郁郁至死。

童年时代的同学，有的鸿飞天上，有的陷入雪泥。

中学时代的浮光掠影

我们歌颂新生的时代，
我们热爱黄金般的青春；
四月朝阳照满了晴空，
汪洋潮水涌荡在海滨。

小学毕业之后，我便面临了人生路途上的第一道关——考中学。当时江西省最著名的中学是南昌二中，二中的老校长有句名言："名称永居第二位，成绩须达最高峰。"全省会考，二中总是名列第一，毕业生多能考取全国的名牌大学。最著名的毕业生是吴有训，一九二七年留学美国时，他做的X光试验证明了康普顿定律，使康普顿得到了诺贝尔物理奖。因此父亲对我说："如果你考不取二中，那就去做学徒！"这样一来，能不能升二中将决定我一生的命运。

一九三二年七月，我去系马桩二中参加入学考试。国文考题有一段文言翻白话，还要写一篇作文，题目是你喜欢的功课；我就说是国文和历史，其实我喜欢的是看小说、听故事。算术考试两小时，有一个题目是：三个工人每天工作八小时，一个星期可以做完工，如果四个工人每天工作七小时，问要几天可以做完。我只花了一小时就答完了六个试题，结果考入了第二中学。

二中一年级教国文的是周慎予老师，讲的都是文言文。记得学过一课王安石的《伤仲永》，说仲永是个天才儿童，四岁会写文章，后来不求上进，结果一生碌碌无为。还有一个天才儿童叫诸葛恪，他的父亲诸葛瑾脸长得像驴子，有个客人和他开玩笑，在一头驴子脸上贴上“诸葛瑾”三字；诸葛恪一见，立刻在“诸葛瑾”下面加了“之驴”二字，并且把驴牵走了。客人见他聪明，就对他父亲说：“这孩子小时了了，大未必佳。”这就是把诸葛恪比作仲永一样的孩子了。不料诸葛恪一听，立刻说了一句：“先生想必小时了了！”叫客人下不了台。这个故事比《伤仲永》给我的印象要深得多。

至于诗词，朱端人老师教了李白的《清平调》；萧艾甫老师教了杜甫的《客至》。李白形容杨贵妃说“云想衣裳花想容”，我不懂云和花怎么会有思想，朱老师说这有两种解释：一是看见云就可以想到杨贵妃的衣裳，看见花就可以想到她的容貌；二是云像她的衣裳，花像她的容貌。我这才恍然大悟，明白了中文诗词之妙。但杜甫描写田园生活：“舍南舍北皆春水，但见群鸥日日来。花径不曾缘客扫，蓬门今始为君开。”我没有见过鸥、春水、花径、蓬门，就觉得平淡无奇，不会欣赏。

上“党义”课，章兴甫老师讲到辛亥革命前夕革命军总司令黄兴悼念黄花岗七十二烈士的《蝶恋花》：“转眼黄花看发处，为嘱西风，暂把香笼住。待酿满枝清艳露，和香吹上无情墓。”黄兴要西风把花径枝头的露水酿成美酒，吹去祭奠墓中的英灵，这就使平淡无奇的西风、花径、露水、墓门都带上了浓厚的感情色彩，化平凡为神奇了。期末考试，我国文得了八十分，“党义”却不及格，只得四十九分。

上英文课，刘绳武老师从字母教起，他讲语音非常仔细，如

“人”的单数（man）和多数（men）发音分不清楚，他就教我们用口形来分，嘴张大得只能放进一个手指是多数，可以放进两个手指是单数。我在小学学过英语，所以第一次小考考了九十三分。不料刘老师生病去世了，由一年级级任陈子颜老师来教。陈老师不了解我们的学习情况，第一课就考了我们一下，内容有些是我们没学过的，我只得了六十二分。他给我们讲英文文法，八大词类，音节很多，有些词类（如副词、介词）又不知道什么意思，结果我对英文的兴趣就大减了。

教数学的是李果青老师，他教过二中的车校长，学生对他非常尊敬。他教我们代数，有一次他在黑板上写错了一个数字，我指了出来。作为校长的老师，居然被一个一年级的小学生指出了错误，但他不但没有怪我，反而当众表扬，使我开始不知天高地厚了。

教植物和生理卫生课的是龙腾云老师，他教我们睡觉要靠右侧卧，使我终身受益匪浅。但植物课只讲分类、性质、用途，枯燥无味，我上学期考试不及格，得五十七分，下学期也只得六十二分，平均五十九点五,四舍五入，才算勉强过关。

教历史的是朱端人老师，前面提到过；教地理的是戴霁初老师，让我学会了画地图。教音乐和图画的是蔡道南老师，记得他教我们唱杜牧的《七夕》：“银烛秋光冷画屏，轻罗小扇扑流萤。天阶夜色凉如水，卧看牵牛织女星。”这是一首写宫怨的诗，宫院中萤火虫飞来飞去，可见凄凉；宫女用小团扇东追西扑，可见无聊；天上的牛郎织女到了七夕还可会面，人间的宫女却长年累月不能与亲人团聚，自然会见景生情。但是我们这些一年级的男学生只会在校园里追扑蝴蝶，哪能体会唐代宫女的哀怨呢？

教体育和童子军的是谌亚通老师。他说：“童子军要服从，老师说什么，你们就做什么。”同班的欧阳谧、廖延雄等同学却不肯盲从。欧阳大我一岁，我们时常争夺赛跑第一；廖比我小一岁，赛跑总是落后，但是他不灰心。他们两人都聪明，欧阳谧学了就用，但他当时梦想当电影明星；廖延雄则贪玩，学习成绩不好，结果两个人都留了级。但后来欧阳谧升入厦门大学，没演电影，却成了英国和美国的电机工程师；廖延雄升入中央大学，学习兽医，后来考取了公费留美，成了江西省科学院院长。两人都是我初一同学中的佼佼者。

升入初中二年级后，国文还是周老师教。我还记得读过一篇胡适谈杜威的课文；还读过一篇《四时读书乐》，背得出的诗句如“读书之乐乐何如？绿满窗前草不除。”“好鸟枝头亦朋友，落花水面皆文章。”周老师讲过的课文有《心一则物忘忤》，大意是说“精诚所至，金石为开”，例如有人坚信河里有金子，跳下水去，果然淘出金沙来了。这是唯心主义，我听了并不大相信，所以从来没在水里捞到过金子，这是不是从反面证明了“心不诚，就不灵”呢？周老师还讲过一个“内举不避亲，外举不避仇”的故事。在“任人唯亲”的社会里，要推举亲人太容易，要推举仇人却太难了。我在国文课中学到的理论，并不能在实际生活中应用。我们两个星期在课堂上作文一次；上学期我用文言写了一篇《参观展览会记》，老师的批语是：“有条不紊，可造材也。”得了七十八分；下学期用白话写了《告毕业同学书》，批语是“情至而辞亦切”，得了八十五分。

教初二英文的是杜伯琴老师，课本用的是中华书局出版的《直接法英语》第二册。但我们初一用的是商务印书馆出版的教科书，每课先讲英文生字，后读课文，再做练习，练习多是中文译成英文。到了初二，忽然换用直接法课本，没有生字注解，要自己查英汉字典，字典上又往往查不到课文中的意思，于是兴趣大减。第一次小考我靠死记硬背，考了八十多分，是全班第一。第二次考造句，需要灵活运用，我的成绩立刻下降。记得杜老师要我们用“in front of”（在前面）造一句，我就按照中文思维，先用中文想了一句“我在你前面”，然后字对字地译成英文“I in front of you”，全句没有动词，结果得了零分。涂茀生加了一个动词 run（跑），这句得了满分；其实，他本来的意思要说“我跑得比你快”，英文造的句子却只是：“我在你面前跑”。老师不知道他的原意，只要文法不错就算对了。杜老师还给我们讲了英国绿林好汉罗宾汉的故事，我觉得罗宾汉射箭的本领还不如《水浒》中的小李广花荣：花荣一箭射中左门神的眼睛，第二箭射中右门神的鼻子，第三箭说要射来捉宋江的差官，吓得差官赶快逃之夭夭了。罗宾汉劫法场的故事，在我看来，也不如《水浒》中李逵救宋江或燕青救卢俊义惊心动魄。

教代数和几何的是许福田老师，他的头发都白了，据说他是李果青老师的老师，他们两人都在江西数学四大名师之列。许老师讲点、线、面的概念时，我觉得没兴趣；后来做证明题，我才感到有意思。

教化学的是黎毅民老师，那时认为原子是不可分割的最小粒子，我第一次小考考了第一名。哪里知道后来发现原子是可以分裂的，我的化学分数也随着原子变化了。

初中二年级时，课外读了刘金镃借给我的《堂吉诃德》和《木偶奇遇记》。那时，林语堂主编的《论语》半月刊风行全国，林语堂说：“抽烟会出灵感，我却抽得只想睡觉。”《论语》中说：“宰予（孔子的一个学生的名字）昼寝，朽木不可雕也。”林语堂却故意曲解为“杀了我也要睡午觉”。说也奇怪，我倒当真开始养成午睡的习惯。除夕出版的《论语》封面上画了一个大大的黑方块，下面注道：“除夕之夜，黑人在森林里捉乌鸦图。”我看不懂，问大堂兄，才知道是讽刺当时的形势“一团漆黑”的意思。我和涂茀生、王树椒等同学合编了一本手抄的杂志，叫作《战号》。我们又都喜欢收集外国邮票，向往着风景如画的莱茵河畔，岿然耸立的自由女神像，稀奇古怪的非洲长颈鹿。

初中三年级是二年级的继续，只是增加了物理课（项显洛老师教），本国史地改成世界历史（杨薰涛老师教）。国文课教了《论语》中的《言志篇》。英文课教了莎士比亚《威尼斯商人》的故事。小伙子向富家女求婚。富家女拿出三个匣子要他挑选：一个金的，一个银的，一个铅的，要他猜出哪个匣子里有她的小像。小伙子“选择不凭外表”猜中了，得到了美人和财富。

那时，熊式一表叔在英国出版了一个剧本，叫《王宝钏》，讲王丞相的大女儿嫁了文官，二女儿嫁了武将，只有三女儿宝钏抛绣球嫁了薛平贵。但平贵从军作战，最后做了西凉国王。我觉得这两个故事有相似的地方。

说来也巧，当时中国著名的宋家三姐妹：大姐嫁了孔子的后代——财界的要人孔祥熙，二姐嫁了政界的要人孙中山，三妹嫁了军界的要人蒋介石。他们统治中国几十年，不但使王家三姐妹相形失色，连莎士比亚的名剧也望尘莫及了。

三年级在课外开始读《红楼梦》，读到林黛玉咏白海棠的诗句：“偷来梨蕊三分白，借得梅花一缕魂。”觉得黛玉的才情远远在我们同代人之上：梨蕊梅魂，其实是她自己的写照。但是这种冰清玉洁的女性，生活中很少见，只能在电影中找了。

那年三月八日，在电影中冰清玉洁的女明星阮玲玉，在生活中却受不了旧恋新欢的诬告虐待，服安眠药自杀了。死前她曾说过：“我这个人经不起别人对我好。要有人对我好，我也真会像疯了似的爱他！”可见她是为了得不到的爱情而死的。而《红楼梦》中林黛玉临终说的一句话是："宝玉，你好，你好！"可见她也是因为宝玉和宝钗成亲，自己失去了所爱的人，才"魂归离恨天"的。那时我对爱情似懂非懂，但对林黛玉和阮玲玉之死，还是洒下了同情之泪。我们在英文课中学到了 live（生活）和 love（爱），这两个英文字只有一个字母不同：如果把"生活"中的 i 换成 o（i 的大写 I 是"我"；o 的大写 O 是"零"），这就是说，如果"我"成了"零"，也就是到了"无我"的境界，到了愿意牺牲自我的地步，那就是爱了。林黛玉也好，阮玲玉也好，不都是为了爱而玉殒香消的吗！后来又学法文，发现"爱"（L'amour）和"死"（La mort）也只有一个字母不同："爱"中没有了 u（英文读 you，也即"你"），就生不如死了。

《诗经·击鼓》中有一段："死生契阔，与子成说。执子之手，与子偕老。"译成白话："死生永远不分离，对你誓言记心里。何时紧握你的手，和你到老在一起。"可见二千五百年前，古人就是情同生死的。而林黛玉、阮玲玉正是继承、发展了这个古老的传统。

在双玉的悲歌声中，我从第二中学毕业了。

一九三五年秋，我考入了第二中学高中。高中三年的国文课，都是汪国镇老师教。汪老师的身材矮小，丰富的文史知识浓缩在他胸中；他说话急，恨不得在一小时内讲两小时的课；他走路快，似乎舍不得浪费一秒钟的时间。他给我们讲中国文学史，内容丰富，像亩产千斤的稻田，简直不比大学教授逊色。

日本侵略军占领南京后，南昌震动，第二中学准备南迁，汪老师回到了故乡彭泽，写下了下面的词句："问五湖，哪有扁舟？梦里江声和泪咽，频洒向故园流。"听说他的学生惨遭杀害，他写了两首哀悼的诗，其中一首的最后两句是："一纸难将两行泪，年年心事付征帆。”不料学生死后不久，日军打到了彭泽，汪老师坚贞不屈，痛骂敌人，也惨遭日军杀害。他的学生周礼写了一首《水调歌头》哀悼他，下半阕是：

骂寇贼，申大义，是人英。
男儿所学何事？肯作梦囚鸣？
不负平生宿抱，拼却头颅一掷，浩气振丹青。
华表归来处，一笑大江横。

高中三年的英文课都是余立诚老师教。他要我们背诵三十篇短文，还要模仿作文，我考试成绩一下跃居全班第二。从那时起，我才开始对英文有了兴趣。假如初中时我就这样背英文，那真可以缩短三年学习时间。

高三下学期，车驹校长代讲英文课。他不像余老师那样仔细分析英文句法，讲解词汇用法，只是朗诵报刊文章，要我们记下来，这训练了我们的听写能力。记得校长讲过：英国散文有欧文风格和罗斯福风格。欧文的作品我们背过《见闻录》的序言；老罗斯福总统的作品，只知道一篇《演说辞》，余老师还没有讲过，我就带着书到赣江之滨去背诵，这又培养了我自学的兴趣。我发现欧文和罗斯福风格的不同：前者是散体，后者是骈体。车校长还教我们要有自己的风格，无论做什么事，都要看得出是我做的，和别人要有所不同；无论写什么文章，都要文中有我，这使我注意保持自己的个性，后来吃了不少苦果，也取得了不少成果。

高中的代数和三角都是范惠农老师教。范老师是我们高中的级任，他的特点是重视实践，讲了一课英文本的《范氏大代数》(*Fine's Algebra*)之后，总要留下一半时间给我们在堂上做练习，使我们学了立刻能用。我对“排列”(permutation)和“组合”(combination)很感兴趣，后来我喜欢打桥牌，觉得就是“排列”和“组合”的问题，这甚至和文字翻译也有密切的关系。

教几何的是熊一奇老师。涂茀生说：“熊老师有两手绝活：一是讲课逻辑性强，不多讲一句废话，而且句句有根据，上一堂课，就如证一道几何题；再就是他上课从不带圆规和直尺等，在黑板上作几何图形，信手画去，垂直就是垂直，平行就是平行，分毫不差，特别是画圆，妙极了，大小由之。”熊老师讲得形象生动，涂茀生听得印象深刻；可惜我只喜欢下五子棋（五子成一线），却对抽象的“点线面”不感兴趣，听讲时开小差，考试时不及格，而涂茀生却考得最高分。结果高中分组时他在理组，我在文组。

教物理和化学的分别是章子周老师和蒋进三老师。章老师考试时，文组考题和理组的一样难，文组同学都有意见，我提意见的声音最大，气得章老师不教了。结果副训导主任记了我一个大过，才把章老师请回来上课。蒋老师讲化学用英文本 *Smith's Chemistry*，他把每页内容摘要用英文写在黑板上，讲课声音太低，点名时常叫我“许渊泽”，因为大堂兄是他的得意门生，参加过全省理化竞赛，不料我却化学考不及格。

教高中历史和地理的分别是陈九思老师和顾菱生老师。陈老师是清华大学毕业生，他讲课和谈话一样随便，讲历史也随便评论时事，如一九三六年十二月十二日西安事变时，他说这是蒋介石独裁政权的失败，结果被关进了监狱。余立诚老师也评论了西安事变，他说国家没有领导人，可能引起内乱，甚至带来外患。他在新中国成立后也被投入了监狱。

顾老师六年来一直兼任训导主任。二中的校训是“勤、朴、肃、毅”四个字。教师中最能体现校训的是汪国镇老师；主任中最能以身作则的就是顾老师。他和学生打成一片：每天早操，他都会站在升旗台前；一日三餐，他也会和寄宿生同吃；如有晚会，也总是他训话。有一次晚会他没有参加，学生就觉得少了什么，一问说是他和校长意见分歧，打算辞职，全校同学立刻恳切挽留。他教地理也有两手绝招：一是对地名和特产了如指掌；二是画地图全凭记忆。他也讲过国际形势，也坐过牢，而车校长却病死在狱中。

高中还有图画、体育、军训等课。教图画的是刘竞生老师，他只用一两笔就可以勾画出一个栩栩如生的人物来，令人叫绝。无怪乎毕加索对张大千说：中国的绘画艺术最高，他不明白中国学生为什么不在本国，而要到欧美来学画。

教体育的有傅秉钺、谌亚通两位老师。谌老师教我们跑，但是我在中学时个子小，怎么也跑不快，对百米跑十二秒的同班同学徐采栋只觉得可望而不可即。徐后来当选贵州省副省长，又是中国科学院院士、炼钢专家，我国钢铁生产跃居世界第一，就有他的一份功劳。我曾题赠他两句诗：“亿吨钢铁百年梦，超英赶美有采栋。”他是我中学时代成就最大的同学，成就和赛跑一样，都令人望尘莫及，实现了国家多年的梦想。

傅老师教我们跳，我的速度不快，只好往高度发展，结果跳了一米四二，在全校运动会上得了中级组跳高第三，也算圆了初中时代的一个美梦。至于跳远，我和同学打赌，居然一跃跳过了一条四米阔的小溪，甚至超过了我的梦想。

有一次高二班师生各自组队打排球，教师队头排中是身材最高、善于拦网的章子周老师，二排中是一表人才、善于杀球的熊一奇老师；我们班二排中是稳如泰山的陶友槐，初出茅庐的我滥竽充数打最不重要的二排左，结果我们居然出人意料地取得了胜利。陶友槐参加空军前，在我的纪念册上写道：“不要忘了过去同在排球场上玩球时的快乐！不要忘了现在国家危急时期离别的痛苦！不要忘了将来光明中凯旋旗下重见的追求！”后来，陶友槐在与日机空战时壮烈牺牲了，我写了三段悼念的诗：

陶友槐乘长风，飞机血溅蓝天；
敌机一声轰隆，冒出滚滚浓烟。

青山直立湖边，怀念勇士英灵；
漫漫长夜难眠，人影溶入山影。

断了弦的古琴，在记忆中沉睡；
挖出几声古音，还能听到心碎。

抗日时期，军训教官是潘宇烈少校，他兼训导处副主任，严格要求学生服从命令。高三有个同学（范老师的弟弟）和他讲理，立刻被罚在操场上跪下，并且开除学籍。高二同学熊传诏不肯剃光头，也要开除，幸亏车校长爱人才，而熊是他的得意门生，才算免于处分。我们这些不得意的学生只敢唯命是从，叫我们向右，我们绝对不敢向左，乖乖做驯服的螺丝钉。

一九三六年四至七月，江西全省高一学生集中在西山受了三个月军事训练，天气炎热，生活艰苦，天不亮要起床，烈日下要上操，夜里还要站岗，累得我天天想下山。虽然西山的自然环境幽美，但我还是爱自由胜过了爱自然，并且写了半首《沁园春》：

南昌故园，西山古庙，钟鼓惊梦，号角破晓。

参天松柏，垂地杨柳，万木浴风竞自由。

望青云，恨身无双翼，难追飞鸟！

西山军训总队长是黄维少将，他和车校长是中学同班，文武双全，大有儒将风度。他给我们讲兵法，讲得头头是道，令人肃然起敬。他每天和我们一样起早，参加升旗礼，穿一身黄呢子军服，挂着金光闪闪的一星少将领章，戴着洁白的手套，蹬着咔嚓响的长筒马靴，后面跟着两个少将副总队长，真是威风凛凛。全场肃立，总值星官潘宇烈大队长向他报告人数，他还礼的姿势遒劲有力，令人赞叹。上操的时候，他居然和学生赛跑，看谁先到山顶，令人觉得可亲。他陪同蒋介石视察军训队，蒋把"父母"说成"唔姆"，说话不如黄维清楚，行礼频频鞠躬，不如黄维有军人风度，一点也没有电影《北伐》中的雄姿，使我大失所望，甚至认为蒋还不如黄像英雄。后来淮海战役，蒋把一亿美元的新式武器装备了黄维兵团，黄维却成了解放军的阶下囚，使我少年时代的英雄旧梦完全破灭了。

黄维奉蒋介石之命离开西山后，由副总队长郭礼伯代理。郭是黄埔军校一期的学生，资格很老，但是官运并不亨通，从来没当过正规军的少将，只做过陆军后备第六师师长，还是复兴社在江西的一个大头目。他在西山立了一功，就是发展了复兴社。据二中同学万兆凤（全省小学会考第二名、初中会考第四名）后来告诉我，他被郭叫到一个警卫森严的黑屋子里，门口站了几个荷枪实弹的卫兵，步枪都上了亮晶晶的刺刀。万进屋后，郭就要他填表，宣誓加入复兴社，并且不许泄密，如告诉了别人，则有生命危险。就是这样在刺刀的胁迫下，多少学习成绩好的青年学生不自愿地加入了复兴社！新中国成立之后，却又被当成反革命分子，受到批斗！我因为高一时成绩平平，反而倒因祸得福了。

《蒋经国江西传奇》48页上说，郭礼伯“看中了章亚若，交替运用钱与势的手段，强纳为妾”。章亚若的父亲叫章甫，不知道是不是教我党义的章兴甫老师。亚若是南昌葆灵女子中学的校花，风姿绰约，能唱会演，擅长社交，是个风流人物。一九三七年抗战开始，她投入了抗日活动，参加了南昌青年服务团，进行宣传演出，慰劳伤兵，安置难民。这时比她大二十多岁的郭礼伯盯上了她，威胁利诱，硬逼着她做了他的姨太太。南昌沦陷，亚若只身逃到赣州，参加了三青团江西支团干训班，班主任是蒋经国。章亚若那时二十六七岁，身材不高不低，不胖不瘦，穿一件阴丹士林布旗袍，脸如桃花，皮肤白净，一开口露出两排洁白的牙齿，声音很甜，笑起来妩媚动人。一天深夜，蒋经国把学员队带到江边，问他们看到了什么。章亚若说：“看到了新赣南的曙光！”得到了蒋经国的赞赏。章问蒋：“在苏俄有你崇拜的人吗？”蒋说：“我崇拜托洛茨基，那是个了不起的人物，他的政治认识和军事指挥才能，都很出色。尤其是记忆力、思维力非常惊人。比如，一百个人排成队，每人报一个两位数字，最后一个人报完以后，三分钟内，他能说出一百个数字的总和。”蒋经国在苏联被说成是“有国民党本质的共产党人”；一到江西，却被说成是“有共产党作风的国民党人”，原来他是一个托洛茨基的崇拜者。

一个星期六的黄昏，蒋经国骑摩托车回赣州城，顺路把章亚若带回家。章住在一个单门独户的小平房里，进门有个天井，种有一棵丹桂，几盆月季，不禁使我想起李后主的词句：“花明月暗笼轻雾，今宵好向郎边去。”章亚若笑容可掬地把蒋经国请进房里，拿出一捧兴国柑子，用小刀切开来。这又不禁使我想起宋徽宗请名妓李师师吃橙子的故事，还有周邦彦的词句“纤手破新橙”“相对坐调笙”。蒋经国和章亚若也相对而坐，他发觉她比第一次见面时美得多，有一种经得起看的美，一种越看越有发现的美。章也含情脉脉地注视着蒋，四目相对，互相吸引。这又使我想起了李后主的《菩萨蛮》:“脸漫笑盈盈，相看无限情。”帝王偷情的传统文化，就这样超越时空，流传下来了。比起今天美国总统的绯闻来，似乎要美得多。

《蒋经国江西传奇》52 页上说:“郭礼伯得知此事，也无可奈何，只得拱手相让。”但后来章亚若在桂林分娩，生下一对孪生兄弟章孝严、章孝慈后，突然宣告身亡。这是不是蒋介石命令复兴社下的毒手？不得而知。但章亚若的悲剧比起莫尼卡的绯闻来，却要惨得多，可以和美国明星梦露之死相提并论。中美相隔万里，但是为了政治生命，都置人权于不顾了。

就在章亚若离开南昌逃到赣州的时候，南昌二中解散，我也离乡背井，到了赣州，结束了南昌时代的中学生活，留下了一片浮光掠影。

中学毕业之前

作家的日记或尺牍上，往往能得到比看到他的作品更其明晰的意见，也就是他自己的简洁的注释。

——鲁迅

一九三七年十二月，日本侵略军占领了上海，进攻南京。余立诚老师上英文课时对我们说：日本兵打上海，花了三个多月；再打南京，恐怕要花半年。不料上海和南京之间无险可守，日军长驱直入，十二月初就兵临南京城下。于是全国震动，南昌第二中学奉命解散。我和老师同学朝夕相处，习以为常，以前并不觉得可贵，现在要分别了，就是点头之交，也有点难舍之情。我花了一元钱买了一本纪念册，请老师和同学在上面题字留念。

汪国镇老师用毛笔写了十四个字："旧学新知多致用，得师取友愿齐贤。"他教了我们三年高中国文，住在校门右手一间小房子里，我走过他的房门口，总看见他穿一件蓝布长衫，不是读书，就是批改作文，但学校一解散，再也听不到他的琅琅读书声了。余立诚老师用英文写了一句："响应号召，义不容辞！"他教了我们三年高中英文，当我和同学们打闹时，他处罚过我；当他要全班说一句英文真理时，大家都说：“早上日出，晚上日落。”只有我一个人说：“Two and two make four.”（2+2=4），他表扬过我。现在学校要解散，我却忘记了他对我的处罚，只记得他对我的表扬了。樊哲晟老师在东湖之滨的四照楼参加我们的饯别宴会时，在我的纪念册上写下了两句李白的诗：“请君试问东流水，别意与之谁短长？”使我觉得东湖的水也染上了离愁别恨，显得郁郁寡欢了。

在四照楼参加饯别宴会的高三文组同学有薛蕃荣、戴燮昌、盛思和、李祥麟等。薛蕃荣在我的纪念册上写道：“你可记得六年前同看上海之战的影片吗？但愿今日后我们是影片中抗敌的战士！”他和我是小学同学，不但同看过电影，还同演过抗敌话剧《回春之曲》，他扮演女主角，我扮演男配角。

戴燮昌写的是：“现在我们把宴席上瓜子吃个精光，将来我们在沙场把日本鬼子杀个精光，好似吃瓜子一样半个不留。”他是短跑运动健将，使我望尘莫及，但吃瓜子我却不甘落后。

盛思和写的是：“毋轻以喜怒，毋重于爱憎。”他和我同组六年，曾同住一间寝室，相知很深。他家的经济条件好，所以他喜欢穿好衣服，吃好东西，甚至吸烟喝酒；但是他很大方，和我同吃同玩，一同集邮，甚至花一元钱买了三张戈雅画的裸体美人邮票送我。那时芜湖《集邮》杂志征文，我就用他做原型写了一个为集邮而戒烟的故事，那是我十四岁时发表的第一篇文章。

李祥麟是一个喜欢写文章的同学，他崇拜歌德和雪莱，所以笔名叫作歌雪；他也参加了《回春之曲》的演出，并且演男主角。他在我的纪念册上写道：“天上飞着铁鸟，地上走着虎狼。啊哦！啊哦！啊哦！这样最难得的冬夜，愿你常常想着它！”后来二中在赣江之滨的永泰小镇复学，毕业时他又在我的纪念册上题了一首小诗：

去年曾作江城别，酣酒高楼见明月。
宾朋满座皆唏嘘，俯首无言悲惨诀。
余曾为君签丽册，长嘱勿忘狂暴贼。
不期永泰又重逢，陌上江干再欢悦。
无常造物本无情，相逢相别如飘萍。
当年哪意有今朝？今朝何敢怀他心？
天涯海角不为屏，但念他乡有故人。
前途遥遥无限远，祝君直上干青云！

高三理组同学在我的纪念册上题词的有涂茀生、王树椒、阳含和、刘匡南等。涂茀生是我的小学同学，江西省第一届小学会考，总分八十以上的学生列入甲等，全省共二十人，涂茀生是甲等第十八名，薛蕃荣是第七名，而王树椒是第三名。树椒在我的纪念册上写道："太阳下了山，然而太阳有再到中天的时候。愿我们能再相逢在青天白日下。"我们分别之后，我去了江西省最南边的虔南，而他回到了西边的安福。我写了一封英文信给他说："太阳到了中天，我登上了虔南的高山，但不管我爬得多高，也看不到青天白日下的你。"他回信时引用了辛弃疾的词："少年不识愁滋味，爱上层楼；爱上层楼，为赋新诗强说愁。"要我不必多愁。果然不久之后，我们又在永泰重逢了。

阳含和的题词是："悲怒……各色各样的味儿使我昏昏然，只能干脆地说几句老实话：别再那么大炮式的脾气！"含和这一句话概括了我的缺点。他从浙江大学的哥哥那里学会了唱英文歌，学会了打桥牌，又教会了戴燮昌、刘匡南、符达和我，使我们提前在高中三年级就尝到了大学生活的滋味。

刘匡南的大哥恢先是二中一九二九年的毕业生，考取了公费留美，学习土木工程（后为中国科学院土木所所长）；他的二哥在日本学习，家庭条件似乎比阳含和家更好，我们三家和涂茀生家都是世交，家里时常勉励我们兄弟，要以匡南家为榜样。那时二中学生多穿布衣棉袍，匡南却有一件人字呢料的西式大衣；我们一日三餐，吃点包子馄饨，就算打牙祭，他却每顿饭后要吃麦精鱼肝油，作为补品；我那时连无线电收音机都没有见过，他却有一副耳机，可以收听新闻或者音乐，使我不胜羡慕。二中解散后，我们恰巧同坐一辆汽车离开南昌，他就在我的纪念册上写道：

> 一九三七年十二月十三日，与许君不期而遇于车，沿途休息于八都最久，遂相与散步村之附近，复坐于鲜见大树下闲谈，觉既别于二中，相见甚难，不料犹遇于兹，然自今以后，必难有此乐矣！因执笔记之以为念。南书于八都，十三日上午。

我到了虔南之后，每看见小河边的大树，就会想起匡南，于是用信纸折成小船，托流水把离情别意带去他的故乡。不料真情所至，使无情的河水也变得有情了。第二年二月中，我同戴燮昌、阳含和就坐上了赣江的大船，走上了去永泰的征途，这时才真能体会“心急船行迟”的滋味了。

二月十八日黄昏时分，我们总算到了永泰的江边，而在苍茫的暮色中第一个沿着长堤跑来迎接我们的，正是穿着人字呢大衣的匡南。他们为我们在泗顺酒楼接风，别后重逢，情谊反而显得比在南昌时更亲密了。关于这个学期的生活，我后来写了一首不合韵律的小诗：

旧梦依稀念故园，永泰江滨一年前。
水拍轻舟归心急，雪映长堤明月寒。
高楼共饮秋水醉，小室同榻春意暖。
赣江逝水千里浪，一年悲欢化云烟。

关于“雪映长堤明月寒”的事，我在三月十四日的日记中写道：

在永泰的第一个月夜，恰是久雪之后，我同燮昌、含和、其治、匡南在河滨看落日残霞烧红了半边天，归来的时候，又发现一轮寒月高挂在远山积雪之上，这是冬和春交织的仙境，是我们在南昌城里从来没有看到过的奇景。

“我们再从堤上走回去，好不好？”匡南第一个提出来。

“好的。”我第一个响应。

“路太远了。”是含和的反响。

燮昌、其治也表示不愿走远路。

“既然大家不愿意走，那就不走算了。”匡南也改变了主意。

我实在舍不得离开这满天的彩霞映照在满山积雪上的绚丽景色，但又不好勉强大家，只得质问匡南：

“他们不愿意走，那没有办法。但你是第一个说要走的，为什么又不走呢？”

“为了服从大家的意见。”

“难道大家的意见就是对的吗？你的意志怎么这样不坚定呢？”

“我的意志不坚定，所以我服从大家。你的意志坚定，你一个人走堤上去好了。”

说完，他生气似的催着大家回去，剩下我一个人站在堤边。但他走了几步之后，又回过头来叫我：

“渊冲！”

“什么事？”

“来！”

“不！”

“不来算了。”

说完，他真走了。

我这时也生了气，回转头来就往堤上走去；但是才走两步，给迎面的寒风一吹，气也消了，劲也没了。抬头一看，堤上没有一个行人，河上没有一片白帆，这样形单影只，不免有点胆怯，哪里还有心情赏月？于是我在堤上站住，呆呆地望着他们的归路，喊道：

“匡南！”

没有回音。

“匡南！”

“什么事？”

“来！！！”

喊完，我就站在堤上等着。渐渐地听到一个脚步声自远而近，慢慢地看见一个人影出现在小路转角的树影下。啊！匡南到底来了。

回家的时候，匡南说冷，我说：“那就和我同床睡吧！”

这是冬天里的一个春天。

从这天起，匡南肯听我的话了。打桥牌时，我喜欢和他做搭档，我怎么说，他就怎么打。在河边散步时，我们唱着抗战歌曲：“脚步合着脚步，臂膀靠着臂膀”或者念着李后主的词句：“问君能有几多愁？恰似一江春水向东流！”或者学唱英文歌《江上彩虹》，让喈喋的水声给我们抑扬的歌声伴奏。到了夏天，我们又同去江边游泳，让斜阳的余晖吻红我们的脸颊，让江上的微风抚摸我们的肌肤，让清凉的碧波溶化夏日的炎热。这是我一生中难忘的青春时期。这个学期，我和涂茀生、戴燮昌、符达、阳含和、贺其治同住在邮政代办所隔壁。后来，匡南也搬来和我们同住，我在日记中记下了这段生活。

1938年6月22日

匡南搬来了，而且是搬到楼上来和我同住了！我是多么喜悦啊！因为我半年来的幻想终于在这最后的半个月中实现了。但我又是多么焦急啊！（从这几句可以看出郭沫若《少年维特之烦恼》对我那时的影响。）因为我要他搬上楼的原因是楼下蚊子太多。但当他发现楼上太热时会不会又搬下去呢？我有一点快乐在心里，又有一点忧愁在眉尖。（从最后两句可以看出何其芳《画梦录》对当时青年的影响。）

6月23日

清晨起来就去百味斋买了一张嫩绿色的皱纹纸，遮在明瓦上面，不但挡住了太阳的炎热，而且使全楼显得异常的幽静美丽，我叫它“绿宫”。

符达和李祥麟去南昌，他们同时为燮昌、其治报名投考中央政治大学，戴和贺已经决定了今后的动向。匡南呢，他在会考后也要到四川去升学。只有我，既不能去四川，也不能考政治大学，只好像一头迷途的羔羊，站在人生的歧途彷徨，彷徨。（这似乎是受了郁达夫《迷羊》的影响。）

我向匡南吐露了我的苦闷，他说我们是给这流浪的散漫生活耽误了。我却觉得战时的流亡生活虽然耽误了我们的学业，却也滋润了干枯的心灵。匡南自从搬来之后，没有做什么功课，游泳直到天黑还不肯回来。我喜欢看到他沉浸在自然美之中，但更希望他能考取一个有名的大学，建立他未来事业的基础。

（后来他考取了西南联大电机系，但没有成为顾毓琇的学生，却转到气象系赵九章门下，比后来的科学院副院长叶笃正低了四班。贺其治考取了政治大学，又去英国利物浦大学读了国际法博士学位，现在是国际宇航科学院院士。戴燮昌没有考上政治大学，回来读了江西医专。符达考入厦门大学电机系，后来成了江西电厂总工程师。只有李祥麟最不幸，考入浙江大学外文系是第二名，但还没有入学，就因病去世了。这些中学时代的同学，除了贺其治外，都已经幽冥隔绝了。）

6月24日

昨写一信给李祥麟，今天又和匡南合写二信：一给树椒，一给含和。（树椒后来考入浙江大学史地系是第一名，历史研究所熊副所长说他是文史奇才，可惜二十几岁就已去世。含和考入中央大学航空系，后来是西安交通大学教授，现在也已辞世。）

在匡南的裤袋中找到一张字条，上面反复地写着：“如果你的情感不能感动人，那么，你就不妨冷酷点吧！”是说谁呢？

6月25日

近来，匡南不如从前用功。我对他说，他反怪我。他虽怪我，我还是不怪他。因为我们的友情足以消除任何误会，我们应该忘记彼此间小的过失，记住大的好处，这样才能团结在一起。匡南做事太没主意，容易受环境的同化。我对他的真话只能放在心里，说出来还要拐弯抹角。

晚餐后同匡南、其治、夔昌到河滨去游泳。匡南使我喝了一口水，我就把他压到水底下去，他又从水里把我扳倒。我们就这样胳臂扳着胳臂，大腿压着大腿，你起我伏，翻来覆去，闹个不停。这是不是也象征着感情的起伏呢?

6月26日

民生茶社三层楼落成，今天重新开张，我们在三层楼平台上吃了一顿：一盘肉丝，一盘猪肝，一盘腰花，一盘子鸡，一个蛋汤，小有南昌四照楼风味。符达从南昌回来，他们又去吃了一餐。我和匡南却买了些点心在绿宫吃，只有我们两个人在一起时，我觉得他对我好；如果他在别人面前冷淡了我，我就不高兴了。其实，如果他冷淡了别人，对我又有什么好呢? 我常说他不能改过，但他劝我忍耐些，仔细些，我做到了没有? 我真是太严于责人，宽于责己了。

6月27日

永泰的夏夜，天空钉满星斗，河面吹来清风，在堤边的绿草地上，我同思和坐着谈天，谈到我们的朋友和得罪过的人，不禁有点难过。从前我自以为有一些朋友，但当我发现被朋友利用去得罪别人的时候，就忍不住要发泄出来，结果连朋友也得罪了。从今以后，要记住思和在我纪念册上写的：“毋轻以喜怒，毋重于爱憎。”

6月29日

父亲来信，要我报考中央政治大学，我自问能力，似乎无望。但我小学毕业时成绩并不坏，为什么中学毕业时反而不行了？我相信只要用功一年，没有什么大学是我考不取的。

7月1日

今天同匡南在楼上温习了一天物理。晚上，民勋、树椒、吴茂来谈，说到中国政治的腐败，社会的黑暗，许多要人的丑事，简直使我不敢相信。因为世界如果真是如此黑暗，社会真是如此可怕，那么，一个纯洁的青年怎能走上政治舞台呢？匡南虽然年轻，但知道的似乎比我还多。我本来以为他没有主意，没想到现在倒是我没有主意了。

7月2日

一钩新月，几点疏星，照着民生茶社三楼的平台。匡南、燮昌、符达、含和、其治和我六个人围着桌子喝酒。我想起了弗生，记起了他的半醉论，他说：喝酒不醉，等于不喝；喝得大醉，自己难受，别人讨厌；只有半醉，可以随心所欲，做平常不好做的事，而别人也不会怪你。于是我就喝个半醉，让匡南把我扶回绿宫，送进纱帐。

7月3日

大哥来信，叫我不必到长沙去考中央政治大学，恐怕去时容易回来难。又说全国各大学今年联合招生，迁来泰和的浙江大学就有一个考场，不必舍近求远。我的升学问题就这样解决了。

7月4日

夜幕降临时，同匡南散步到汽车站，清风徐来，吹散了白天的炎热；明月高挂，美化了小镇的房屋，就像白雪掩盖了污泥一样。白天走这条路，想到的只是汽车站；月下走这条路，就迷离仿佛，如在梦中了。

7月5日

毕业会考的第一天，国文、史地、数学，大约都能及格。我不禁又有点自满了，因为三年的功课我只复习了一天。

下午游泳的时候忽然大雨如注，害得匡南半夜起来陪我去上厕所，那时草地上的水珠还没有干，不知是夜雨还是晓露惜别的眼泪？

7月6日

考完了英文和理化，我现在就算是高中毕业了。回想起六年的中学生活，再展望将来的出路，觉得有点渺渺茫茫。

晚上，同燮昌、符达、含和、其治、匡南在民生茶社三楼宴请我们的房东。桌上的鱼肉酒菜有如满天的晚霞，很快就会消失得无影无踪，而我们六个人也要各自东西：含和、匡南要去四川，其治、燮昌要去长沙，只有符达和我留在江西。我们就这样借酒浇离愁，度过了在永泰的最后一夜。

中学毕业之后

在我看来，真正有价值的是有创造性的、有丰富感情的个人，是个性。

——《爱因斯坦语录》

1938年10月31日

经过了一天五百里的颠簸，我终于在晚上到达了虔南。饭后一个人站在桥上，看着空中的一钩新月，听着桥下的潺潺水声，月渐渐地被灰色的云吞噬，水仿佛受到了战时紧张空气的压迫，发出了更急促的喘声，我想到了过去的半年，好像是被云遮住了的朦胧月色；我遥想着未来，会不会像桥下的流水呢?

11月1日

久别后虔南的第一个早晨，密云遮着晨曦，和风拂着头发，在钨业所的栅栏外面，我读完了鲁迅译的《死魂灵》。有什么事比自由阅读更有趣味的呢?愿意读就读，不愿读就玩；结果书也读了，人也玩了，何乐如之？回想从前读书贪多图快，不知道《死魂灵》这种书是要细细咀嚼，才能读出滋味来的，结果浪费了不少时间。

11月2日

读《福尔摩斯侦探案》，竟觉得不如读《死魂灵》有趣味。侦探案以结构取胜，初读时吸引力很大，奥妙全得之后，就不愿再读了。《死魂灵》却以描写人物性格取胜，我们可以在自己或别人身上发现乞乞可夫气或马尼罗夫气，读到对别人的讽刺，仿佛自己就旁观者清了。

11月5日

读30日《江西民国日报》，才知道考取了西南联大外文系，同时录取的有张苏生、吴琼和左飘，取是取了，但能不能去昆明呢？如去，交通不便，不知要花多少时间？多少金钱？万一中途遇到战事或轰炸，该如何办？如果到昆明后，交通断绝，经济不能接济，又如何办？如果不去，也不愿留在家乡，去哪里呢？真是去留两难啊！

11月6日

虽然考取了联大外文系，但自己读过的英文书并不多，英国的只读过王尔德的《莎乐美》，德国的读过《茵梦湖》和《少年维特之烦恼》。如去不成昆明，那只好请匡南在四川代买俄国果戈理的《钦差大臣》、屠格涅夫的《父与子》、法国福楼拜的《包法利夫人》、挪威易卜生的《玩偶家庭》等书来自学了。

11月9日

昨夜月高气寒，大地如洗。披着睡衣，站在网球场上，看到这儿的世界如此光明，如此美丽，哪里想得到几千里外，日本侵略军正在屠杀中国老百姓。

但是今天早晨来了两架日本飞机，在离钨业所三十米的地方，扔下了两颗炸弹，炸出了两个十米宽、三米深的大坑。没有集体安全，个人哪有保障？

11月12日

读《鲁迅杂感选集》。在南昌时，总是在午饭后到上课前的一个小时，或是在晚点后到熄灯前的半个钟头，躺在床上读一两篇，然后模模糊糊睡去，觉得分外有味。现在有了时间，反而觉得不如以前忙里偷闲读书更有意思。读《文学与革命》，鲁迅以为文学是没有多大力量的，它并不能改革时代；只有改革时代才能改革文学。所谓超时代的文学不过是和“自己提起自己的耳朵就能离开世界”一样自欺欺人。我学文学只想自得其乐，提高自己；如果每个人都得到提高，那不就是改革时代了么？

11月13日

这只是一个梦。仿佛自己已经到了昆明，并且参加联大乒乓球比赛，被选拔为校队队员，出征重庆，于是又和匡南、含和、其治在中国的新都重逢了。

为了实现这个梦想，我又上大吉山钨矿区，和父亲商量去昆明的事。父亲打算借支三个月薪水，让我去上大学。刚好钨业所后天有汽车去赣州，我决定后天离虔南。

11月15日

我来虔南时弗生的信等着我，我离开时他的信又来送行了。这封信很长很好，他谈到他不会交朋友，谈到他的交友观，认为周瑜和诸葛亮是知心的朋友；又谈到他爱读的书：《茵梦湖》和《时代的跳动》，还谈到符达的情况："符达他呀！在新淦有了爱人，打得火热，每天通信一封，（因不便晤谈，故代以信。）对象样样都和符达差不多：程度、资格、家庭、经济、漂亮。"弗生没有参加我们在永泰的别宴，这封信就等于送我去昆明的饯行酒了。

涂弗生1939年考入重庆中央大学农学院，1957年被打成右派，二十年后才得平反，1980年8月1日他在南昌见到符达，写了一首《念奴娇》：

流光逝水，太匆匆，几度花开花落！
蹀躞街头，昏老眼，笑我几同归鹤。
万寿宫边，百花洲畔，已失旧轮廓。熙熙攘攘，何事茫茫求索？

今日旧雨重逢，乘车戴笠，款洽情犹昨。
论旧相惊半为鬼，差幸犹堪自乐。

一代光阴，廿年功罪，销尽峥嵘角。
是非功罪，今夕何须评酌！

弗生诗词写得很好，“归鹤”用的是仙人乘鹤归来，发现物是人非的典故；万寿宫和百花洲都是南昌的名胜；“乘车戴笠”是说符达当时已是江西省电厂总工程师、全国人大代表，是个汽车阶级；而弗生只是个摘帽右派，符达款待他却很融洽，一如既往，并且和了一首《念奴娇》：

愁云驱尽，喜重逢，莫叹花开花落！
霜剑风刀逾十载，鹊信杳如黄鹤。
独倚高栏，凝眸帆影，空对春城郭。
寻寻觅觅，长年底事求索？

千里惊梦追回，儒生风格，一一情犹昨。
草绿江南春再到，百啭黄鹂欢乐。
执手相看，廿年霜雪，染白鬓边角。
休论功罪，一杯浊酒同酌！

弗生又写了一首《减字木兰花》：

酒酣耳热，半生落拓何须说？
相对言欢，今日重逢应破颜。
书诗误我，不合时宜没抛躲。
应是南人，荣辱恩仇不当真！

符达来信，告诉我弗生的情况，于是我们也恢复了联系。弗生来信谈到往事：中学“毕业时恰又家兄亡故，在家停学一年，结婚养儿子，还又混了几个月的小差事，认识到在那时代养家找饭吃不容易，于是就转而学农，并没有什么振兴农业，拯农民于困苦的大志，只是思量在没办法时，可以退守家中几十亩田地，学学陶渊明自得其乐，过过穷日子。可就是那几十亩田给戴上地主成分，又在中央大学莫名其妙当了蒋介石的学生，于是作了二十年的运动员，给踢了二十年，也好正给碌碌无为的我，到老不能有所作为有了遁词，怪命运不好，说‘非战之罪也，天也’。其实我彻底认清了自己，只是庸人，怎么摆弄都不会有大出息。因为我遇事都不认真，没有你和符达那样孜孜不倦、好学敏求的精神，反而想学庄周所说那样，宁曳尾泥涂，宁处材不材间，学诸葛亮那样‘苟全性命于乱世，不求闻达于诸侯’，而不学他‘鞠躬尽瘁’。在动乱时代不想浑水摸鱼，而愿超然物外，忘乎物我。这哪是积极人世的人生态度，会有什么成就呢？”回想小学中学时代，弗生学习成绩都好，结果不能尽其所长，未免可惜！还有匡南更加不幸，一九五七年十二月十三日才三十几岁就去世了。我写了一首《哀匡南》寄给弗生，全诗如下：

二十年前生离日，又是今朝死别时。
回首往事都成梦，从此生死两不知。
犹忆同学少年时，江畔读书各言志。
赣江流水新发电，故人已随江水逝。
万里求学去昆明，茅屋萤灯传书声。
西山削壁今犹在，翘首北望念故人。
联大毕业去重庆，君曾伴我游嘉陵。

北碚温泉水尚暖，故人地下骨已冷。
爆竹声中庆胜利，我曾偕君归故里。
雪拥鹰潭车不前，茅舍寒宵待鸡啼。
欧游归国庆解放，贺君新婚喜成双。
灯下谈心论诗词，冬夜传书惊早亡。
念君英姿如美玉，思君柔情似水长。
方谓英才展经纶，何期噩耗断人肠！
青山默默万点愁，百般相思付东流。
松柏常青伴君眠，三更梦里思悠悠！

这首诗收入我的回忆录中。弗生读后寄来一首《读诗与友》：

老来喜得故人书，絮絮声言少小时。
往事依稀浑似梦，平生颠踬恰如诗。
但凭浊酒夸潇洒，一任闲云自卷舒。
思绪浮沉谁共振？此情唯诉与君知。

现在还能谈谈这些往事的，就只剩下他和贺其治了。

大学毕业之后

“学而时习之，不亦乐乎？”这句话可能总结了我的一生，“学”就是得到知识，“习”就是付诸实践，学习得到了知识，经过实践的检验，证明是站得住的，那不是持久的乐趣么？联大时期主要是学习阶段，毕业之后主要就是实践阶段了。

联大名师如云，精英荟萃，我学到了什么呢？孔子说：“朝闻道，夕死可矣。”老子说：“道可道，非常道。”我学到了什么“道”呢？回想起来，关于翻译之道，吴宓先生说过：“真境与实境迥异，而幻境之最高者即为真境。”联系老子的话来说，就是翻译之道是可以知道的，但是真境并不等于实境。如果说“实境”是客观现实的话，那“真境”就是通过主观想象之后所理解的现实，就是现实主义。所以现实主义的“翻译”可以有两种解释：一种是翻译客观的现实（实境）；另一种是翻译作者主观描写的现实（真境）。后者往往会变成字对字的翻译，就是直译；前者却往往脱离原文的文字形式，而译出了原文的内容，那就是意译。但是吴先生的“真境”并不是直译，反而是意译。为什么呢？因为从原文作者的观点看来，客观现实是“实境”，作者主观描写的现实是“真境”；但从译者的观点来看，作者主观描写现实的文字可能成为“真境”，但也可能只是“实境”。如果只是“实境”，那就需要译者自己通过想象译出的文字才能达到“真境”。这是我毕业后在昆明天祥中学教书时，经过实践检验，对吴先生的“真境”和“实境”的了解。钱钟书先生说：“艺之至者，从心所欲而不逾矩。”更把翻译之道，提高为艺术之道了。

闻一多先生在他著名的《红烛》诗中说：“红烛啊！你流一滴泪，灰一分心。/灰心流泪你的果，创造光明你的因。/红烛啊！莫问收获，但问耕耘！”闻先生“莫问收获，但问耕耘”的做人做事之道，在联大影响很大，他还亲自到天祥中学来演讲，鼓励联大毕业生到中学教书。结果天祥中学教师中后来出了六个院士，至于大学教授那就更多了，这是联大学术自由的副产品。至于联大的民主作风，“五四讲演会”主持人李晓，“一二·一运动”游行主持人王树勋，都在天祥任教，所以天祥简直像个小联大了。短短五年之内，每年都有几个毕业生考取联大，考取云大的自然更多，所以师生都乐而忘忧了。

吴宓先生也来天祥中学讲过《红楼梦》，他在清华大学的师生恋早已传遍联大，对天祥的“师生情”也不无影响。天祥结成姻缘的有王树勋和罗泽瑜，张燮和黄庆龄，彭国寿和尹秀英，熊中煜和杜芸；不成功的有小万和阿珊，嘉真和小芬，如萍和我。不过中文系的汪曾祺说得好，人生总有缺憾，得不到的，才更有意思；称心如意，可能反而觉得平淡无奇。事情过了六十多年，今天看来也许会觉得汪曾祺说的不无道理。

香山忆旧

Behind yonder hills lies buried our youth.
What has become of it ?
（青山外埋葬了我们的青春。
现在怎么样了？）

——斯托姆《茵梦湖》

《吴宓日记》中说，香山这个地方联系着他如此深长的感情，使他回忆起来觉得余味无穷，并且写出了不少发自内心深处的诗文。假如他一生中没有这些感情的起伏，那生活就会显得平淡无奇，甚至没有什么欢乐可言，说不定他还会看破红尘，皈依宗教呢。

我在香山住过五个年头，生活中也有过我的意中人，但比吴先生晚了二三十年。青山虽然依旧，人物却全非了。吴先生先后陪过毛彦文和高棣华游山玩水，散步谈心；到了我们这一代人，香山成了我们外国语学院的校园，师生同在园内拔草运砖，别是一番滋味了。我曾写过一些不合格律的诗词如下。

香山脚下草地，拔草胜似游戏。

我问你答她笑，更加心醉神迷。(《清平乐》下片）

运砖急，一块一块往上递。
往上递，我左手交，你右手接。
莫道运砖太费力，而今劳动胜休息。
胜休息，身休受累，思想受益。(《忆秦娥》)

词中的你和她就是我那时的燕和蝶。有美人同劳动，让劳动也变成了一乐也，这是吴先生他们那一代人想不到的吧。不但劳动，就是园中景色，也和吴先生当年游玩时有所不同。我写了一首象征派新式的《念奴娇》：

天外飞来小蝴蝶，秋园平添春色。
万花欲谢又重开，枯枝长出绿叶。
池塘苏醒，秋水荡漾，将蝶影迎接。
百鸟唧啾，争把心事诉说。

蝴蝶拍拍彩翼，掠过枝头，蜻蜓难比捷，
无可奈何飞去也，留下梨花如雪。
声遗空谷，香藏花蕊，彩霞映秋色。
寂静秋园，难忘瞬息闹热。

这里写的池塘，是指香山脚下的眼镜湖，上有苍松翠柏，旁边有一个水帘洞。不知道吴先生和高棣华有没有在水中留下他们的俪影？我在香山住过乾隆皇帝的见心斋，蝴蝶还曾化为帝子，飞到我房里来为我补过衬衫，我又写了一首新式的《清平乐》：

天高云飞，帝子下翠微。
带来彩霞万千朵，为我织被缝衣。

深苑寂寞梧桐，忽觉人去楼空。
徒有长线在手，何时织成彩虹？

说来也巧，我在香山外国语学院上课的教室，有一年就在眼镜湖和高棣华住的地方之间，关于上课和课后谈话、文娱活动，我也写过一首《沁园春》如下：

南国佳丽，蓓蕾初开，风华正茂。
忆声韵初学，铿锵在耳；谈笑风生，珠玑出口。
台上曼舞，台下依偎，一声“啼雀”一魂消。
仲夏夜，看红颜素妆，分外妖娆。

美目盼兮巧笑，使风流人物甘折腰。
惜长夜漫谈，良宵恨短；小别一日，如隔三秋。
留下发夹，带来新土，都教人终日凝眸。
凝眸处，何日再平添一段风流？

小蝶喜欢歌舞，有时登台表演，有时在台下观赏。她喜欢坐在我身边，像一只偎人的小鸟。她叫我“啼雀”（Teacher），仿佛可以把她自己提高到和老师平等的地位。在夏天夜晚看露天电影，她穿一件白衬衫，在青山绿水之间，她的身影显得特别纯洁美丽。有一次她雨后来我房里，问我翻译“又要马儿好，又要马儿不吃草”时，是否可以用 either？她的鞋子带来了香山的泥土，头发上还带着晶莹的水珠，她却满不在乎，就在我面前梳起头来，结果把头发夹子和湿土都留在我房间里。这些微不足道的小事经过回忆的美化，反而显得余音绕室，三日不绝。就像《茵梦湖》中的青山一样，香山的湿土中也埋藏了我们的青春。

正如纪德在《伪币制造者》中所揭示的，情人只是自己创造的神化偶像，所以我诗词中的蝴蝶，有时成了帝子，有时又成了巫山的神女。

巫山风雨来仓皇，洛水神女下西厢。
伶牙俐齿谈往事，明眉皓目论文章。
不可轻生随安娜，只宜斗争学牛虻。
人非草木谁无情？能不思慕楚襄王？

安娜指《安娜·卡列尼娜》中的女主角，为了婚外恋而自杀。《吴宓年谱》中有评论，为安娜的丈夫打抱不平。我有一本法文译本，中有费雯丽扮演安娜的照片，小蝶看了非常同情安娜，由此可见两代人道德观和爱情观的不同。牛虻是英国伏尼契小说中的革命者，放弃了爱情和天主教做斗争，最后却为爱情而牺牲了生命。这部小说在苏联和中国风行一时，在本国却不是畅销书，吴先生可能没有读过，不过牛虻最后殉情的精神和他是一致的。小蝶却只佩服牛虻的斗争精神，并不欣赏他为爱情做出的牺牲，她的看法代表了他们这一代年轻人的思想感情。我们在一起的时候自然不只是读书论文，我还写过一首更现实的新式旧诗：

朝夕相处怎能忘？烛前灯下影成双。

手把手教学打字，肩并肩坐读文章。
尝罢蜜糕心如蜜，吃过香蕉口生香。
飞针走线赛织女，架桥渡河学牛郎。

可惜好景不长，一年之后，小蝶就要远走高飞了，这时写的诗词更多。

朝霞晚星露水缘，徒然情思舞翩跹，无奈明月不长圆。
一声霹雳晨昏变，云散星沉水中天，可怜辰光不留连。
(《浣溪沙》)

好景不留连，冬云蔽天，晚霞新月两不见。
彩燕已飞百里外，今宵谁边?
寒窗对孤灯，夜长难眠，且开影集看照片。
洛水神女今何在？早回人间。(《浪淘沙》)

手持玉钗忆青丝，云鬓半散梳妆时。
恨无红豆饰发夹，颗颗粒粒寄情思！
终日望君君不至，望到夜深人静时。
无可奈何花落去，虽曾相识燕来迟。

海滨仿佛曾相遇，两年后，又相聚，
何期冬残岁暮，重温青春情趣！
把手细看灵巧指，抚膝但羡浅蓝裤，
对美目笑盼，不羡神仙福。

一场相思凭谁诉？算前言，多轻负，
来去翩若惊鸿，恨无情丝系住。
说不尽聪明灵秀，忘不了倾心谈吐，
只道相见难，怎如离别苦！（《昼夜乐》）

这段情缘因为相思多于现实，所以时时萦回心头，只有在睡梦中，才能得到报偿。

多年离合空惆怅，不思量，怎能忘？
碧山蜀水，千里话凄凉。
纵使相逢难叙旧，强欢笑，暗断肠。

夜来丽影入梦乡，穿缟素，脱戎装。
过门越户，何曾离身旁？
笑向老妪借宿处，人无语，月如霜。(《江城子》)

《吴宓日记》中说，一九三四年八月他陪毛彦文在雨中游香山，到了玉泉山、碧云寺和卧佛寺，晚上在颐和园门口分别，毛彦文还哭泣不止。到了一九三六年七月，他又陪高棣华来游香山。十一日的日记中说："宓爱彦既深且久，失彦后乃复爱K。岂天使K来代替彦而继承彦以为宓爱之对象耶？"

我也一样，蝴蝶飞走之后，又飞来了白燕。如果说蝴蝶有沐浴在金色阳光中的翅膀，白燕就有沉浸在如水月色中的银翼；蝴蝶动如狡兔，白燕静如处子。听到她们的莺歌燕语，令人心醉神迷。白燕告诉我说：她出生在桂林，后在湖南长大。她的父亲是个将军，所以她是在马背上长大的；她的母亲结婚很晚，去世却早，所以父亲对她特别钟爱。要写新时代的人物，不能用旧体诗词，但又不宜脱离传统，所以我就试写半新的旧诗了。

白燕展翅万里飞，飞入李花两心醉。
淡妆巡夜夜生色；轻身斗雪雪添肥，
可上九天代新月；曾下五洋衔银辉，
旧时王谢堂前客，何期今夕戴月归。

桂林山水钟灵秀，七星岩洞化七窍，
漓江流水万丈青；阳朔风光千条柳。
春山画眉缓缓起；秋水比目微微笑，
此景人间难得见，仙女只应天上有。

万山红遍层林染，银月弯弯露醉颜，
光洒湘江千里雪；露滴岳麓百花园。
欲借北碚温泉水，浸润南国白玉娟，
芙蓉岛上朝晖起，罗衾不怕五更寒。

第一首是借物写人，第二首是借景写人，第三首是借景写事。白燕告诉我，她小时候喜欢在河里游泳，使我想到她白皙的身影映照在一清见底的漓江水中，或万山红遍的橘子洲头；但她后来怕冷，就更喜欢在温泉戏水了。她还喜欢打羽毛球，在家里同父亲或母亲打。母亲能歌善舞，随着父亲东征西战，吃苦耐劳，不幸英年去世，令人惋惜。我听后就写了一首短歌。

楚国将军征战久，年过四旬家未有。

西园惊艳遇木兰，双双挥拍击羽球。
粗通文史善舞剑，略识音韵工刺绣。
远征不畏步履艰，负重岂为儿女忧？
红砖万块修金屋，绿荷一叶胜仙酒。
行军途中惊噩梦，野战归来哭垂柳。
黄昏失伴雁失侣，寒光满甲泪满袖。
廿载恩情随风去，一江春水向东流。

白燕是在运砖时，一边劳动，一边对我讲的。她看见我热得满头大汗，就用她的水杯去盛了一杯冰水来，和我同喝。对我而言，正是“绿水一杯胜仙酒”，甚至胜过了晏几道的“彩袖殷勤捧玉钟”了。

有时我和白燕在眼镜湖畔相逢一笑，“骄阳如笔画翠柏，秋水似镜照青天”，在湖上留下了我们的影子。有时在图书室的绿纱窗前，“云破月来花弄影，风吹绿叶诉衷情”，在青草上留下了我们的声音。七月七日，我在林荫道上看见白燕嫣然一笑，就约她在七夕之夜去图书室，并且写了一首《忆秦娥》和一首七言诗。

垂柳绿，参天杨下人如玉，
人如玉，袖藏春色，口露珍珠。
耳鬓厮磨如入梦，窗前灯下谈读书，
谈读书，多年夙愿，半生艳福。

七月七日鸟语时，东宫伴读谈文史。
银冰艳舞卡特琳，沙漠苦战埃塞斯。
钟鸣十二大卫生，枪声三响亚瑟死。

西为中用读小说，继承发展创新世。

白燕是将军的女儿，我把她比作东宫太子。埃塞斯和卡特琳是英国小说《外交家》中的男女主角，亚瑟是《牛虻》中的革命者，大卫是狄更斯小说中的英雄，原译文说："钟开始敲，我开始哭，两者同时。"我改成："钟声当当一响，不早不晚，我就呱呱坠地了。"白燕说改得好，如闻其声，可以说是推陈出新。

我的译文得到知音欣赏，翻译的兴趣仿佛增加了一倍。译完一章之后，我就拿去给白燕看，不料她生病了。我去医院探视，只见她"玉颜憔悴露病容，黛眉微锁遗愁痕"。我谈到翻译的稿子，说是不好意思给她增加麻烦。哪里知道她的眉头忽然放松，笑道："说不定读到好译文，兴趣一来，病倒好得快些。"我又写了一首七言诗：

晓露浸阶地尚湿，绿窗送书叶初黄。
罗帐草席相对坐，蓬发赤足谈华章。
感君抱病读译稿，却道选词乐无量。
忧虑顿忘九天外，何时同舟游漓江？

白燕病好之后，有一次同去听报告，天气闷热，报告枯燥无味，我怕她又要听病了，不免时时看她一眼，一边看她，一边模仿李清照的《醉花荫》写了一首词。

密云浓荫锁长昼，熏风吹不透。
玉人坐门口，把扇轻摇，微卷春衫袖。
几番欲看又回头，不便多凝眸。

怎个不魂销？风卷罗裙，人比荷花俏。

某个时期，白燕在豆腐房劳动，还要喂猪。说也奇怪，她做的豆浆似乎特别可口；她去喂猪，猪圈也显得美化了。我就写了两首短诗，还模仿李后主写了首《一斛珠》。

纤纤十指煮琼浆，点石成玉豆渣香，
三生有幸亲芳泽，深院风来忆潇湘。

白云绿柳送残春，土墙木栏半掩门，
亭亭玉立猪圈旁，黛玉葬花君锄粪。

晨装素裹，脂粉哪用些儿个？
一笑微露丁香颗，娇声漫应，哎咿胜轻歌。
俯首面壁背向我，绿衣蓝裤娇无那，
轻拍玉肩纤手摸：黄金叶里，卿卿吃可可。

词中写的是我去打豆浆时，送了她两块用金纸包的可可，以示慰劳之意。这些小事，回忆起来，似乎还可闻到口角噙香呢。

白燕毕业之后，飞回燕山，我去她家看过她，还写了一首《沁园春》。

独上翠微，多年心愿，今日初了。
看阳光普照，林荫小道，金屋新巧，好藏阿娇。
玉臂半露，罗裙微掀，无限春光眼底收。
惜春残，难同游胜地，遗恨悠悠。

携来相机快照，莫错过良辰美镜头。
看葡萄架下，美人蕉后，玉石栏前，帝子含笑。
并肩上山，同步下坡，形影不离画中游。
叹浮生，能为欢如此，尚复何求？

后来燕蝶都飞去了美国，只剩下这些有情无性的诗词，与白云共悠悠了！

海滨寄情

无路可通的森林自有乐趣，
荒凉的海滨可以尽情欢畅，
无人闯入的地方才有伴侣，
海洋咆哮的音乐令人神往，
我对人类不如对自然情长。

——拜伦《人与自然》

1950年11月7日，我从伦敦乘船回中国，在船上用英文或法文写了几页日记，现在摘译如下：

11月14日（星期二）

在地中海上航行了一个星期。地中海不如两年前来时那样风平浪静。今天到塞得港，看到月亮沉下海去，天上的星星仿佛在眨眼流泪，为她演奏葬歌，海浪似乎在编织她的尸衣。

11 月 18 日（星期六）

到了亚丁港。中学时代看到亚丁的风景邮票，觉得很美，现在身临其境，反倒觉得不过如此。船上举行了跳舞晚会，选了一位漂亮的英国小姐做舞后，请她发奖给桥牌比赛和乒乓球赛的冠军。我在同船的中国留学生助威声中，打败了赴任的英国驻香港副领事，赢得了奖赏，并由舞后伴跳华尔兹舞。这位艳若桃李、冷若冰霜的英国小姐跳起舞来居然有说有笑，仿佛是音乐使她的心灵、舞蹈使她的肉体都升华了。但愿这是我回国胜利的前奏。

11 月 22 日（星期三）

船到了孟买。城市显得陈旧，穷人就在街头露宿，只有海滨大道十分美丽，一边是风帆片片，一边是高楼如林。前方直立着灯塔，使我不禁想起和芳西的罗马之游来。人在占有或自以为占有的时候，并不感到幸福；只有在失去了的时候，才会发现占有的可贵；或者从旁观者的眼中，才更容易体会到自己的幸福。这也许就是人家为什么说：结婚不如恋爱，恋爱不如失恋动感情吧。

11 月 24 日（星期五）

每隔两三天，船就靠一次码头。生活平静得像冬天的海面。每天早晨，印度侍者就来把我们叫醒，送上一杯红茶，一个蜜橘，这是在床上吃的。到九点钟才吃早餐，一般是麦片粥和火腿蛋。上午还敞开供应冰淇淋。一点半开午餐，先上一个汤，第二道菜是一块炸鱼，第三道是主菜，鸡或肉加蔬菜，还有咖喱饭、冷肉和沙拉；

然后是布丁或冰淇淋，最后上一杯牛奶咖啡。四点半英国人吃午茶，我只吃过一次，就不去了。八点钟的晚餐和午餐差不多，只是加了一道水果。法国以西餐闻名，但我常在巴黎学生食堂用餐，多是一个餐盘装上一格冷菜，一块猪排或牛排，一盘蔬菜或通心粉，一份果点，一段长条面包，远不如英国船上讲究。今天船到哥伦坡，上岸观光之后，我还赶回船上用餐，因为岸上吃得并不比船上好。

11月28日（星期二）

船到槟榔屿。有一位华侨夫人开汽车来接我们上岸观光。一条林荫大道直通市内，两边都是棕榈，典型的热带风光。她带我们看了蛇庙，坐了登山电车，游了瀑布公园。回船后晚上开舞会时，船上新来了一位美丽的华侨小姐，我和她同舞时，又想起了东方女性的温柔妩媚，这在西方女性中是不容易找到的。

我们在船上还参加了印度的节日活动，表演了一个节目，唱了一支《开路先锋》歌。那是30年代进步电影《大路》的主题曲，男主角是当时的电影皇帝金焰，女主角是小鸟依人似的陈燕燕，赵丹那时还是配角，演了一个普通的开路工人。《开路先锋》的歌词如下：

轰！轰！轰！我们是开路的先锋。（齐唱一遍）
不怕你关山千万重，（齐唱）
几千年的化石积成了地面的山峰。
前进没有路，人类不相通。
是谁障碍了我们的进路，障碍重重？（齐唱）
大家莫叹行路难，叹息无用！（齐唱“无用！”）

我们，我们要，要引发地下埋藏的炸药，对准了它轰！
轰！轰！轰！看岭塌山崩，天翻地动！
炸倒了山峰，大路好开工。
挺起了心胸，团结不要松！
我们，我们是开路的先锋。（齐唱）
轰！轰！轰！哈哈哈哈！轰！

由我领唱，大家齐唱，歌声雄壮，气势磅礴，得到了满堂的掌声。

回国之后，我们的确成了开路的先锋，首先是到农村参加土地改革运动，为建设新农村开辟道路。

在土改时，我了解到了新时代的新女性。她们既不像西方的女性那样精装打扮，也不像东方的旧女性那样温文尔雅，而是飒爽英姿，正在打破男女界限。我在四川永川县石庙乡五村土改，在四村的王桂是和我同车南下、同船西行的一个新女性。她穿一身男女不分的干部服，和男干部同吃同住，甚至同睡一张大床，也满不在乎。她到五村来和我交流经验，我把工作报告给她看，大意是说我来五村之前，群众没有发动，不愿开会，经我挨家访贫问苦之后，群众觉悟提高，开会人数增加，斗争地主积极。她看后说我的文章写得很好，但并没有深入群众内心，没有个别事例。我觉得她眼力很高，晚上到石庙去开会时，就到四村去约她同行，一路上听她谈村里的具体情况，说得娓娓动听，声音柔和，好像天上柔和的星光。我这才发现我的工作浮在表面。到了镇上，她还没吃晚饭，我就请她吃了一碗面，她倒也不客气，想吃什么就吃什么，并且和我谈到她的故乡青岛有多么美丽。

土改后回北京，我听了她的话，到青岛海滨去度假，住在山东大学；她也回家探亲，到山大来找我，要我去看看她的未婚夫。然后她同我去海滨，租了一条小船，划到海上，问我对她的未婚夫印象如何；我说不错，她就高兴得唱起歌来。可惜她没带游泳衣，要不然，海浪不但录下了她的歌声，还可以画下她的倩影。我没想到，她后来出任了中国驻欧洲的女大使，但在当时，我却在日记中写下了自己的心情。

1952年9月11日（星期四）

在石庙四村堰塘前的草屋里，是王桂教我爱青岛的海；在山大的沙发上，又是她教我要全心全意服务，不要为个人想得太多，恋爱不只是为了享乐……但我记得的却是水上泛舟，海滨微笑……（关于微笑，那是指另一个更漂亮的女性）

9月18日（星期四）

……我的足迹遍布半个地球，但我的心却留在青岛的海滨，我的眼睛只能看见她的微笑。她穿了一件绿色的游泳衣，在海水中俯仰浮沉；我站在沙滩上，眼睛凝视着她，好像一块化石。我真想变成一块化石，好永远享受海滨的美色。

王桂说得不错，应该全心全意服务；但生活也不能只是 duty（义务、服务），还需要美（beauty）的享受。谁来美化我的生活呢?

我用不着变成化石，第二年又在北戴河海滨享受了美色。

1953年7月30日

难忘的一天！昨夜在红绿色的灯光下翩翩起舞，今晨想在渗透着阳光的波涛中寻求更大的满足；但是海涛尽自拍岸，岸上并无人来。一个人游泳也没兴趣，正失望着，忽然遥遥望见海水深处有两个黑点，于是勉强自己也向海心游去，想找个游伴。黑点越来越大，慢慢看得清头部和胳臂，头上都戴了游泳帽，原来是两个女性，这是第一个意外！再往深处游去，看得见脸孔了：戴红帽的是个妈妈，戴黄帽的……嘿！真漂亮！当然是女儿了。这是第二个意外！

“前面有流，要小心点！”黄帽告诉我。

“哦！”心里很感喟她的关怀，以为“流”是海蜇一类的东西，就跟着她们游回来了。她的游泳衣露出水面时，显出了她健美的大腿，游泳裤上有“北京”两个字。

“你是北京的选手？第几名？”

回答是竖起了一个指头。

“北京第一名？”

“全国。”

“哦！祝贺祝贺！”心里完全感到意外。

到沙滩了，但她妈妈又叫她带小弟弟下去游。旁边有人给我介绍：她父亲是著名的医生，母亲从小教她游泳，每年都到北戴河来，结果打破了全国纪录。她现在天津音乐学院学习。她再上岸，我就找到话题了。

“你认识洪士圭、张宁和吗？”

“他们都是我的老师。”

“洪士圭钢琴弹得好，在巴黎得过奖；张宁和在比利时学指挥。你上过他们的课没有？”

“没有，我下学期不在音乐学院了，要到匈牙利去。”

“去几个人？”

“就我一个。”

“那太好了！可以看看蓝色的多瑙河。不过我听说学唱的人多半都去罗马。”

“我不是去学音乐，是学游泳去的。”

“哦！”

“你是学什么的？”

“外文。”

“我原来也在燕京大学读外文，后来院系调整，就到天津来了。”说时，她用金黄的沙子埋住她金黄的大腿。

“我们等等一同游到海心去好吗？”

“我们预备从岩石那边的海湾游到中心再回来，你能游那么远吗？”

“要不要游一个钟头？”

“那倒不要。”

“那可以游。”

她妈妈叫她下水了，她答应着站起来，却回头对我笑笑：“走吗？”

我对她妈妈作了自我介绍，她妈妈问到巴黎、卢森堡公园、拿破仑墓、凡尔赛宫、枫丹白露宫，问我在哪里工作，从前在哪里读书。到了海心，我听见她对妈妈说：

“我觉得他说的法文很好听。”

是太紧张？是太兴奋？我游得有点吃力了，想找借口游回去，又不愿放过机会，更不愿在她面前泄气。恰好她妈妈要教她救人，我就假戏真做，让她把我救到岸边。

她们要回去了。我说：“我还不知道你的名字呢！”

她在沙滩上写下了姓名和地址，反问我道：“你的呢？”

我说：“我写信告诉你吧。写在沙滩上会被海水冲掉的。”

她说：“海水不会冲掉记忆，也不会冲掉友谊。”

1957 年 8 月 15 日，我在北戴河海滨补记了我认识电影明星阿廉的经过。梁任公在谈诗的时候说：“事愈写得详细，真情愈发挥得透彻，我们…… 可以理会得真即是美的道理。”阿廉是电影《秋》的女主角，和她单独在一起待上几个小时也不容易，我就把这“相见时难别亦难”的过程记下来了。

6 月 29 日

去年，第一次在舞台上听见了她的歌声：“碧空陨落，漂泊亦如人命薄；谁舍谁收？一似桃花逐水流。”后来，在画报的封面上看到了她的婀娜倩影，又在银幕上发现了她的温柔多情，不免有点羡慕《秋》里面的觉新了。冬天，在阿喜（联大同学邓海泉的夫人）家里看到了她的照片，使我又惊又喜，原来阿喜是她的二姐。于是立刻要海泉写封快信，寄去一本我翻译的《一切为了爱情》。她还没来北京，我已等待半年了。

今天早晨，钟元昭（她的大姐夫，我的桥牌搭档）来电话，说她已经来了，要我去会一面。我正在写《哥拉·布勒尼翁》的序言，哪里还写得下去？立刻擦擦自行车，换上新装，冒着炎热赶进城去，在人民文学出版社领了三百元稿费，在清华园洗了个澡，就同元昭到和平宾馆去了。

她住在 615 号房间。元昭敲敲房门，进去之后，就介绍我和她握了握手。她穿一件红花高领短袖上衣，一条方格红裙，一双白色凉鞋，坐在床上，兀然一看，可不就是《秋》里的翠环么？我坐在书桌前面，她给我们倒了两杯白开水，因为水是她亲手倒的，也就不亚于玉液琼浆了。

她的大姐阿莱敲门，给她带来了一暖瓶冬瓜汤。她就坐在箱子上喝，说是天气太热，刚晕飞机，头还在痛。我介绍她吃晕车药，建议她明天去游泳，她摇头一笑，说是不行。这一笑呵，真是百媚俱生。她给我们看照片，说要带去苏联送人，我要了一张她坐在公园的石凳上照的，并且请她签名。她就坐在箱子上写下了“健廉”二字。元昭说是他姐姐和姐夫（就是昆明天祥中学第一任校长邓衍林夫妇）约了我去他家打桥牌，于是她把我们送下电梯，握着我的手说：“明天再见。”

6月30日

元昭昨夜临别时说：阿廉约我今天早晨到和平宾馆去早餐。今晨又来电话，要我直接到北京大学衍林家去和她会面。一到北大，她三姐妹大大小小十几个人都来了，没有单独谈话的机会，只好吃吃饭，谈谈天，照照相。直到她要走了，我才不得不问她明天什么时候有空？她笑着说：她很被动，做不了时间的主人，要我明天早上九点打电话 5-5131 转 615 再谈。

7月1日

早上打电话给阿廉。八点半打，怕她没有起床；九点钟打，又怕她吃早餐去了；她昨天不就是九点吃的吗？为什么她叫我九点打电话呢？结果决定八点三刻就打。

“你是阿廉吗？起来没有？”

“刚起来。”

“昨夜睡得好吗？”

“不太好。”

“那今晚能去看戏吗？”

“今晚不行了，有事。”

“下午呢？”

“下午要补睡午觉。”

“那我现在就来看你好吗？”

“我上午不出去。”

“那我马上就来，你在宾馆等我。”

十点多钟到了和平宾馆，她坐在床上，穿着紫色花睡衣，云鬓不整，面有倦容。看见我来，她又起来倒水。我说不要，就在桌前的软凳上坐下，她也坐在床前的小沙发上，就这样面对面地谈起话来。话从电影谈起，她说：

“孙道临演觉新稍微过分一点，觉新对瑞珏只有感激，他却演成了爱情。”

“感激会不会慢慢发展成为爱情呢？我看觉新在瑞珏死的时候也是在爱她了。”

于是问题谈到什么是爱情，爱情和喜欢的分别。我说：

“爱情是带占有欲的，喜欢却不一定要占有。（这还是 1940 年夏天在阳宗海边听南茜讲的。）要知道一个人是不是爱，只要看他是不是妒忌。（这是 1944 年我在如萍日记上的批语，十多年来思想没有什么变化。）”

她没有说什么，话题就转到我们自己身上来了。她说：

“你的书（指《一切为了爱情》）我收到了，印得太密。那时我在粤北巡回演出，所以没有回信。不过我认为这是不可能的，我们的行当不同，互相也不了解，你不知道我喜欢什么，我不知道你喜欢什么，怎么能谈爱情呢？”

我随口说了四句诗：

> 莫说我们不是同行！你用歌声盖瓦，
>
> 我用文字筑墙，共同建设社会主义大厦。

她莞尔一笑了。我就接着说：“自从看了你主演的《秋》以后，我就迷上你了。我觉得如果能做觉新，让你那么温柔多情地爱着，那真是难得的幸福。”

“做觉新是幸福的，”她说，“不过我并不是翠环。你爱的是翠环，并不是我。我是一个没有情感的人，所以我劝你不要陷到感情的泥坑里去，免得拔不出来。我们只能做普通的朋友。我现在也不打算结婚，最要紧的是搞好工作。”

我说：“我日常生活中最大的乐趣也是一面听音乐一面搞翻译。不过一到周末，工作就做不下去了，心里感到空虚寂寞，而这种空虚并不是工作或友情可以填满的。”

我们就这样像普通朋友一样谈下去了。她问我的工作情况，家里有什么人？什么时候留学？什么时候回国？怎么回国六年还没申请入党？我只得承认思想没改造好。并告诉她，我从前浪漫主义思想严重，一次为了南茜，几乎月夜淹死在阳宗海；一次为了追随游泳冠军，游到海心几乎游不回来，而且觉得像雪莱一样死在海里很美。

她也告诉我说，她小时候没有上学，十三岁开始学唱，后来到南洋去演出，她也去过蛇庙，还拍过很多电影。我问她喜欢什么外国影片，她说苏联的《奥赛罗》真好，她只看了电影说明书就去看俄文片，虽然不懂俄语，结果却感动了。又说她看过一部法国的芭蕾舞片《罗米欧与朱丽叶》，觉得比乌兰诺娃跳得更好。

这样谈得非常投机，时间不知不觉地过去了。直到阿莱要人送冬瓜汤来，她就说：“吃午饭去吧。”我说：“你换衣服，要不要我出去？”她说：“不用，我在洗脸间换。”

她换了昨天穿的浅褐色上衣，深褐色长裤出来，我就提起那个热水瓶装的冬瓜汤，同她一起下电梯，到一楼餐厅吃饭。服务员看见她来了，就在圆舞池南口西边第一根圆柱旁摆了一张方桌，铺上一张白色台布，摆起两副碗筷，她朝东，我朝西，面对面地坐了下来。她让我点菜，我要她点，她就像平常一样要了一个咕咾肉，一个炒芥兰，另外为我加了一个溜鱼片，说她喜欢吃溜鱼片的木耳；还要了一个碗盛汤，说她喜欢吃冬瓜熬得完全溶化了的冬瓜汤。我们就这样吃了一餐便饭。吃了我要付账，她说她是主人，自然由她请客。

饭后，她要去东安市场买东西，把热水瓶存在一楼，同我出去。出门时我给她开门，反而妨碍了她走，使她娇媚地笑了。一出前门，她立刻戴上宽边的黑眼镜，张开小阳伞，我走在她右边。走到金鱼胡同，她的凉鞋滑了一下，我赶快扶住她的胳膊。进了东安市场，她要买鞋，走过一家西服店，我想买一条凉快的柞绸长裤，她说凡尔丁的更好，并且要我试穿一下，还用手摸摸裤子，发现了一个线头，要店员换了一条。她买鞋时，看中了一双蓝色浅鞋，不知道尺码合不合。我用手指量了一下她的脚，不大不小。于是我们满载而归，满心欢喜。

回到和平餐厅门口，我说进去喝杯冷饮吧，她先说不渴，后来还是进去了。我们在进门左手第二张桌子前坐下，一个华侨发现了她，立刻用广东话大叫，说她来了。我这才明白她不到门口的餐厅是怕引人注目。她要了一客冰淇淋，我要了水果冰淇淋，上面奶油很多，我要她尝一点，她就用小银勺在我的碟子里舀了一勺。吃完了冰淇淋，她要我给大姐打个电话，要她晚上带一百块钱来，然后我们一同回到六楼。

她洗脸后，我发现她鼻子右边还有一个黑点，就用手摸着她的脸问：是不是没洗干净。她说是生来就有的。我也在她的洗脸间洗了手，看见她有一条黄色皇后毛巾，（和我的一样）还有一条是粉红色的丝光巾，牙膏是高尔洁牌的，梳子是有三排齿的。我用她的梳子梳了头发，应该告辞了，忽然起了一个念头，就对她说：

"我晚上还要去订戏票，现在时间太早，天气又热，叫我到哪里去呢？"

"你去看看电影，或者逛逛百货大楼吧。"

"我一个人不去。"

"我没有来以前，你还不是一个人去？假如我没有来，你怎么办？"

"你睡你的午觉，我就坐在沙发上歇歇，怎么样？"

"不行。我有人在旁边睡不着。"

我只好告辞了。走到门口，忽然又起了一个念头：

"你这次去莫斯科参加青年联欢节，当然知道莫斯科的礼节了。"

"这里又不是莫斯科。"

她赶快把我送到门外，握了握手，就关上房门了。

后来元昭告诉我：她本来对我印象还不错，告别时就觉得我轻浮了。于是我写了一首诗给她：

莫说我太轻浮！蝴蝶见了桃花，能不飞上枝头，心意飘飘？

莫说我不专情！你还没来北京，我已等你半年，情意绵绵。

葵花旁有野菊，花心只向太阳。太阳已去西方，花心惆怅。

诉真情，有谁信？无人知我一片心，
唯有窗外半边月，伴我不眠到天明。

诗中的野菊指我的一个女友，西方指莫斯科。她去莫斯科后，我还写了两首诗给她：

阿廉，阿廉，
怎不叫人思念！
忘不了你迷人的歌喉；
忘不了你醉人的笑颜。
忘不了你对工作的热爱；
工作对你说来就是愉快。
你的工作
就是美化生活。
你将要把歌声
织成一条彩虹：
紫的高音，红的低音，
高高挂在天上，
从莫斯科到北京，
架起友谊的桥梁。
你把和平和友谊带去远方，
也带走了我心里的宁静。
我渴望着你的心声，

像旱地期待着甘霖。
我拿着小扇，
望着明月晴空；
我真想做小扇，
给你带来清风；
我真愿做明月，
夜夜照你入梦。
我要把我的眼睛
化成列宁山上的红星：
我要把我的耳朵
变成摩天楼的窗户；
好听你的清音，
好看你的歌舞。
但愿我的头发能化为树叶，
好给你遮日蔽天。
但愿我的血液能化为河水，
使你一见莫斯科河，
就会想起了我。

她从莫斯科回来后，我和她三姐妹全家还同看过戏，吃过谭家菜，也吃过馄饨侯，但她不肯再给我单独的机会了。阿莱本来说过：如果我有决心专去广州看她，那一定可以感动她。她回去后，我从北戴河海滨又寄了一首诗去，但是没有回音。

在那遥远的地方，有个美丽的女郎；
她有窈窕的身材，爱穿红色的衣裳。

她把年轻的生命，化为热情的歌声，
歌唱和平和友情，歌唱劳动和青春。
听见她的歌唱，百花一齐开放，
用颜色来伴奏，使歌词吐出芬芳。
听见她的歌唱，湖水露出笑颜，
天鹅纷纷起舞，星星睁开睡眼。
金星听得入迷，从梦中飞到地上，
变一块金质奖章，挂在她的胸膛。
光荣笼罩在她身上，遮不住她内心的忧伤；
她歌唱别人的幸福，想掩饰自己的失望。
她歌唱爱情的甜蜜，自己却只尝到痛苦；
在夜深人静的时刻，她内心也感到孤独。
她想起负心的男人，满口是蜜语甜言，
骗取了她的青春，却不免见异思迁。
她把失望和痛苦，埋葬在心灵深处，
把工作放在第一位，使忧伤不能流露。
但是一天工作完毕，她又不禁发出叹息：
“人生只要活到四十”，话里有无声的哭泣。

有一个海外归客，在四海寻找爱情；
找到过一些少女，但没找到灵犀的心。
听见红衣女的忧伤，他的心弦也发出共鸣。
使别人幸福的人，为什么自己反而不幸？
给别人爱情的人，为什么自己得不到爱情？
他愿使不幸的人幸福，他愿献出他破碎的心。
但他的异国情调，得不到她的信任；

看见他过去的情人，她更怀疑他的真诚。
她怕他也见异思迁，她怕自己再度受骗；
虽然他是一片真心，她总怕是花语巧言。
海外客无以自明，独自在海滨呻吟，
向明月表白心迹，向大海吐露衷情：
“难道我不曾为了她，斩断心头的旧情？
难道我不是只有谈她，才感到鼓舞欢欣？
如果她要火而我是冰，如果她要爱而我无心，
厌弃我吧！无弦琴，怎能伴奏她的清音？
如果她是鱼而我有水，如果她要飞而我有翅膀，
那为什么不一同漫游？为什么不一同翱翔？
明月啊！你如此皎洁。大海啊！你一望无际！
祖国啊！你如此多娇。为什么我应该孤寂！？”

照君和明怀

旧梦依稀忆逝川，古都三十二年前：
舞裙卷起千重浪，华灯高悬不夜天。
得遂平生凌霄志，快马黄昏自加鞭。
喜看琳琅满目书，莫教珠玑化云烟！

1991/02/08

1958年的夏天，我同邓衍林夫妇和其子女去北戴河海滨度假，住在海滨饭店。一天傍晚，碰到周恩来总理夫妇也来海滨饭店吃饭，衍林一家和我都去向周总理致敬。总理得知我们是从欧美回国的留学生，非常高兴。我告诉他：我是从法国回来的，和他在日内瓦会议的翻译董宁川是同学。他就问我："你们两个谁的法文好哇？"我说："以口语论，董宁川比我强；以笔语论，可能他不如我，因为我出版了一本罗曼·罗兰的小说。"这是我见到周总理唯一的一次，而阿廉每次出国都是总理接见的。

1959年的夏天，我同照君去北戴河海滨补度蜜月，住在西山坡招待所。一天晚上，中直招待所在海滨舞厅开舞会，照君和我同去参加，看见大家都去向一个穿灰色套装的女同志致敬。照君告诉我，那就是毛主席的夫人江青。原来照君是1948年十四岁时参军的，分配在中央二局工作，见过毛主席、周总理。毛主席问她的名字时说，昭君是要出塞的呀。江青就对她讲昭君出塞的故事。这次在舞会上，江青只同《货郎与小姐》的女主角跳舞，女主角还唱了一支歌说："你有钱吗？有钱我就嫁给你。"当时我觉得奇怪：毛夫人为什么喜欢跳男角呢？"有钱就嫁"不是受批判的资产阶级思想吗？后来才明白了：江青早就有做女皇的野心，封建思想、资产阶级思想根本没有改造，只是当时暴露得还不够，即使有孙悟空的火眼金睛，识破了白骨精的原形，但是有谁"舍得一身剐，敢把皇帝拉下马"呢？

照君在香山外国语学院学过英文，比小蝶和白燕高几班。后来又在北京俄语学院学习俄语，1958年毕业后，应了毛泽东主席说的话，分配到塞外柴沟堡第一中学教俄语。我们是在欧美同学会的舞会上认识的。上面那首诗中说：

舞裙卷起千重浪，华灯高悬不夜天。

写的就是我们第一次见面的情景。我们结婚后，她又回柴沟堡去了，我们只能书信传情，信中也有一些诗句，现在摘抄如下：

春思

永定河畔杨柳青，千丝万缕诉真情。

烦请云影带塞外，流水不干情不尽。

别后（1959/04/18）

自从离别后，念君不能忘。开窗闻燕语，入室见鸳床。

镜台留俪影，枕被藏余香。今年大跃进，五一会牛郎。

梨汁（05/28）

为买鲜梨汁，跑遍北京城。狂风吹不退，暴雨打不冷。
非为梨汁甜，为念离人情，柴堡曾共饮，见物如见人。

思念（06/02）

三日无音信，坐卧心不定，塞上春宵寒，照君可安宁？
窗外舞东风，床头望双星。东风如有声，替我问个清；
双星如有眼，代我看分明：塞上春可暖？洋河水可清？
柴中人可安？何日回燕京？

柴中指柴沟堡第一中学。照君来信，说柴中师生正要帮助农民在东洋河收割麦子。信到时正是端午节，是吃粽子赛龙船的时候，我又写了一首诗：

端午节有感（06/10）

每逢佳节倍思卿，况值新婚二月整。
鸳床几曾温鸳梦？孤灯空自照孤影。
新月入窗君入梦，入梦模糊入窗明。
明月有缺亦有圆，情人有分必有合。
愿将情思化动力，助君苦战东洋河。
麦浪金波赛龙舟，儿女英雄显身手。
高扎麦束堆粽子，遥举银杯贺丰收。

直到暑假，照君才回北京，我们就去北戴河海滨补度蜜月。

白天游山玩水，晚上听歌跳舞，照了一卷软片，写了四句《海滨题照》：

天青如眼月如眉，碧波为发云为衣。
凝眸一笑百媚生，海洋开颜不忍离。

照君在海滨怀了孕，反应厉害，在北京住了两个月才回柴沟堡。临别时我写了一首诗：

两月形伴影，今日别长亭。晨星离人泪，晓月情人心。
汽笛声声断，列车徐徐行。但见烟云白，不见远山青。
愿君多珍重，病愈鼓干劲。月圆花好时，把酒话跃进。

从诗看来，王桂和阿廉说的话还是起了作用，我是把工作放在个人感情之上的。因为照君怀了孕，我去柴沟堡看望了一次，写了一首《塞上行》：

匆匆出塞匆匆回，空留塞上白云飞。
窗外红日难取暖，炉内炭火易成灰。
书不解语谁为伴？灯虽有心怎相偎？
寄语塞外梦里人，梅花开时便须归。

这首诗是12月16日写的，寄出去后再读一遍，觉得“难取暖”“易成灰”“谁为伴”“怎相偎”都太重情，不利于她在柴沟堡继续工作。第二天又把后六句改写寄去：

窗前红日多取暖，室内炉火暂相偎！
书能解语读几卷，酒可消愁饮半杯！
分久必合望明春，梅花开时终须归。

12 月 18 日，北京下了一场大雪，让我不禁想起春天的第一个下雪天，照君同我在英国驻华大使馆门前的林荫大道上散步的情景。现在柴沟堡的窗前没有了红日，室内炉火如何能相偎呢？于是又写了一首《初雪有感》寄去：

清晨窗外大雪飞，顷刻红瓦成银堆。
遥念塞外多情人，良辰美景谁共醉？
犹忆今春初雪时，林荫道上同徘徊。
但愿明春解冻后，天南地北常相随！

1960 年元旦快到了，学校都要放假，照君本来说是除夕回家，我就理了发，洗了澡，在家里等她。不料等了一天也没有来，只好还是写一首诗寄去：

终日望君君不归，两眼望穿两鬓衰。
为谁整容为谁忙？依然诗书度新岁。

半个月后，柴沟堡中学终于放寒假了，照君才能离校。刚好那一天又下起雪来，我就写了一首诗欢迎她回家过年。

闻说照君今日归，白雪铺路天幕垂。
田园合奏无声乐，有声怎如无声美！

这个寒假，照君在家里住了二十天。农历初三中午，我们在永定路商场宴请了几个在北京的联大老同学，来赴宴的有吴琼夫妇和其子女、何国基夫妇、赵家桢和曾慕蠡。吴琼是我小学、中学、大学的同班，同在美国空军做过英文翻译，还常一起打桥牌。他脾气好，打桥牌时我说他打错了，他从不和我争辩，这样才能合作。他是清华大学英文教授，我们曾经交流教学经验，他从陈福田先生那里学到了记关键词的方法，又从苏联专家那里学了重点词的教法，我在教学中应用后，都很见效。何国基在联大时写过一个剧本，得到了朱自清先生的好评；在文物局工作时，又得到文化部郑振铎副部长的欣赏。他曾住在故宫博物院外，我周末从香山进城，常同他去沙滩红楼对面的小馆子吃炒牛肉丝，或者去莱羹香吃原汁鸡汤，重温当年北京大学的生活，但是这些北大风光现在已经荡然无存了。赵家桢多才多艺，是昆明天祥中学的创办人之一，天祥的校歌就是他的作品。他爱上了云南邮电局局长的二小姐小芬，而我是小芬那一班的班主任，所以家桢去美国学造船时，就把小芬交托给我。一天小芬对我说，她父亲要把她嫁给一个表哥，她想离家出走，问我怎么办。我只好说，事情紧急就到我这里来，一面赶快写信给家桢，要他尽早回国。他回昆明之后，去了小芬家里，她父亲还是不同意他们的事，于是家桢终身未婚。小芬知道后非常感动，她的丈夫在美国去世后，她曾邀请家桢赴美，但是他已垂垂老矣！真是“月如无恨月长圆”了。曾慕蠡和赵家桢不同，他入联大时已经结婚。在石油学院教数学时，《人民日报》说他是教授中的模范党员。我们几个老同学每逢农历年都要聚会一次。这一年，照君和我还去南河沿欧美同学会参加了舞会，去北京大学邓衍林家打了桥牌，在他的客厅里睡了一夜，新春佳节过得很愉快。但春节一过，我要送照君坐丰沙线的火车回柴沟堡了，于是又写了几首诗。

春节（1960/02/07）

二十日来情意深，白日同乐夜共枕。
席开商场宴旧友，欢聚小室庆新春。
南河舞会嫌夜短，北大桥战连晨昏。
月圆时少缺时多，隔窗话别又断魂。

丰沙线（02/08）

丰沙线上奇景多，火车穿山如穿梭。
万山林立入青天，一水清流泻玉河。
为送照君出塞去，青山老树舞婆娑。

照君去（02/11）

照君一去天转寒，灰雾迷蒙连早晚。
大雪纷飞大地白，春风已度居庸关。

元宵夜（02/11）

雪后天晴月色明，碧空如洗月如镜。
天上月照地上雪，相隔万里交相映。

1960年春，北京香山公园对外开放，香山外国语学院不得不迁移。于是学校迁到张家口市，离柴沟堡很近，4月10日是我们结婚周年纪念日，我去柴沟堡把照君接回张家口外国语学院。院长还是照君做学生时的老院长，他怕照君不会料理家务，就亲自到我们家来教她如何烧蜂窝煤炉。我家门口有一条林荫大道，道旁两边都是法国梧桐。我迁来时，树枝还是光秃秃的；照君一到，枝丫立刻吐出了嫩绿的新叶，仿佛是欢迎她来生孩子似的。我就写了四句咏张市的诗。

塞上春来景色新，白树一夜成绿荫。
夜看天女散银花，满山灯火满天星。

4 月 26 日早晨狂风怒吼，飞沙走石，仿佛预示着要有不平静的日子。六点一刻，照君在二五一医院生下了明怀，体重只五斤半。后来，我写了几首诗歌。

新生

黎明初闻姣儿啼，不解言语解悲喜。
雄鸡一唱东方白，明日红光照大地。

儿歌

小明明，真正好！吃吃奶，睡睡觉。
又不哭，又不闹。真是一个好宝宝！

两月半

爱儿坠地两月半，爱瞪圆眼爱看拳。
爱踢小腿爱戏水，爹妈爱看看不完。

洗澡

温水浴罢肌如玉，橘汁饮后口生香。
咿咿唔唔唤爹妈，摘下白云制新装。

生明怀时正值三年困难时期，牛奶只订到半斤，婴儿服是林宗基夫人从芬兰带来的礼物，也可以算是从天上摘下的白云了。照君的产假只有一百天，产假满后，还得回柴沟堡中学去续假。临别之前，我们参加了一次张市的露天舞会，同骑自行车去了一次龙泉寺，又写了几首诗。

舞罢归来（1960/08/13）

把远山的灯火，织成一条珠链，
挂在你的颈上，作为，临别纪念。

游龙泉（08/14）

双骑同游水母宫，怪石磊磊树丛丛。
养鱼池畔听流水，龙泉寺后攀顶峰。
遥望张市千山抱，近看蝶影百花中。
游倦喜饮柠檬露，归来不怕雨和风。

小别（08/15）

（晨）八月十五团圆节，夫妻清晨话离别。
　　　姣儿酣睡纱帐中，不知窗外星明灭。
（夜）娇妻离家姣儿病，又是思念又担心。
　　　一声啼哭一断肠，爱儿胜似爱生命。
（夜半）为等娇妻不闭门，等到三更人断魂。
　　　　睁眼忽觉小楼空，闭目寻梦梦不成。
（两点）夜深忽闻登楼声，急开电灯急呼君。
　　　　带来鸡蛋煮汤面，身上暖和心上温。

照君去柴沟堡续假，明怀由我照顾一天。我喂牛奶时忘了加水，明怀吃了不消化，病了一天。照君回来一看很不放心，要求调到张家口师范学院教俄语，这样，全家才算在一起过了一年。那时生活困难，照君从柴沟堡老乡家里买来鸡蛋，吃碗汤面，就算是不容易了。

1961年春，明怀满周岁时，牛奶也订不到。只有北京还能订奶，于是照君决定把明怀送去北京姥姥家。这样，全家团聚一年之后，小儿子又离开了。到了年底，我写了几首诗。

一年虚度未作诗，诗意尽在生活中。
粗茶淡饭妻儿伴，不管窗外秋和冬。

记得今年春天里，红日未醒姣儿起。
张开小嘴叫爸爸，一见果酱笑嘻嘻。

四月廿六满周岁，姣儿下地走如飞。
左邻右舍都来看，看到天黑不肯归。

八月携儿去北京，动物园中看猩猩。
说声大虎叫声爸，临别挥泪不忍心。

转眼窗外北风起，盼儿归家心欢喜。
惟恐天寒路途远，但愿来后不分离。

1962年秋，张家口师范学院停办，教师下放。有三个俄语老师是女性，一个丈夫是领导干部，另一个是军人，都不下放，只有照君嫁了知识分子，又下放到柴沟堡中学去了。好在每星期六晚上可以回张家口，星期一清晨又得赶回柴沟堡上课，10 月 7 日是重阳节，照君没有回家，我只好一个人登高赋诗。

重九独上云泉山，四望苍茫山九层。
乱石衰草葬秋影，断壁残垒留弹痕。
山头喋血叶尚红，塞上捐躯骨已寒。
愿借碧空万里色，尽染荒山草木欢。

11 月 10 日照君又没有回家，我就坐火车去柴沟堡看她。回来时一个人在车上，觉得疲乏单调，想到她每周如此，真是够她受的了，又写了一首《柴张道上》。

柴张道上奔波忙，昔日青青今苍苍。
屡翻重山越峻岭，常披雨露带风霜。
道旁老树成故友，月下荒村似旧乡。
只为培育接班人，晨星晓月照行装。

最后两句是无可奈何，聊以自慰的话，因为三个女老师都是培育接班人，那两个结婚已久，子女也多，不像照君这样新婚燕尔，幼儿需要照顾，其实是不该下放的。但她们的丈夫是官，在官本位的社会里，知识分子的地位不如官高，这就是中国文化科技落后的重要原因。于是第二天，我又写了四句总结性的诗：

一年一度七月七，千里银河无人迹。
牛郎翘首空怅望，织女不归长叹息。

四清中的诗情

1950年我在巴黎学生会读《人民日报》时，读到毛泽东主席和周恩来总理号召中国留学生回国建设社会主义的消息，于是进步的留法同学就开会响应号召。那时我们对社会主义的理解，只是各尽所能，各取所值。回国后我才知道留学生要改造思想，所谓改造，就是用无产阶级的立场和观点，取代资产阶级的立场和观点。在北京外国语学院一边教学，一边改造了一个学期之后，我写了一篇日记。

1951年9月5日（星期三）

回国九个月了。真正检讨一下，发现自己改造不多。挖根问底，原来还是在留恋过去。虽然理智上知道从前的错误，但感情上总觉得过去好，例如我明知美帝和法国不如新中国民主，却还喜欢穿巴黎的羊毛背心；明知自己在法国没有学到多少对中国有用的东西，但仍然暗暗以做留学生为荣；甚至盲目自大，对于新的事物，还是采取旧的态度：一听报告，就不高兴；谈到政治，就想业务。毫不虚心接受意见；既不虚心，怎能和群众打成一片？生活脱离劳动人民，怎么会有无产阶级思想？生活舒适，居然还以特殊为荣！如果小有进步，那不是追随了学校中的名人，就是为了博取女性的欢心，有女同行，只是为了掩盖内心的空虚。虚荣啊虚荣！小资产阶级的虚荣心，人民已经把它看得一钱不值，我还把它当作宝贝珍藏起来。可笑啊可笑！

我回国前，只知道新中国比国民党的旧中国更有自由民主，并且误以为新中国的自由民主和欧美是一样的。改造之后，才知道西方国家只是资产阶级才有自由民主；而在新中国却是无产阶级有自由，有民主。这就是我九个月来取得的小进步。

至于学校中所谓的名人，当时可以说有三个：许国璋、王佐良、周珏良。他们三人都是我联大外文系的同学，都比我高两三班。许国璋出了名，因为他是第一个响应号召参加土改的教授，并且还入了党。后来他出版了四本英语读本，更是当时英语学生无人不知的了。《吴宓日记》1947 年 10 月 13 日谈到用许国璋校阅英文字典的事说："（钱）钟书力言索天章、许国璋二君之不可用。"可见钱先生原来对他评价不高，但他后来写文章讲究用词，钱先生又说他文章写得比王佐良好了。

王佐良在学校里出名，是因为他参加了《毛泽东选集》英译委员会，也入了党。后来他出版了一本《英语文体学论文集》，只是介绍英美和苏联关于文体风格的论文，并没有自己独到的见解。他还翻译了一本《彭斯诗选》。我评论说，不如飞白的译文更接近民歌风格，他不高兴。我回国时，名声不如他高，关于政治的问题，还是追随他的。

周珏良在联大时，我把他看成外文系学生的典型：人很漂亮，西服笔挺，家里有钱，和情人方缃形影不离。到北外后，他当选为北京市人民代表，得到全校雷鸣般的掌声。同我和危东亚（联大同学，北外教授）、韩惠连（法文系主任）、王桂新等去永川参加土改时，我们都在村里工作，他却是乡领导。他还上天安门为毛主席和周总理做过翻译。

我参加土改时，和沈从文先生同船从武汉去重庆。我早就读过沈先生的作品，去海滨度假还是受了他的小说《八骏图》的影响，不过读时不知道小说中有闻一多先生等人在内。在联大时听过沈先生的讲话，还在他的小同乡蒋家见过他们夫妇和其子女，见到了他写了一百封情书才追求到的夫人，觉得他们一家非常和蔼可亲。但在船上，只见沈先生穿一件灰色长衫，一个人孤零零从船头走到船尾。我想上去搭话，不料土改团有人告诉我，说沈从文有神经病，叫我不要自找麻烦。我自己出身地主阶级，应该和剥削阶级划清界限，何必去接近资产阶级知识分子呢？于是为了站稳立场，我就多一事不如少一事了。第二年土改后回到北外，4 月 21 日写了一篇日记。

土改回来，遇见多少欢笑的脸孔，听见多少亲密的称呼，握过多少热情的手！但是自己想想：是不是当得起这些真挚的欢迎？是的，我忘不了屋前堰塘岩影，忘不了林间小桥流水，忘不了农家炉畔夜话，但更忘不了的还是邻村的慰藉鼓励。我到底是为农民还是为自己？土改到底使我改了多少？小资产阶级的温情仍然占据着我的心灵。虚荣心还是没有和我“打脱离”（四川话）。国外来鸿整天摆在桌上，《结婚》的法译文在法国发表了，恨不得逢人就“摆”（四川话），全不实际！

张开你的双臂来欢迎“三反运动”吧，把自己的资产阶级思想彻底清洗！

所谓三反，原来是反贪污，反浪费，反官僚主义；对知识分子而言，就是思想改造。我在5月4日的日记中说："我是一个由被压迫阶级爬上了压迫阶级的人，被压迫时对压迫阶级不满，但又羡慕他们的特权，爬上了特权阶级时，特权阶级已被推翻，于是对无产阶级不满，觉得不如被压迫时自由，不如那时可有特权。"总而言之，我是理智上知道要改造，情感上却留恋过去的自由生活，这就是我的矛盾。"三反"之后，我被调到香山外国语学院，住在乾隆皇帝的见心斋。1954年，我写了四句即景诗：

雪压绿枝白，叶落青山空，
月照小塘静，风起高塔动。

50年代，一三五七九，运动年年有。镇反，三反，肃反，反右，反右倾，每次运动我都挨批，每次也都过关，成了运动健将。

到了60年代，尤其是1964年第一颗原子弹爆炸的时候，我的思想感情都转到无产阶级方面来了，于是又接着十年前那四句诗再写了四句：

往事越十年，核弹上青天，
遥望十年后，天下红半边。

后来，我得知制造第一颗原子弹的科学家中，有联大同学朱光亚在内，感到既是光荣，又是惭愧。因为光亚比我年轻两岁，还同在昆明天祥中学教过书，同打过桥牌。我自己独创了一种叫牌的方法，可以用最低的叫法，得到搭档最多的信息，并且和数学大师陈省身较量过，取得了互有胜负的战果。光亚叫牌打牌都非常精确，而且善于分析，说如果哪张牌在对方上手，应该如何对付；如在下手，又该如何应付，结果天祥中学桥牌队在阳宗海比赛时取得了胜利。当年的战友这时做出了辉煌的贡献，于是我也暗下决心，要在自己这一行做出无愧于当年同学的成绩。后来他担任中国科学家协会主席时，我出版了英译的《诗经》《楚辞》《唐诗三百首》《宋词三百首》《西厢记》等，写信告诉他，得到他 1993 年 2 月 25 日的回信说：

渊冲兄：

非常高兴收到你寄来的照片和《书讯》复印件一页。我国古典文学五大名著均由你译成英文在国内外出版发行，是了不起的创举，特向你表示喜悦的祝贺！在法汉译著方面，你也有了许多成就。我可以想象出，你必然会继续从事此极有意义的工作，校友们会由此得到很大鼓舞的。今年“五四”校庆，我理应返校参加校友会活动，谢谢你们的热情邀请。只是届时我还会有什么其他活动安排，眼前还说不清，请允许我再过些日子后给你一个较准确的回答，好吧？

光亚弟匆上

光亚信中提到的照片，是我们在联大校友会上的合影，《中国画报》和联大校友会刊都曾刊登。回想 1945 年 6 月 28 日我们还在天祥中学同打桥牌，四十天后，美国就在日本广岛投下了第一颗原子弹，我在 8 月 9 日的日记（原文是法文）中说：

原子弹，你的威力多么大啊！只有你能摧毁千百架飞机都摧毁不了的日本侵略军的巢穴。在一个强权就是公理的世界上，只有你能维护持久的世界和平。能征服一切征服者的科学万岁！只要科学能发挥威力，和平就能取得胜利。战争啊，去你的吧！人类早就厌弃你了！我们多么渴望回到阔别多年的故乡，见到流离失散的亲人啊！

从日记中可以看出我当时对原子弹的盲目崇拜。现在，自己的国家居然能制造原子弹，而制造原子弹的人当中竟有自己当年的老同学，由此可以想象得出，无论是理智上还是情感上，我对新中国都更加崇敬了。

1965 年春，越南抗击美国侵略军的形势大好，北方击落了美国的飞机，南方又袭击了西贡的美军机场。于是我写了一首《卜算子》：

一夜东风送春到，花开枝头，绿上树梢，报道今年形势好。

今年形势无限好：南传捷报，北落铁鸟，东风劲吹西风倒。

后来看了一部越南抗美斗争的电影片，回想起十七年前去法国经过西贡的情景，今昔大不相同了，又写了四首诗。

一九四八过西贡，榆叶吐绿花吐红。
四季丰收遭暴雨，千里野火待东风。

十七年后影中见，越南遍地起烽烟。
美军暴行罕千古，人民怒火冲九天。

一手扶犁一手枪，男女老幼上战场。
机枪射出百年恨，大炮喷出万丈光。

一听炮声隆隆响，便见敌机纷纷落。
三千万人齐心干，驱逐美帝保家国。

1965年秋，我们去农村参加四清运动，包括清理经济账目，清理阶级队伍等。我理智上不明白为什么每个月给我们这些人几千元的工资，却让我们去清理农村几百元的账目。但是经过十几年的运动，已经养成了不独立思考，要我做什么就做什么的习惯；加上原子弹上天后，对组织更加信任，虽然感情上留恋小家庭，不愿去农村吃苦，但还是设法苦中作乐，写下了一些诗词，现在选抄如下：

如梦令（10/06）

宣化，龙关，赤城，路遥山高秋深。
今日上山去，为搞农村四清。
四清，四清，全国面目一新。

晨起（10/18）

挑水挑回半边月，扫地扫出一片光。
劳动创造新世界，热情溶化满地霜。

晨曲（10/21）

电线织成五线谱，晨星晓月作音符。
雄鸡高吹黎明号，老牛慢敲田园鼓。
流水合奏今日乐，小桥独诉当年苦。
农村四清庆丰收，苍松枯柳同起舞。

蓝天（10/23）

蓝天白云何处见？远在苍山洱海边。
今日赤城又相逢，只为四清色更艳。

汤泉行（10/24）

单车不怕远行难，跋山涉水只等闲。
峰岭高处见平湖，溪流源头现汤泉。
泡沫涌起万颗珠，绿叶沉下千层暗。
洗净三周尘和土，不愧关外水状元。

同劳动（11/04）

种树希望树长大，打埂为了园田化。
挖坑保证多生产，水灾旱灾都不怕。
同劳动来同忧乐，阶级感情发了芽。
莫道农村生活苦，山间湖畔好安家。

雪晨（11/08）

夜来大雪飞，晨起双目迷。青山换粉装，老树生银须。
挑水两手冰，扫雪一身梅。不怕筋骨寒，炼得红心归。

雪夜（11/10）

踏雪开会去，月下雪如银。踏月夜归来，夜深月更明。
不闻寒鸦声，但见疏枝影。怕惊古城梦，行人举步轻。

同住（11/18）

窗外起大风，吹破窗内梦。内外一纸隔，如何御寒冬！
贫农此中住，岁岁苦冰冻。今日下农村，苦难两心同。

同吃（11/22）

鼓风烧火火熊熊，饭熟菜热热乎乎。
小米山药金银果，白豆高粱珍珠粥。
黄米做糕豆粉香，玉米烤饼锅巴糊。
莜麦搓面情意长，每餐勿忘八宝谷。

现在看来，这十首诗有的是理智的产物，有的是感情的结晶。如第一首说的："四清，四清，全国面目一新。"原来以为四清是社会主义教育运动，样板是王光美在桃园扎根串联的经验；哪里知道后来变成了"无产阶级文化大革命"，结果是江青妄图篡党夺权，造成了天下大乱。正是："领导层中竖战旗，知识分子哪得知！几千万人齐下马，更无一个敢违旨！"又如第二首说的"劳动创造新世界"，看来也像理智的产物，但是结合第七首的"挑水两手冰，扫雪一身梅"来看，又是融合了感情的结晶了。这十首诗曾在张家口外国语学院被广播了出来，尤其是《同吃》《同住》《同劳动》三首，几乎使我成了知识分子改造的典型，连明怀从幼儿园回家时身上也挂了一朵大红花。可惜好景不长，接踵而来的"文化大革命"立刻把我打成了反革命分子，这十首诗却变成了我向党骗取荣誉的罪证；明怀身上的红花也换成了一个标语牌，上面写着：“凡是反动的东西，你不打，他就不倒。”小学里有人烧了一本毛主席著作，就说一定是他烧的，并且对他进行批斗，气得他发誓不接知识分子的班，造成了我们两代人之间至今无法弥补的代沟。

1966 年起，我在院内劳动改造，接受文批武斗。1968 年春，我又下放到设在湖北襄樊劳改农场的五七干校，继续劳改。劳动之余，我模仿毛主席的诗词写了些词。

清平乐 · 修埂

风云突变，大雨落襄樊。
雷声隆隆电光闪，四望水天相连。
冒雨奋战湖滨，雷电锤炼红心。
斗天斗地斗私，其乐无穷无尽。

蝶恋花 · 战三线

六月战士下水田，水稻千亩要把稻插遍。
贫下中农来助战，汉水这边绿一片。
修路民工齐踊跃，建设三线沟通桂豫鄂。
胜利凯歌又一曲，铁路明春到焦作。

减字木兰花 · 放羊

绿野花白，挥鞭赶羊过阡陌。
天上云飞，疑是羊群乘风归。
云飞何处？卧龙岗上诸葛庐。
诸葛再生，不挥羽扇挥羊鞭。

卜算子·秋收

抢种不易抢收难，才战东岗，
又战西岗，战地花生分外香。
一年一度秋收忙，才打麦场，
又打谷场，辽阔田野万里黄。

四清参加劳动，农民为主，我们只是助手，五七干校劳动，我们成了主力。南方劳动种类更多：水田、旱地、放牛、放羊、喂猪、伙房等等，以水田活为最重，而我是干水田活年纪最大的知识分子。有一次锄草，我分不清草和秧苗，错把秧苗拔了，惹得大家大笑，并且在下大雨的时候，罚我去修田埂。北方的雨衣挡不住南方的大雨，把我淋得浑身湿透，还好没有生病，大约是火热的红心能抗寒吧。水田最累的活是插秧，我插得太慢，干了一年之后，把我调去旱田。旱地最累的活是割麦子，我的腰弯不下去，割得比别人少一半。又干了一年后，才把我调去放羊，这下才算得其所哉！我只要把羊赶到大草场上，就可以一边放羊，一边看书，只要羊不偷吃庄稼，我就不会挨批评了。放羊半个月休息一天，我还骑自行车去了南阳诸葛庐。据说诸葛亮躬耕南阳，如果活到今天，我看他也宁愿放羊不愿下水田吧。

1971 年林彪叛国潜逃，机毁人亡，毛主席这才知道：妄图夺权的不是党外的知识分子，而是他一手提拔培养的党内第二把手。于是知识分子才得离开五七干校，我也调到了洛阳外国语学院。到洛阳后，我还到刘庄和辉县去野营了几天，又写了几首诗：

人人都说刘庄好，队长起家靠大刀。
今日建设新农村，五年要盖百幢楼。

野营不怕夜行难，戴月披星只等闲。
小路崎岖迈大步，山坡起落走平原。
银光划破一夜黑，红心战胜五更寒。
遥望东方日出处，曙光照时尽开颜。

石门山上乱石飞，开天辟地造翠微。
波光荡漾映长空，炮声轰隆惊风雷。
植树万株荒山绿，修渠一道沙地肥。
遥想洪州十年后，上下八里尽朝晖。

野营归来游百泉，水汽氤氲水珠圆。
恰似辉县凌云志，要教日月换新天。

从这几首诗看来，我只学到了毛泽东诗词的文字，并没有真正了解他的思想感情。他真正做出了开天辟地的大事业，所以说“敢教日月换新天”时，真正表达了他的豪情壮志。我并没有做出什么惊天动地的大事，写这种诗就是鹦鹉学舌。如用理智分析一下，我下农村到底取得了多少农民的感情？不下放这么久就没有这种感情吗？就翻译不出《诗经》中的《七月》农事诗吗？假如这么多年没搞运动或少搞劳动，我对中国文化的贡献会更大还是更小呢？只好“千秋功罪任人评说”了。

往事如烟忆图书馆

我要忘记黑夜，不管多么漫长；
我要记住黎明，不管多么短暂。

——张曼菱

早在30年代，我就在《清华年鉴》上看到过图书馆的照片，听说33级校友钱钟书要看遍图书馆的中英文藏书（包括词典在内），还有同级的万家宝（就是曹禺）在图书馆最靠边的座位上和情人一同写《雷雨》的故事，因此对图书馆早就心向往之了。1938年我考大学时，日本侵略军占领了北平（即今天的北京），清华已经迁到昆明，和北大、南开联合组成西南联大。我读的是联大外文系。

大一时，联大借用了昆华农校的教学大楼（照片见《清华校友通讯》复38期199页）。楼有三层，我和杨振宁在三楼大教室听过朱自清、闻一多等教授讲的大一国文；在二楼，我们又同上了叶公超教授的N组大一英文；下学期，我在一楼上钱钟书教授的B组英文；那时，图书馆在教学楼西边的一个大厅里。钱先生上课时，总是挟着一大堆书，有一匣一匣的线装书，有一本一本精装的外文书，原来他是要下课后还给图书馆去，同时又要借上一大堆新书，带回文化巷十一号的家中阅读。

我跟在钱先生后面，走进图书馆一看，只见大厅里摆着几十张白长条桌，几十张白长条凳，两边摆了十几个书架，架上陈列着新到的报刊，新出版的书籍。后面是借书台，台后面是书库。我在中学时读过林语堂的《大荒集》，他说他最得益的书是《牛津英文字典》。我就要借一本《简明牛津词典》看，不料图书馆员给了我一本英法对照的，我一看法文和英文大同小异，就模模糊糊起了要学法文的念头，种下了后来把中国诗词译成英、法韵文的根苗。

联大文学院长本来是胡适，但是抗日战争期间，他到美国出任大使去了；图书馆的书架上陈列着他新出版的《藏晖室札记》。1939 年 5 月 30 日，我在日记中抄下了胡适在札记中爱读的古诗词，还有一首他自己写的《沁园春》，全词如下：

更不伤春，更不悲秋，与诗誓之。
看花飞叶落，无非乘化；
西风残照，更不须悲。
无病而呻，壮夫所耻，何必与天为笑啼！
生斯世，要鞭策天地，供我驱驰。

文章贵有神思，以琢句雕辞意已卑。
更文不师韩，诗休学杜，
但求似我，何效人为？
语必由衷，言须有物，此意寻常当告谁？
从今后，倘傍人门户，不是男儿！

这首《沁园春》前半是誓词，后半是文论，概括了胡适的雄心壮志，强调了自我表现，对我这个大一学生颇有影响。除了《沁园春》外，我在日记中写道："还有几首我在高中就欣赏的诗词，胡适也记下了（如吕本中的《采桑子》)，我因此觉得自己的欣赏力还不差，这并不是偶像崇拜，实在是所见略同。从今以后，我也要做读书札记了，第一训练思想，第二帮助记忆。"

5 月 31 日的日记中，我又写道："在图书馆读胡适《藏晖室札记》中的日记，完全记事，非常简单，没有什么意思。不过他的日记本来是给自己或朋友们看的，不是其中人读来自然无味，好比一本账簿，别人看不出什么东西，自己却能在买一本书或吃一顿饭里，找出一段回忆来。"

除了在农校的图书馆外，南院的学生宿舍（照片见《清华校友通讯》复 38 期 199 页）里还有一个文科阅览室，里面摆了几架图书。给我印象最深的有两套：一套是新出版的《鲁迅全集》二十卷本，硬纸面精装，红色金字，十本著作，十本译著。著作我早读过，最爱杂文；译著我是硬着头皮啃下来的，读了《死魂灵》第二部和法捷耶夫的《毁灭》，开始学习鲁迅的直译法；后来听了吴宓教授讲翻译，才改用意译的。还有一套是郑振铎的《文学大纲》，布面精装四大厚册，图文并茂，形象生动，比吴宓教授《欧洲文学史》指定的参考书有趣得多，我读后得到了一些上课得不到的知识，结果《欧洲文学史》考试成绩全班第一，因为我在上课前已经读了不少世界文学名著了。

昆中南院在北院对面，一进门要下一个台阶，下面是一个长方形的大操场。进了二门，左边是传达室，右边是一间暂时用作清华外文系书库的小房子，管书库的是四年级的女同学王曼明。记得我借了一本美国女诗人 Teasdale 的《爱情诗》（*Love Songs*），抄下了一些喜欢的诗句，和女同学林同端一同阅读：

Child，child，love while you may,
For life is short as a happy day.
Never fear though love breaks your heart!
Out of the wound new joy will start;
Only love proudly and gladly and well.
Though love be heaven or love be hell.
Never fear the thing you feel...
Only by love is life made real.

1939年秋天，联大新校舍建成了，图书馆是主要建筑，也是新校舍唯一的瓦顶房屋。学生宿舍全是草顶，天雨漏水，天晴漏光；教室是洋铁皮顶的，下起雨来叮咚叮咚，仿佛是在配乐伴奏。图书馆左右宽约一百米，深约五十米，摆了一百多张漆黑的长方桌子，左右各五十多张，排成十几行，中间空出过道。借书台正对图书馆大门，后面是书库；书库和阅览大厅之间有两个小房间，是图书馆员住的。外文系同学吴琼（现为清华大学退休英文教授）因为经济困难，大一就在图书馆半工半读，大三时休学当馆员，就住在小房间里，两人一室，对于我们这些四十个人住一大间茅屋的同学说来，简直是豪华别墅了。阅览大厅内没有书架，只在借书台前摆了一个小架子，上面放了一本韦氏国际英文大字典，供联大全校师生参考之用。至于报纸，在图书馆外墙上，贴了一份《朝报》。联大设备如此简陋，但今天制造"两弹一星"的科学家们，却有很多是联大人，真可以说是个奇迹。

清华外文系的图书没有放在联大图书馆内，而在新校舍东北角的外文系办公室里开辟了一个小书库。王曼明毕业后，我在系图书馆半工半读，管了一个学期图书，真是大饱眼福。我最喜欢的是一本红色皮面精装的《莎士比亚全集》，皮面下似乎有一层泡沫，摸起来软绵绵，拿起来轻飘飘，读起来心旷神怡。对我最有用的书是《英国复辟时期戏剧选》，里面有一个剧本叫《鞋匠的节日》，写的是英国一个鞋匠暴发户当选为伦敦市长的故事。演出时由彭国涛和金隄（《尤利西斯》译者）演男主角，卢如莲和梅祖彬（梅校长的大女儿）演女主角，陈羽纶（《英语世界》主编）演英国国王，陆慈（曾任清华大学英语教研室主任）演丫环，我演一个花花公子，求爱那出戏博得了满场掌声。还有一个剧本叫《一切为了爱情》，写罗马大将安东尼不爱江山爱美人的故事，17 世纪的英国观众认为写得比莎士比亚更好，我就把它译成中文，这是我翻译的第一部文学作品。我还要卢如莲念女主角埃及女王的台词，我自己念安东尼的，有一次在系图书馆对台词后，出门时忽然下起雨来，我没有带雨伞，就和卢如莲共用一把小阳伞回宿舍去。后来我把这段往事改头换面，写了一首小诗，记在回忆录里：

我们正谈着合演的戏剧，
忽然天上落下一阵急雨，
我忙躲到她的小阳伞下，
雨啊！你为什么不下得更大？
伞啊！你为什么不缩得更小？
不要让距离分开我和她！
让天上的眼泪化为人间的欢笑！

外文系图书馆给我印象最深的一套书是法国康拉德版的《巴尔扎克全集》。那时我已经读过穆木天翻译的《欧也妮 · 葛朗台》，觉得描写生动，但是译文生硬，每句都有几十个字甚至一百多字，读起来很吃力，减少了看小说的乐趣；当时我就暗下决心，要恢复巴尔扎克的本来面目。后来我翻译了巴尔扎克的《人生的开始》，那是我出版的第一本法国小说，但翻译的动机却是在系图书馆产生的。在大三时，我只学了一年法文，要读巴尔扎克还有困难。我读的第一本法文书是图文并茂的《拿破仑传》，拿破仑的母亲说了几句给我印象深刻的话，当时抄在笔记本里，现在记在下面，并且加上英译文：

(Fr.) "Oùest Napoléon? Où est mon fils Napoléon, lui don't I'épée fera trembler les rois. Iui qui changera la face du monde? Il me défendrait de mes ennemis; iI me sauverait la vie!" "Venez, vous verrez les plus belles choses du monde et vous les embellirez."

(Eng.) "Where is Napoleon? Where is my son Napoleon, whose sword will make kings tremble, who will change the face of the world? He would defend me against my enemies; he would save my life!" "Come, you will see the most beautiful things in the world and you would make them more beautiful."

比较一下，可以看出英文、法文多么接近，也可看出联大外文系学了一年法文后达到的阅读水平。

1941 年太平洋战争爆发，美国空军来华参战，需要大批英文翻译，我和大四男同学都报名参加。1942 年回校，1943 年毕业，

1944 年考入清华研究院。吴宓教授召集研究生谈话，地点就在外文系图书室。记得吴先生对我说，我的论文题目可以定为《莎士比亚和德莱顿的戏剧艺术比较研究》，主要参考书是《莎士比亚全集》和《德莱顿全集》，指导教师是温德（Winter）和赵诏熊教授，参考书可在系图书室找到。同时听吴先生讲话的还有何兆武，他现在清华文化研究所；其他研究生则多是天南海北，甚至幽冥隔绝，往事如烟了。

宁港渝汉行

玉楼瑶影照秦淮，山光海色映蓬莱。
嘉陵江畔水天碧，黄鹤楼前百花开。

自 2000 年 6 月到 2001 年 6 月，一年之内，我走遍了东南西北：东到南京大学，南到香港中文大学，西到四川外国语学院，中到武汉大学、华中师范大学、华中科技大学，北到清华大学；后来还去了秦皇岛东北大学分校和燕山大学、大连外国语学院、北京第二外国语学院，真是行程万里，满载而归。

一、忆南京之行

我第一次到南京是 1947 年 7 月 7 日，住在我大表姐家里。表姐夫黄育贤当时是全国水力发电工程总处处长，还是修建中国第一个水电站的总工程师。他家住在新街口附近的慈悲社，是一栋花园小洋房，有三层楼，出入有小汽车，属于当时少数的汽车阶级。我那时从昆明来南京，准备出国留学。日记中说：

理想像你热恋的情人，虽然未必成功，但你总舍不得丢开。就是为了一个达到了未必好的理想，我离开了没有夏天的昆明，放弃了自由与安定。这里是有好女如玉、销魂场所，但要的是钱。这里我已有了留学证书、出国护照，但缺的是买外汇的钱。为了钱，我每天出卖了七小时的自由，牺牲了自己的兴趣，甚至损害了身体的健康。

每天清晨，没有骄阳来唤醒我的好梦；一做早操，总不能忘记席子营的阳台；痔疮出血，更想起到医院床前来看我的那双含情脉脉的眼睛；豆浆鸡蛋，又勾引起联大南院的往事；办公室虽好，终不如天祥惟我是尊；办公回家，何处叫“刘嫂打水”？更不用提月白风清，花园舞会！

但现实永远填不满理想的空谷，所以杜朗特说得好：“平静的秘诀不是使我们的成就等于我们的欲望，而是把我们的欲望降低到我们成就的水平。”我常常不满意别人：这个太小气，那个太多话，但自己又有什么令别人满意的呢？要把责备别人的态度来责备自己，把原谅自己的态度去原谅别人，那世人的烦恼至少可以减少一半。同样地，把看待现在的心情去看过去，过去又何曾理想？再把对过去的心情来看现在，不要等到现在成了过去再来追寻美丽的回忆啊！

幻想着的未来：一所新盖的花园洋房，松柏成荫蔽天，绿草如茵铺地，会客室的沙发软绵绵的，使你坐着不想起来；地毯厚墩墩的，使你听不见一点噪音。冬天，壁炉里的火光熊熊；夏天，游泳池里波光粼粼。门外，一条滨海的林荫大道。结婚时，酒席上一盘盘整只的烤乳猪。未来不也要变成现在的吗？只怕幸福好比太阳，不戴上过去的墨镜是看不清的，人不屏住呼吸，哪里又感觉得到空气的存在呢！？

现在，五十年前的“未来”早已成为过去，把过去的理想和现实对比一下，倒也不是没有意思。当年梦想的海滨别墅，住过联大南院的林同端倒在美国使梦成为现实了，但她只出版了两本英译诗词。我住的是北京大学的教授公寓，门前是绿草如茵的畅春新园，西边是雕栏玉砌的万泉河，出门可以打电话给北大的小车班，结婚时两个人吃了个铁扒鸡，虽然不如烤乳猪又香又脆，但是也可聊以自慰。最重要的是：二十年来，我出版了五十多本著译，而且多是世界名著，这是在美国连梦想也做不到的事，所以如果把理想降低（或提高）到现实成就的水平，也可以自得其乐了。

至于如萍，她的理想是平静的生活，据她妹妹告我：她现在美国抚养第三代，生活也很幸福。她对我的著译并不感兴趣，这也是道不同不相为谋了。回想自己当年的旧梦，假如成了现实，会不会比现在更幸福呢？假如我当年没有离开昆明，那也不大可能实现把天祥办成清华大学的梦想，恐怕也要经历张燮、煜然、熊子、彭兄等老朋友所经历的磨难。以我的性格，能不能胜利过关呢？那也只是未定之数了。

我第一次离开南京，去了巴黎。第二次从湖北五七干校经过南京去张家口，那是二十四年之后，主要是去看长江大桥。第三次是 1977 年，我在庐山度假之后，去南京空军气象学院看谢光道，回洛阳前游了无锡和苏州。第四次是 1980 年暑假，我同照君、明怀去游黄山，来回都经过南京。不过这三次时间都很短。

第五次是 1981 年 11 月，我代表洛阳外国语学院去南京大学开全国法文学会，见到南京大学何如教授，北京大学郭麟阁教授，上海外国语学院漆竹生教授（南昌二中校友，我堂兄的同班）等。何如曾把《毛泽东诗词》三十七首译成法文，基本押韵，符合格律，颇有诗意，我觉得胜过了散体的英译本。我的论文就是研究唐宋词法译的，当时提出了翻译诗词要传达原文的意美、音美、形美的理论，并举陆游《钗头凤》的“错错错”（tort，tort，tort）和“莫莫莫”（non，non，non）为例，得到大家的好评。

郭麟阁说，许的理论很好，但是很难做到。他在《文学翻译百家谈》中说：“康德的《纯理性批判》原文晦涩难懂，柏林大学学生都舍原文而读法译本，所以说好的翻译有时是可以胜过原文的，至少在理解方面。许渊冲同志说：翻译是两种语言的竞赛，也是这个道理。”他是前辈学者中公开支持“竞赛论”的第一人。文中谈到傅雷的译文，他说傅译“都是呕心沥血之作，但可惜有多处译得过于拘泥，过于‘形似’，不能摆脱原文的束缚，读起来生硬不自然，如……‘很结实的聪明’在汉语中不可理解。许渊冲建议改为‘溢于言表的才智’，可以考虑。”傅雷提出过两条翻译原则：一是神似重于形似，二是在最大限度内保持原文句法。在他重神似时，往往出现妙译；在他保持原文句法时，往往出现败笔。后来我重译他译过的作品，就学其长而避其短了。

我在南京大学还见了副校长范存忠教授，他在《中诗英译》一文中说：“有些译诗经过译者的再创造，还可以胜过原作。”这给我的“再创论”提供了支持。他介绍我和他在耶鲁大学的学生孙康宜通信，孙教授送了我一本她的英文著作《唐宋词的发展》，主要研究民间的歌曲如何演化成文人的雅词，使我对国外的研究工作有进一步的了解。此外，我还见了南京外文学会会长陈嘉教授，陈教授是我在联大时的老师，他在《南京大学学报》发表了一篇研究莎士比亚的论文，有不少独到的见解。总之，我第五次到南京来，和南大的前辈学者交流，觉得收获不小。

第六次来南京，主要是到南大讲学，并和南大外语学院老师和研究生座谈。这时，上次见到的何如、郭麟阁、漆竹生、范存忠、陈嘉教授等都已去世。现在的法语系主任是何如教授的再传弟子许钧博士。我和老一辈的学者看法大同小异；和下一代的新人却是有所不同了。许钧在上海《文汇读书周报》上征求读者对《红与黑》几种译本的意见。他把上海和南京的译本说成是对等的译文，把杭州和长沙的译本说成是再创的译文，并说读者喜欢风格对等的译文。我不同意，现在补充举例说明如下：

> （对等译文）心肠硬构成了外省的人生智慧，由于一种恰如其分的补偿，此刻市长先生最怕的两个人正是他的两个最亲密的朋友。
>
> （再创译文）外省人讲究实际，自作聪明，不重情义，现在，公平合理的报应落到市长先生头上了，最使他提心吊胆的两个人，却是他最亲近的朋友。

比较两种译文，可以说前者形似，后者神似。前者正是郭麟阁批评的“拘泥原文形式”“不可理解”的译文。“心肠硬”怎么是“智慧”？最怕的人怎么成了“补偿”？不可理解怎能符合原文风格？我感到了两代人之间的代沟。至于讲学，内容和在香港中文大学讲的大同小异，我就在后面再讲了。

二、香港十日行

2000 年 10 月 9 日，我和内子照君蒙香港中文大学邀请，担任访问教授，得以旧地重游，不禁感慨系之。回想 1948 年，我乘法国邮船 André Lebon 从上海去欧洲，经过香港，在英文回忆录中写下了当时的印象："6 月 27 日晚轮船经过香港，在船上看见岛上的灯光，天上的星光，和海上的倒影混成一片，分不清天上地下，犹如身在仙境。"五十二年之后，我再来到中文大学翻译系的小楼，望见窗外大海一碧万顷，波光粼粼，风帆点点，远山虎踞龙盘，绿枝迎风招展，令人心旷神怡，比夜间更加风光明媚。中大得天独厚，居高临下，可以网罗天下人才，培养香港当代精英，为建设 20 世纪的文明，做出了自己的贡献。

10 月 13 日，我在中大新教学楼讲《诗词全球化和文化交流》时，举例说明以孔子为代表的东方文化和西方文化的差别。如孔子不谈"怪力乱神"，反对暴力；而西文的荷马却在史诗中宣扬暴力，歌颂战争中的英雄主义。如果把东方爱好和平的思想和西方的英雄主义结合起来，那就可以使全球的文化更加光辉灿烂。

关于这个问题，16 日我在香港电台英语广播中还举例进行了说明。我讲了孔子问礼于老子的故事，说老子张口不答孔子的问题，孔子看见老子嘴里没有牙齿，只有舌头，才悟到硬的先掉，软的还在，应该刚柔相济的道理。我又举了辛弃疾的词《卜算子》为例："刚者不坚牢，柔者难摧挫。不信张开口角看，舌在牙先堕。"英译是：

The hard may not be strong,
While the soft may last long.

Look into my mouth if you think me wrong!
My teeth are lost before my tongue.

我用齿舌相依的形象，说明东西文化应该刚柔互补，并举西方历史上的宗教战争来说明以刚克刚，不能解决问题。旧教和新教进行了几百年的战争，把新教叫成异教，并要把异教徒活活烧死，这都是“己之所欲，亦施于人”强加于人的结果。这些争端看来只有按照孔子说的“己所不欲，勿施于人”的和平共处原则，才能解决。

中大翻译系成立了二十多年，而北京大学的领导却多是理科出身，并不了解文学翻译对建立21世纪全球文化的重要性，因此至今没有成立翻译院系，不能不说是一个缺憾。一般说来，翻译理论有语言学派和文艺学派之分，而中大翻译系主任陈善伟教授却能融合两派之长，并且提出自己的见解（见中大《翻译学报》2000年第4期《译诗的标准与方法》）。如杜甫的名句：“文章千古事，得失寸心知。”文艺学派译成：

A verse may last a thousand years.
Who knows the poet's smiles and tears?

陈译却是：

Writing is a deed of eternity.
Its failure or success is known only to the author.

从文艺学派的观点看来，陈译在音美和形美方面虽然有所不足，但从文艺和语言两派的观点来看，陈译的“文章”和“得失”都更精确，并且富有意美。

中大翻译系吴兆朋教授是瑞典文学院马悦然院士的学生，她译李清照《声声慢》中的名句“寻寻觅觅”，把美国著名的翻译家“Rexroth”的英译（Search. Search. Seek. Seek.）改成：“Seeking，searching，/Freezing and forlorn，/I sob and sigh of sorrow. //”译文用双声来翻译叠字，富有意美和音美，远远胜过了美国名家的英译。

金圣华教授曾是翻译系主任，现在是文学院副院长。余光中教授说：“她精通英文与法文，所以她的‘译绩’是一场多姿的三角恋爱，不同于一般只通英文的从一而终。”其实，金教授不但是翻译家，还是一位散文作家。她在她的《桥畔闲眺》自序中说：“‘无中生有，化虚为实’是作家创作时痛苦的根由，也是快乐的泉源。翻译家则与演奏家如出一辙……翻译及演奏时，可以在有限的空间，创造出无限的变化与生机。”在香港翻译学会举行的餐会上，她批评了不懂“创造性”的译论家。

童元方教授是美国哈佛大学 Owen 教授的学生，她在哈佛看到洪业先生是“Owen、Hightower、Henan”等教授的导师，却成了他们的助手。“仅以资深讲师而终其身”，可见中国学者在美国受到歧视，哈佛大学并不公平，而在香港中大反能人尽其才。童教授在论文中谈到“信达雅”时说：“日常语言但求其达，科学语言只求其信，而艺术语言务求其美。”这和我提出的文学翻译的低标准是真，高标准是美；科学的公式是 1+1=2，内容等于形式；艺术的公式是 1+1>2，内容大于形式，都有相通之处。我和中大几位教授座谈，话很投机，一见如故，大有相见恨晚之感。

我想起了一首谈言论自由的法文诗，现在译成中文如下：

人类并没有力量
禁止言论自由，
不能把太阳
埋进地球，
打个洞，
没有
用！

原文第一行七个音节，第二行六个，以下每行减一个音节；第一三行押韵，二四六行押韵，五七行押韵。译文完全一样，传达了原文的意美，音美，形美，由此可见中文的优越性。而中文的“三美”能不能译成英文呢？中大教务长何文汇教授在香港沙田公园前门写了一副对联：“一水东流，两岸都成新市镇；群山环抱，四时犹带旧风情。”译成英文：

Divided by a stream，the two shores north and south are turned into new cities;

Surrounded with hills，the island in four seasons exhales an old perfume.

虽然传达了一点原文的意美，但是对联的音美和“两岸”“四时”对仗的形美，都译不出来。由此可见中文和英文，正如中西文化一样，是互有短长的。因此，中西文化应该取长补短，刚柔相济，共同建立21世纪的全球文化。

三、武汉重庆行

1946 年，我第一次到汉口，乘飞机去重庆。这次相反，是从重庆坐游船经长江三峡到武汉。第一次游重庆印象最深的，是刘匡南陪我到北碚温泉，在嘉陵江畔饮茶，观赏“蜀江水碧蜀山青”，觉得嘉陵江水之蓝，几乎可以和昆明的蓝天比美。这次到四川外国语学院讲学，英语系陈主任带了她的研究生小刘陪我和照君在嘉陵江畔品茶观景，江山无恙，人世已殊。小刘对人亲切，是不是匡南化为女身，来伴我旧地重游呢？第一次同匡南来重庆沙坪坝，参观了当时中央大学（就是现在的南京大学）的草顶茅屋，比隔江对峙的重庆大学的高楼大厦，简直不可同日而语。这次却是重庆大学招待我们在临江轩吃色如雪山草地的糯米饭，真是不胜今昔之感了。

在四川外语学院讲学和在南京大学一样爆满。南大礼堂有人席地而坐，川外讲堂却连窗口门外也挤满了人。讲学内容也和在南大差不多，不过我结合四川的情况，加讲了李白的《早发白帝城》。第一句“朝辞白帝彩云间”，“彩云”二字有三种翻译法：一是直译为“coloured cloud”（有色彩的云），二是意译为“rain bow cloud”（色如彩虹的云），三是神似的译法，译成“crowned with cloud”（戴着云彩的皇冠）。我说直译散文味重，用词不如意译更美，更有诗意；神译则不只是译词，而且译句，因为皇冠和白帝关系密切，所以读者既可以想象白帝戴着皇冠，也可以想象白帝城在彩云间，就像戴了一顶金光灿烂的皇冠一样。这样翻译不用“彩”字而可以看见彩云，比用了“彩”字而少诗意要美得多。有的学生本来认为学好英语可以多赚钱，听讲后却对诗词和文学翻译发生了兴趣，这就是说，素质有所改变，不那么重利轻义了。

这次四川外语学院招待非常热情，安排我们去游长江大小三峡：

大三峡的高山雄奇，水势磅礴；小三峡的峭壁林立，风光旖旎；加上两岸的名胜古迹，真是美不胜收。

到了武汉，华中师范大学有人陪我们游了黄鹤楼，武汉大学和华中科技大学开车让我们游了东湖。苏东坡的西湖诗说：“水光潋滟晴方好，山色空蒙雨亦奇。欲把西湖比西子，淡妆浓抹总相宜。”我们游了两次东湖，武大那次是“水光潋滟”，科大那次却是“山色空蒙”；真是若把东湖比江水，小小三峡更相宜了。

关于武汉三校的讲学情况，我想用华中师大英语系主任陈宏薇教授的来信作结：“回顾这学期的经历，感到最闪光的亮点是聆听您的报告。它生动极了，精彩极了！您的翻译，形神兼备；您的论文，字字珠玑；您的报告，满堂生辉；我想，这就是大家的风范吧！”中国作家协会外国文学会的负责人在香港翻译会议上，说我是“王婆卖瓜，自卖自夸”。我说那要看瓜甜不甜，如果不甜，那是自夸；如果货真价实，却不许夸，那不是让伪劣商品鱼目混珠，充斥市场吗？

文学翻译六十年

如果能把一个国家创造的美，转化成为全世界的美，那不是最高级的善，又是最高级的乐趣吗？而翻译文学正是为全世界创造美的艺术。

——《追忆逝水年华》

30年代

我对文学翻译产生兴趣，大约是1935年在《东方杂志》上读到美国赛珍珠写中国农村的小说《大地》。回忆起来，当时的印象是翻译和创作几乎没有什么分别。

1938年，我考入西南联合大学外文系，在大一英文班上，读到林语堂译的辛弃疾词《采桑子》（少年不识愁滋味），觉得译文也有诗味。1939年4月28日，我读到林徽因在1934年11月19日徐志摩逝世三周年忌日路过徐志摩的故乡硖石时写下的诗《别丢掉》：

别丢掉
这一把过往的热情，

现在流水似的，
轻轻
在幽冷的山泉底，
在黑夜，在松林，
叹息似的渺茫，
你仍要保存着那真！

一样是月明，
一样是隔山灯火，
满天的星，
只使人不见，
梦似的挂起，
你问黑夜要回
那一句话——你仍得相信，
山谷中留着
有那回音！

林徽因写的是硖石的山泉、松林、明月、灯火、山谷，我想到的却是远在千里之外的故乡山水；林徽因写的是诗人的热情、真心，梦似的形象，空谷的回音，我想到的却是日本侵略军占领故乡以后，与当年的同窗好友生离死别之情，于是就把《别丢掉》译成英文：

Don't cast away
This handful of passion of a bygone day,
Which flows like running water soft and light
Beneath the cool and tranquil fountain,

At dead of night,
In pine-clad mountain,
As vague as sighs，but you
Should e’er be true.

The moon is still so bright;
Beyond the hills the lamps shed the same light,
The sky besprinkled with star upon star,
But I do not know where you are.
It seems
You hang above like dreams.
You ask the dark night to give back your word,
But its echo is heard
And buried though unseen
Deep，deep in the ravine.

这是我英译的第一首诗，后来发表在《文学翻译报》上了。

大一暑假，我第一次听吴宓教授讲翻译。他的理论用今天语言学的术语来说，就是不但要译表层结构，而更要译深层结构。后来读到他《文学与人生》的讲稿，其中说道：“真境与实境迥异，而幻境之高者即为真境。”他认为翻译是对真境的模仿。在我看来，真境是指深层结构，实境是指表层结构。如莎士比亚的名句“to be or not to be…”表层是：活还是不活……深层却是：死还是不死……这是我的理解。

吴先生的译论和当时占统治地位的“直译论”并不一致。到底谁是谁非呢？暑假期间，我去翠湖图书馆读了许多文学翻译作品：

英国如梁实秋译的莎士比亚，法国如穆木天译的巴尔扎克，德国如郭沫若译的歌德，俄国如鲁迅译的《死魂灵》等。我觉得这些名家的译著都远远不如他们的创作。于是我认为他们的“直译论”可能不如吴先生的译论合乎实际。

大二读英诗时，我在书上读到诗和散文的分别，大约是柯勒律治说的："Prose is words in best order; poetry is best words in best order."（散文是排列得最好的文字；诗是最好的文字，也是最好的排列。）什么是最好的文字呢？直译派可能认为对等的译文就是最好的文字，如《死魂灵》；我却认为《死魂灵》只译了原文的表层结构，从深层结构来看，应该译成“农奴魂”才是最好的文字，这说的是散文。至于诗呢？李白的“低头思故乡”如果译成“Bowing, I think of home”，既译了表层，也译了深层；但如译成“I'm drowned in homesickness”才是最好的文字，译成“in homesickness I'm drowned”却是最好的排列，因为“drowned”和“疑是地上霜”中的“ground”押韵。

袁行霈在《中国诗歌艺术研究》中提出了“宣示义”和“启示义”的概念。他说："宣示义，一是一，二是二，没有半点含糊；启示义，诗人自己未必十分明确，读者的理解未必完全相同"，但“一首诗艺术上的优劣，在一定程度上取决于启示义的有无。一个读者欣赏的高低，在一定程度上也取决于对启示义的体会能力”。我要加上一句，一个译者水平的高低，在一定程度上取决于译出启示义的能力。如果要用数学公式来表达的话，译宣示义只是言内之意：1+1=2；译启示义却是言外之意：1+1>2。这就使译诗理论也“更上一层楼”了。

上西洋小说课时，讲到司各特的历史小说。司各特比雨果更朴实，比维尼更有群众观点，比巴尔扎克更有历史感，比梅里美感情更丰富。后来，我把司各特的《昆廷·杜沃德》译成中文。但在30年代，我只译了林徽因一首诗。

40年代

1941年太平洋战争爆发，陈纳德将军率领美国志愿空军来华参战，联大外文系三四年级男同学担任翻译。在欢迎陈将军的招待会上，主席说到“三民主义”，翻译不知如何用英语说，主席自己译成“nationality, people’s sovereignty, people’s livelihood”，陈将军也听得莫名其妙。我就插话说应是“of the people, by the people, for the people”。陈将军才恍然大悟。这是我第一次做口译，也悟到直译往往会词不达意。后来我在机要秘书室任笔译，有一次把“以守为攻”译成“to attack so as to defend”，得到领导好评，至今不忘，使我对翻译更有兴趣了。

我在美国志愿空军只担任了一年翻译，1942年秋，回到联大读四年级，选修了西洋戏剧，选读了德莱顿的诗剧《一切为了爱情》或《江山殉情》。英国读者认为德剧胜过莎士比亚的《安东尼与克利奥帕特拉》，17世纪被认为是德莱顿世纪。我就把《一切为了爱情》译成中文，这是我翻译的第一部文学名著。但译稿放了十几年，直到1956年才由上海新文艺出版社出版。到了1987年，国内放映美国电影《埃及艳后》，场面之大，耗资之巨，据说打破了全世界拍摄电影的纪录，而电影和德剧讲的是同一个故事。1994年，桂林漓江出版社把《一切为了爱情》改名《埃及艳后》，加了一篇《代后记》，配了三十几幅插图，重新出版。现将沪本和桂本的第一句译文抄录如下：

（沪本）：凶兆、怪事，不断地发生，人们都司空见惯，并不觉得奇怪。

（桂本）：怪事年年有，不如今年多，但人们都司空见惯，反而见怪不怪。

比较一下两种译文，可以看出我早期更重直译，后期更重意译，四字词组用得更多。“不断地发生”曾译成“接踵而来”，但是觉得太文，不合口语习惯，所以改了；“司空见惯”也文，但口头常说，所以保留。“见怪不怪”比“不觉得奇怪”力量大多了。

德莱顿是英国著名的翻译理论家，他提出翻译有三种：1. 直译；2. 意译；3. 仿译（等于改写）。桂本的“怪事年年有，不如今年多”，就接近德莱顿提出的仿译了。德莱顿有一句名诗：

None but the brave deserve the fair.（只有英雄才配得上美人）

这句话也是《一切为了爱情》的主题思想，比起中国的《霸王别姬》来，可以说东西方都是英雄气短，儿女情长了。

40 年代我读过的文学译著有傅东华译的《飘》，读时没有对照原文，不知是否忠实；但是仅以译文而论，读来是有兴趣的，不像直译的书，要硬着头皮才吞得下去。

1948 年我去欧洲留学，船过地中海时，风平浪静，景色如画；我在船上读莫泊桑的《水上》日记，觉得情景交融，真是一乐也。60 年代我把《水上》日记译成中文，直到 80 年代才得出版。不过早在 20 年代上海开明书店已经出版了一个直译本。现在比较一句新旧译本，以见一斑。

（旧译）谁有更上的欣愿么？这伟大的梵娥纶奏手的埋葬在这浪歌在四围隙缝中高唱的这个嵯峨的岩礁上，谁有更上的欣愿么？

（新译）假如就让这位不同凡响的小提琴家，安眠在嶙峋嵯峨的岩礁上，静听汹涌澎湃的海浪和犬牙交错的怪石合奏的交响乐，岂不更妙？

比较一下新旧译文，可以看出旧译已经过时，新译的四字词组用得很多；“不同凡响”“嶙峋嵯峨”“汹涌澎湃”“犬牙交错”表达力之强甚至可以说是胜过了原文，也可以说是发挥了译语的优势。法国文学研究会第一任会长罗大冈教授读了新译后说：“传神与传真两全其美，可谓上品。”从新旧译文的对比中，也可以看出几十年来汉语的发展。

我在巴黎大学选读了雨果的《世纪的传说》，司汤达的《红与黑》，巴尔扎克的《人世之初》，福楼拜的《包法利夫人》，魏尔伦的象征诗等。后来，我把雨果的戏剧，司汤达、巴尔扎克、福楼拜等的小说译成中文。但在当时，我只译了雨果的一首小诗《泉水》，现将新旧译文抄录如下：

（旧译）清泉自高岩上流下来
涓涓流向大海，那倾帆
覆舟的大海却对她说：
“你，哭啼者，你来干什么？

该知道，我是风暴和恐怖，
澎湃扩展一直到天边；

我又何所需求于你呢？
你微弱得可怜，我浩瀚。”

对苦海深渊，清泉回答：
“你是大海，我愿无声给你
带来一点你所没有的：
几口可以解渴的净水。”

（新译）泉水从岩石上一滴滴
落入怒涛汹涌的海里。
掌管生死的海洋说：“你
来干吗？这样哭哭啼啼！

我的风暴使人害怕，
我的尽头就是天涯。
难道我还需要你吗？
小鬼，我是这样广大！……”

泉水对苦海深渊说道：
“我无声无息，不求荣耀，
我给你的，正是你缺少
的一滴淡水，人的饮料！”

旧译是巴黎大学法籍华人程抱一教授译的，基本是用对等译法。新译却注意选用最好的文字，最好的排列，试比较“倾帆覆舟”和“怒涛汹涌”，“哭啼者”和“哭哭啼啼”，“天边”和“天涯”，“浩瀚”和“广大”，“无声”和“无声无息”，就可以看出中法翻译传统的不同。旧译每行大约九字，有时八字或十字；新译第一、三段每行九字，第二段每行八字。旧译没有韵；新译第一段的“滴、里、你、啼”，第二段的“怕、涯、吗、大”，第三段的“道、耀、少、料”，是更好的排列。

关于《红与黑》，后来出版了十几种译本，这里我只比较一句直译和一句意译：

（直译）这种劳动看上去如此艰苦，却是头一次深入到把法国和瑞士分开的这一带山区里来的旅行者最感到惊奇的劳动之一。（上海译文）

（意译）这种粗活看来非常艰苦，头一回从瑞士翻山越岭到法国来的游客，见了不免大惊小怪。（湖南文艺）

上海《文汇读书周报》征求读者意见，结果直译最受欢迎，可见翻译腔影响多大，多深！

《包法利夫人》也有不少译本，这里也只比较一句李健吾的旧译和我的新译：

（旧译）浪漫主义的忧郁，回应大地和永生，随时随地，发出嘹亮的哭诉，她头几回听了，十分入神！

（新译）她头几回多么爱听这些反映天长地久、此恨绵绵的浪漫主义的悲叹哀鸣呵！

从《红与黑》的直译到李健吾的译文可以看出直译的进步；从《包法利夫人》的旧译到新译，又可以看出文学翻译的发展。

魏尔伦的名诗《秋之歌》有几种译文，这里只比较罗洛的散体译文和我的韵体译文：

（散体）长久听啜泣，/秋天的/梵哦玲/刺伤了我/忧郁/枯寂的心。

使人窒息，一切，/又这样苍白，/钟声响着，/我想起/往昔的日子/不觉泪落。

我，宛如转蓬/听凭恶风/送我漂泊/海北天南/像一片/枯叶。

（诗体）秋风萧瑟，琴声呜咽，余音长，
单调无力，令人悲戚，心忧伤。
暮色苍茫，晚钟凄凉，人无语；
往事多少，涌上心头，泪如雨。
无所事事，随风所之，如落叶；
秋风无情，东西飘零，伤离别。

诗体译文每一个字都代表原诗的一个音节，原诗韵脚每段都是AAC，BBC，译文也是一样。从形式和音韵的观点看来，诗体译文可以说是胜过散体。从内容上看，诗体用了德莱顿的仿译法，和翻译界主流派的意见不一致。我的译作大多是后来发表的，但打下基础却是在40年代。

50年代

50年代我从欧洲回国，在北京一个外国语学院教书，这时才读到朱生豪译的莎士比亚和傅雷译的巴尔扎克，觉得朱、傅的译文远远胜过了从前读过的梁实秋和穆木天的译本。试比较曹禺和朱生豪《罗密欧与朱丽叶》最后两行的译文：

（曹译）人间的故事不能比这个更悲惨，
像幽丽叶和她的柔密欧所受的灾难。
（朱译）古往今来多少离合悲欢，
谁曾见这样的哀怨辛酸！

英国诗人雪莱说过："柏拉图显示了稀有的才能，把严密而巧妙的逻辑和诗人的热情结合起来了，把哲学和诗，科学和艺术，令人心醉地混成一体了。"（转引自杜朗特《哲学的故事·柏拉图》）我看曹译展示了严密的逻辑，朱译则展示了巧妙的逻辑和诗人的热情合而为一，缺点却是逻辑不够严密。

傅雷的译文弥补了这个缺点，他译法国罗曼·罗兰的名著《约翰·克利斯朵夫》，把逻辑和热情结合起来了。例如卷八《女朋友们》第374页上有句名言：

没有一个人是完全的。所谓幸福，是在于认清一个人的限度而安于这个限度。

这个译文既合逻辑，又合原文的情感；原文说"aimer ses limites"，直译是"爱他的限度"，这在原文是最好的文字，但在译文却不如"安于"巧妙。原文没有重复"一个人"和"限度"，译文却重复了，这就不能算最好的安排。所以后来我重译《约翰·克里斯朵夫》时，把译文改成：

世上没有完人。幸福在于了解自己的局限性，而且感到满足。

如果把头一句改为“人无完人”，自然更加精练，但读起来显得突兀，和上下文的联系不如现译。傅译“所谓幸福”，加了“所谓”二字。“认清限度”和“了解局限性”各有千秋，难分高下。“aimer”以词而论，译成“满意”更好，以句而论，却又不如“满足”。这样比较，我看可以提高翻译的艺术。

罗曼·罗兰先写《约翰·克里斯朵夫》，后写《哥拉·布勒尼翁》；我却是在50年代先译后者的。最初想译成《泼泥翁》，多少可以体现一点主人翁的精神风貌，但是人民文学出版社的责任编辑梁均不赞成，所以还是用现译名在1958年出版。梁均赞成直译，我喜欢意译；有时我得尊重他的意见，但他多半还是尊重译者。例如有句写哥拉热爱生活，热爱大自然的话：

（直译）只要面对摆着泥土和阳光的餐桌，我的口水总是直流……

（意译）只要面对着醉人的阳光，和秀色可餐的大地，我的口水总是直流……

我把“餐桌”（table）分译成了“醉人的”和“秀色可餐的”，这也可以说是译出了原文的启示义吧。译后自得其乐，仿佛陶醉在可餐的秀色中。但是有的意译也给我带来了灾难，例如哥拉和朋友争夺情人，打得头破血流，书上说了一句：

（直译）没有什么比朋友成了仇人更坏的。

（意译）朋友翻了脸，比仇人还狠。

到了“文化大革命”期间，造反派认为我这句译文是讽刺中苏关系交恶，使我大受皮肉之苦。

但这本书寄到台北编译馆，得到留法同学费海玑的来信，他说：“收到赠书已五天了，五天都在幸福中。世间之乐莫过于‘如晤’了。你译的《哥拉·布勒尼翁》除了人名外几乎全是国语，读来便如闻你的声音和谈吐，一点也不觉得是译作，你拈出翻译文学的最高目的是使读者‘乐之’，我乐了，告诉你这一句就够了嘛！”译作而像创作，就是钱钟书先生在《林纾的翻译》中说的：“译本对原作应该忠实得以至于读起来不像译本，因为作品在原文里决不会读起来像经过翻译似的。”

罗曼·罗兰的第三部名著是 *l'Ame Enchantée*，中文译名先是《欣悦的灵魂》，后改为《母与子》，我觉得不如《心醉神迷》或《神迷》。原书头三段就描写了女主角心醉神迷的状态，“醉人的阳光中没有掺杂一点枯树的阴影，残冬的寒风却使阳光显得更加醉人”，第一段的这句话就突出了令人心醉神迷的环境。

除了罗曼·罗兰之外，我在50年代还译了巴尔扎克的小说《人生的开始》，例如书中描写一个女仆出身的总管太太说：

学徒对漂亮的总管太太说起话来以东道主自居的口气，心里开始起了反感；但是他和画师都在等着看一个泄露天机的姿势，等着听一句暴露本来面目的言语，就是那种狗嘴里装象牙似的不伦不类的字眼。

我把译稿寄给上海新文艺出版社，当时的编辑是个直译派，要求我把“狗嘴里装象牙”按照原文改成“从猴子到海豚”，其他依此类推。我尊重责编的意见改了一遍，结果译文不堪卒读，于是我又改了回来，寄去上海。不料编者回信说：北京人民文学出版社计划出版梁均直译的《人生的开端》，所以不能重出，只好退稿。后来我读到梁译，试选一句比较如下：

（梁译）英国人用骄傲来封住自己的嘴巴……

（许译）英国人以为咬紧牙关，一言不发，可以抬高身价……

我认为梁译词不达意，就写了一篇《巴尔扎克译论》，寄去上海、北京。上海新文艺已改为译文出版社，读了《译论》之后，才同意出版我的新译本。后来北京出版《巴尔扎克全集》，也选中了沪译，改名《人世之初》，编入《人间喜剧》第二卷。这是意译对主流派的直译取得的一次胜利。

但意译并不是总能取得胜利的。如雨果的长篇小说《笑面人》，上海和北京出版的都是直译本。现在选两句笑面人对仗工整的演说词的三种译文以便比较：

（沪译）我是大人物中间的一个，可是我仍然属于老百姓。我置身在这些朝欢暮乐的人当中，可是我仍然和受苦的人在一起。

（京译）我在大人先生中间，可是我是属于小人物的；我在享乐者中间，我却和受苦者站在同一立场。

（意译）我出身贵族，但属于平民。我身在享乐的人中间，心在受苦的人一起。

《笑面人》和《心醉神迷》的意译试稿我曾在50年代寄去人民文学出版社，但都未被采纳。

总之，50年代我出版了一本英译中《一切为了爱情》，一本法译中《哥拉·布勒尼翁》，半本中译法《农村散记》，还把一些诗歌译成英法韵文，这已经是翻译界中英、中法互译的开路先锋了。

50年代，我还参加了一次翻译讨论会，主讲人是北京外国语学院周珏良教授，讲题是《翻译的标准》，内容大致是说：翻译小说、戏剧、散文、诗等应该各有各的标准。这和后来北京大学辜正坤博士提出的“多元互补论”有相同之处。但在讨论会上没有得到支持，北京大学朱光潜教授当场提出了针锋相对的批评，认为无论翻译小说、戏剧、散文或诗，都该应用“信、达、雅”的标准，而所谓“雅”是有文采的意思。他的发言得到很多人的赞同。

50年代，我也试开过翻译课，但是只有实践，没有理论，知其然而不知其所以然，结果大为失败。

60年代

60年代我在张家口外国语学院教英文，读到杨必译的萨克雷名著《名利场》，认为是把严密而巧妙的逻辑和诗人的热忱结合得很好的一部译著。现在举例如下：

上帝的安排是奇妙莫测的，令人敬畏的，他分配世人的祸福，往往叫聪明仁厚的好人受糟蹋，让自私的、愚蠢的、混账的人享福。

"奇妙莫测"可以改成"高深莫测"，更合习惯用法，但并不见得更好。"祸福"二字如果改成"命运"，虽然也可达意，但传情就远不如"祸福"了。"受糟蹋"原文是"cast down"，"享福"原文是"set up"，有点对称，可以考虑译成"被踩在脚下"和"骑在你头上"，也许"上""下"更对称一点；但原文"cast"之前还有一个动词 humiliate，所以不必强求对称。

读了杨译之后，我译司各特的名著《昆廷·杜沃德》时，也注意把逻辑和热情结合起来。如第一章有一句，我的初稿和定稿分别是：

（初稿）各个小朝廷都夸耀的比武饮酒，把每个胆大妄为的流浪汉都吸引到法兰西来了；很少有个流浪汉来后不能显示他鲁莽的勇气和轻率的冒险精神的，而他更幸运的故乡却没有为这些活动提供自由的舞台。

（定稿）每个小朝廷都引以为荣的比枪演武、饮酒作乐，使四海为家的亡命英雄都闻风而来，难得有个好汉到了法兰西不能一显身手，表现他的匹夫之勇和冒险精神的，而他幸运的故国却没有提供这种英雄用武之地。

比较一下两种译文，可以看出初稿逻辑严密，定稿却更巧妙，热情更高。但我这种译法，并没有得到人民文学出版社编辑的赞同。如第二章的引语，编者要我引用朱生豪的译文：

（朱译）我要凭着我的宝剑，去打出一条生路来了。（《温

莎的风流娘儿们》)

(许译)世界就是一个蚌壳,我要用刀剖出珍珠。

我认为朱译没有蚌壳的形象,不肯改动,争了几年,直到 1987 年才出版了我和严维明的合译本。

1966 年"文化大革命"爆发,我无书可译,就把《毛泽东诗词》(包括传抄的在内)全部译成英、法韵文。在烈日下挨批陪斗的时候,我就偷偷地背《沁园春 · 雪》,并且思考如何译成英文。如"惟余莽莽","顿失滔滔",我译成:

The boundless land is clad in white;
The endless river lost to sight.

觉得音韵节奏都译出来了。又如"略输文采","稍逊风骚",我译为:

In culture not well bred,
In letters not wide read.

觉得也译出了原文的对仗,心中暗暗得意,以为找到了消磨批斗时光的绝妙方法。不料造反派知道后,说我歪曲毛诗,逃避阶级斗争,抽了我一百鞭子,把"文化大革命"变成"武化大革命"了。

70 年代

70 年代我在洛阳外国语学院教英文、法文,再开了翻译课,写了一本《论英译汉》，共270页，每页四百字；还有一本《论法译汉》，油印125页，每页六百字。两本都参考了陆殿扬的教材，如《论法译汉》分四篇：

第一篇，概论：第一章，翻译的问题：内容与形式；第二章，翻译的基础：理解与表达；第三章，翻译的标准：忠实与通顺；第四章，翻译的方法：直译与意译；第五章，翻译的原则：第一节，“正确”：正确，精确，明确；第二节，“三用”：通用，连用，惯用；第三节，“三似”：形似，声似，神似。只有翻译原则是我提出来的。

第二篇，词法：第六章，选词法；第七章，换词法；第八章，词性变换法；第九章，拆词法与合词法；第十章，加词法与重复法；第十一章，减词法；第十二章，造词法。拆词、合词、造词是我自己提出来的方法。

第三篇，句法：第十三章，前后倒置法；第十四章，反宾为主法；第十五章，移花接木法；第十六章，化词为句法与化句为词法；第十七章，长句化短法与短句合并法；第十八章，打乱重分法。除“前后倒置法”是陆殿扬书中的原则之外，其余都是我自己总结的经验。

第四篇，专论：第十九章，形象翻译法；第二十章，成语翻译法。第十九章的结论说：形象主要有明喻、隐喻、借喻，拟物、借代等，翻译的方法有直译、意译、半直译半意译、既直译又意译等。借喻可以译成隐喻，隐喻可以译成明喻，拟人、拟物也可译成明喻，借代有时需要加注，这就是翻译形象的主要方法。第二十章说成语的特点是多用双声、叠韵、同音、重复、对仗等修辞手法，翻译法和形象译法相同，还可加上借译和仿译两种。这就是我最初提出来的系统翻译理论。

1976年毛泽东的《论十大关系》发表了，我就写了一篇《试论翻译中的十大关系》：1. 语言与生活；2. 内容与形式；3. 理解与表达；4. 忠实与通顺；5. 直译与意译；6. 继承与创新；7. 翻译与政治；8. 英语与汉语；9. 散文与诗；10. 中译外与外译中。其中 3、4、5 章发表在北京外贸学院《外国语教学》1978 年第 4 期上，也是我《翻译的艺术》论文集的第一篇，题目改为《翻译中的几对矛盾》，可以说是翻译中的矛盾论。

1978 年洛阳外国语学院出版了我译的《毛泽东诗词四十二首》英、法文格律体译本，这是世界上有史以来第一次由个人把中国古体诗词译成英法韵文，序言中第一次提出了译诗要尽可能传达原诗的意美、音美、形美。译本受到国内外的好评，如钱钟书教授说：译者戴着音韵和节奏的镣铐跳舞，灵活自如，令人惊奇。美国密西根大学费尔沃克教授说译文是绝妙好译。朱光潜教授说："意美、音美和形美确实是作诗和译诗所应遵循的。"英国《唐诗三百首》译者英妮丝 · 赫尔登对译论表示赞赏。

1979 年北京外国语学院学报《外语教学与研究》转载了这篇序言，后又收入《翻译的艺术》论文集，题目改为《意美、音美、形美》。同年，上海外国语学院学报《外国语》发表了我的《毛泽东诗词译文研究》，先是《长沙》，后是《黄鹤楼》，还有《赠杨开慧》由广州外国语学院学报《现代外语》发表。此外，我还译了周恩来的旧体诗七首，登在杭州大学学报《外语》上；写了一篇评论，则由上海复旦大学发表。这些论文都收入《翻译的艺术》了。但我译得最多的还是陈毅诗词，约有一百首，选登在洛阳外国语学院学报上。如《记遗言》："革命流血不流泪，生死寻常无怨尤。碧血长江流不尽，一言九鼎重千秋。"我的英译文是：

For revolution we shed blood, not tears.

We ne'er complain for there's no man but dies.
So long as rivers flow, red blood ne'er dries.
Her last word will outlast a thousand years.

总而言之，我 70 年代翻译的和评论的主要都是革命家的诗词。

80 年代

到了 80 年代，我已经六十岁了。记得四十年前在阳宗海之滨，有个联大同学给我看相，说我六十岁以后会交好运，不料他的一句戏言居然成了事实。假如我像傅雷一样五十八岁离世，那就一切皆空了。

小平同志在十一届三中全会上说，到 20 世纪末，国民生产总值要翻两番。联系实际，我以前出版了四本书，翻一番是八本，翻两番是十六本，不料我在 80 年代就提前超额完成了。

1981 年，香港商务印书馆出版了我英译的《动地诗——中国革命家诗词选》，包括孙中山、黄兴、秋瑾、毛泽东、周恩来、陈毅等人的诗词一百多首，如秋瑾的《绝命词》只有一句："秋风秋雨愁煞人！"

Sad autumn wind and autumn rain has saddened me.

原文有两个半"秋"字（"愁"字算半个），我把 sadden 前半放在风雨之前，就算勉强译出"半轮秋"了；动词用了单数，表示风雨是一回事。后来，《北京大学研究生学刊》1986 年第 1 期评论说："译笔之美，使同类译家汗颜。""在意美、音美的传达上，已入化境，译文堪与原作媲美。”“汉诗词的英译能到此境界者，古今中外，实不多见。”

1982 年，香港商务又出版了我的《苏东坡诗词新译》，如东坡咏西湖的名句“欲把西湖比西子，淡妆浓抹总相宜”：

The West Lake looks like the fair lady of the West,
Whether she is richly adorned or plainly dressed.

又如题庐山的“不识庐山真面目，只缘身在此山中”：

Of mountain Lu we cannot make out the true face.
For we are lost in the heart of the very place.

1983 年，上海译文出版社出版了我二十多年前翻译的巴尔扎克的《人生的开始》。这三年内，每年出书一本。同年 8 月 30 日，我来北京大学，此后一年出书往往不止一本。

1984 年，中国翻译公司出版了我的《翻译的艺术》论文集。我在前言中说：“中国文学翻译工作者对世界文化应尽的责任，就是把一部分外国文化的血液，灌输到中国文化中来，同时把一部分中国文化的血液灌输到世界文化中去，使世界文化愈来愈丰富，愈来愈光辉灿烂。”钱钟书先生读后来信说：“非知者不能行，非行者不能知，空谈理论与盲目实践，皆当废然自失矣。”

同年，我英译的《唐诗一百五十首》在西安出版。在《序言》中，我重申了译诗“三美”论；对吕叔湘先生说的“诗体翻译，即令达意，风格已殊”，提出了不同的意见，认为诗体翻译，如能达意，一定比散体翻译更能保存原诗风格。

1986年，我又翻一番，出版了四本书，其中有两本是从前翻译的：《入世之初》就是《人生的开始》，《水上》则是60年代的旧译。新译有《雨果戏剧集》，包括《玛丽蓉·黛罗美》《艾那尼》《国王寻欢作乐》《吕克莱丝·波基亚》《玛丽·都铎》《吕伊·布拉斯》六个剧本。最著名的是《艾那尼》，女主角死前说："让我们比翼双飞，飞向一个更好的世界去。让我吻你一次，只吻一次！"这和安东尼死前说的"这一吻比我留给恺撒的一切都更宝贵"（见德莱顿《一切为了爱情》第五幕）有异曲同工之妙；也可以和白居易《长恨歌》中的"在天愿为比翼鸟"对比，由此看出中西文化的异同。

这一年，我最重要的英文译著是香港商务出版的《唐宋词一百首》，其中我最喜欢的是李煜词，因为30年代日本侵略军占领了中国的大好河山，国仇家恨，使我觉得后主词倾吐了中国人的心声。如："独自莫凭栏，无限江山，别时容易见时难。流水落花春去也，天上人间！"

To bid farewell is easier than to meet again.
With flowers fallen on the waves spring's gone away,
So has the paradise of yesterday.

1987年，我还出版了四本书；一本是和严维明合译的《昆廷·杜沃德》，前面已经谈到。一本是四川出版的《李白诗选》英译本，选译了一百首，如"峨眉山月半轮秋"，我译成：

The crescent moon looks like old Autumn's golden brow.

又如千古丽句"烟花三月下扬州"，我译为：

My friend has left the west where the Yellow Crane towers.
For River Town green with willows and red with flowers.

钱钟书先生读后来信开玩笑说："太白能通夷语，明人小说中敷陈'草写吓蛮书'，惜其尚未及解红毛鬼子语文，不然，与君苟并世，必莫逆于心耳。"

这一年，我重要的译著有两本：一本是香港商务出版的《唐诗三百首新译》。由我和陆佩弦、吴钧陶合编，有北京大学教授张谷若、杨周翰、李赋宁等参加英译。如王勃的名句："海内存知己，天涯若比邻"，我译成：

If you've a friend who knows your heart,
Distance can't keep you two apart.

美国诗人弗洛斯特（Frost）曾经说过：诗是在翻译中失掉的东西。但美国依生博士（Dr. Ethan B. Gallog]y）来信却说：读上述译诗并不觉得失掉了诗意，因为译者不仅在翻译，而是在再创造。又如王之涣的名句"欲穷千里目，更上一层楼"：

You can enjoy a grander sight,
By climbing to a greater height.

主张"形似而后神似"的江枫却因为译文不够形似而提出批评。关于江枫，我在《谈比较翻译学》中已有评论。另一本重要的译著是北京外文出版社出的《唐宋词选一百首》法译本，这是我第一次一个人把唐宋词译成英、法韵文。如秦观《鹊桥仙》中的名句："两情若是久长时，又岂在朝朝暮暮？"我的英、法译文是：

(Eng.) If love between both sides can last for aye,
Why need they stay together night and day?
(Fr.) Si leur amour existe pour toujours,
Doivent-ils vivre ensemble nuit et jour?

钱钟书先生得到译本后，又来信戏称我为"译才"，并且说："足下译著兼诗词两体制，英法两语种，如十八般武艺之有双枪将、左右开弓手矣！"

1988年，香港三联书店出版了吕叔湘和我合编的《中诗英译比录》增订本。早在40年代，吕先生就出版了一本《中诗英译比录》，选了唐以前的诗五十余首，译文约二百篇，既有诗体，也有散体。我对吕先生的散体译诗论提出意见后，吕先生不但不见怪，反而约我增订，真是学者风度。于是我就增选古诗宋词共一百首，译文约四百篇，交香港三联出版。

总而言之，80年代我出书十四本，连前四本，共十八本，超额完成了十六本的计划。至于文章，那就更多，现在按年代简单叙述如下：

1980年，我在《编译参考》上发表了《译诗记趣》，这等于是《动地诗》的序言，文中介绍了我把革命诗词译成韵体，如何自得其乐。又在《外国语》上发表了三篇《直译与意译》，提出了直译和意译都要求忠实于原文的内容，直译还要求忠实于原文的形式，意译却要求通顺的译文形式。文中批评了许崇信反对意译的观点，并举傅雷、鲁迅、曹禺、方重、聂华苓等的译文为例，说明意译胜过直译。

1981年，我在《翻译通讯》(后改《中国翻译》)上发表了《翻译的标准》，文中提出了翻译的标准除了忠实、通顺之外，还要发挥译语优势（用译语最好的表达方式），这是我对文学翻译提出的新原则，并认为忠实和通顺是翻译的必要条件，是个对错问题；发挥优势却是充分条件，是个好坏问题。我举了李清照《声声慢》为例："守着窗儿，独自怎生得黑！梧桐更兼细雨，到黄昏点点滴滴。这次第，怎一个愁字了得！"

Could I but quicken
The pace of darkness which won't thicken.
On plane's broad leaves a fine rain drizzles
As twilight grizzles.
O what can I do with a grief
Beyond belief!

1982年，我在洛阳外国语学院学报上发表了一篇《忠实与通顺》，说"忠实"的低标准是意似，用的方法是"浅化"；中标准是形意兼似，用的方法是"等化"；高标准是神似，用的方法是"深化"。这是我第一次提出"三似新论"和"三化论"。

1982年在洛阳发表的第二篇文章是《译文能否胜过原文》，文章在结论中第一次提出了两个新观点：一个是翻译可以说是两种文化的竞赛；有人说翻译是两种文化的统一，而我认为统一就是提高，这是我的第二个新论点。这两个论点使我的译本能在国际大出版社企鹅图书公司出版，并且得到"绝妙好译"的评价，但在国内反而受到批评。

1982 年的第三篇文章是《谈中诗英译的变通问题》，结论中说：译文和“原诗的意义如有出入，那就一定要译文更富有意美、音美、形美，才可以变通”。“如果变通得好，可以青出于蓝而胜于蓝，使中国诗给外国文化增添异彩”。这篇文章进一步说明了“译文胜过原文”的观点。后来，墨尔本大学美国教师 Jon Kowallis 来信说：“读了您的《楚辞》英译，觉得非常了不起，当算英美文学里的一座高峰。”这就是为世界文化增光了。

1982 年的第四篇文章是《如何翻译诗词》，这是《唐宋词选》英法译本的代序，曾在南京大学召开的全国第一届法语教学研究会上作为论文宣读，后来在上海《外国语》上发表，内容主要是说：为了传达诗词的“意美、音美、形美”，译文“意似、音似、形似”的程度是可以变更的。文章并对不押韵的自由诗体译者提出了批评。译本原定在上海出版，但因征订数量不够，英译本改由香港商务、法译本改由北京外文出版社出版。

这一年的最后一篇文章是在上海复旦大学《现代英语研究》上发表的《李清照词译话》，就是用李词英译来说明如何为了“三美”而改变“三似”。如上面提到的“独自怎生得黑”，英文几乎没有一个和“黑”意似的词，只好用“quicken”（加快黑暗的步子）来传达“黑”的意美，又用“thicken”（黑暗不肯变浓）押韵来传达原文的音美。再如“到黄昏点点滴滴”不容易译出形似的重复，只好用“drizzles”和“grizzles”的形美来传达形似。这就是用“三美”代“三似”了。

1983 年，我发表了三篇文章：一篇是《谈唐诗的英译》，就是《唐诗一百五十首》的序言，前面已经说过。一篇是《文学翻译等于创作》，这是收入《翻译的艺术》中的最后一篇文章。文章发挥了郭沫若“好的翻译等于创作”的观点，还有茅盾“必须把文学翻译工作提高到艺术创造的水平”这个论点。文章分四部分：1. 谈英译汉：说创造性的翻译要发挥译语优势，并对董秋斯译的狄更斯提出了批评。2. 谈法译汉：说文学翻译要“忠实于原作的意图”，并对罗大冈译的《母与子》提出了批评。3. 谈汉译英：对美国 R.Frost 说的“诗是在翻译中失掉的东西”提出了批评，并用图解和译例说明了“以创补失论”。4. 谈汉译法：对法国译者 Susanne 用散体译诗词提出了批评，并根据法国诗人瓦莱里和我国《诗论》作者朱光潜的理论，说明创造性的翻译是“从心所欲而不逾矩”。以上谈的都是收入《翻译的艺术》论文集中的文章。

哈尔滨《外语学刊》1982 年第 3 期发表了和我商榷的《“形美”“音美”杂议》；我写了篇答辩，题目是《再谈“意美、音美、形美”》，在该刊 1983 年 4 期发表。结论中说：“‘意美、音美、形美’就是和‘神似’统一的‘意似、音似、形似’，就是译诗时不可忘的‘精’；而可忘的‘粗’是和‘神似’矛盾的‘意似、音似、形似’。”

1984 年，我又发表了两篇文章：主要是在《中国翻译》上刊登的《翻译的理论与实践》。通过翻译林肯演说词的实践，得到的结论是：“翻译要求‘意似，不求形似’，最妙的是‘神似’。”第二篇文章是在《外语学刊》上发表的《白居易〈长恨歌〉及其英译》，文中比较了中、英、美译者的五种译文，结论是富有“三美”的译文最好，如“行宫见月伤心色，夜雨闻铃肠断声”：

The moon viewed from his tent shed a soul-searing light;
The bells heard in night rain made a heart-rending sound.

1986 年，我只发表了一篇《自学与研究》，文中指出：“如能研究前人的成果，针对他们的弱点，做出突破，就能前进一步。”并举王维的《鸟鸣涧》为例，说“人闲桂花落”应该是秋天，怎么说“时鸣春涧中”呢？这个矛盾在译文中解决了：

Their fitful twitters fill the dale with spring.

1986年《深圳大学学报》发表了《许渊冲教授“音美”理论与实践质疑》，还是“意似”和“意美”之争。我又写了一篇答辩，题目是《三谈“意美、音美、形美”》在该刊1987年2期发表，结论中说：“‘意似’是译诗的低标准，‘意美’是高标准，‘三美’是最高标准。‘意似’只能使读者‘知之’，‘意美’却能使读者‘好之’，‘三美’才能使读者‘乐之’。这是我译诗的‘三美’理论。”

1987年，我发表的第二篇文章是《谈英语和汉语》。文中说道：“汉语的优点是精练，英语的优点是精确。汉语精练，言简意赅，有时意在言外，是一种文学的语言；英语精确，内容与形式基本统一，表层结构与深层结构矛盾较少，是一种科学的语言。”

1987年发表的第三篇文章是《谈李商隐诗的英译》。文中说道：“科学要求精确，说一是一，说二是二，言尽意穷；文学却要丰富，要能说一指二，一中见多，意在言外。”如李商隐的名句“春蚕到死丝方尽”，说的是“丝”，指的却又是相思的“思”。译成英文，只好“丝”“思”入扣了：

The silk-worm till its death spins silk from love-sick heart.

原文“丝”和“思”同音，译文silk和sick音近形似；原文输入的是一个字，译文输出的却是两个，有点像是超导作用。这是我第一次提出这个比喻。

1987 年的第四篇文章是用英文写的一篇中、英诗比较，文中比较了拜伦的《献给波河》和唐宋诗词来说明朱光潜教授的比较诗论：“西诗以直率胜，中诗以委婉胜；西诗以深刻胜，中诗以微妙胜；西诗以铺陈胜，中诗以简隽胜。”朱先生的《谈美》和《诗论》哺育了我们这一代人；吴冠中说得好：“我们是朱先生的奶喂大的。”我写这篇文章就是为了纪念 1986 年去世的朱先生。

1988 年，我又用英文写了一篇《中国，诗的摇篮》。文中将中国的《诗经》《楚辞》、唐诗、宋词和西方的荷马、莎士比亚、拜伦、雪莱诗人的作品进行比较，得出了“诗人所见略同”的结论。前言中还说道：文学翻译的最低标准是“真”，最高标准是“美”。翻译要像“超导”一样不能“失真”，创造性翻译还要超越“超导”，能和原作“媲美”。

1988 年的第二篇重要文章是《翻译的哲学》，这是我 1987 年在河南大学《文学翻译原理》讨论会上宣读的论文。论文分三部分：1. 认识论：文学翻译是两种文化的竞赛，竞赛中要发挥译语的优势，改变劣势，争取均势。2. 目的论：“知之、好之、乐之。”使译著读起来像原著，这应该是文学翻译的目的。3. 方法论：“深化、等化、浅化。”争取“均势”，基本上是“等化”，一般能使读者“知之”；改变“劣势”，基本上是“浅化”，一般能使读者“好之”；发挥“优势”，基本上是“深化”，一般能使读者“乐之”。总而言之，“三美”“三化”“三之”“三势”，就是“美化之势”。

《中国翻译》1987 年第 6 期发表了一篇《唐诗英译的“三美”标准》，说我“忽视翔实”，例如张祜的“一声《何满子》”，我译成 the dying swan’s sweet lay，评者说要改成 sad lay，才算“翔实”。我在 1988 年该刊发表了答辩，说用 sweet 是“以乐景写哀，一倍增其哀”。文中还谈到“翻译度”（译者主观能力能达到的高度）和

“可译度”（原作客观上可以翻译的程度）。

总而言之，80 年代我出版了十四本书，主要是唐宋诗词的译本。我又大约发表了三十篇文章，主要是对译家或译著的评论或答辩。我提出来的新观点，在 70 年代的“三美论”之后，第一是发挥译语优势论，后来发展为优势、均势、劣势“三势论”；第二是形似、意似、神似“三似新论”；第三是浅化、等化、深化“三化论”；第四是文学翻译是文化竞赛的认识论；第五是统一提高论；第六是以创补失论；第七是得精忘粗论；第八是知之、好之、乐之“三之论”；第九是“超导”论。

90 年代

到了 90 年代，我又出版了二十本书。在中译外方面，以唐宋诗词为基础，向上扩大到了《诗经》《楚辞》、汉魏六朝，向下延伸到了元明清诗。在外译中方面，主要是重译、校译。

1990 年，北京大学出版社出版了我的《唐宋词一百五十首》英译本。香港本《唐宋词一百首》更重豪放派；读了叶嘉莹的《唐宋词十七讲》后，我觉得婉约派和豪放派应该并重，所以又加译了五十首。

1990 年南京译林出版社出版了法国普鲁斯特的名著《追忆似水年华》，其中第三本名义上是潘丽珍和我合译，其实是她译我校的，而且只校了一半，我因为眼底出血，就由她独立译完了。她和我的翻译思想也不尽同；书名她赞成译为《寻找失去的时间》，我认为那只能使人“知之”，现译名却能使人“好之”；但《似水年华》会使人联想起“柔情似水”，产生误解，不如《追忆似水年华》，更能使人“乐之”。

1991 年，中国翻译公司约我译美国亨利 · 泰勒的诗选《飞马腾空》，这本诗集在 1986 年得了普利策奖，是我翻译的唯一的一本现代诗集。诗人善于用前所未有的方式来表达瞬间的感受和感情迸发，如主题诗中说：

有时我用手掬起水来，
看着水从手指间漏掉，
岁月使我的手成了筛子。

现代诗基本可以直译，但书名 *Flying Change* 直译不容易理解，还是意译为《飞马腾空》。

1990、1991 两年，各出了一本书；1992 年却出了五本。最重要的一本是《中诗英韵探胜——从〈诗经〉到〈西厢记〉》，这是我在北京大学开中英诗比较课的英文讲义，后来收入《北京大学名家名著文丛》中。其中选了一百首诗，每首配了两种以上的英译，并和英诗进行比较；序言中还用英文举例说明了文学翻译的“三美论”。美国依生博士（见前）认为序言是他所见过的最好的译论，并选作中国大学英语教师进修班的教材。

1992 年第二本重要的书是《诗经》英译本，原来是外文出版社约的稿，但外文社因为分工问题，还没定出不出。于是我就交河南人民出版社，他们出了汉语拼音本，书名改为《人间春色第一枝》，分为上下两卷，上卷《国风》，下卷《雅颂》。如《小雅 · 采薇》中的名段：“昔我往矣，杨柳依依。今我来思，雨雪霏霏。行道迟迟，载渴载饥。我心伤悲，莫知我哀！”（译文见《闻一多和陈梦家》）美国加州大学韦斯特教授说：“译文读来是一种乐趣。”这是对“三美”译文的高度评价。

如果《国风》和《雅颂》算两本的话，那第四本重要的书是外文出版社的《西厢记》英译本。如“露滴牡丹开”这一名句，我的英译文是：

My dewdrop drips
And her peony sips
With open lips.

林语堂曾批评《西厢记》的散体译本缺少诗意，韵体译本弥补了这一缺陷。湖南师范大学张经浩教授说：“《西厢记》英译读起来如吃冰淇淋一样畅快。”英国智慧女神出版社说：“可和莎士比亚媲美。”

1992 年的第五本书是南京译林出版社的《包法利夫人》，前面已经提到，这里就不多说。

1993 年又出了三本书：第一本是湖南出版社文白对照的《诗经》汉英对照本，第二本是中国翻译公司的《毛泽东诗词集》，和以前的英译本都不相同，因为书中选的诗词比以前多，共五十首；书前还有毛岸青和邵华为纪念毛泽东诞辰 100 周年而写的中文序言。第三本是湖南文艺出版社的《红与黑》新译，前面也谈到了。

1994 年，我又出版了五本书，最重要的两本是新世界出版社出版的《中国古诗词六百首》和英国企鹅出版公司选编自《中国古诗词六百首》的《中国不朽诗三百首》。新世界出版社原副总编张晓江和我说好：企鹅出书所得英镑由新世界和我平分；不料张晓江调去美国，新任副总编说没签合同，只给我十分之一，并不执行国家版权政策，奈何！奈何！《中国古诗词六百首》和《中国不朽诗三百首》是《唐诗三百首》的发展，而《唐诗三百首》又是《唐诗一百五十首》的发展。例如李商隐《无题》中的名句“晓镜但愁云鬓改，夜吟应觉月光寒”，《一百五十首》中主语都是女方；《唐诗三百首》中“夜吟”主语改为男方；《中国古诗词六百首》中揽镜和夜吟的主语都改为男方，更能说明“心有灵犀一点通”了。企鹅是国际大出版公司，乔伊斯的《尤利西斯》、海明威的《永别了，武器》等世界文学名著都是企鹅出版的。《读书》总 201 期 105 页上说：“能否进入企鹅丛书也成为一种荣誉及被认可的象征。”《中国不朽诗三百首》是企鹅出版的第一本中国人译的中国古诗词，因此，我也把这当成一种荣誉，当作中国文化走向世界的开路先锋。

1994 年出版的第三本书是中国文学出版社的《诗经》英译本。这个译本和河南注音本、湖南文白对照本都有所不同。河南本用的是余冠英的序言，湖南本的中、英文序都是我写的，序中概述了《诗经》对历代诗人的影响；北京译本却比较了《诗经》和西方的荷马史诗《伊利亚特》，指出中国史诗注重真和善，西方史诗注重美和力；前者描写平凡人物的日常生活，歌颂农民和猎人的勤劳，人与自然的和谐关系，是现实主义的作品；后者描写非凡人物的强烈感情，歌颂战士的英雄主义，强调了人与自然的矛盾冲突，是浪漫主义的作品。中国史诗显示了热爱和平的保守精神；西方史诗突出了个人奋斗的英雄主义。

1994 年的第四本书是湖南出版的《楚辞》汉英对照本。如《湘夫人》中的名句：“袅袅兮秋风，洞庭波兮木叶下。”我译成：

The autumn breeze, oh! ripples and grieves
The Dongting Lake, oh! with fallen leaves.

香港《大公报》评论说：骚体的特点是用“兮”字，只有这个译本译出来了。译本前言比较了《离骚》和荷马的史诗《奥德赛》：荷马写的是英雄人物经历的海上风险，他过人的智力和身受的痛苦；屈原写的却是诗人追求理想的天路历程，他高尚的品德和内心的悲哀。所以前面提到的美国学者认为《楚辞》英译“当算英美文学里的一座高峰”。我看这是对译本的最高评价。

1994 年的最后一本书是桂林漓江出版社的《埃及艳后》，就是前面提到的《一切为了爱情》的插图本。新本的代后记中比较了这部诗剧和莎士比亚的《安东尼和克利奥帕特拉》，说莎剧像名山大川，新本像小园流水；莎剧利用情节来展示人物的性格，新本却改造人物的性格来发展剧情。总之，莎剧宏伟，新本精练。

1995、1996 两年，我又出版了五本书。一本是北京大学出版社的《汉魏六朝诗一百五十首》，书中最重要的诗人是陶潜，陶潜的名句有“心远地自偏”：

Secluded heart creates seculded place.

王安石认为这句陶诗是“奇绝不可及之语”，译文用了异词同译法，把“远”和“偏”都译成 secluded，其实“偏远”是一回事，重复就有点“奇绝”了。

第二本是北大出版的《唐宋诗一百五十首》，序言是 Rite and Music（礼与乐）。当唐玄宗以“礼乐”治国时，才有开元之治，这可以从他祭孔子的诗中看得出来：“夫子何为者？栖栖一代中。”

How much have you done, O my sage!
Alone for the good of the age!

当他宠信杨贵妃时，就有安史之乱，这可以从白居易的《长恨歌》中看出。此外，唐诗重情，宋诗重理。法译本序言中比较了王维和黄庭坚的《阳关曲》：王维的“客舍青青柳色新”有惜别之意，黄庭坚却说：“渭城柳色关何事？自是离人作许悲。”

1996年第三本是由新加坡教育出版社出版的英译《唐宋词画》，书中选了六十多首词，还有六十多幅关山美的画；关女士善画女人的眼睛，传神全在阿堵之间，真是画中有诗。

第四本是由湖南出版的《宋词三百首》汉英对照本。前言中说：“宋词所表达的思想感情，有时似乎比唐诗还更深刻，更细致，更微妙。”前言中还谈到“三美”：“意美”举了苏轼《念奴娇·赤壁怀古》为例，“音美”举了李清照《声声慢》为例，“形美”举了陆游《钗头凤》中的对仗和重复，如：“一怀愁绪，几年离索，错、错、错！”英译文是：

In my heart sad thoughts throng:
We've severed for years long.
Wrong, wong, wrong!

1996年第五本是由北京三联书店出版的《追忆逝水年华——从西南联大到巴黎大学》。这是我从事文学翻译六十年的回忆录。南京大学许钧教授读后，写了一篇《溶生命之美于再创作艺术之中》。现在已由纽约 Vantage 出版社出英文本，由杨振宁写英文序。

1997年北京大学出版社重印了《中诗英韵探胜》，列入《北大名家名著文丛》，这是我在国外企鹅公司出书之后，在国内得到的最高荣誉。重印本和1992年本的唯一不同之处是：《离骚》选段原来用杨宪益夫妇的译文，现在改用我《楚辞》中的新译。

1997 年北大出版了汉英对照的《元明清诗一百十五首》；还有一本《诗经楚辞一百五十首》，分别用了余冠英和郭沫若的选本，已经付印。此外，我还译了一本汉法对照的《中国古诗词三百首》，这是有史以来第一次由一个人把三百首古诗词译成英、法两种韵文。法译本已于 1999 年由北大出版。湖南出版社五本二十折的《西厢记》汉英对照本（1992 年只有四本十六折）也已于 1997 年出版。

这样，1997 年已经出版和预定出版的书，大约有四五本。此外，台北书林公司还预定出版我的《文学翻译谈》，1996 年就看到样书，1998 年才出版。还有，美国黄兴基金会约我译《黄兴诗词选》四十首，其中有很难译的《笔铭》："朝作书，暮作书，雕虫篆刻胡为乎？投笔方为大丈夫！"我居然译成韵文如下：

You write and write
By day and night.
Why should I practise calligrapher's trifling art?
I'd better give you up and play a hero's part.

译文早已交稿，基金会说将在美国出版，但是至今杳无音信。

总而言之，90 年代到今天为止，我已出版的书主要是诗词英译，共十六本：1.《诗经》英译本；2.《诗经》对照本；3.《国风》；4.《雅颂》；5.《楚辞》；6.《汉魏诗》；7.《唐宋诗》；8.《唐宋词》；9.《词画》；10.《宋词三百首》；11.《西厢记》；12.《元明清诗》；13.《毛泽东诗词选》；14.《古诗词六百首》；15.《不朽诗三百首》；16.《中诗英韵探胜》。其他英译汉只有两本：17.《埃及艳后》；18.《飞马腾空》。法译汉也有两本重译：19.《红与黑》；20.《包法利夫人》。一本校译：21.《追忆似水年华》(三)。最后还有一本回忆录：22.《追忆逝水年华》。加上以前的十八本，总共是四十本书。

至于文章，90 年代我又写了三十多篇，现在按年代简单叙述于后。

1990 年，我发表了六篇：第一篇是《世界文学》刊登的《文学翻译与翻译文学》，文中提出了："文学翻译的最高目标是成为翻译文学，也就是说，翻译作品本身要是文学作品。"文章还对王佐良译的《彭斯诗选》提出了批评。

第二篇重要文章是《外国语》发表的《文学翻译：1+1=3》。文中第一次提出了文学翻译的三个公式：1. 译词：1+1=1（形似）；2. 译意：1+1=2（意似）；3. 译味：1+1=3（神似）。文章也可以说是《三似新论》。

第三篇文章是《北京大学学报英语专刊》发表的《〈西厢记〉与〈罗密欧与朱丽叶〉》。文章根据金圣叹的文学理论来分析比较《西厢记》和莎士比亚的剧本，认为两个剧本情节都很曲折，但《西厢》的曲折是内心的；莎剧是外界的。《西厢》描写人物的外在形象，更加生动；莎剧写内在情感，更加深刻。《西厢》善用抽象叠词，历史典故；莎剧善用具体形象，双关文字。两剧各有千秋。

第四篇是《中国翻译》发表的《〈水上〉新、旧译本的比较》，前面已经提到了。文中谈到中国文学翻译发展的道路是：1. 从直译到意译；2. 从笼统到精确；3. 从文字到形象；4. 从长句到短句；5. 从生硬到自然；6. 从形似到神似；7. 从知之到好之；8. 从作者风格到译者风格。

第五篇是《北京大学学报》发表的《诗词 · 翻译 · 文化》，文章说明写诗和译诗不只是表现个人才气，还要表现文化素质；因为个人才气有限，绝不能和整个文化相比。

第六篇是《钱钟书研究》第二辑中刊登的《钱钟书先生及译

诗》，文中说道：诗是本体，译是方法；诗要求美，译要求真；如果把美的诗译得不美，那不能算是存真；而应该在不失真的条件下，尽可能传达原诗的美。

1991年，我又发表了五六篇文章，最重要的是《中国翻译》刊登的《译诗六论》上、下两篇。文中提出："译者易也"是翻译的总论；"译者一也、依也、异也"是翻译的方法论："一也"（译文和原文统一）是翻译的理想，"依也"（译文以原文为依据）是翻译的常道，"异也"（译文可以标新立异）是翻译的变道；"译者艺也"是翻译的认识论；"译者怡也"是翻译的目的论。这是我五十年翻译经验的小结，后来还有补充修改。文中指出了王佐良译的雪莱《西风颂》不如丰华瞻，王译彭斯诗的《不管那一套》不如飞白。结果以后八年，《中国翻译》没有再登我的论文；甚至王佐良在该刊1993年第2期不指名地攻击我"趣味不高"，也不发表我的反击。更有甚者，王佐良是国务院学位委员会外语组组长，北京大学申报我为文学翻译博士研究生导师，他却不予讨论；结果英国剑桥大学有个研究生要我指导中诗英译，我却只好婉言谢绝。王佐良还是一些评奖委员会的负责人，我虽然把中国文化的瑰宝唐诗宋词等译成英、法韵文，在国内外出版，却没有得过国家地市任何奖励；直到他去世后，我英译的《诗经》才得到北京市一等奖。这段往事，只好在这里立案备考了。为什么要旧事重提呢？我自50年代回国，一直挨批挨斗；好不容易等到小平复出，我也才有出头之日，不料还是继续受压；心中积郁了不平之气，不吐不快，唯恐别人不知，老说自己是"诗译英法唯一人"。别人也许会说这是名利思想作祟，我却认为名利思想是指名高于实；如果名实相符，扬名天下有什么不好？

1991年我的第三篇文章是《山东外语教学》上发表的《谈翻

译教学》，文中谈到我在北京大学开翻译课时，对《英汉翻译教程》《英汉翻译手册》《文学翻译原理》《名家翻译研究与赏析》、朱生豪、王佐良、江枫等的批评。如江译雪莱的《云》：“像一只飞落的雄鹰，凭借金色的翅膀，/ 在一座遭遇到地震 / 摇摆、颤动的陡峭山峰巅顶 / 停留短暂的一瞬。”就是典型的翻译腔。

1991 年我的第四篇文章是用英文写的《翻译是科学还是艺术？》，登在了《英语世界》上。文章对美国傅汉思教授等“科学派”提出了批评，认为“科学派”没有出版过一个像样的文学译本，如傅汉思译李白的“相看两不厌，只有敬亭山”：

For looking at each other without getting tired
There is only Chingting Mountain.

一座山怎么能互相看？中文主语“我”字可以省略，英文如果省略就不通了。翻译怎能算是科学？

第五篇文章也是用英文写的《诗词翻译简史》，登在《外国语》上。文章指出早期译者可分直译、意译、仿译三派；后来直译分为散体派和逐字翻译派，意译分为诗体派和现代派，仿译派发展为改译派。早期晚期中外都有代表人物。

第六篇文章《读钱漫笔》是读钱钟书先生《林纾的翻译》后写的随感，对英国伦敦大学格雷厄姆教授提出了批评，他说：“我们几乎不能让中国人去翻译唐诗。”我却指出中国人理解唐诗远远胜过英美译者，表达力也不在英美人之下，所以中国人译的李商隐诗《锦瑟》远在英美译文之上。这也是像杨振宁一样长自己的志气，灭他人的威风吧。

1992 年，我在《北京大学学报》发表了《译学与易经》，文中说到：译学也可以说是“易经”，“换易语言”之经。并且我在《译诗六论》之外又补充了两论：“译者意也”（翻译要传情达意）和“译者益也”（翻译要能开卷有益，使人“知之”），一共是八论，和《易经》的八卦有相通之处，自然是形同实异。我还举了辛弃疾《采桑子》的八种英法译文为例，说明如何用八卦来解释《译诗八论》。

1992 年的第二篇文章是在《北京大学学报英语专刊》上发表的《翻译对话录》，这是我和裘克安、王佐良等教授的论战，主要谈了宣示义和启示义的问题。我还举了一个例子：“从前有个士兵中了毒箭，去找外科医生，医生只把箭杆切断，说取出箭头是内科的事。译诗如果只译宣示义而不译启示义，那就有点像这位外科医生。”我想内外科之争可以概括我和国内翻译界主流派的论战。

第三篇文章是用英文写的《李白和拜伦》，登在《外国语》上。文中比较了中英诗人对自由、自然、人民、美人的热爱；不同的是：拜伦更为投入，李白更为超脱。

1993 年最重要的文章是《外国语》上发表的《文学翻译是两种语言的竞赛》，就是《红与黑》中译本的序言。文中提出了八个观点：1.“再创作”等于原文作者用译语的创作；2. 直译、意译之争是个度的问题；3. 重译时能意译就意译，不能意译时再直译；4. 没有中英互译实践的人，提不出解决中英互译问题的理论；5. 刘重德的“信达切”翻译原则并不实用，因为“切”的译文不一定是好译文；6. 文学翻译的标准可以是“信、达、优”，“优指发挥译语优势，用译语最好的表达方式”；7. 文学翻译理论不是科学，而是艺术；8. 比较研究译例比空谈译论更能提高翻译水平。

1993 年还有一篇用英文写的《比较翻译学》，登在英国出版的《宏观语言学》季刊上。文中说道，翻译学可分为宏观翻译学和微观翻译学，微观翻译学属于语言学范畴，宏观翻译学属于文艺学范畴。译文不但从语言学观点，而且从文艺学观点，都应该忠实于原文。语言学者更重直译，文艺学者更重意译。如何解决直译与意译的矛盾，就是文学翻译家的宏观任务。然后我举例说明了如何根据“三美论”“三之论”“三化论”的原则来解决译诗的具体问题。

1994年，我又用中文写了一篇《谈“比较翻译学”》，登在湖南《外语与翻译》季刊上。文中提出：比较不同的译文不但可以提高翻译的水平，而且可以解决翻译理论上有争议的问题。“比较翻译学”不是为比较而比较，而是为了促进国际文化交流，为了建立21世纪的世界文化。20世纪以西方文化为主，西方语言多是拼音文字，容易对等，所以提出对等译论。其实，对等原则只适用于低层次的翻译；高层次的文学翻译却需要再创造。文中还举例作了说明。

1994年，我发表了一篇重要文章：《文学翻译何去何从？》。这篇文章是对王佐良《中国翻译》1993年第2期文章的反批评。王文中盛赞对法国瓦雷里《风灵》（灵感如风）的译文：“无影也无踪，/换内衣露胸；/两件一刹那！”却批评我的译文：“无影也无踪，/更衣一刹那，/隐约见酥胸！”认为“趣味不高”。我却以为这还是一个“内科”译法和“外科”译法的问题，甚至可以说是代表了20世纪中国翻译界两条路线的斗争。但斗争并不是势均力敌的；《中国翻译》只登批评我的文章，而不登我的反批评。我只好拿到国际会议上去宣读，后由《外国语》转载。另外一篇《外国文学中译国际会议述评》，发表在菲律宾《联合日报》上。

此外，1994年还发表了我为刘重德的《浑金璞玉集》写的引言，文中谈到了我对“信达切”的不同意见。浙江文艺出版社出版了潘丽珍译的雨果《巴黎圣母院》，书中附录了我为她写的《雨果和他的奇书》，文中说《巴黎圣母院》是“一本充满奇人、奇事、奇景、奇情的奇书”，“体现了现实主义的真，人道主义的善，浪漫主义的美”。总之，1994 年我一共发表了五篇文章。

1995 年，我又发表了好几篇论文，主要是关于《红与黑》译本的论战，概括起来，也可以说是内科与外科，同化与异化之争。例如第一句“玻璃市是一个山清水秀、小巧玲珑的城市”，外科译者却只译成维里埃尔是个漂亮的小城；不知道“漂亮的小城”只指建筑，不指山水。又如最后一句女主角“魂归离恨天”，外科译者只译成“死了”；不知道“死了”是说“自然死亡”，而女主角却是含恨而死的。简单说来，外科学派上焉者只会译宣示义，不会译启示义；下焉者译出了“翻译腔”，所以我针锋相对地提出“妙译来自得意忘形”。

1995 年我在《外国语》上发表了《为什么重译〈约翰 · 克里斯朵夫〉》，文中比较了鲁迅、傅雷和我新译的一段文字，其中的最后一句是：

（鲁译）人为了要强有力而含辛茹苦，多么好呢！

（傅译）坚强而能受苦多好！

（许译）强大得不怕痛苦更是多么好！

原文用的是时间状语从句，意思是说：当人强大时，受苦多么好！鲁译把时间状语改成目的状语，显得“过头”；傅译改成并列主句从句，仿佛是说坚强而不受苦就不好了，又显得“不及”。许译改用程度状语，也在“过”与“不及”之间。三种译文都比译成时间状语更好，这就说明翻译不能拘泥“形似”；而是可以“得意忘形”。

以上是法译中。至于中译英，我在《大连外语学刊》上写了《汪译〈诗经〉序》和《谈陶诗英译》，谈的也是“得意忘形”的问题。如“心远地自偏”一句，形似派认为是指客观环境偏僻，没有车马喧哗；“得意”派却认为是说只要主观心高意远，即使身在闹区，也能远离尘嚣。

1996年，我又发表了五篇文章：先在《读书》上模仿老子《道德经》第一章写了一篇《译论》，又在《英语世界》上译成英文，主要是：“得意忘形，求同存异，翻译之道。”就是罗新璋在《翻译新论》篇第369页上说的：“神上求同，形上存异。”

第二篇短文是在湖南《外语与翻译》上发表的《形似而后能神似吗？——简答江枫》。我认为江枫是典型的形似而不神似的译者。我只对照原文读了两首他译的雪莱诗，就发现有十个错误；而他居然得了韩素音翻译奖，可见评委读他译的《雪莱诗集》，根本没有对照原文。

第三篇文章是为张经浩《译论》写的序，序中肯定了张经浩说的“翻译的第一个艺术特征在其创造性”。“艺术上的成功……极大程度上取决于个人的能耐”。“翻译的第二大特征在于实践性……一些人写翻译理论，头头是道，非常中肯，译的东西却不高明得很”。不高明的译者提出的译论，不可能取得最好的翻译效果。而亚里士多德说过：“正确”就是用最好的方法，取得最好的效果。在我看来，最好的方法是发挥译语优势，最好的效果是信达雅中的雅（或优）。发挥了译语的优势，使译作和创作一样有文采，就是正确的翻译。

第四篇文章最重要，是在大连外国语学院发表的《谈重译——兼答许钧》。许钧在《红与黑》汉译的论战中支持“等值”派（主要是“外科”），反对“再创”派（主要是“内科”）。例如他在《文字·文学·文化》第21页比较了“la sécheresse de coeur”的三种译文：1. 心肠冷酷；2. 铁石心肠；3. 外强中干，口是心非。他支持前两种比较形似的译文，反对第三种联系实际的神似译文。但从《红与黑》全书看来，市长的两个好朋友对市长是“心肠冷酷”，还是“口是心非”呢？我查遍了全书，都找不到那两个朋友对市长“冷酷”的例子，甚至连“冷酷”的字眼也没有；于是煞费苦心，把“sécheresse”译成“外强中干”，再联系“de coeur”译成“口是心非”，认为这才符合两个朋友的实际；不料结果却像市长一样，好心不得好报，反而遭到了批评。再举一个例子，许钧在该书第23页比较了“la magistrature”的译法，他认为“法官”更“精确”，我译成“文官”太“汉化”；但《法汉辞典》中的第一个解释是：“行政官员的职位或任期”，译成“文官”难道不比“法官”更“精确”？难道能说译文比“法官”更“汉化”吗？由此可见许钧逻辑思维不够严密，理论不能联系实际。他对我还有一点批评，是说我的译文不合原文风格。而在我看来，他所谓的“风格”，其实就是“外科”的“形似”。关于这点，我有过惨痛的经验教训，就是为了“形似”的风格，把“神似”的译文改成“形似”。如果把“外强中干，口是心非”改成“心肠冷酷”，那不是大倒退吗？如果按照许钧对“风格”的理解，我的四十本译著全该重译。重译后能不能得到现在的评价呢？我看20世纪的翻译史要重写了。还有没有人能在国内外出版《诗经》《楚辞》、唐诗、宋词、元曲的英法文韵体译本呢？我的结论是：与其为了原作“风格”而牺牲得到好评的译著，不如为了得到好评的译著而牺牲原作所谓的“风格”。从世界文学翻译史看来，无论是蒲伯译的《荷马史诗》，还是费茨杰拉德译的《鲁拜集》，凡是胜过原文的译著，都是不考虑原作风格的。

1996年第五篇文章是广西《出版广角》上发表的《译家之言》，文中一段《说什么与怎样说》由《浙江日报》转载。文章举了莎士比亚的名句“To be or not to be”的十几种译文为例，认为朱生豪的译文“生存还是毁灭”适用于集体，不适用于个人，是个“说什么”的问题；王佐良的译文“生或死”适用于哲学讲台，不适用于剧院舞台，是个“怎么说”的问题；演员在舞台上应该说：“死还是不死？”

此外，1996年《文汇读书周报》和《联大校友通讯》先后选载了我的回忆录《追忆逝水年华》，回忆录最早登在1993年《清华校友通讯》上，作为毕业五十周年纪念；同年台北《中国时报》就已转载，并且汇来稿费每千字五十美元，这是我拿到的最高稿酬；1994年，台北还转载了回忆录中的《诗与友》一章。这种回忆录式的文章，1996年南昌二中校友会还发表了《往事知多少？》等几篇。

除文章外，1996年8月14日，我在北京大学举行的国际文化交流会上做了英文报告，大意是说：最能代表一国文化的是诗，如希腊《荷马史诗》表现了西方的英雄主义，中国《诗经·采薇》却显示了东方的和平精神，这种精神一脉相传，直到毛泽东《昆仑》词中的“太平世界，环球同此凉热”。讲后，国际友人纷纷前来握手，表示祝贺。9月20日，商务印书馆在国际大酒店举行庆祝《英语世界》出版百期纪念会，我又做了大同小异的简短发言（参看长春《译学研究序》），说《英语世界》标志着中国文化走向21世纪；引起全场轰动，认为发言深入浅出、言简意赅，十分钟谈到了古今三千年，中外千万里，非常精彩。

早在1996年1月，《北京周报》就对我进行了采访，并在第3期发表了英文报道《东西方互补论》。后来，我把访谈的内容写成英文文章《礼与乐》，发表在《英语世界》上。

1996年9月，《炎黄春秋》又发表了龙梅对我的采访：《从历次政治运动中走过来的大翻译家》，这篇报道可以看作我的回忆录《追忆逝水年华》的补充。

同月,《中国翻译》发表了刘军平的《莫道桑榆晚,飞霞尚满天——记著名翻译家许渊冲的翻译生涯》。但我认为评价更高的,是刘季春在《实用翻译教程》中的论点。他说:“我们认为,严复以来,如果说傅雷的‘重神似不重形似’是我国翻译理论研究的第一次飞跃的话,许渊冲的扬长避短、发挥译文语言优势便是第二次飞跃。”

1997年

1997年对我说来,可以说是“杨振宁年”。我在《追忆逝水年华》中回忆了振宁和我1939年在西南联大同上大一英文时的情景,他十六岁就能注意到英语中的异常现象,已经是十八年后打破宇称守恒定律、荣获诺贝尔奖的先声。他在美国读到之后,发来电传,约我5月在母校清华大学见面畅谈,并且寄来了两本《杨振宁文选》。

《文选》中有些文章我早已读过,对我影响很大,甚至远远超过了其他同代人。回想起来,我提出的“三美译论”主要得益于鲁迅和林语堂,“三似新论”主要得益于傅雷,“三化译论”主要得益于钱钟书;“三之目的论”主要得益于王国维,“再创论”主要得益于郭沫若,“艺术论”则主要得益于朱光潜。概括起来,就是“美化之艺术”。我自己独创的译论则有:1. 发挥译语优势论(三势论);2. 文化优势竞赛论(三势补论、认识新论);3. 文学翻译是再创美的艺术(三美补论、目的新论);4. 以创补失论(三化补论、方法新论);5. 超导论(艺术补论:文学翻译的公式是1+1>2)。我的这些译论没有得到同代人中“外科派”的认可,但却在杨振宁的科学理论中找得到依据。

《杨振宁访谈录》第 83 页上说：“中国的文化是向模糊、朦胧及总体的方向走；而西方的文化则是向准确与具体的方向走。”又说：“中文的表达方式不够准确这一点，假如在写法律是一个缺点的话，写诗却是一个优点。”这就是说：中西文化并不对等，文字也有朦胧与准确的差异。我认为这等于说：中西文字各有优势、劣势，并不总是处在均势状态；这就从理论上支持了我发挥优势，扭转劣势，争取均势的认识论。

《访谈录》第 178 页上说：“中国学生在考试成绩上一般名列前茅，但在做研究工作方面就显得吃力，创造能力不够。”我觉得这一语道破了中国学术界高分低能的现象；这句话也可以应用于中国翻译界和译论研究者，并且间接支持了我“再创美”的目的论和“以创补失”的方法论。

杨振宁《读书教学四十年》第 116 页上谈到爱因斯坦等大物理学家时说：“他们的风格有一个共同点，就是都能在非常复杂的物理现象之中提出其精神，然后把这精神通过很简单但深入的想法，用算学方式表示出来。”受了这种风格的启发，我在《三似新论》中提出了形似、意似、神似的公式，分别是：一加一小于二，等于二，大于二。

《杨振宁文选》第 223 页上说：芝加哥大学教授“费密的研究风格的特点……是从物理现象出发，不是自原理出发”。这点对翻译理论的研究非常重要。我认为语言学派的译论家就是从原理到原理，不能解决实际问题的。为了从正面说明研究译论要从现象出发，我写了一篇《谈〈诗经〉英、法译》。为了从反面批评理论脱离实际，我又写了一篇《谈翻译理论的研究》，在《洛阳外国语学报》上发表。

《洛阳外国语学报》1996 年第 5 期发表了孙致礼的《坚持辩证

法，树立正确的翻译观》。这可能是我国翻译界主流派发表的最全面的一篇论文，文中谈到科学与艺术，形似与神似，直译与意译，异化与归化，避免洋腔与发挥优势等十个矛盾，对我的“发挥译语优势论”提出了含蓄的批评，对十大矛盾则提出了“辩证统一”的观点。在我看来，科学、形似、直译、异化等方法只能解决低层次的翻译问题；艺术、神似、意译、归化等却能解决高层次的翻译问题，所以“统一”应该是提高。但孙致礼反对“发挥译语优势”，也就是反对提高，这是我们理论上的分歧。从现象出发，孙致礼认为卞之琳、查良铮、王佐良是杰出的诗歌翻译家；我在文中却指出卞译莎士比亚不比朱生豪有吸引力，查译雪莱不如丰华瞻有诗意，王译彭斯不如汪飞白更能传达原诗的民歌风格。卞、查、王三人都不能算杰出，究其原因，则是他们不如朱、丰、汪发挥了译语优势。在本文中，我更提出了统一就是提高，低层次应向高层次统一的观点，这是我文学翻译的矛盾统一论。

如果说孙致礼的文章是主流派最全面的论文，那么湖北《翻译新论》中收录了一篇和我商榷的《关于“音美”理论的再商榷》就是“外科”派最片面的文章。《商榷》最初登在《现代外语》1989年第2期上，我六年后才看到，写了一篇《从诗的定义看诗词的译法——韵体译诗弊大于利吗？》作为答辩。不料该刊只登批评，不登反批评，只好收在《文学翻译新论》中了。

我国翻译界主流派压制不同意见的作风，我深受其害。我就写了一篇《文学翻译改革刍议》说主流派主张形似的直译或对等译法，结果造成了严重的翻译腔；而翻译腔在国际上是没有市场的，这就影响了我国文学走向世界。而在我看来，21世纪是世界文学的世纪。一个文学工作者不能只了解本国文学，而不了解世界文学；而在世界文学中，除非本国文学能占一半以上，否则，翻译文学的比重就会大于创作。因此，翻译文学应该提高到和创作同等的地位。我的正面意见集中在 1997 年写的《美化之艺术》一文中。

一方面，我的译论受到主流派的压制，另一方面，我的译本却受到读者的欢迎。如《中国社会报》1997 年 4 月 29 日发表了一篇评论:《尽文字之曲，通中西之美》;《江西日报》同年 5 月 23 日发表了一篇报道:《诗译英法，独领风骚》。至于个人，美国费城大学顾毓琇教授来信说:“历代诗词曲译成英文，且能押韵自然，功力过人，先生实为有史以来第一。”我认为这是对我的最高奖励。

我的回忆录《追忆逝水年华》也得到了好评，中文本出版后，半年内印刷了两次，于是我又写了个英文本。英文本和中文本不同，几乎每一页都有几句英译诗词，这样就把诗和史结合起来，把个人的生活和民族的文化融合起来，同时还把中国古典小说精简的笔法引入到西方传记文学之中。英文本由美国纽约 Vantage Press 出版。杨振宁读了我的英文稿后，说很精彩，并且为我写了英文序言。

英文本回忆录 1998 年出版。1999 年出版的有《古诗词三百首》法译本。20 世纪最后出版的可能是罗曼·罗兰《约翰·克里斯托夫》的新译本，我希望新译本能体现我的翻译理论。在译到音乐家创作的喜悦，奋斗的困难时，我简直是感同身受。书中说道:“莱茵河在法国和德国之间冲出了一条河道，汇集了两国无数的支流。河流在两国之间前进，不是把它们一分为二，而是使它们合二为一，使两国在洪流中融会，难解难分了。”我希望太平洋也不要把中国和美国隔离，而是把两国的文化融合成为一个和平、繁荣、进步的新世纪；但愿我的《文学翻译新论》能像雪莱在《西风颂》中所说的那样:

像枯叶一般去催促新生。

文学翻译的心路历程

翻译学可以研究 what（什么？）、how（如何？）、why（为何？）三个问题。

首先，什么是翻译？这是翻译学的本体论，可以讨论翻译的定义、术语、类别等。关于定义，看似简单，但出版物中的定义却很难令人满意。如《英汉翻译教程》中说："翻译是用一种语言把另一种语言所表达的思维内容准确而完整地重新表达出来的语言活动。"若以文学翻译而论，很少有译本能够做到准确，即使做到了，也未必是好译本。那么，不够准确的文学译本是不是翻译呢？如果说是，那定义就有问题。至于术语，如果只是用人家不知道的名词来解释人家早已知道的内容，那是把简单的问题复杂化了。

其次，如何翻译？这就是翻译学的方法论，一般说来，有直译和意译两种方法，后来又发展为形似与神似的论战，近来讨论归化和异化的文章多起来了。同时近年来，在"信达雅"论的基础上又产生了"信达切"和"信达优"两派。所谓"切"，就是切合原文，包括"形似而后神似论""最佳近似值论"等在内，其实是"形似派"的延伸；所谓"优"，就是要用最好的译语表达方式，而不是用形似的或对等的表达方式，除非对等的方式就是最好的方式，因此，“信达优”派可以算是“神似派”的延伸。文学翻译到底是应该“切”还是“优”呢？既然检验真理的唯一标准是实践，那就来剖析一下我自己在翻译实践中的心路历程，也许可以解决一些问题。

我想分析的例子是很多人认为不可译的对联，尤其是昆明大观楼第一长联，现在把孙髯翁的那副长联全文抄录如下：

> 五百里滇池奔来眼底。披襟岸帻，喜茫茫空阔无边。看：东骧神骏，西翥灵仪，北走蜿蜒，南翔缟素。高人韵士何妨选胜登临。趁蟹屿螺洲，梳裹就风鬟雾鬓；更苹天苇地，点缀些翠羽丹霞，莫辜负：四围香稻，万顷晴沙，九夏芙蓉，三春杨柳。
>
> 数千年往事注到心头，把酒凌虚，叹滚滚英雄谁在？想：汉习楼船，唐标铁柱，宋挥玉斧，元跨革囊。伟烈丰功费尽移山心力，尽珠帘画栋，卷不及暮雨朝云；便断碣残碑，都付与苍烟落照。只赢得：几杵疏钟，半江渔火，两行秋雁，一枕清霜。

上下联各九十字，两联共一百八十字，即使是词曲，也可以算是长调了。上联下联对仗工整，联内还有对仗，很多的历史地理典故，一眼看来，的确是很难译成英文。

我是怎样翻译的呢？现在就来分段试译吧。开始五个字“五百里滇池”，滇池如要形似，可以译成 Dian Pond（Pool），但是 pond 太小，和五百里不相称，所以不如 lake。滇是云南的简称，如果译成 Yunnan Lake（云南湖），那就要和云南的洱海搞混了，所以不如 Kunming Lake（昆明湖）。昆明湖会不会和北京颐和园的搞混呢？颐和园的湖本来就是模仿滇池造成的，所以译成昆明湖正好。

滇池又名草海，所以也可译为 the Sea of Algae，但是 sea 又未免太大了。五百里自然可以译成 five hundred li，但 li 字外国人不知道，不如改成 mile（英里），而英里比中国的里长。好在滇池并不真是四百九十九里加一，不必译得准确。字面准确有时反倒不确，不如字面上不求确，结果反而正确。所以“五百里”可有三种译法。后面四个字“奔来眼底”奔来可译为 run、roll（滚滚而来）或 roar（奔腾咆哮）。眼底可以译为 under or before the eye，into the sight or come in view。因此，第一句可以有三种不同的英译文：

1. The Yunnan Pond of five hundred *li* around runs under (before) my eyes.

2. The Sea of Algae extending a hundred miles around rolls into my sight.

3. The Kunming Lake extending for miles and miles around roars in view.

第二句“披襟岸帻”是敞开衣襟、推高头巾的意思，“喜茫茫空阔无边”是看到一片辽阔无边的湖水，不禁喜上眉梢，心潮起伏，也像澎湃的湖水一样。这句可以译成：

Wearing my hood high and throwing my chest out (or puffing up my breast), my blood flows up as the rising flood when I see the boundless water. (how happy I am, with swelling breast, to see the boundless lake!)

“披襟”有三种说法，out 可以放在 chest 之前，但是为了和

high 对称，就改放后面了。“喜茫茫”也有两种译法，第一种形象生动，用 blood 和 flood 两个双声叠韵词来译“茫茫”这对叠字，非常巧妙；这是从微观上来看，若从宏观上说，似乎不如第二种气势磅礴。从语法的观点来看，第二种主句的主语和现在分词的主语一致。到底采用哪种译法，就要根据下联来确定了。

第三句“看：东骧神骏，西翥灵仪，北走蜿蜒，南翔缟素”，这句写滇池东西南北的地理环境：东边的金马山如昂首奔腾的神马，西边的碧鸡山如迎风展翅的凤凰，北边的群山像蜿蜒的一字长蛇，南边的丛山像翱翔的白羽仙鹤。全句对仗工整，东西相对，南北呼应，东西又和南北对称，富有形美，几乎不可能译得形似，只好意译如下：

> Behold! the Golden Steed galloping in the east，the Green Phoenix flying in the west，the Long Snake serpentine in the north，the White Crane planing in the south.

译文加了“金”“碧”“长”“白”四个形容词，都是原文内容所有、形式所无的词语。有人可能认为是画蛇添足，我却觉得译出了原文的对仗。知我罪我，只好见仁见智了。

第四句前半部“高人韵士何妨选胜登临”，“高人”和“韵士”，可以说是句内对仗，也可以说就是高雅人士。“选胜登临”是说：选个名山胜地，可以登高望远，欣赏风景。后半部“趁蟹屿螺洲，梳裹就风鬟雾鬓；更苹天苇地，点缀些翠羽丹霞”，“蟹屿螺洲”也是句内对，可能是说像螃蟹或螺壳的小岛沙洲，也可能是捉螃蟹或捡螺壳的沙滩岛屿。后者像是地理教科书中的话，不如前者有文学味。其实，这里把小岛比作美人的头发在风中飘荡，在雾中显得朦朦胧胧，风鬟雾鬓又是句内对。如果译成捉蟹拾螺，未免煞风景了。下半部的“萍天苇地，翠羽丹霞”也是句内对，又和前半的“蟹屿螺洲，风鬟雾鬓”对称。萍天并不是说浮萍长到天上去了，而是连天浮萍的意思，就是说天地之间的水面上都长满了浮萍和芦苇、再点缀着翠鸟红霞，真是美不胜收。这个长句可以试译如下：

> Brilliant talents，why not come to the height and enjoy the sight，visit the crab-like or shell-like islets，which look like beauties with hair flowing in the air or veiled in the mist，and what is more，duckweed and reed outspread as far as the sky dotted with green-feathered birds and adorned with rainbow-colored clouds?

这里，高人韵士合而为一，选胜登临却一分为二，而且 height 和 sight 是同韵词，读来更能感到对仗之美。蟹屿螺洲也是合二为一，“风鬟雾鬓”又是一分为二，重复了 like 一词，这是用重复来译对仗。更有甚者，萍天苇地还是合二为一，翠鸟红霞还是分译为二，而且 weed 和 reed 又是同韵词，这就是用音美来译对仗的形美了。

上联的最后一句“莫辜负：四围香稻，万顷晴沙，九夏芙蓉，三春杨柳。”用“莫辜负”统领的四个小句之中，第一小句和第二小句对称，第三和第四小句对称，第一、二小句又和第三、四小句对称。更有甚者，这四个小句都和前面的东西南北四个小句遥相呼应，对仗之美，真要令人叫绝了。前面的东西南北都是实译，这里的“四”“万”“九”“三”都是数字，却是虚指，不必直译。现将全句试译如下：

Enjoy your fill of (Do not forget) the fragrant paddy fields all around, sparkling fine sand far and near, slender lotus blooms in late summer (or the ninth moon), and swaying willow trees in early spring (or the third moon) !

“莫辜负”三字如果译成否定，我想到用 belie（名不副实）或 forget（忘记），前者不恰当，后者太轻。我又想到一句格言：“Bring men to match the mountains!” match 是 be worthy of，是“配得上”的意思，也不恰当，不如译成肯定 enjoy your fill（尽情享受）更好。

下联第一句“数千年往事，注到心头”和上联第一句对称，但上联“五百里滇池”更实，“数千年往事”更虚。“往事”译成英文可用 past events 或 historical events，“数千年”可译成 thousands of years，如要和上联的 for miles and miles 对称，则可译为 from year to year。“注到心头”的动词可用 pour 或 come，后者太轻。全句可有两种译法：

1. The past events recorded during thousands of years come into my mind.

2. The historical events celebrated from year to year pour into my heart.

第一种译文更重真，第二种更重美，但两种都加了一个过去分词。上联如果要和下联对称，就只能用第二、三种加了现在分词的英译文。

下联第二句“把酒凌虚，叹滚滚英雄谁在？”说举起酒杯，对着茫茫太空，不禁感慨系之。几千年来的衮衮诸公，如今在哪里呢？这里的“滚滚”二字，和上联的“茫茫”对称。从内容上讲，“凌虚”也指茫茫太空，那就是双重对称了。从字形上讲，“滚滚”又和“衮衮”相通，指帝王将相的袍挂；还有一种解释，说千古英雄都随着滚滚江水东流而去，那就可以译成英文如下：

Holding a cup of wine and facing immensity，I sigh，for how many heroes have passed away with rolling waves.

原文“谁在”是疑问句，如果译成“衮衮英雄”，说 where are those heroes in ceremonial dress（穿得冠冕堂皇的英雄们到哪里去了？），形象就远不如“滚滚长江东逝水，浪花淘尽英雄”了。所以我的经验是：诗句有不同解释的时候，与其努力求真，不如尽量求美。

第三句“想：汉习楼船，唐标铁柱，宋挥玉斧，元跨革囊。”写的是历史上的丰功伟绩，和上联东西南北的地理形势遥遥相对。“想”可以是“想起”也可以是“回想”。汉唐宋元是中国的朝代，可以直译或音译，也可意译为远古、中古、近古。“汉习楼船”说的是公元前 120 年，汉武帝在长安西南开凿昆明池，修筑战船，演习战争，准备统一全国。“唐标铁柱”，是说公元 707 年，唐中宗派大军击败入洱海的吐蕃蛮族，并立铁柱记功。“宋挥玉斧”，指的是公元 965 年，宋太祖用玉斧（文房古玩）划定边界。“元跨革囊”，却是讲公元 1253 年，忽必烈统帅大军，乘皮筏渡过金沙江，灭了大理国，使其并入元朝版图。这些历史上的丰功伟绩，就不容易直译，只好意译如下：

Remember（Think of）the warships（galleys）manoeuvred

in ancient times（in the Han dynasty），the iron pillar erected in middle age（in the Tang dynasty），the frontiers pacified in later years（in the Song dynasty），the leather rafts crossing the turbulent river in still later days in the Yuan dynasty）！

第四句前半“伟烈丰功，费尽移山心力”并不难译。后半又是对联中的对联：“尽珠帘画栋，卷不及暮雨朝云；便断碣残碑，都付与苍烟落照。”此句除“句对”中有“字对”之外，还化用了唐代诗人王勃的《滕王阁诗》：“画栋朝飞南浦云，珠帘暮卷西山雨。”说这些丰功伟绩也像画栋上的朝云、珠帘前的暮雨一样，不久就烟消云散，记功碑也或断或残，倒塌在苍茫的烟雾之中，落日的残照之下。这后半四小句用“尽”和“便”引起，和上联用“趁”和“更”引起的四个小句遥相对应，更显得对仗工整。现把全句译成英文如下：

Valiant exploits have exhausted mountain-moving strength，mental and physical，but the pearly screens and painted beams last not longer than morning clouds and evening rain，and the broken stone tablets and ruined monuments lie buried in the grizzling smoke and the departing rays of the setting sun.

把“心力”译成对称的 mental 和 physical，勉强可以和上联的同韵词 height 和 sight 对应；“珠帘画栋”的英译却用了“p”的双声和“ee”的叠构，是用音美来传达原文对仗的形美；只有“暮雨朝云”用的是对仗译对仗。由此可见，在形似能传达原文形美时，我并不反对译得形似。上联“萍天苇地”的译文用了在空间上 outspread as far as the sky，下联的“卷不及”译成在时间上 last not longer than...，可以算是错位的对应。上联“翠羽丹霞”的译文中用了复合分词，下联的“苍烟落照”就用现在分词来对应了。严格说来，这种译法只能说是差强人意而已。

下联最后一句“只赢得：几杵疏钟，半江渔水，两行秋雁，一枕清霜。”“只赢得”三个字统领的最后四个小句，和上联的“莫辜负”三个字对称；四个小句又都用数字开始，和上联用数字起头的四个小句对应，可以说是对仗非常工整，内容是说：“滚滚英雄所余留下来的，不过是怀念他们的山寺钟声，谈论他们的江边渔樵，给他们传递过书信的两行秋雁，一觉醒来发现的满地寒霜而已。”这四个小句中包含了几个典故。第一、二小句中有唐代诗人张继《枫桥夜泊》中的“江枫渔火”和“夜半钟声”，第三、四小句中有宋代名臣范仲淹《渔家傲》中的“塞下秋来”“衡阳雁去”和“霜满地”，最后一句中有唐代《枕中记》的“一枕黄粱”，是说黄粱小米还没煮熟，封侯拜相的好梦就醒过来了，把丰功伟绩比作黄粱一梦，意境苍凉。全句可以译成英文如下：

> What remains is only sparse-temple bells ringing in the mountains, fishermen's lantern light flickering by riverside, tWo rows of wild geese flying in autumn sky and a dreary dream of hoary winter frost.

最后的“一枕清霜”如果直译为 a pillow of clear frost. 那就会使人误以为枕头里装的是白霜了。所以在内容和形式统一的时候（如东南西北），可以直译，或者说可以译得形似；在内容和形式有矛盾时（如一枕清霜），那就应该意译，或者说应该译得神似。据电子计算机统计，西文文字之间90%以上可以找到对等词，所以互译时多半可以直译；中西文字之间只有40%多可以对等，所以互译时多半要用意译。由于历史原因（如宋挥玉斧）或文化关系（如鱼雁传书），直译不能解决问题，也是意译更好。至于归化与异化的问题，我觉得不如直译和意译，或形似与神似的提法更明确，因为翻译都是在内容上异化，在词语上归化的，不过程度不同而已。如“一枕清霜”的译法，既不能说是归化，也不能说是异化，只能说是意译或神似，也可以说是优化了。现在根据优化的原则，我把这副长联的译文尽量改得对仗工整：

The Kunming Lake extending a hundred miles around rolls before my eyes. Wearing my hood high and throwing my chest out, how happy I am to see the vaste expanse of water! Behold! the Golden Steed galloping in the east, the Green Phoenix flying in the west, the Long Snake serpentine in the north and the White Crane planing in the south. Brilliant talents may come to the height and enjoy the sight, visit the crablike or shell-like islets which look like beauties with hair flowing in the air or veiled in the mist, where duckweed and reed outspread as far as the sky dotted with green feathered birds and rainbow-colored clouds. How can you not enjoy your fill of the fragrant paddy fields all around, sparkling fine sand far and near, slender lotus blooms in late summer and swaying willow trees in early spring !

The historical events passed thousands of years ago pour

into my mind. Holding a cup of wine and facing immensity, I sigh, for how many heroes have passed away with rolling waves. Remember the warships manoeuvred in ancient times, the iron pillar erected in the golden age, the frontier pacified with jade ax in the silver epoch and the leather rafts crossing the turbulent river in modern era. Valiant exploits have exhausted mountain-moving strength mental and physical, but pearly screens and painted beams last not longer than morning clouds and evening rain, and broken stone tablets and ruined monuments lie buried in the grizzling smoke and the sun's departing rays. What remains is only sparse bells ringing in cold hills, fishermen's lantern lights by riverside, two rows of wild geese flying in autumn sky and a dreary dream of hoary Winter frost.

如以上下联的最后一句为例，“莫辜负”和“只赢得”如要译得对称，可用 you should not forget 和 you can only get，虽然重复 get，但意美远不如现译，所以就舍形美而取意美了。“四围香稻，万顷晴沙”都是空间状语在前，但数字却不能译得确切，这里意译放在后面；“几杵疏钟，半江渔火”也是以数字开始，前半没有空间状语，为了对仗，只好根据张继诗中的“寒山寺”补上，好和后半的江边对称。“九夏芙蓉，三春杨柳”和“两行秋雁，一枕清霜”包含了春夏秋冬四季在内，比数字的对称更重要，所以就不确切地译出三月和九月。只有“两行”是直译，“一枕”更不可能译得确切了。

以上谈的是中译外，外译中应该译得“信达切”还是“信达优”

呢？现在把罗曼·罗兰在《约翰·克里斯朵夫》第960页引用“星中古石”的一首小诗抄录于下：

Il est aussi peu en la puissance de toute la
faculté terrienne d'engarder la liberté
frangaicé de parler，comme
d'enfouir le soleil en terre,
ou l'enfermer
dedans un
trou.

这首小诗本身可能就是译文，从形式看来，原诗应是七行，上长下短，最后三行的字数分别是三二一，那么前四行的字数就应该是七六五四了。根据雨果一首形式类似的小诗《神灵》看来，原诗应该是押韵的。《神灵》的前四行是：

Murs，ville（城墙）
Et port,（海港）
Asile（隐藏）
De mort,（死亡）

雨果的诗每行二字或两个音节，隔行押韵；译文也是每行二字，四行一韵，传达了原诗的形美和音美。傅雷把罗兰的小诗翻译如下：

用尽尘世的方法去禁锢法国的言论自由，
其无效就等于想把太阳埋在地下或关在洞里。

光以意美而论，译文可算是“信达切”的了。但从音美和形美的观点看来，把七行上长下短，隔行押韵的小诗压缩成两行无韵的分行散文，就不能算最好的译文表达方式。

根据“信达优”的原则，我把这首小诗重译如下：

法国人没有力量
禁止言论自由，
不能把太阳
埋进地球。
打个洞，
没有
用。

译文也分七行，从上到下每行字数是七六五四三二一，第一、三行，二、四、六行，五、七行各押一韵。如以“信达切”而论，把“法国人”译成主语是不确切的，不符合“形似而后神似”和“最佳近似值”的原则；如以“信达优”而论，则无论意美、音美、形美，都可以说是胜过了傅译，以音美而论，甚至可以说是胜过了原文。所以我说文字翻译是两种语文的竞赛，看哪种文字能更好地表达原文的内容，雨果四行诗的译文也可以说在和原文竞赛，如以用韵的密度定高下，甚至可以说译文不在原诗之下。检验理论的唯一标准是实践。检验翻译理论的唯一标准就是翻译实践。根据我六十年来中英法三种文字互译的经验来看，我仍坚持“信达优”论是中外互译中实用性最高的文学翻译理论。

以上谈的是如何翻译的问题，最后我要谈的是为什么要翻译，也就是翻译的目的论。在我看来，文学翻译的目的是使读者知之、好之、乐之。所谓知之，就是理解；所谓好之，就是喜欢；所谓乐之，就是愉快。如以“汉唐宋元”的译文而论，音译只能使了解中国历史的外国读者知之，却不能使不知道中国历史的读者理解，所以不如意译为 middle ages，later year，still later days，可使更多的外国读者知之，知之然后才有可能好之。如果译文意似能使读者好之，那么把唐朝译成神似的 golden age（黄金时代），把宋朝译成 silver age（白银时代），把元朝译成 modern era（近代，长联作者是清朝人，元朝可算近代），可以使读者知之更多，好之更甚，甚至乐之。能使读者乐之，就达到了文学翻译的最高目的。这就是我文学翻译的三部曲：一问译文能否使读者知之？二问能否好之？三问能否乐之？这也是我翻译心路历程的三部曲。

我译唐诗

日本《读卖月刊》1994年1月号有篇文章说："20世纪在文化方面没给我们这一代留下多少有益的东西。"又说："当中国在21世纪具备了与其人口和面积相称的影响力时，中国文化将在世界文化中占有重大的比例。"果然，新世纪的新一年高等教育出版社就对世界文化做出了新贡献，出版了中国文化精品《唐诗三百首》的汉英对照本。

为什么说20世纪在文化方面没有留下什么有益的东西呢？我们可以先比较一下19世纪文化给20世纪留下了什么。"19世纪是一个伟大的世纪，王权解体，人性寻求新的价值。以欧洲为例，19世纪文艺上的'浪漫主义''写实主义'乃至于后期的'象征主义'，连续性地对艺术创作进行了奠基的工作。"（见《文汇读书周报》827期第3版）而"20世纪在两次世界大战中，经历了人性最大的虚无，怀疑文明的一切价值体系。他们以傲岸之姿站在废墟和'荒原'上，拒绝妥协与和解，他们揭示了人的'荒诞性'……使'存在'即是'存在'，没有先验的本质。"（同上）这就是说，19世纪留下了丰富多彩的文化，而20世纪留下的却是虚无与荒诞。

以上说的是欧洲。而中国呢，早在公元7世纪到9世纪的《唐诗》中，已经可以看到东方的浪漫主义、现实主义、象征主义的雏形。浪漫主义如李白的《夜宿山寺》(危楼高百尺，手可摘星辰。不敢高声语，恐惊天上人)，现实主义如杜甫的《石壕吏》，梁启超评论说："杜甫写《石壕吏》时，他已经化身作那位儿女死绝、衣食不给的老太婆，所以他说的话，完全同他们自己说的一样。……这类诗的好处在真，事愈写得详细，真情愈发挥得透彻。我们熟读它，可以理会得真即是美的道理。"而象征主义则有李商隐的《锦瑟》等。由此可见中国文化发展比西方早，无怪乎20世纪初英译《唐诗》一出版，英国文学家斯特莱彻就评论说："诗是一千多年前写的，但是美丽而富有魅力，即使今天读来，也可以算是当代最好的诗。……可以说是在世界文学史上占有独一无二的地位。"

到了晚唐，诗词读起来有世纪末的气息，但是也和西方不同。汪曾祺得到闻一多高度评价的文章中说："晚唐，我们可以看到暮色中的几个人像——幽暗的角落，苔先湿，草先冷，贾岛的敏感是无怪其然的；眼看光和热消逝了，竭力想找出另一种东西来照耀漫漫长夜的，是韩愈；沉湎于无限晚景，以山头胭脂做脸上胭脂的，是温飞卿，是李商隐；而李长吉……有意藏过自己，把自己提到现实以外去，凡有哀乐不直接表现，多半借题发挥。……是一条在幽谷中采食百花酿成毒，毒死自己的蛇。"这和西方的荒诞派也大不相同。贾岛的敏感如《题兴化寺亭园》(破却千家作一池，不栽桃李种蔷薇。蔷薇花落秋风起，荆棘满亭君自知)，韩愈要照耀漫漫长夜，如"欲为圣明除弊事，敢将衰朽惜残年"。温飞卿的山头胭脂多见于词，李商隐的就是"夕阳无限好"了，李长吉的哀乐借题发挥，则在二十三首《马诗》中可以看出。总之，西方的世纪末感是消极的，而晚唐诗却有积极的一面。

这样消极的西方文化能给新世纪带来什么东西呢？香港《明报》

月刊一月号发表了一篇《如是我见新世纪之门》，文中说："文化的世界主义与艺术的全球化，实则是西方文化沙文主义霸权极量化的扩张。其结果是非西方文化相形见绌，花果飘零。透过无远弗届的信息技术的扩散与渗透，对心智与心灵无孔不入的熏染培育，无时稍息的洗脑，不啻是一种新型的殖民。"这种新殖民主义就是要把西方的消极荒诞文化扩张到全世界，而唐诗中的积极因素却是抵抗新殖民主义的一块巨石。因此，在新世纪到来时，出版汉英对照的《唐诗三百首》很有必要。

其实，20 世纪初出版的英译《唐诗》就对欧美文学产生过重大的影响。美国哥伦比亚大学出版的《中国诗选》中说，如果没有中国诗的影响，在某种意义上甚至可以说，如果没有中国诗的存在，简直很难想象今天英美诗的面目，由此可见唐诗的重要性。那么，这本《唐诗三百首》和以前的英译本有什么不同呢？简单说来，这是一本发挥了译语优势，具有意美、音美、形美的诗集。余光中《谈文学与艺术》第 93 页记录了他和瑞典文学院院士马悦然的对话："像杜甫《登高》里面这两句：'无边落木萧萧下，不尽长江滚滚来。'无边落木，'木'的后面接'萧萧'，两个草字头，草也是木；不尽长江呢，'江'是三点水，后面就'滚滚'而来。这种字形，视觉上的冲击，无论你是怎样的翻译高手都是没有办法的！"但是本书把这两句诗译成英文如下：

The boundless forest sheds its leaves shower by shower:
The endless river rolls its waves hour after hour.

这两句英文诗如要还原，大约是说：无边无际的树林一阵一阵地洒下了树叶，无穷无尽的长江时时刻刻波涛滚滚而来。这个英译基本可以说是神似，而不是西方所谓的对等翻译，因为英文只传达了原诗的意美、音美、形美，而不是和原文字字对等的。例如“落木”具体化为撒下树叶，“萧萧”具体化为阵雨，“滚滚”具体化为波涛滚滚，这用的是“深化”的译法；“无边”和“不尽”用的是“等化”或对等的译法；“长江”只一般化为“江”，因为“长”字可以包含在“不尽”之中，这用的是“浅化”的译法；“不尽”可指空间，也可指时间，所以又加上“时时刻刻”，这用的是“分译法”，也是“深化”的一种。“深化”和“浅化”都是发挥译语优势的译法；“等化”则是发挥原语的优势，一般只能做到“意似”，下焉者却是硬译，“等”而不“化”，只是“形似”；而“深化”却能“神似”，传达原文的“意美”。不但“意美”，发挥译语优势还可传达原诗的“音美”，如“萧萧”的英译。甚至余光中认为无法翻译的“形美”，用发挥英语“音美”的译法，也可以把“草字头”和“三点水”译成双声或头韵。杜诗对仗工整：“无边”对“不尽”，“落木”对“长江”，“萧萧下”对“滚滚来”；更有甚者，英译也是形容词对形容词，主语对主语，叠字对叠字，谓语对谓语。这就是说，发挥译语优势，用深化、等化、浅化“三化”的方法，可以传达原文的“三美”：意美、音美、形美，达到西方对等论无法达到的高度。“三美论”是鲁迅首先提出来的，本书作者应用于文学翻译，并且据此出版了四五十本著译，得到国内外的好评，因此，三美论和优势论（或信达优论）可以算是中国学派的文学翻译理论。

20 世纪在科学方面给我们留下的先进技术，可能是“克隆”，就是把一个机体的优秀基因引进到另一个机体。在我看来，“信达优”论也是“克隆”的艺术，就是把一种语言文字的优秀基因引进到另一种语言文字，如把杜甫《登高》中富有三美的“萧萧下”引进到英文中，成了 shed its leaves shower by shower，用富有三美的英文丰富了英美文学，这是目前世界上最先进的文学翻译理论。

但是《中国翻译》2001 年第 1 期第 2 页上却说：“中国当代翻译理论研究，认识上比西方最起码要迟 20 年。”理论不能脱离实践，不能付诸实践的理论是毫无意义，毫无价值的。没有实践，也不可能提出解决实践问题的理论。就实践而论，全世界有十多亿人用中文，也有约十亿人用英文。因此，中文和英文是全世界最重要的文字，而中英互译则是全世界最重要的翻译。直到目前为止，还没有一个西方人出版过一本中英互译的文学作品。所以西方人不可能提出解决中英互译的理论。而中国人出版过中英互译作品的却不在少数，因此只有中国人才能提出当代最高深的文学翻译理论，中国学派的文学译论比西方最起码要早二十年。

我国正在展示世界一流的成果，但是因为受过一个多世纪外国人的压迫，养成了民族自卑感，对本国的一流成绩视而不见，反而拿着金饭碗去讨饭。记得毕加索对张大千说过：“你们中国人的画非常好，为什么要到法国来学？”这就是自卑心理造成的后果。这本《唐诗三百首》序言中说，中国人英译的《楚辞》，有的美国学者说是当算英美文学里的高峰；中国人英译的《西厢记》，有的英国出版社说可和莎士比亚相媲美；而这个中国人就是本书的英译者。因此我们相信，高等教育出版社的这本《唐诗》可以和《楚辞》，《西厢记》一样，使中国文化走向世界，使全球文化更丰富多彩，灿烂辉煌。

我译唐宋词

本文是《唐宋词三百首》英译本的序言，文中举了白居易的《长相思》和李煜的《乌夜啼》为例，说明符合"信达切"或"最佳近似度"的译作出不了精品，所以需要发挥译语优势，用最好的译语表达方式来进行创造性的翻译。

美色消逝，神殿坍塌，
帝国崩溃，妙语永存。

——艾·桑代克

20 世纪过去了。两三千年来，多少绝代佳人烟消玉殒，如辛弃疾说的"君不见、玉环飞燕皆尘土？"多少龙楼凤阁，成了断壁残垣，如《桃花扇》中说的"俺曾见，金陵玉殿莺啼晓，秦淮水谢花开早，谁知道容易冰消？"多少王国土崩瓦解，如英国诗人拜伦说的"希腊，罗马，迦太基，而今在哪里？海洋的波涛一视同仁，使它们分崩离析"。但是华夏文化的瑰宝唐宋诗词，经历了一千多年的劫难，却依然闪烁着智慧的光芒，陶冶着人们的性情，提高了人们生活的乐趣，增加了人们前进的动力。

回忆起自己对唐宋诗词的感情，应该是16岁在中学时培养起来的。那时日本侵略军占领了南京，进行了大屠杀。我所在的南昌第二中学奉命解散，我们不得不离开家乡，开始流亡的生活。那时读到南唐后主李煜《乌夜啼》中的词句“剪不断，理还乱，是离愁。别是一般滋味在心头”，觉得一千年前李后主国亡家破的痛苦，和一千年后莘莘学子离乡背井的哀愁，几乎是一脉相承的。李煜“仓皇辞庙日，挥泪对宫娥”的故宫，正在今天的南京，而南唐中主宫殿的遗址就在南昌第二中学的校址皇殿侧。因此，我更感到和这两位南唐国主心心相印，息息相通，有着千丝万缕、剪不断的联系，这更增添了我对故园依依难舍的离愁别恨。

我从南昌逃到赣州，看到章、贡二水汇合处的八境台，不禁想起辛弃疾词中的“郁孤台下清江水，中间多少行人泪”。那时郁孤台虽然改名八境台，但清江水中的旧泪未干，而今又添新泪了。读到白居易《长相思》中的“汴水流，泗水流，流到瓜州古渡头，吴山点点愁”，我想，如果改成“章水流，贡水流，流到赣州古渡头，青山点点愁”，不就写出了我当时的眼中之景和心中之情吗？尤其是《长相思》下半阕：“思悠悠，恨悠悠，恨到归时（或何时）方始休，月明人倚楼”，简直可以一字不改，就写出了国难期间流亡学子收复失地，还我河山的心情。后来，我在香港出版的《唐宋词一百首》中把这首《长相思》译成英文如下：

See the Bian River flow
And the Si River flow!
By Ancient Ferry, mingling waves, they go;
The Southern hills reflect my woe.

My thought stretches endlessly;
My grief wretches endlessly.
Oh，when wil my husband come back to me?
Alone I lean on moonlit balcony.

词中的“汴水流，泗水流”和“思悠悠，恨悠悠”基本上是直译或形似的译法。但是原文的汴水和泗水可以引起历史和地理的联想，增加诗词的美感，使原文的意大于言，也就是内容大于形式，而形似的译文却不能够。尤其是“悠悠”二字，可以引起文学的联想，如《诗经》中的“悠哉悠哉”，意味深远，韵味无穷，不是形似的译文所能表达的。因此，我在《唐宋词三百首》中就改用意译的方法，发挥译语的优势，采用最好的译语表达方式。自然，如果直译就是译语最好的表达方式，那也可以采用直译。如《唐宋词一百首》中把“吴山点点愁”意译成“反映了我的愁思”，虽然达意，却没有译出“点点”的形象，所以在《唐宋三百首》中我又把全词改译如下：

See Northern River flow
And Western River flow!
By Melon Islet，mingling waves，they go.
The Southern hills dotted with woe.
O how can I forget?
How can I not regret?
My deep sorrow will last till with you I have met.
Waiting from moonrise to moonset.

新译把“汴水”“泗水”“吴山”等专有名词译成“北水”“西水”“南山”等普通名词，可以说是用了浅化的译法，虽然不能传达原诗的联想所产生的韵味，但是传达的意义比旧译多，可以说是创造了新的意义。“流到瓜洲古渡头”一句，旧译只说渡头，新译只说瓜洲，各有得失。如果瓜洲渡头都译，那又太长；如果不译两水合流，那就损失更大，可以说是得不偿失。考虑之下，我觉得瓜洲的形象比渡头更具体，所以就舍渡头而取瓜洲了。这是我翻译时的心理过程，写下来也许可以供后人参考。至于“思悠悠，恨悠悠”，我说成是“叫我如何能够忘记？叫我如何能不悔恨？”这是先把“相思”从反面说成“不能忘记”，再用重复 How can I 三个词的方法来传达原文重复“悠悠”的意美和形美。译后我读起来觉得朗朗上口，不像形似的旧译那样散文味重。至于最后的“月明人倚楼”，我用深化的方法译成“从月出等到月落”，觉得意美、音美、形美都胜过了旧译，就自得其乐了。

关于李煜的“剪不断，理还乱，是离愁。别是一般滋味在心头”，我曾有过两种不同的译法，但都不算满意，现在写在下面：

1. Cut，it won’t break；
Ordered, a mess’twill make.
Such is the grief to part—
An unusual flavor in the heart.

2. Cut, it won’t sever；
Be ruled,’ twill never.
What sorrow’ tis to part！
It’s an unspeakable taste in the heart.

两种译文的第二行都不满意。第一种多了两个音节，主语和宾语颠倒了次序；第二种更散文化，读来也不上口。在《唐宋词三百首》中，我又改译如下：

Cut，it won't break;
Ruled, it will make
A mess and wake
An unspeakable taste in the heart.
Such is the grief to part.

新译加了“唤醒”一词，我认为是原文内容所有而形式所无的文字，可以说明语言不但表达意义，还可创造意义，因此，这也可以算是创译。有人可能认为创译和原词的风格不同。我却觉得从一个词的观点来看，译文和原文也许有出入，但从下半阕词的整体观点来看，原词前三行每行三个字，而且押韵，非常凝练；译文每行四个音节，也押了韵，应该算是符合原文风格的了。如果从局部的观点来看有所失，而从整体观点来看却有所得，应该说是得大于失。所以我在《唐宋词三百首》中用了创译。

中国知识分子经历了八年的抗日战争，看到了日本军国主义的覆灭；又经历了四年的解放战争，看到了蒋家王朝的崩溃。到了20世纪50年代，再经历了“一三五七九，运动年年有”的时期；60年代，更经历了登峰造极的“文化大革命”，唐宋诗词也受到了“破四旧”的影响。到了70年代，总算看到了“四人帮”的垮台；80年代，更迎来了改革开放的春天，唐宋诗词也得到了新生。1986年，香港出版了我英译的《唐宋词一百首》；1987年，北京出版了我的《唐宋词选一百首》法译本；1990年，北京大学又出版了我的

《唐宋词一百五十首》英译本；1996年，湖南再出版了我英译的《宋词三百首》。这不禁使我想起了杨慎的《临江仙》：

滚滚长江东流水，
浪花淘尽英雄。
是非成败转头空。
青山依旧在，
夕阳几度红！

白发渔樵江渚上，
惯看秋月春风。
一壶浊酒喜相逢。
古今多少事，
都付笑谈中！

唐宋诗词就像文化长江中的滚滚波涛，汹涌澎湃，不断东流，融入了世界文化的汪洋大海。军国主义，反动王朝，虽然气势汹汹，不可一世，但是曾几何时，却已转眼烟消云散。知识分子则犹如江上的渔樵，既看到了春花秋月，也经历了炎夏寒冬。记下这些人世的沧桑，可以增添人生的智慧，于是我就把这首《临江仙》译成英文如下：

Wave on wave the long river eastward falls away;
Gone are all heroes with its spray on spray.
Success or failure, right or wrong, all turn out vain;
Only green mountains still remain

To se the setting sun's departing ray.

The white-haired fishermen sail on the stream with ease,
Accustomed to the autumn moon and vernal breeze.
A pot of wine in hand, they talk as they please.
How many things before and after
All melt into gossip and laughter!

这首词是用再创法翻译的。原文第一句重复了“滚滚”二字，译文却重复了波浪，这虽然和原文不形似，但传达了重复的形美，并且创造了新的意义。第二句“浪花淘尽英雄”也是一样，“淘”字没译出来，却说多少英雄都随浪花滚滚而去了。第三句的“是非成败”为了译成抑扬格，把“是非”放到“成败”之后，这是为了音美而牺牲了形似。第四句“青山依然在”用的是等化的译法，可见形似和意美能统一的时候，创译是并不排斥形似的。第五句的“夕阳红”深化为落日残辉，一是为了押韵，二是更好象征英雄的日暮途穷，这又是创译。最后一句译成“融入笑谈”也是创译。

创译的特点是要发挥译语的优势，也就是说，要用最好的译语表达方式，概括成三个字，可以说是“信达优”。我用创译法把中国十大古典文学名著译成英法韵文，得到国内外的好评，有的美国学者甚至认为许译已经成了英美文学高峰。但在国内，创译法却受到形似派的反对。形似派的纲领可以概括为“信达切”三个字，而所谓“切”，又可以说是“最佳近似度”。因此，矛盾的焦点是：文学翻译到底是应该最近似于原文形式呢，还是应该用最好的译语表达方式呢？在理论上，形似派的主张只能应用于外译中，而不能应用于中译外，因为翻译腔严重的译文在国外根本没有销路，而正确的翻译理论应该是能用于中外互译的。在实践上，形似派出不了文学翻译精品。因此，我认为新世纪的中外文学互译应该走创译的道路，希望创译能使我国的优秀文化融入世界文化之中，使世界文化越来越丰富多彩，越来越光辉灿烂。

我译《西厢记》

我国古代戏曲作品刊刻最多、流传最广、影响最大的应以王实甫《西厢记》为首屈一指。明末清初的戏曲理论家李渔（1611—1685）说过：“自有《西厢》以迄于今，四百余载，推《西厢》为填词第一者，不知几千万人，而能历指其所以第一之故者，独出一金圣叹！”（《闲情偶寄·填词余论》）所以我们这本汉英对照《西厢记》选用了金圣叹评点的《贯华堂第六才子书西厢记》。

《圣叹外书》中说：“《西厢记》不同小可，乃是天地妙文。”“今后任凭是绝代才子，切不可云此本《西厢记》我亦做得出也。便教当时作者而在，要他烧了此本重做一本已是不可复得。”“若使异时更作，亦不妨另自有其绝妙，然而无奈此番已是绝妙也。不必云异时不能更妙于此，然亦不必云异时尚将更妙于此也。”异时“另自有其绝妙”的作品，是三百年后英国莎士比亚的《罗密欧与朱丽叶》。为什么说《西厢记》“此番已是绝妙”呢？

以主题而论，金圣叹认为《西厢记》写的是莺莺和张生“不辞千死万死，而几乎各愿以其两死并为一死”的“必至之情”。以人物而论，金圣叹说：“《西厢记》只写得三个人，一个是双文（莺莺），一个是张生，一个是红娘。其余如夫人，如法本，如白马将军，如欢郎，如法聪，如孙飞虎，如琴童，如店小二，他俱不曾着一笔半笔写，俱是写三个人时，所忽然应用之家伙耳。”“比如文字，则双文是题目，张生是文字，红娘是文字之起承转合。有此许多起承转合，便令题目透出文字，文字透入题目也。其余如夫人等，算只是文字中间所用之乎者也等字。”“比如药，则张生是病，双文是药，红娘是药之炮制。有此许多炮制，便令药往就病，病来就药也。其余如夫人等，算只是炮制时所用之姜醋酒蜜等物。”“《西厢记》前半是张生文字，后半是双文文字，中间是红娘文字。”“《西厢记》必须与美人并坐读之。与美人并坐读之者，验其缠绵多情也。”

以结构而论，金圣叹说：“若夫《西厢》之为文……有‘生’有‘扫’。‘生’如生叶，生花；‘扫’如扫花，扫叶。……最前《惊艳》一篇谓之‘生’；最后《哭宴》一篇谓之‘扫’。……而后于其中间，则有‘此来彼来’。何谓‘此来’？如《借厢》一篇是张生来，谓之‘此来’。何谓‘彼来’？如《酬韵》一篇是莺莺来，谓之‘彼来’。……设若张生不借厢，是张生不来；张生不来，此事不生。即使张生借厢，而莺莺不酬韵，是莺莺不来；莺莺不来，此事亦不生。今既张生慕色而来，莺莺又慕才而来，如是谓之‘两来’。……而后则有‘三渐’。何谓‘三渐’？《闹斋》第一渐，《寺警》第二渐，《后候》第三渐。第一渐者，莺莺始见张生也；第二渐者，莺莺始与张生相关也；第三渐者，莺莺许张生定情也。此‘三渐’，又谓‘三得’。何谓‘三得’？自非《闹斋》之一篇，则莺莺不得而见张生也；自非《寺警》之一篇，则莺莺不得而与张生相关也；自非《后候》之一篇，则莺莺不得而许张生定情也。……而后则又有‘二近’、‘三纵’。何谓‘二近’？《请宴》一近，《前候》一近。盖‘近’之为言，几乎如将得之也。……‘三纵’者，《赖婚》一纵，《赖简》一纵，《拷艳》一纵。……‘纵’之为言，几乎如将失之也。……而后则有‘两不得不然’。何谓‘两不得不然’？《听琴》不得不然，《闹简》不得不然。听琴者，红娘不得不然，闹简者，莺莺不得不然。……而后则有‘实写’一篇，《酬简》之一篇是也。又有‘空写’一篇。《惊梦》之一篇是也。”总而言之，“两来”，“三渐”，“三得”，“二近”，“三纵”，“两不得不然”，“实写”，“空写”，这就是《西厢记》的结构。以笔法而论，金圣叹说：“子弟欲看《西厢记》，须教其先看《国风》，盖《西厢记》所写事，便全是《国风》所写事。然《西厢记》写事，曾无一笔不雅驯，便全学《国风》写事，曾无一笔不雅驯。《西厢记》写事，曾无一笔不透脱，便全学《国风》写事，曾无一笔不透脱。敢疗子弟笔下雅驯不透脱，透脱不雅驯之病。”

今天看来，《西厢记》与《国风》是继承与发展的关系。所谓“雅驯”，就是文字高雅，遵守规范；所谓“透脱”，就是深刻透彻，洒脱自如。用孔子的话来说，就是“从心所欲而不逾矩。”“从心所欲”是“透脱”，“不逾矩”是“雅驯”。例如《国风》第一篇《关雎》就是“从心所欲而不逾矩”的典范。

关关雎鸠，在河之洲。
窈窕淑女，君子好逑。
参差荇菜，左右流之。
窈窕淑女，寤寐求之。
求之不得，寤寐思服。
悠哉悠哉，辗转反侧。
参差荇菜，左右采之。
窈窕淑女，琴瑟友之。
参差荇菜，左右芼之。

窈窕淑女，钟鼓乐之。

君子在河之洲，听到雎鸠叫春，就对“窈窕淑女，寤寐求之”，这是“发乎情”。后来订婚结婚，“琴瑟友之”“钟鼓乐之”，这是止乎礼乐。换句话说，这也是“从心所欲而不逾矩”。《西厢记》中《惊艳》一折“发乎情”，《衣锦荣归》一折是止乎礼乐，这是《西厢记》对《国风》的继承。但是两书相差两千年，其间自然大有发展。《国风》中的“关关雎鸠，在河之洲”，都是客观的写鸟、写河。《西厢记·哭宴》一折中的“拆鸳鸯坐两下里”，“伯劳东去燕西飞”，说的是鸟，指的却是张生和莺莺。又如“泪添九曲黄河溢”，写的是“九曲黄河”，象征的却是莺莺的柔肠九转，传达的却是主观的离愁别恨。再如《关雎》中的“求之不得，辗转反侧”，也只是客观的描写；而《哭宴》中的“归家怕看罗帏里，昨宵是绣衾奇暖留春住，今日是翠被生寒有梦知”，却对莺莺的内心世界做了细致的刻画，传达的相思之情也就更加深刻透彻，洒脱自如了。再又如《关雎》中谈到的食物，只有“参差荇菜”四个字。而在《哭宴》中莺莺说：“将来的酒共食，尝着似土和泥，假如便是土和泥，也有些土气息，泥滋味。暖溶溶玉醅，白泠泠似水，多半是相思泪。面前茶饭不待吃，恨塞满愁肠胃。”金圣叹批道：“此节是说酒，是说泪，不可得辨也。李后主云‘此中日夕只以眼泪洗面’，便是如出一口说话也。”由此可见，《西厢记》中的客观世界和人物的内心世界已经融成一片，难解难分。早在三百年前，金圣叹就已经“能历指其所以第一之故”了。

其实，《西厢记》“所以第一之故”，不但是继承、发展了《国风》，而且是超越了“发乎情，止乎礼”的限制。《国风》中有一篇著名的情诗《野有死麕》，全诗如下：

野有死麕，白茅包之。
有女怀春，吉可诱之。
林有朴樕，野有死鹿。
白茅纯束，有女如玉。
舒而脱脱兮，无感我帨兮！
无使尨也吠！

最后三句是怀春的少女对求欢的猎人说的话，余冠英的语体译文是："慢慢儿来啊，悄悄地来啊！我的围裙可别动！别惹得狗儿叫起来啊！"这里说的是"别动围裙"，暗示的却是猎人已经解开了少女的围裙的衣带。再比较《西厢记·酬简》中张生的唱词：

我将你纽扣儿松，我将你罗带儿解，
兰麝散幽斋，不良会把人禁害。咍！
怎不回过脸儿来？软玉温香抱满怀。
呀！刘阮到天台！春至人间花弄色，
柳腰款摆，花心轻折，露滴牡丹开。

金圣叹批语说："双文之面虽终不得而看，而双文之扣，双文之带，则趁势已解矣。夫双文之扣，双文之事，此真非轻易可得而解也。今用明修栈道、暗度陈仓之法，轻轻遂已解得。世间真乃无第二手也。"描写情爱，从《国风》的暗示"别动围裙"，到《酬简》的明说"纽扣儿松""罗带儿解"（这是"明修栈道"），再到"露滴牡丹开"的象征写法（这是"暗度陈仓"），真是大大的发展，不但在中国，就是在全世界，恐怕也无"第二手了"。

中国诗歌从《国风》发展到《西厢记》，中间还有唐宋诗词的影响。如《哭宴》中莺莺的唱词：

我见她蹙愁眉，死临侵地。
阁泪汪汪不敢垂，恐怕人知。
猛然见了把头低，长吁气，推整素罗衣。
……知他今宵宿在哪里？有梦也难寻觅。

在唐人韦庄（836—910）的《女冠子》中，已有类似的描写：

忍泪佯低面，含羞半敛眉。
不知魂已断，空有梦相随。

忍泪、低头、敛眉、寻梦，两词都有描写，但唐词精炼、高雅，元曲铺陈、细腻。比较一下，既可以看出唐词对元曲的影响，也可以看到元曲对唐词的发展。又如《哭宴》中的《收尾》：

四围山色中，一鞭残照里。
将遍人间烦恼填胸臆，
量这般大小车儿，如何载得起！

试比较宋代女词人李清照（1084—1151）的《武陵春》下半片：

闻说双溪春尚好，也拟泛轻舟。
只恐双溪舴艋舟，载不动许多愁。

李清照说轻舟载不动愁,《西厢记》说车儿载不起烦恼。元曲对宋词的继承和发展，在这里看得更清楚了。有了这两千年的文化积累,《西厢记》描写离情别恨，可以说是达到了新的高峰；而描写男女情爱，则在中国文学史上，简直是前无古人。李政道教授说得好:“艺术，例如诗歌、绘画、雕塑、音乐等等，用创新的手法去唤起每个人的意识或潜意识中深藏着的已经存在的情感，情感越珍贵，唤起越强烈，反响越普遍，艺术就越优秀。”《西厢记》非常强烈地唤起了千百万人深藏心头的爱情，这是人类最珍贵的情感，反响持续了几个世纪，真是世界上不可多得的艺术珍品。

三百年后，莎士比亚的《罗密欧与朱丽叶》在西方流传很广，影响很大，可以和《西厢记》媲美。如果比较一下东西方的爱情故事，可以说东方的情人更加含蓄婉转，西方的情人更加直截了当。如《酬韵》的中张生和莺莺的唱和。

张生：月色溶溶夜，花阴寂寂春。
　　　如何临皓魄，不见月中人。
莺莺：兰闺深寂寞，无计度芳春。
　　　料得高吟者，应怜长叹人。

张生不说自己爱慕莺莺，却婉转地说他见月思人；莺莺也不说自己怜才，却含蓄地要才子怜惜佳人。而罗密欧和朱丽叶却大不相同，开门见山，握手吻嘴。请看曹禺的译文：

罗密欧：神不也有嘴唇，香客也有？
朱丽叶：进香的朋友，嘴唇是用来祈祷。
罗密欧：哦，我的神，让嘴唇也学学手，

答应了吧，不然，信念就化成苦恼。

他们说的是神、香客、祈祷，指的却是朱、罗、亲吻，并且说到做到，立刻见于行动。这是东西方不同的一点：东方发乎情，止乎礼；西方却一见钟情，甚至借宗教之名，来行情爱之实。但东西方情人也有相同之处，如《酬韵》后，

张生：你若共小生厮觑定，
　　　隔墙儿酬和到天明，
　　　便是惺惺惜惺惺。

这和罗密欧离开朱丽叶时的对话，大同小异。请看曹禺译的罗密欧和朱生豪译的朱丽叶：

罗：爱去找爱，就像逃学的孩子躲开书房；
　　两个分开，好比垂头丧气赶回到学堂。
朱：晚安！晚安！离别是这样甜蜜的凄清，
　　我真要向你道晚安直到天明。

张生说的“惺惺惜惺惺”和罗密欧说的“爱去找爱”，张、崔“酬和到天明”和罗、朱道晚安直到天明，不但内容相似，而且形式和词语都有相同之处，真可以说是“诗人所见略同”了。

张生说话和罗、朱有相同之处，莺莺和朱丽叶却有所不同，这从红娘和奶妈口中，可以听得出来。奶妈在二幕五场中对朱丽叶说：

那就去吧，去吧，快到神父那儿去吧，

那儿新郎官等着你来做新娘子呢？（曹译）

奶妈说话直截了当，也说明了朱丽叶直截了当的性格。红娘说话有时转弯抹角，既说明了她自己聪明伶俐，又衬托莺莺的含蓄婉转。红娘在如《闹简》中说到莺莺：

几曾见，寄书的颠倒瞒着鱼雁？
小则小，心肠儿转关，
教你跳东墙，女字边干。
原来五言包得三更寒，四句埋得九里山。
你赤紧将人慢，你要会云雨闹中取静，
却教我寄音书忙里偷闲！

金圣叹说："《西厢记》只为要写此一个人（双文），便不得不又写一个人。一个人者，红娘是也。若使不写红娘，却如何写双文？然而《西厢记》写红娘，当知正是出力写双文。"可见中国评论家早就知道"烘云托月"的写法了。

总而言之，以《西厢记》和莎剧的主题而论，都是写爱情与家庭的矛盾。《西厢》以"金榜题名"为家庭赢得了荣誉，以"洞房花烛"为双方赢得了爱情，这是中国典型的大团圆结局。莎剧却以儿女的死亡为代价，使两家世仇化敌为友，这是西方爱情与荣誉冲突的典型悲剧。换句说话，解决矛盾，东方用的是文化，西方用的是暴力。以结构而论，两剧情节都很曲折，但《西厢记》的曲折多是内心的，莎剧却多是外界的。以人物而论，《西厢记》描写外在形象，更加生动；莎剧描写内在情感，更加深刻。以笔法而论，《西厢记》善用抽象选词，历史典故；莎剧善用具体形象，双关文字。

两剧各有千秋。

《西厢记》在西方，远不如莎剧广为人知。直到 1935 年，英国才出版了熊式一的散体译本，本书英文前言中有所摘引，以见一斑。林语堂认为熊译准确有余，诗意不足。后来香港出版了新译本，还是译成散文。到了 90 年代，美国又出了加州大学韦斯特教授的散体译本。1992 年，我国外文出版社才出了我译的韵文本。但我根据金圣叹的评论，只译了四本十六折，译到《惊梦》为止。直到现在，才把五本二十折完全译出。其中唱词全部译成韵文，说白则译成散文，和莎剧中抒情多用诗体，叙事多用散体，有相似之处。因此，本书的出版可以说是对东西方文化的交流，做出了重要的贡献。

早在 20 世纪初，英国哲学家罗素就说过，中国文化在三方面优于西方文化：第一，在艺术方面，象形文字高于拼音文字；第二，在哲学方面，儒家的人本主义优于宗教的神权思想；第三，在政治方面，“学而优则仕”高于贵族世袭制。这三方面的优势，在《西厢记》中都有所表现；具体说来，不用暴力，而用文化来解决家族之间的矛盾，就是一个例子。

日本《读卖月刊》1994 年 1 月号说：“20 世纪在文化方面没给我们这一代留下多少有益的东西。”又说：“当中国在 21 世纪具备了与其人口和面积相称的影响力时，中国文明将在世界文化中占有重大的比重。”因此，湖南人民出版社出版了汉英对照的《诗经》《楚辞》《宋词》《西厢》等书，就是为建立 21 世纪的世界文化，添上了一砖一瓦。

实践第一，理论第二

关于翻译理论与翻译实践的关系，我认为实践是第一位的，理论是第二位的；也就是说，在理论和实践有矛盾的时候，应该改变的是理论，而不是实践。例如《红与黑》第一句“玻璃市是个山清水秀的小城”，不能因为“玻璃市”不合乎音译的原则，“山清水秀”用了四字成语，不合乎某些人反对用成语的理论，就应该改成“维里埃尔是个美丽的小城”；而应该看原文是说城市美丽呢，还是说城市和山水都美丽？要用实践来检验理论，而不是用理论来检验实践。文学翻译理论如果没有实践证明，那只是空头理论，根据我六十年的经验，我认为空论没有什么价值。

其次，翻译理论应该是双向的，也就是说，既可以应用于外文译成中文，也可以应用于中文译成外文。因此，没有中外互译的经验，不可能提出解决中外互译问题的理论。目前，世界上用中文和英文的人最多，几乎占了全世界人口的一小半，因此，中文和英文可以说是全世界最重要的文字，中英互译是国际上最重要的翻译。而西方翻译家和翻译理论家没有一个出版过一本中英互译的文学作品，他们不可能提出解决中英互译问题的翻译理论。他们多半只有西方文字互译的经验。而据电子计算机统计，西方文字之间的对等词达到 90%，因此西方译论家提出了对等的理论；但中文和英文之间的对等词只有 40%左右，因此西方的对等译论只可能解决一小部分中英互译问题，而大部分问题都不能解决。如朱生豪把《罗米欧与朱丽叶》最后两行译成“古往今来多少离合悲欢，谁曾见这样的哀怨辛酸？”一点也不对等，却得到很多读者欢迎。这时，到底是应该抛弃朱译呢，还是改变对等译论呢？我认为理论要服从实践。

英国 19 世纪作家王尔德说过：语言是思想的父母，不是思想的产儿。近来语言学家也认为语言不但有表达意义，而且还有创造意义。朱生豪的译文说明：文学翻译不但表达出了原意，还创造出了新意。中国高等教育出版社《唐诗三百首》英译本序言中提出了中国学派的创译论。所谓创译就要创新，或者推陈出新，而朱生豪译的莎士比亚，傅雷译的巴尔扎克，杨必译的《名利场》等，都是外译中的创译代表作。至于中译外，英国智慧女神出版社说中国人英译的《西厢记》可和莎士比亚比美，美国有学者说中国人译的《楚辞》当算英美文学高峰（均见高教版《唐诗三百首》序）。这都说明中国学派的翻译实践所达到的高度，也说明了中国学派的创译论胜过了西方的对等译论。所以我同意季羡林在《中国翻译辞典》序中说的，中国翻译是“世界之最”。这就是说，无论谈实践或理论，中国学派都远远胜过了西方。

中国和西方译论的差别，简单说来，西方重“等”，中国重“优”，也就是说，文学翻译不能只选对等的表达方式，还要选择最优或最好的表达方式，换句话说，要尽可能发挥译语的优势，或者说要“优化”。例如毛泽东的诗句“中华儿女多奇志，不爱红装爱武装。”如果对等，只能译成“Most Chinese daughters have a desire strong/To be battle-dressed and not rosy-gowned.”如果优化，则可译成 To face the powder（敢于面对硝烟）and not to powder the face（而不涂脂抹粉）。这就说明“优化”胜过“对等”。

近来有些译论家说中国译论落后于西方二十年，因为中国只有应用翻译学，没有纯翻译学，所以应该引进西方的目的论、多元系统论、三因素论等。我的看法完全相反。因为纯翻译学比起应用翻译学来，无论如何也只能占非常次要的地位，因为中国没有引进西方的纯翻译学，已经取得了全世界独一无二的文学翻译成果，说明纯翻译学是并不重要的理论。而从成果看来，西方译论落后于中国至少二十年。贝多芬说过，为了更好，任何规律都可打破。中国的优化论证是破旧创新的文学翻译理论。

（原载《上海科技翻译》2003 年 01 期）

读余光中谈译诗

杨振宁从香港回到北京，带来了（二〇〇九年）二月号《明报月刊》，他介绍我读余光中的《唯诗人足以译诗?》。我读后觉得有兴趣。余光中在文中说："在《绝色》中，我把月亮比成译者，能将金色的日光译成银色，又把雪也比成译者，能将污浊的世界译成纯洁，到了末段，更引出美人在月光下雪地上如何婀娜走来。"比喻非常新奇。根据钱钟书先生的"化境说"，把日光译成银色可以算是"柔化"，把世界译成纯洁可以算是"美化"。因此译诗是可以"柔化"或"美化"的。在我看来，"柔化"可以说是"浅化"，"美化"可以说是"深化"，加上西方的"对等论"（Equivalence），我说那是"等化"。而"等化""浅化""深化"正是文学翻译的"三化论"。

但是余光中最后却谈到"无论什么高手都译不出的诗"，并举《绝色》末段为例：

若逢新雪初霁，满月当空
下面平铺着皓影
上面流转着亮银

而你带笑地向我步来
月色与雪色之间
你是第三种绝色
不知月色加反光的雪色
该如何将你的本色
——已经够出色的了
合译成更绝的艳色？

这一段诗很不好译，因为最后用了六个“色”字：绝色、月色、雪色、本色、出色、艳色。中文是单音词，所以不怕重复。重复反而是一种美化的修辞法。而英文是多音节的文字，重复六次就显得太单调，根本不能入诗了。所以如用对等的方法来译，恐怕是此路不通。但如果可以把金色译成银色，那就可以考虑翻译如下：

When I see the full moon shine on freshly fallen snow
One the plan paved with light and shade below
And in the air above silver beams overflow
You come to me with smiles aglow
To the moon old and the snow new
You add a third unrivalled hue
I don't know if moon or snow can afford a view
To vie with such a beauty as you
So fascinating, you're beyond compare
Could their transfiguration be as fair?

译文用了四个 ow 韵（snow、below、overflow、aglow）四个

ew 韵（new、hue、view、you），两个 air 韵（compare、fair）来译原文的六个“色”字，是否也可算把金色译成银色了呢？

余光中和马悦然谈译诗时，谈到杜甫《登高》中的名句“无边落木萧萧下，不尽长江滚滚来”，也认为是不可译的，因为“落”和“萧萧”都是“草”头，“江”和“滚滚”都是“水”边，这种形美是无论什么高手都翻译不出来的。但是香港商务印书馆的《唐诗三百首新译》中把这两句诗译成：

> The boundless forest sheds its leaves shower by shower,
> The endless river rolls its waves hour after hour.

把重复的“萧萧”译成音似又意似的 shower by shower，而且和动词 shed 是 sh 的双声词（alliteration）；“江”和“滚滚”译成 river 和 roll 也是 r 的双声词，又用 hour after hour（时时刻刻）来译“不尽”，用重复来弥补叠字“滚滚”译文的损失。用音美来译形美，这和把金色译成银色，是否可以算是异曲同工呢？

（原载《明报月刊》2009 年第 4 期）

喜读《鲁迅诗歌》英译本

今年是鲁迅先生诞辰100周年，读到香港三联书店出版，黄新渠译注的《鲁迅诗歌》42题50首，非常高兴。鲁迅诗作的零星英译文，国内外早就发表过一些。我见到的有北京外文出版社一九六四年出版，杨宪益夫妇合译的《鲁迅选集》英译本中的译文；英国伦敦牛津大学出版社一九七三年出版，戴乃迭（Gladys Yang）翻译的《鲁迅作品选》[①]中的译文；美国印第安纳大学一九七五年出版的《葵晔集〈中国三千年诗选〉》[②]中舒尔茨（William R. Schultz）教授的译文；我国外文出版社出版的《中国文学》一九七八年第11期发表的鲁迅诗作的英译文等。这些译文都是英美学者的译作，或是中外译者合作的成果，但是篇数都不算多；而香港的译本却是第一次出版的全译本，并且是一个中国译者的作品，尤其难得的是，译者是新中国建立后自己培养的、北京外国语学院的毕业生；而译文质量比起国内外名家的译品来，并不逊色，往往还有后来居上之处。

---

① lected Writings of Lu Xun. Translated by Gladys Yang. Oxford University Press, London, 1973.

② Sunflower Splendor: Three Thousand: Years of Chinese Poetry. University of Indiana, USA. 1975.

对于以上几种译文，我总的印象是：舒译重“形似”，戴译重“意似”，黄译重“神似”；杨译精练，黄译流畅。王国维在《人间词话》中说：“温飞卿之词，句秀也；韦端己之词，骨秀也；李重光之词，神秀也。”如果要把这个评语用到鲁迅诗作的译文上来，那我想说：舒译，句秀也；戴译，骨秀也；黄译，神秀也。如果打个比喻，又可以说，读舒尔茨的译文有点像是走崎岖不平的羊肠小道，读杨宪益夫妇的译文有点像攀登险峻的高山，读黄新渠的译文却有点像乘长风破万里浪。或者换个比喻，也可以说，读舒译如啃带肉的骨头，读杨译如嚼五香牛肉干，读黄译则如吃原汤清蒸鸡。下面我举些具体的译例来作说明。

《鲁迅诗歌》第一首是一九〇三年写的《自题小像》：“灵台无计逃神矢，风雨如磐暗故园。寄意寒星荃不察，我以我血荐轩辕。”现将杨译和黄译分别抄录如下：

（1）The sacred tower cannot avert the arrows of the gods;
Like a millstone, wind and rain darken this land.
The frosty stars ignore me when I speak my thoughts,
I'll dedicate my life to the god Hsuanyuan.

(Chinese Literature, 1978, 11)

（2）There's no way for my heart to evade the arrows of Cupid,
While wind and rain like a huge rock dim my homeland.
Asking in vain the chilly stars to greet my people,
I'm resolved to give my blood. to my dear motherland.

(Tr. Huang Hsin-chyu)

这首诗第一行“灵台无计逃神矢”可能有两种解释：一九七六年出版的王元明《鲁迅诗译注》中说：“郭象注：‘灵台者，心也。’”“神矢，爱神的箭。”黄译采用了这种传统的解释。但是这种解释有点缺陷，那就是第一、二行之间显得联系不够紧密，即使联系起来也较牵强。为什么“神矢”一定是指“爱神之箭”呢？从全诗看来，这种解释也说不太通。最近《光明日报》副刊发表了一篇文章，说“灵台”可能是指“故园”的一部分，而“神矢”则可能是指“风雨”之神的刀箭。我个人赞成这种解释，觉得这样一讲就能把第一、二行有机地联系起来，全诗都活了。杨译看来有点像是采用这种新的解释，但是译文中还是看不出“灵台”和“故园”，“神矢”和“风雨”的关系。我想，如果把杨译第一行的标点取消，和黄译的第二行连起来，但“磐”字和“暗”字都还用杨译文，那可能是比较好的翻译。这也可以说明：杨译的“磐”字、“暗”字译得较好，可以说是“字秀”“句秀”；而黄译第二行的“while”一字加得好，那就是“神秀”了。全诗最重要的是第四行：“我以我血荐轩辕”。“轩辕”二字，杨译直译其音，外国读者难以理解。其实这里“轩辕”并不是真指轩辕黄帝，而是指的黄帝子孙中华民族。黄译解释为祖国，看来虽不“形似”，其实却是“神似”的译文。

《鲁迅诗歌》第二至四首是一九一二年七月二十二日写的《哀范君三章》，第三章的前四行是：“把酒论当世，先生小酒人。大圜犹酩酊，微醉自沉沦。”现在把一九六四年的杨译，一九七三年的戴译和一九七八年的黄译抄录如下：

（1）Drinking, we talked of everything under the Sun,

You. were only a moderate drinker, And now that the

entire world is drunk,

A moderate drinker deserves to be forgotten.

(Tr. Yang Hsien-yi Gladys Yang, 1964)

（2）How often we discussed our times over Wine
(You who looked down on drinking!)
In a world blind drunk
A mere tippler might well drown;

(Tr. Gladys Yang, 1973)

（3）Taking up the wine and commenting on our times,
You're always looking down upon those drunkards.
All men arc drifting with the turbid currents,
But you've given up your life after a mere drink!

（Tr. Huang Hsin-chyu）

这首诗第二行“先生小酒人”中的“小”是个动词，有鄙视、轻视的意思。一九六四年的杨译误以为“小”字是形容词，所以第一、四行都译错了。一九七三年的戴译虽然作了改正，但还是把“人”字译成表语，而且第二行加了一个括弧，使上下文显得不连贯了。再看黄译，“小酒人”三个字译得既“形似”又“意似”，可以算是“后来居上”的一个例子。不过一九七三年戴译的第三行非常精练，而黄译的第三行却非常流畅，可以说是两种不同风格的译例。

鲁迅在《为了忘却的纪念》一文后面附了一首《无题》诗：“惯于长夜过春时，挈妇将雏鬓有丝。梦里依稀慈母泪，城头变幻大王旗。忍看朋辈成新鬼，怒向刀丛觅小诗。吟罢低眉无写处，月光如水照缁衣。”下面是这首诗的杨译、戴译、舒译和黄译：

（1）Used to long nights in spring;
With my wife and child my hair is turning white;
A mother's tears I see in a dream,
On the city wall the royal banners are changed;
I have seen my friends become ghosts;
In anger among the swords I seek for a poem.
I lower my head. How can I write out these lines?
Moonlight like water shines on my dark garment.

(Tr. Yang Hsien-yi Gladys Yang, 1964)

（2）Used to the long night of springtime,
My hair grows white as I hide with my wife and son;
Dreams show my dear mother in tears
And the chieftain's flags over the city are always changing.
Cruel to see my friends become fresh ghosts!
Raging I turn on the bayonets and write these lines.
Will they ever see print? I frown, While moonlight glimmers like liquid on my dark gown.

(Tr. Gladys Yang, 1973)

（3）Used to long nights, springtime is past;
Leading wife, clutching child, my temples are thin.
In visions vague, indistinct, a loving mother's tears;

Atop city walls, changes again of royal standards.

Compelled to watch companions turned newly into ghosts,

Angered, I turned to a forest of swords to seek words that rhyme.

Finished, I lower my eyes; but this is no place to write.

Moonlight, bright as water, glistens on my black robe.

(Tr. William R. Schultz)

（4）Used to spending the springtime in endless long nights,

I take refuge with my wife and kid, temples grey;

In dreams I dimly see my kind mother in tears,

The robbers' flags keep changing o'er the city gates.

What a torment to see my friends become fresh ghosts!

Amid a forest of swords I'm seeking for lines in wrath.

After chanting, I frown, finding nowhere to put them down,

And the icy moonlight shines over my black gown.

(Tr. Huang Hsin-chyu)

比较一下四种译文，可以发现第一行的杨译、戴译、舒译似乎都把春天的长夜看作自然现象，杨译甚至没有把“过”字这个动词译出来，舒译也只翻译为春天自然地过去了（其实还没有过去），不知道这个“过”字在第一行诗中的重要意义。诗人在这里并不是描写客观的事实，而是抒发主观的情怀。大好的春光，他却习惯于在漫长的黑夜，在白色恐怖笼罩下的黑暗中度过，所以他是多么觉得“长夜难明赤县天”呵！黄译把“过”字译了出来（译成动名词“spending”），并且加了一个形容词“endless”，这就说明译者领会到诗人夜长难挨的忧国忧民之心。这第一行诗看起来好译，前三种译文都掉以轻心，只求译得形似；不知道静水流深，形似的译文不仅不能传神，甚而不能达意；而黄译的第一行，则可以说是远远地胜过了其他译文。

第二行的杨译、戴译、舒译都按照原诗形式，把“鬓有丝”三字译成主句，结果杨译没有表达“挈妇将雏”和“鬓有丝”的关系；戴译加了一个动词“hide”，比杨译要好得多；舒译的“挈”字和“将”字，译得比其他译文更加具体，但是主句和两个现在分词之间的联系也不紧密；只有黄译在主句中加了一个动词短语“take refuge”，并把“鬓有丝”译成状语，这样处理虽然看来不“形似”，但却传达了原译的“意美”。还有“雏”字的译文，黄译也比其他译文更为精确。

原诗第三、四行是对仗工整的联句，想要传达原诗的“形美”和“意美”很不容易。四种译文都没有译出三、四行之间的联系，舒译甚至连动词都没有译出来。虽然有人赞成这种“形似”的朦胧译法，我却怀疑英、美读者看了这种译文，能否理解诗人在说什么。我想处理这两行恐怕不宜用减词法，正相反，如果在两行之间加上“可是”（while）之类的连词，把诗句理解为睡梦中我仿佛看到慈母焦急落泪，可是醒来却发现南京城头的强盗旗号仍然在轮番更换，是否更能传达原意？

原诗第五、六行也是对仗工整的联句，而且是全诗最有力的两行，但是杨译读来平淡无奇，甚至连第五行的“忍”字都没有译出来，和黄译一比，高下就分明了。

第七行杨译的理解也有问题。第八行的关键是“月光如水”的译法。唐人有句名诗:“天阶夜色凉如水”，所以这里也应该理解为：月光凉如水，照在诗人的黑色长袍上，使得诗人也心寒如月光了。但是杨译、戴译、舒译的“水”字，都只译得“形似”；只有黄译把“水”译成“icy”，真是画龙点睛的妙笔。加上第七、八行的译文押了韵，读起来就更觉得诗意盎然了。

不少人认为中诗英译，应该是英美汉学家的事，因为他们的英语表达力更强；但是外国学者对中文的理解却可能不如中国学者，所以最好是中外学者合译。但是就这首诗的译文而论，外国学者翻译的和中外合作的译文，读起来却都不如一个中国译者的译文，这就说明翻译的关键在于译者的理解力。译者对汉诗的理解越深，运用英语的能力又能表达自己的思想，那就可能译得比英美译者，甚至比中外学者合译的作品更好。一般说来，翻译中国诗词，中国译者的理解力比外国译者强，因此，只要能用外语表达自己的思想（相对而言，这点比理解中文诗词更为容易），译文就有可能达到比外国译者更高的水平。

鲁迅的《自嘲》是他最著名的诗作:“运交华盖欲何求？未敢翻身已碰头。破帽遮颜过闹市，漏船载酒泛中流。横眉冷对千夫指，俯首甘为孺子牛。躲进小楼成一统，管他冬夏与春秋！”现将舒译、杨译、黄译抄录如下：

（1）Fortunes locked in the Hua-kai stars, why seek anything,

For before I turn about, I've cracked my head.

Tattered hat shielding my face, I cross the noisy market

To a leaky skiff, wine in hand, to drift down the river.

With knitted brows, frozen glances, the officials I

accuse;

With bowed head, willingly I'll be the children's ox.

Stealthily I enter a small tower to design a "Grand Unity",

Heeding neither winter, summer, spring, nor fall.

(Tr. William R. Schultz)

(2) Born under an unlucky star,
What could I do?
Afraid to turn a somersault,
Still my head received a blow.
My face hidden under a torn hat,
I cross the busy market.
Carrying wine in a leaking boat,
I sail downstream.
Eyebrows raised, coldly confronting
Accusing fingers of a thousand bullies.
Yet with my head bowed,
I'll be an ox for children.
Secluded in my small attic,
I'll enjoy my solitary state.
Who cares if it's winter or summer?
Who cares if it's autumn or spring?

(Chinese Literature, 1978, 11)

(3) What can I ask for since I have a spell of bad–luck?

I've had my head knocked before I dare to turn over!
With a worn hat shading my face now I pass downtown,
And in midstream I sail with some wine in a leaky boat.
Fierce-browed, I coolly defy a thousand pointing fingers,
Head-bowed, like a willing ox I serve the youngsters.
Well, hiding myself in this world of my small attic,
Why should I bother about the cycling of seasons!

(Tr. Huang Hsin-chyu)

第一行“华盖”二字，舒译直译其音，似乎不如杨译只译其意，而黄译用了“spell”一字显得更好。第二行“翻身”二字，杨译理解为翻筋斗了，显然不如舒译、黄译。第三行的“遮”字，舒译可以算是“字秀”。第五、六行是全诗的名句。“横眉”二字黄译最有力量，舒译“千夫指”用了意译，似乎不如直译，但杨译把“夫”字译出，却也并无必要。“俯首”二字黄译最为简练，“甘为孺子牛”是典故，舒、杨都是照字面直译，英美读者恐怕不容易体会为什么要用“牛”字。黄译的处理方法绝妙，他把“甘”字译成形容词，放在“牛”字前面，用了一个动词“serve”，再把“孺子”译成“youngstets”，这样一来，第六行的内容就惟妙惟肖地传达出来了。 第七行舒译恐怕不容易理解，“躲”字和“小楼”二字译得也不如杨译。第八行的“冬夏与春秋”，舒、杨都是直译，杨译分成两行，尤其显得重复累赘，这行黄译采用意译，表达的方法又胜过了其他译文。翻译《自嘲》和翻译《无题》不同的是:《无题》借景物写情，往往意在言外，不深入理解，就不容易译出原诗的微妙之处，因此，翻译的好坏取决于对原文理解的深度。而从《自嘲》

的三种译文看来，理解问题不大，翻译的好坏就取决于表达能力的高下了。

一九三三年，中国民权保障同盟总干事杨铨被刺，鲁迅写了一首《悼杨铨》:“岂有豪情似旧时，花开花落两由之。何期泪洒江南雨，又为斯民哭健儿。”现将戴译、舒译、黄译分别抄录如后:

（1）My fire of days gone by has cooled,
What matters if flowers bloom or fade?
I did not think in the tears of the southern rain
To weep again for this fine son of China.
(Tr. Gladys Yang)

（2）How can there be heroic feelings, as in bygone days?
Flowers bloom, flowers fall: one thing follows another.
How could I know tears would fall like southern rain,
Or the common man would weep again for a champion?
(Tr. William R. Schultz)

（3）How can I keep my soaring spirit of the old days?
I care nothing about the bloom or fall of flowers.
Never did I think to shed tears in the southern rain,
I'm weeping for my people's loss of another fine son!
(Tr. Huang Hsin-chyu)

戴译前三行简练如洗，第三行“雨”和“泪”合而为一，用了隐喻，胜过舒译用的明喻，也胜过黄译的注解。舒译第二、四行都有问题，第四行还是黄译较好。

鲁迅的最后一首诗是《亥年残秋偶作》：“曾惊秋肃临天下，敢遣春温上笔端。尘海苍茫沉百感，金风萧瑟走千官。老归大泽菰蒲尽，梦坠空云齿发寒。竦听荒鸡偏阒寂，起看星斗正阑干。”现将戴译和黄译抄录于后：

（1）Dismayed by a world in the grip of autumn,
How is my brush to be dipped in the warmth of spring?
Passions drowned in the grey ocean of dust,
Wind chilling the officials departing their posts.
Returning, old, to a marsh naked of reeds,
I fall in dream through clouds that freeze my veins;
Waiting for cockcrow I hear only the night's silence,
Rising I see the Dipper low in the sky.

(Tr. Gladys Yang)

（2）Shocked to learn the chill of autumn has swept the land,
How can I reveal the warmth of spring through my pen?
Mingled feelings have sunk into the vast sea of men,
All officials took flight in the sighing autumn wind.
To this bleak lake of our land a greybeard I return,
I shudder with cold to fall from the clouds in my dream.
Trying hard to listen for the cock crows, but in vain,
I get up only to find the Dipper near the horizon!

(Tr. Huang Hsin-chyu)

比较一下两种译文，可以发现戴译简洁，黄译流畅。逐句分析一下，又可以看出第一行的“惊”字，黄译比戴译好；第二行的“春温”和第一行的“秋肃”对称，黄译也是工整的对仗。第三行的“尘海”，戴译照字面直译，读者恐怕不容易理解；而三、四行的“百”字、“千”字，戴译都没有翻，不如黄译处理得好。戴译第五行比较精练，第六行把“齿发寒”译成“空云”的定语，理解有误。第七行戴译比黄译更加形似，第八行却是黄译比戴译更加意似。总的说来，在传达原诗的“意美”方面，黄译可以说是胜过其他几种译文；杨译各行长短不一，黄译却是大体整齐，在传达原诗的“形美”方面，也胜过了杨译和戴译；此外，黄译还注意译文的节奏，不像其他译文散文味重，在传达原诗的“音美”方面，也比其他译文高出一筹。如果能像《无题》第七、八行的译文那样，每行都押上韵，那就更能传达格律诗的风貌了。现在试将六首鲁迅诗歌重译成格律诗如下，以供参考：

INSCRIPTION ON MY PHOTO（《自题小像》）

1903

My heart cannot evade arrows of Gods of Rain
And Wind which like a millstone darken my homeland.
Speaking my deeper thoughts to chilly stars in vain,
I'm resolved to shed my blood for our nation grand.

IN MEMORY OF THE FORGOTTEN（《无题》惯于长夜过春时）

February 1931

Used to spending the springtime in endless dark night,

I hide with wife and kid, with my hair turning white.
In dreams I dimly see my kind mother in tears;
O'er city gates capricious warlords' flag appears.
How can I bear to see my young friends being killed?
Among the swords I seek for lines, with anger filled.
After chanting, I flown. Where can I put them down?
Only the icy moonlight shines O'er my dark gown.

SELF-MOCKERY（《自嘲》）

October 12, 1932

What can I do with my fortune in bad stars locked?
Before I turn about I have had my head knocked.
A worn hat shading my face, I cross the market place;
With wine in a leaky boat, in the midstream I float.
I defy a thousand pointing fingers, fierce-browed;
I serve the youngsters like a willing ox, head bowed.
In the small attic under my control I hide,
Heedless of the cycling of the seasons outside.

ELEGY ON YANG QUAN（《悼杨铨》）

June 21, 1933

Where is my fiery zeal in bygone years displayed?
I do not care now whether flowers bloom or fade.
Who knows the Southern rain would mingle with our tears
In weeping for one of our people's pioneers!

EARTH-SHAKING SONGS (《无题》万家墨面没蒿莱)

May 30, 1934

Amid the brambles toil tanned-faced people in throngs.
Who has the guts to shake the earth with plaintive songs?
My heart is closely linked with the multitude vast,
In this dead silence I can hear the thunder blast.

AN IMPROMPTU POEM COMPOSED IN LATE AUTUMN (《亥年残秋偶作》)

October 1935

Shock'd at the chill that autumn to the land did bring,
Can I exhale through writing brush the warmth of spring?
In troubled seas of life a hundred thoughts have sunk;
With bleak west wind a thousand officials have slunk.
Back while old to the marsh with reeds no longer filled,
I dream of falling from the clouds, teeth and hair chilled.
Waiting for the still night to be rent by cocks' crow,
I rise only to find the Dipper slanting low.

（原载《外语教学与研究》1981 年第 3 期）

程抱一和我

程抱一原名程纪贤，是法兰西学院第一位华裔院士。1949 年他的父亲到巴黎联合国教科文组织工作，他刚中学毕业，因为国内正在进行解放战争，他就随父亲来到法国。那时我在巴黎大学写研究文学的论文，他也来文学院听课，就向我了解巴黎大学的情况，并且借阅了我的论文作为参考。我在国内时，因为国民党政府封锁解放区的消息，所以对共产党的情况并不了解。他带来了一本斯诺写的《西行漫记》，借给我看。才使我对新中国有了初步的认识。

程抱一学习法语很快，只学一年，就阅读了很多文学作品，并有自己的见解。我在《追忆逝水年华》第 216 页上写道："（1950 年）4 月 20 日，上午程纪贤来谈。他说：人如果能达到'美'的境界，那就可以摆脱情欲和罪恶。他认为这是人的'使命'，没有这个'使命'，人和禽兽并没有多大差别；有了这个'使命'，人才成其为人。在他看来，纪德、艾略特、克洛代尔、萨特等作家都在揭露人生的悲剧，人没有完成'使命'的悲剧。但是这些作家没有看到：罪恶的根源是失去了平衡，失去了'美'。"现在看来，年轻的程抱一已经显露出智慧的光芒了。

纪贤的父母都是清华大学的校友，在巴黎时，请过我们几个巴黎大学的清华同学去他们家吃饭，游览他们家附近的布洛涅森林。7 月 20 日，我们还同去罗马旅游。留下照片一张，是纪贤和我在圣彼得大教堂前拍摄的。教堂内有米开朗琪罗雕刻的耶稣和圣母像，博物馆天花板上有拉斐尔描绘《创世记》的名画，真是美不胜收。不知道纪贤认为这些大艺术家是不是完成了人的使命？可惜我当时更关心的是同游的美人，没有和他谈论这个问题。我回国前，他的父母为我饯行，晚餐之后，纪贤和我们几个清华同学从凯旋门沿着香榭丽舍大道一直步行到协和广场，度过了在巴黎的最后一夜。离别前我送了他一本《雨果诗选》，作为纪念。

我回国后，和国外失去了联系。后来从一本法国 1962 年出版的《中国古典诗选》中，读到了他和中法学者合译的古诗。1970 年，听说他取得了巴黎大学的国家博士学位，在巴黎第三大学任教。1977 年，他在法国出版了一本《中国诗论》，对在欧美传播中国文化，起了很大的作用。书中附了几十首唐诗的法译文，翻译分为三步：首先将诗句逐字译出，然后把字联合成句，最后把句变为自由诗。如李白的“朝辞白帝彩云间”，他先把“辞”译成原型动词 quitter，再译成现在分词 quittant，表示在辞别的时候；“彩云”他先译为 nuages multicolores（多色云），在诗句中又改成更有诗意的 nuagesirises（彩虹色的云），这种译法获得了很大的成功，即使法国读者了解中国诗的原型，又从字到句，从句到诗，逐步使人理解中法诗的异同。1982 年这本书译成英文，在全世界传播，产生了很大的影响。

此外。他还出版了法文小说《天一言》（*Le dit de Tian-yi*），写一个中国艺术家在“文革”期间的遭遇，在法国多次得奖。书中有一句名言说：“艺术并不模仿自然，反而迫使自然模仿艺术。”这句话可以应用到文学翻译上来，说译文并不模仿原文，反而迫使原文模仿译文。试看“五四”白话运动以来，中国的白话小说不再模仿文言小说，反而模仿翻译的西方小说，就是一个例子。模仿自然需要注意分寸，不要成了翻译腔。换句话说，翻译的文学作品中，不应该出现作家不会写出来的生硬句子。由于他的成绩昭著，2002年，他当选为法兰西学院院士。

程抱一对中法文化交流做出的贡献并不是单向的。1984 年他还在湖南出版了一本《法国七人诗选》，其中包括雨果的诗八首。现将他译的《清泉与大海》抄录如下：

清泉自高岩上流下来
涓涓流向大海，那倾帆
覆舟的大海却对他说：
“你，哭啼者，你来干什么？

该知道，我是风暴和恐怖，
澎湃扩展一直到天边，
我又何所需求于你呢？
你微弱得可怜，我浩瀚。”

对苦海深渊，清泉回答：
“你是大海，我愿无声给你
带来一点你所没有的，
几口可以解渴的净水。”

雨果的这首小诗可能借清泉之口，说明了人的使命：水要可以解渴，人要可以造福于世界。这个译文每行九或十字，而法诗原文每行八或九个音节，相差不多，正可以说明程抱一的译诗方法。

1999 年北京大学出版社出版了我的法译《中国古诗词三百首》，我因为不知道他的通讯处，就请法国大使毛磊转交一部给他，得到他的回信。我和他译诗相同之处是：我们都注意传达原诗的形美和意美；不同之处是：他更重视节奏的音美，我更重视押韵的音美。懂得法文诗的人不多。只好把我译的《清泉与大海》也抄录下，好做比较。

泉水从岩石上一滴滴
流入怒涛汹涌的海里。
埋葬水手的大海说：“你，
你来干吗？这样哭哭啼啼

我的风暴使人害怕，
我的尽头就是天涯。
难道我还需要你吗？
小鬼，我是无边广大……”

泉水对无边苦海说道：
“我无声无息，不求荣耀，
我给你的，正是你缺少
的一滴淡水，人的饮料。”

1995 年《文汇读书周报》曾经征询读者对《红与黑》五个译本的意见，结果读者多数喜欢对等的译文，少数喜欢再创的译文。在我看来，程译更重对等，如“哭啼者”“苦海深渊”；许译更重再创，如“哭哭啼啼”“无边苦海”。但是对等和再创并不是决然分开的，如程把“彩云”译成“彩虹色的云”，就带有再创的意味：我再把“彩云”英译成“戴着云彩的王冠”，即使不用“彩”字，也可以使人联想到金碧辉煌的王冠。不言彩云而彩云自见，这又是更高级的再创了。有时不再创造，根本无法传达原诗的意境。如李白的《静夜思》：“床前明月光，疑是地上霜。举头望明月，低头思故乡。”中国有望月思乡的传统，因为天上月亮圆，会使人想到地上家人团圆。但是英美人只说团聚（get together），不说团圆，所以看到圆月，不容易联想到家庭。翻译时如果只求对等，就不能传情达意了。因此我译“明月光”时，加了一个 un lac（湖），这就把月光比作水了，我又把“思故乡”译成 je me noie dans la nostalgie（沉浸在乡愁中），这样就用水，而不是用“圆”，把望月和思乡联系了起来。有人可能认为再创的翻译不忠实于原文和原作者，我却认为原作者和原文都应该使读者知之（理解）、好之（喜欢）、乐之（愉快），不能使读者知之、好之、乐之的译文，不能算是忠实于原作者的译文，贝多芬说得对：“为了更好，没有什么清规戒律是不可以打破的。”

近况和往事

胡锦涛主席访问美国时，赠送给耶鲁大学一套汉英对照的《大中华文库》。《大中华文库》中有我翻译的《唐诗三百首》《宋词三百首》《元曲三百首》《西厢记》等。回想我译的唐诗《枫桥夜泊》，还是小学、中学同学涂茀生教我的。他和我中学同班六年，高三时抗日战争爆发，二中搬到赣江之滨的永泰，我们同三个初中在一中、高中在二中的同学符达、阳含和、贺其治住在邮政代办所隔壁的房子里。有一次我们在河滨散步，茀生问我人生的目的是什么，我想了想，说是享乐，他却说是工作。现在回想起来，我一生中最大的乐趣就是工作，把一个国家创造的美转化成为全世界的美，真是其乐无穷，几乎不知老之已至，几乎变成没有年龄的人了。

去年高等教育出版社出版了我英译的《论语》。记得初中三年级时，周慎予老师就给我们讲过《论语》的《先进篇》："暮春者，春服既成，冠者五六人，童子六七人，浴乎沂，风乎舞雩，咏而归。"当时不懂孔子为什么欣赏曾点这样的志趣。高三时到了永泰，第一次离家过独立自主的生活，白天上课，没课时自己在河滨读英文，下午课后同符达打乒乓球，或者同阳含和、贺其治、刘匡南去河中游泳，归来时含和教我们唱英文歌，晚上又教大家打桥牌，在高三就提前过上了大学的自由生活，享受到了“浴乎赣江，风乎堤上，咏而归”的乐趣。符达后来成为江西发电厂的总工程师，含和成了西安交通大学航空系的教授，其治则是国际宇航科学院院士，一中百年校庆时和我同回南昌参加盛典，还同去了庐山和龙虎山，现在却都已幽冥隔绝了。只有茀生健在，同我去过永泰旧地重游，还同去了西山万寿宫，寻找 1936 年 4 月 10 日到 7 月 10 日在西山受军训的遗迹，都已面目全非了。当年一同受训还健在的，南昌有廖延雄，北京有徐采栋（曾任贵州省副省长），只是天南海北，难得见面了。

近年来江西师范大学外国语学院出版了《外语论坛》季刊，约我写稿，我就写了一篇《谈唐宋词英译》的文章。文中谈到我对唐宋词的感情，还是抗战中逃难到赣南时培养起来的。在赣州八景台，我把白居易的《长相思》改成：“章水流，贡水流，流到赣州古渡头，青山点点愁。”因为辛弃疾词中说的：“郁孤台下清江水，中间多少行人泪。”到了抗战时期，旧泪未干，又添新泪，台下流水，“应念我终日凝眸，凝眸处，而今又添一段新愁”了。

《外语论坛》还发表了一篇南京航空航天大学许光锐教授的《美化之翻译》，文中谈到我翻译的罗曼·罗兰的小说《约翰·克里斯朵夫》，认为胜过了傅雷的译本。《论坛》又发表了一篇国际诗歌翻译研究中心副主席张智中教授对我的访谈录。张教授还写了一本《许渊冲与翻译艺术》，由湖北教育出版社出版，这是他原来的博士论文。至于硕士论文，广东外语外贸大学高级翻译学院的翁帆（杨振宁的新夫人）写了一篇研究我的翻译理论的论文，结论是从微观看来，我译的诗不是字对字的准确，但从宏观来看，却是忠实于原作内容的。她很欣赏《西厢记》中“露滴牡丹开”的译文：

The dewdrop drips,
The peony sips
With open lips.

自然，也有反对我的翻译理论的博士论文。南开大学马红军博士在上海译文出版社出版的《从文学翻译到翻译文学》中，引用了英国伦敦大学格雷厄姆教授的话，认为几乎不能让中国人翻译中国诗词。马博士并说我把格教授的译作改坏了。我在《中国外语》去年第5期上发表了一篇《典籍英译，中国可算世界一流》，对格雷厄姆教授和马博士进行了批判。并举格雷厄姆教授译的李商隐《无题》为例："金蟾啮锁烧香入，玉虎牵丝汲井回。"金蛤蟆是大门上的金锁，啮锁就是锁门了，晚上烧香锁门的时候，诗人进门来和情人幽会了。玉虎是水井辘轳上的装饰品，牵丝是拉起丝织的井绳，汲井就是打起井水，全句说天亮打井水时诗人回去了。烧香的"香"和牵丝的"丝"暗示"相思"，所以这是一首情诗。但格雷厄姆教授的译文却是莫名其妙的 A gold toad gnaws the lock. Open it, burn the incense. /A tiger of jade pulls the rope. Draw from the well and escape.（金蛤蟆咬锁，开锁烧香吧。玉虎拉井绳，打水逃走吧。）译文说明了英美人译诗远不如中国人，中国译诗是世界第一流，诗词翻译是中国软实力崛起的先声。

我与《文汇》的三部曲

（一）

《文汇》八十年了，西南联合大学也八十年了，我在《文汇》发表的第一篇回忆录正是关于西南联大的。早在八十年前，联大就已经是世界一流的大学了。就以1938—1939年度的大一国文而论，中国文学系的教授每人授课两星期：闻一多讲《诗经》，陈梦家讲《论语》，许骏斋讲《左传》，刘文典讲曹丕《论文》，罗庸讲《唐诗》，浦江清讲《宋词》，朱自清和魏建功讲鲁迅《狂人日记》等。这种百花齐放的大一国文只开了一年，第二年就恢复一个教授教一组了。但是这样空前绝后的教学阵容，全世界几千年来，哪一个国家开设过这样精彩绝伦的中国文学课程？就以闻一多讲的《诗经》为例，他讲到《小雅·采薇》中的千古丽句：

> 昔我往矣，杨柳依依。
> 今我来思，雨雪霏霏。
> 行道迟迟，载渴载饥。
> 我心伤悲，莫知我哀！

闻先生说：这是两千五百年前，描写我国人民反对战争，热爱和平，被迫背井去打仗时，连门前的杨柳都依依不舍，等到被战争压弯了腰肢回家的时候，杨柳也被大雪压弯了树枝。这种天人合一、热爱和平的思想，比起西方歌颂特洛亚战争的《荷马史诗》来，不是非常鲜明的对照吗？而闻先生只用一个例子就点明中西文化的异同了。

联大外文系的学生听了闻先生的《诗经》，就把这八个千古丽句译成英文、法文如下：

（1）When I left here,（我离家时，）
Willows shed lear.（杨柳依依不舍。）
I come back now,（我回家时，）
Snow bends the bough（大雪压弯柳枝。）
Long，Long the way,（道路漫长，）
Hard，Hard the day.（煎肚熬肠。）
My grief o’er flows.（我心苦恼，）
Who knows? Who knows?（有谁知道？）

（2）A mon départ（我离家时，）
Le saule en pleurs.（杨柳流泪。）
Au retour tard,（我回家时，）
La neige en fleurs.（大雪纷飞。）
Lents, lents mes pas,（脚步缓慢，）
Lourd, Lourd mon coeur.（心情沉重，）
J’ai faim, J’ai soif.（饥寒交加，）

Quelle douleur!（多么苦痛！）

2014 年中国翻译协会把《诗经》英法译文送交世界翻译大会，国际翻译家联盟给中国译者颁发了杰出文学翻译奖，这不证明了早在八十年前，联大已经是国际一流大学吗？而《文汇》是第一个预告这个喜讯的。这就是《文汇》和我交流的第一部曲。

（二）

1993 年《文汇读书周报》发动了一场全世界有史以来最大的翻译论战，论战是在法国文学名著《红与黑》的“等值派”译者和“再创派”译者之间进行的。有三个典型的译例可以说明问题：全书第一句的两种译文大概是：

1. 维里埃尔是法国和瑞士边境最美丽的小城。（等值）
2. 玻璃市是法国和瑞士边境山清水秀的小城。（再创）

Verrière 音译为“维里埃尔”毫无意义，而 verre 是玻璃的意思。所以可以译成玻璃市，是“旧金山”“珍珠港”的译法，“美丽的小城”可能使人误以为城市建筑美丽，而本书下文描写的是山水，所以不如译为“山清水秀”。

玻璃市市长有一句用高傲口气说出来的话，两种译文是：

1. 我喜欢树荫。（等值）
2. 大树底下好乘凉。（再创）

等值译文毫无“高傲”可言，其实市长是把自己比作大树，把人民比作乘凉的人，这才可以看出他的高傲。

《红与黑》最后一句写市长夫人含恨而死，两种译文是：

1. 市长夫人去世了。（对等）
2. 市长夫人就魂归离恨天了。（再创）

“去世”是正常死亡，没有含恨而死的味。对等派批评再创派是抄袭《红楼梦》中的话，但“离恨天”在《西厢记》中就已出现，难道《红楼梦》是抄《西厢记》？两派的论战说明《文汇》在把世界文学如何引进中国的问题上，立了一功。

（三）

今年9月22日《文汇学人》发表了一篇《怎样的翻译才能使中国文化走向世界》，文中提到西方语文多是拼音文字，对等词多，互译可以用对译法。中文是表意文字，中西方语文的对等词不到一半，不对等时，译文不是优于原文，就是不如原文，所以应该尽量使用优于原文的表达方式。如《论语》第一句：“学而时习之，不亦说（悦）乎？”英国译者Waley用对等法把“学”译成learn。“习”译成repeat（温习），“说”（悦）译成pleasure（高兴），就不如中国译者把“学”译成acquire knowledge（得到知识），把“习”译成put it into practice（实习、付诸实践），把“悦”译成delight（乐趣）。这个例子说明优化法可使中国文化走向世界。

写于1997年年底

一粒沙中见世界　小报办成大事情

21 世纪是全球化世纪。全球化不只是经济方面，还应该包括文化方面，包括把全球的先进文化引进到中国来，同时把中国的先进文化推广到全世界去。无论是引进还是推出，都脱离不了翻译。因此，文学翻译在 21 世纪具有非常重要的作用，全国唯一的《文学翻译报》实在有复刊的必要。

季羡林先生说过："中国翻译是世界之最。"从历史的长短，出版译著的数量，翻译产生的影响来看，中国都是世界第一。以翻译报刊而论，世界上只有翻译刊物，没有翻译报纸。刊物宜于发表长篇大论，报纸却可以登载短篇小品，小中见大，而且出版周期更短。所以《文学翻译报》具有它的优越性，也可以算是世界之最。

翻译是 21 世纪的热门话题。最近报上就提出了中国是翻译大国、不是翻译强国的看法，因为外文翻译错误俯拾皆是。但是"强国论者"却认为体育强国只要金牌最多，不合格的运动员俯拾皆是并不影响全局。即以中英互译为例，全世界没有一个外国人出版过中英互译的文学作品，只有中国译者一枝独秀，金牌舍我其谁？因此，中国是翻译强国。

这类大是大非的问题，如果要在《中国翻译》等刊物上发表，恐怕需要相当长的时间，还要理论水平既高、实践经验又丰富的人，收集大量资料，得出结论还未必能服众。而《文学翻译报》众口纷纭，各说各的道理，击破一点，全面展开，也许可以起到刊物难以起到的作用。因此，祝贺《文学翻译报》能在一粒沙中见世界，集腋成裘，小报办成大事，使中国不但是翻译大国，而且是名副其实的翻译强国。

（原载《文学翻译报》2005 年 6 月）

孔子的智慧

20 世纪是物质文明飞跃前进的时代，但是精神文明有没有同样进展呢？恐怕远远落后于物质文明或科学文明吧。

杨振宁为我的《追忆逝水年华》写的英文序言中说道，荣获 1948 年诺贝尔文学奖的英国诗人艾略特（1888—1965）在访问美国普林斯顿高等学术研究所时，所长奥本海默（1904—1967，负责研制美国第一颗原子弹的科学家）对他说："在物理方面，我们设法解释以前大家不理解的现象；在诗歌方面，你们设法描述大家早就理解的东西。"物理代表物质文明，诗歌代表精神文明，这句话说明了物质文明为什么日新月异，而精神文明却是万古长青。

德国《明镜周刊》1 月 1 日刊登了对布热津斯基的专访。布热津斯基宣称世界进入新的美国世纪，因为美国在经济上是全世界的火车头，在科技上是创新的源头，在军事上是唯一的全球性强国。在文化上也拥有非同寻常的吸引力。的确，在经济方面，美国人生活非常富足：平均每三年换一辆汽车，每半年出外旅行一次；在科技方面也非常先进，花几美元在迪斯尼乐园看到的太空几乎和在航天飞机上看到的一样。有一个"在心里将人类的自由与进步看得比自身生命还宝贵”的作家坦率地承认他喜欢这个国家。不错，美国人把自由与进步和自身的生命都看得很宝贵，例如在科索沃战争中，他们珍惜每一个士兵的生命。但对别国人民的生命呢？美国在科索沃使用了贫铀弹，不但杀害了无辜的平民，还污染了环境，甚至危及盟国的官兵。这个军事上唯一的全球性强国在文化上能说有非同寻常的吸引力吗？

1988 年荣获诺贝尔奖的科学家在巴黎聚会，发表了一个宣言，大意是说 21 世纪的人类如果要过和平幸福的生活，就应该回到 2500 年前中国的孔子那里寻找智慧。为什么呢？因为孔子提出礼乐治国。据冯友兰说，礼就是模仿自然外在的秩序，乐则是模仿自然内在的和谐。礼乐是仁义的外化，治国要重礼乐，做人要重仁义，这就是中国文化几千年不衰的重要原因。孔子反对暴力（子不语怪力乱神），而和孔子同时的西方诗人却宣扬暴力，如荷马描述特洛伊战争的史诗《伊利亚特》，把战争的丑恶与残暴写得有声有色，使人得到惊心动魄的美感，成了美与丑可怕的结合。这种宣扬暴力的传统一直延续到今天的海湾战争和科索沃战争，而孔子用礼乐治国的思想却在《诗经》中已有表现，如第一篇《关雎》写男女之情，但发于情，止于礼，结果是“琴瑟友之”和“钟鼓乐之”。但到了今天，在美国文化的影响之下，爱情已经变成了性爱，几乎是有性无情了。（如 20 世纪初的《荒原》、世纪中的《局外人》、世纪末的《废都》等）。再如《诗经·采薇》写士兵战后回家的痛苦，流露出对和平生活的向往，对平民百姓的同情，与西方宣扬的个人英雄主义大不相同。因此，在我看来，从孔子那里吸取智慧，就是以和平取代暴力，以柔济刚，以情补性，来建立新世纪的文化。

孔子的智慧如果按照冯友兰的“抽象继承论”来解释，则礼或秩序可以理解为各尽所能，乐或和谐可以理解为各得所需。用英文来解释，前者可以理解为 to do one’s duty，后者可以理解为 to love beauty。如果人人都能按照礼法，各尽所能，热爱和谐美好的生活，那人类的精神文明才能和物质文明同步前进。

是自负还是自信

自信，否则没人信你。

——居里夫人

《文汇报》2004 年 8 月 8 日发表了一篇韩石山先生写的《许渊冲的自负》，对我做了评介。回想五十年前，我从欧洲回国，在北京两所外国语学院教英文和法文的时候，组织上给我的评语是“狂妄自大”。现在说我自负，可以说是批评已经降温了。但我到底是自大自负，还是自信呢？这得从头说起。50 年代在“反右”运动中我提了三条意见：一说毛泽东思想是应该发展的；二说斯大林肃反杀害好人太多，过大于功；三说“共产主义”翻译错了，原文没有“产”字，这是日本人翻译的，就像把“中国”译成“支那”一样，带有贬义；《共产党宣言》第一句说共产主义的幽灵在欧洲徘徊，“幽灵”不如改为“魔影”，“徘徊”应该改成“经常出现”。因为欧洲各国不会害怕徘徊不前的幽灵。当时的领导认为我提的意见是学术问题，只说我是“狂妄自大”，没有把我打成右派。但是现在看来，邓小平、江泽民、胡锦涛都提过马列主义、毛泽东思想要发展，要与时俱进；斯大林在苏联已经受到批判；关于共产主义的翻译问题，我九月初在中央编译出版社召开的梁宗岱纪念会上（《文汇读书周报》记者在座）再度提出，并没有听到反对的意见。所以我觉得我不是狂妄自大，是实事求是，而是自信。

现在韩先生又说我自负。他的根据是：我的“几本译书”“不能说是外文界的诺贝尔”。“几本译书”要看译的是什么书，如果是译中国几千年传统文化的经典《诗经》《楚辞》《唐诗三百首》《宋词三百首》《西厢记》等传世名著，而且是译成英法两种韵文，能不能算外文界的诺贝尔呢？《中华英才》2001年第13期题为《许渊冲不做唯一做第一》的文章中说：“美国学者说他译的《楚辞》是英美文学的高峰，英国出版界人士说他译的《西厢记》可以与莎士比亚的杰作比美。”记得报上说过，顾毓琇1972年荣获兰姆金质奖章，等于电工界的诺贝尔奖；王浩1983年荣获“数学定理机械证明里程碑奖”，等于数学界的诺贝尔奖。那么，使中国文学转化为“英美文学高峰”，能不能算外文界的诺贝尔奖呢？在我看来，诺贝尔奖也不过是里程碑或高峰而已。

其次，韩先生说我的自负“有时到了刻薄的程度”，因为我把译界已有定评的赵萝蕤译的《荒原》说成是译词而没有译意。这就要看事实了。我在《诗书人生》中举了例，《荒原》第一句说四月是残忍的。赵译却不能使读者看出四月为什么残忍，这不是译词没译意吗？指出有“定评”的译文有问题，能够算是“自负到了刻薄的程度”吗？韩文谈到赵瑞蕻译的《红与黑》时说：“赵译作‘我喜欢树荫’，许译作‘大树底下好乘凉’；市长夫人死了，赵译作‘去世’，许译作‘魂归离恨天’……在我看来，这不过是两种风格的不同。”这是两种风格的不同吗？原文要表现市长的高傲，所以说市长这棵“大树底下好乘凉”。“我喜欢树荫”有什么高傲可言呢？所以赵译也是译词而没有译意。原文说市长夫人含恨而死，正是“魂归离恨天”的意思，而“去世”却是正常死亡，并没有传达出原文的感情。如果说有没有传情达意只是风格的不同，那就是分不清对错是非和主观的好恶。对不起，我倒真要刻薄一句，说这简直是不知“风格”为何物了！韩先生还说：“看了许先生的翻译只会纳闷：法国也有这样的俗语吗？”外国没有的俗语就不能译成中国的俗语吗？那么，外国没有姓莎姓罗姓朱的，莎士比亚（莎翁），罗密欧和朱丽叶（罗朱悲剧）是不是都该改姓换名呢？二次世界大战后英国首相访华，报上的译名是“阿特里”，首相知道后不高兴：当时的翻译朱启平立刻改译为“艾德礼”，首相才满意了。韩先生是不是又该纳闷呢？

为什么《红与黑》的问题要旧事重提？自从1995年《文汇读书周报》对“魂归离恨天”进行了不公正的批判以来，又有人在香港翻译研讨会上罗列了我的五大罪状：1.“魂归离恨天”是从《红楼梦》中偷来的；2. 我用四字词组是“文坛遗少”；3. 我自得其乐是“王婆卖瓜”；4. 我强词夺理是“恶霸作风”；5. 我是“提倡乱译的千古罪人”。

我的答复是：第一，《西厢记》第一折《惊艳》中就有“休猜作了离恨天”，难道《红楼梦》也是偷了《西厢记》？第二，“文坛遗少”不也是四字词组吗？第三，“王婆卖瓜”要看瓜甜不甜，如果瓜甜就不是自吹自擂。第四，我说错误百出的译者不能授予终身翻译成就奖，这能算“恶霸作风”吗？第五，如果我是“乱译”，那我译的书怎能受到国内外的欢迎？从“千古罪人”到“自负的人”，我看，批评已经从“王婆骂街”变成冷嘲热讽了。

为什么说是冷嘲热讽呢？韩先生说我用俗语翻译使他纳闷，和香港有人反对四字词组，不是一个冷嘲，一个热讽吗？韩讽刺我是阿Q似的“愉快地生活着”，和香港不许我自得其乐，不是一支暗箭，一支明枪吗？“阿Q”没说出来，“恶霸作风”却摆在桌面上，这又是一阴一阳了。此外，请看韩先生的原文吧：“许四岁认字，识字300（另一处许说自己三岁认字）。”这不是说我自相矛盾，就是自抬身价，自吹比杨振宁小一岁就认字了。其实一年认300字并不矛盾，那言下之意就是我在增加自负的资本了。还有一处：“两人在一个教室上过课。许只是说大一，似乎两个学期：杨说只有一个学期。”仿佛是说我在虚报情况，夸大我和杨振宁同班的时间。他却不知道我在《追忆逝水年华》第50页上早就说过：“叶先生只教了一个学期《大一英文》，第二学期我们这个组解散，学生分到其他各组去。杨振宁分到陈福田教授那组，我分到钱钟书教授这组。”这些事情很小，但是可以看得出韩先生的用心。只有自己喜欢弄虚作假、夸大其词的人，才会怀疑别人也在夸大其词。恐怕我这不是以小人之心，度君子之腹吧！

韩先生认为我最得意的，是破译了《大地之歌》中的两首唐诗。其实我对破译并不得意，因为这篇文章最初发表在2000年1月1日的《文汇读书周报》上，发表时用的是内子“照君”的名字。如果我最得意，为什么不用自己的名字发表呢？其实我非但不得意，反而感到悲哀。几千年的文明古国，成百上千的文学教授、博士导师，包括匾牌可当勋章的北京大学（用韩先生语）在内，居然没有一个学者知道祖国哪些作品在国外开花结果了，这有什么可得意的呢？

我在《诗书人生》（百花文艺2003年版）第12页上写道：“杨振宁说过：‘我一生最重要的成就是帮助克服了中国人觉得自己不如人的心理。’英文和法文是英美人和法国人的最强项，中国人的英法文居然可以和英法作家比美，这也可以长自己的志气，灭他人的威风了。”杨振宁是科学家，他的成就可以使人觉得中国人在科学上并不是不如人。我在《诗书人生》中要说明的是：即使不如杨振宁聪明的中国人，也可以做出世界一流水平的成绩来，表示中国人并不低人一等。最重要的是要提高中国人的自信。自信和自负的分别是：前者实事求是，有事实做根据；后者却是言过其实，并无根据。

但是韩先生说，他要读的，只是聪明人写的“让自己也变得聪明起来”的书。提高自信，在他看来，并不能启发他的心智，只不过是“自负的人写的自负的书”而已。但是罗曼·罗兰说过：“从来没有人读书，只有人在书中读自己，发现自己或检验自己。”如果不在书中检验自己，那即使是绝顶聪明的人写出来的作品，恐怕也不会使不聪明的人变得聪明起来的。

从《中国布衣》到《北大才女》

张曼菱在《中国布衣》第一页上写道：“布衣，即是有着独立人格和本色文化的人。”又说：“布衣文化是被疏离、间隔了半个世纪的另一种人生与文化。被权势所逐的人，却以文化重新征服与占有大地。这或许是权势者始料不及的。”

作者在书中所景仰的文化人物，就是西南联大的教授吴宓和陈寅恪。吴宓自认为是一个堂吉诃德式的悲剧人物；陈寅恪却是接近哈姆雷特式的沉郁深思的学者，他们两人都崇尚独立精神和自由思想。典型的事例是1953年中国科学院邀请陈寅恪担任中古史研究所所长，他在11月22日回信中提出条件，要求“允许研究所不宗奉马列主义，并不学习政治。”他是中国第一个通读马克思《资本论》原文的学者，居然提出这个要求，可见他的独立精神和自由思想（见《陈寅恪的最后20年》第102页）。至于吴宓，他在“文化大革命”中，宁可被打成现行反革命，也不肯批判孔子，可见他为了人格独立和保存文化，已能做到杀身成仁了。《中国布衣》第342页说：“西方更重视‘生’的权利与个人的发展。中国传统文化则是把自我的小生命看做是民族大生命的一环，舍小取大。”这就是舍生取义。司马迁为了写《史记》而忍辱偷生，屈原在他的政治理想破灭后投江而死，《中国布衣》中说：“吴宓是司马迁与屈原的统一。”

陈寅恪和吴宓都是联大文学院的教授。至于法学院，则有政治系主任张奚若。他在1946年蒋介石统治时代，就提出过“废除一党专政，取消个人独裁”。到了1957年5月1日，毛主席问他对工作有何意见，“他略思片刻，便将自己平时的感受归纳为16个字：‘好大喜功，急功近利，鄙视既往，迷信将来。’”（见《世纪清华》第204页）现在看来，这16个字指出了50年代工作失误的根源。要在短时间内建成社会主义，这不是好大喜功吗？相信亩产十万斤粮食，这不是急功近利吗？批判孔子，批判民族本色文化，这不是鄙视既往吗？要超越现实，建成共产主义社会，这不是迷信将来吗？张奚若的这16个字显示了他的独立人格和自由思想，结果却受到疏离。

张奚若是胡适的学生。胡适在1938年受聘为联大文学院院长，9月17日又被任命为驻美大使。他在当天的日记中写道：“21年的独立自由生活，今日起为国家牺牲了。”1941年他在家书中又说：“我只想早点回到大学教授的生活。”可见他对独立自由生活的眷恋。1942年胡适离任时在信中总结自己四年的工作时说，使美国人“认识我们这个国家是一个文明的国家，不但可以同患难，还可以同安乐，四年成绩如此而已”。从中可以看出，胡适认同中国的传统文化，把自己的生命看做民族生命的一环。也可以说，他把独立人格和自由思想看成了中国民族文化的精神。

《中国布衣》第173页上说，到了“文革”期间，“没有人敢对自己和别人负责，人们习惯了对历史不负责。人们变得那么轻佻，一拥而上，一哄而散，招之即来，挥之即去，一点不像是拥有春秋战国和唐宋元明清文明的民族的后代”。回想“汉习楼船，唐标铁柱，宋挥玉斧，元跨革囊，伟烈丰功”，而今安在？《中国布衣》第145页上说：“自从提倡与风行一种‘阶级论’的粗俗文化、劣质文化，几千年来积淀的‘品文化’便被打入阴山，并且要这些骨子里的文化人忘记和抛弃他们的品味，从衣食住行到风情雅趣，从生活方式到交往礼仪，‘文质彬彬’被公开批判，再不许分清浊分层次，再不许有细腻有感觉。今天出现的社会道德下滑的恶果，‘冰冻三尺，非一日之寒’矣。”

在这种社会道德下滑的情况里，“当太多美丽崇高的生命不堪深海般的劫难而摇尾伏地时，主人公（指张曼菱的父亲张进德）不畏于势，不惑于神，不弃高贵的尊严于寸阴，孤守怀疑，叛逆，自由而旷达的布衣精神”，却保持了独立自由的人格。他的独立人格主要表现在“君子不党”这句话上。《中国布衣》第17页至第18页上说，国民党“强迫人们入其党，这在整个中国历史上都是一种伤害”，又说“共产党也有人来劝说父亲，到山那边去，父亲亦不去。他说：‘班上那些去了的人，成绩都很差。’40年后，父亲与老同学相聚，其中两个厅局级就是当年动员父亲的人。父亲归来，依然说人家‘没有多少提高，就学会了说几句官话’”。

张进德的自由思想，主要表现在“不敢苟同”这句话上，《中国布衣》第61页至第62页上说：“香港回归之日逼近，父亲与我争论许久，良思后说：‘我同意你的意见，中国不统一，就没有领土回归之日。中国为了统一，所付出的代价太大了。’”又说：“党派这个东西一旦强化普及，对于文化与民主有着非常的干扰与败坏。”这样，他就把君子不党和思想自由统一起来了，所以说他体现了中华民族传统文化的精神。

据说1988年75位得过诺贝尔奖的科学家在巴黎聚会，发表了一个声明，说是21世纪的人类如果要过和平幸福的生活，就要回到二千五百年前中国的孔子那里去寻找智慧。而孔子的智慧也表现在君子不党和重义轻利上。在国家方面，孔子主张礼乐之治；在个人方面，孔子提出“仁义”二字。据联大文学院院长冯友兰的解释，“礼”模仿的是自然界外在的秩序，“乐”模仿的是自然界内在的和谐。“礼乐”是“仁义”的外化。礼乐之治就是天人合一，包括人与人、人与自然之间的和谐关系，人要顺应自然，要成为好人。而西方的文化不同，强调的是人与人、人与自然之间的矛盾对立，人要征服自然，也要征服人，因此需要培养强人。因此历史上征战不断。直到今天，西方的霸主美国仍然强调本国的利益，不顾全人类的道义，如制造核武器的问题，假如不把铀钚用于武器生产，而转化为强大的能源，用来抽水灌溉、人工降雨、固沙造林，那不用多少年，就可以化沙漠为绿洲。如果制造武器是一国的利益，那和平利用能源就是造福全人类的义举。因此 75 位科学家提出要寻找孔子的智慧，主要是重义轻利的思想，而重义轻利正是中国布衣“温不增华，寒不改叶”的好人精神。自古以来，中国就要培养好人，所以孔子门下有七十二贤人；而西方更歌颂强人，如《荷马史诗》中的英雄赫克托说的话：

冲锋陷阵我带头，论功行赏不落后。

赞扬的就是强人。而孔子删定的《诗经》中最美的诗句是：

昔我往矣，杨柳依依。今我来思，雨雪霏霏。
行道迟迟，载渴载饥。我心伤悲，莫知我哀！

写的却是战后回家的好人，赞扬的是反对战争、爱好和平的思想。由此可以看出中西文化的不同。

到了20世纪，孙中山继承发展了孔子“大道之行，天下为公”的思想，可以说是在继续实行“礼治”。到了蒋介石时期，变成了官僚资本主义的“吏治”，于是国家贫弱。毛泽东奋发图强，实行无产阶级专政，这是政治上的“力治”。邓小平提出社会主义的市场经济，使国家开始富强，这是经济上的“利治”。江泽民更提出了“三个代表”的思想，用先进文化取代了阶级文化，这是文化上的“理治”。从礼治到理治，贯穿着中华民族传统文化的精神，独立的人格和自由的思想。自然，西方更是反对封建独裁，反对压制思想自由的。如罗曼·罗兰在《约翰·克里斯朵夫》中写了一首小诗：

人类还没有力量
禁止思想自由，
不能把太阳
埋进地球，
打个洞，
没有
用。

不过西方更强调英雄主义和强人的自由思想，中国却更着重布衣精神和好人的思想自由。

因此，《中国布衣》中的好人精神与时俱进，到了《北大才女》之中，更和西方的强人精神结合了起来。如果好人不是强人，国家可能贫穷落后；如果强人不是好人，则世界可能以强凌弱，天下不得太平。只有好人与强人相结合，才能使全人类过上和平幸福的生活。这就是中华民族传统文化的精神能对全球文化做出的重要贡献。

2003年3月16日

清华大学三大传统

2011年是清华大学百年华诞，这100年是清华和国家同命运、共呼吸、经苦难、兴建设，发展到今天的100年。这100年我国从“一穷二白”的半殖民地半封建社会发展到拥有“两弹一星”的社会主义国家，从不能制造飞机军舰到爆炸第一颗原子弹，到人造卫星上天，直到制造世界速度最快的电子计算机，几乎每一件大事都有清华人的参与。即使在抗日战争的艰苦年代，兴建中国第一座水力发电站的也是清华1924级的黄育贤学长，后来又有参加建设长江三峡大坝的张光斗教授。而在国外，1923级的顾毓琇学长在美国宾州大学任教时，更对世界第一台电子计算机的建造做出了贡献。

科学不但与工程比翼齐飞，而且还和诗词一同遨游太空，因为顾毓琇在1976年国际诗人大会上当选为桂冠诗人，这又标志着清华文理兼通的传统，这个传统在后来的清华人身上也有所表现，如1942级的杨振宁不但是获得诺贝尔物理奖的科学家，而且对文学艺术也有相当高的水平。例如他在纽约大学退休时就引用李商隐和朱自清的诗句：“但得夕阳无限好，何须惆怅近黄昏？”在八十岁生日会上又反用莎士比亚《皆大欢喜》中的人生七个阶段，莎氏第七阶段一切皆空，他却一切都有，可见他的中西文学功底之深厚。

1945 级的朱光亚在任中国工程院院长时，为每位院士都购买了一本英汉对照《唐诗三百首》，为对外交流之用。他还喜欢打桥牌，计算非常精确，把科学精神运用到了文娱活动中。他们不仅是自强不息的科学家，而且体现了清华文理兼通的优秀传统。文理兼通非常重要，因为科学理论研究的是必然王国，而文学艺术创造的是自由王国，文理结合就由必然王国上升到自由王国了。

清华的校训是“自强不息，厚德载物”。关于“厚德载物”，有一个典型的故事。1937 年抗日战争全面爆发，清华、北大、南开三所大学迁到湖南长沙，组成长沙临时大学。当时校舍很少，学生借住在兵营废弃不用的旧房子里，三校校长同去视察校舍时，北大校长认为兵营不宜住大学生，南开校长则说环境艰苦，正好锻炼学生的品格，双方意见分歧。这时清华校长梅贻琦就提出一个兼容并包的方案说：大学不是有大楼，而是有大师的学校，如果既有大师，又有大楼，那自然好；如果没有大楼，只要有了大师，那在艰苦的环境里也是可以培养出人才的。结果就有了清华、北大、南开三校联合组成的国立西南联合大学。

“厚德载物”的一个表现就是团结互助。1929 级王淦昌学长参与了我国第一颗原子弹的制造，他在《我的摇篮》中谈到陶葆楷学长对他的帮助，叶企孙教授给他展示了伯努利原理，还有吴有训教授“手把手地教他做实验”，这充分体现了清华团结互助的精神。其他清华教授和科学家都是如此，如周培源教授指导于光远做有关相对论的论文，叶企孙教授指导王大珩安装高分辨率的光谱学设备，任之恭教授指导何泽慧制作稳压电源，吴有训教授指导钱三强制作一个玻璃真空系统，都是具体范例。

团结互助并不限于清华师生之间的互相切磋，还包括校外甚至国外的学术探讨。这就是清华传统的三大沟通：文理沟通、中西交流、贯通古今。而清华国学院的名师梁启超和王国维都是学贯古今中外的典范。

梁启超 1922 年在清华文学社讲《情圣杜甫》说杜甫写《石壕吏》时，“他已经化身做那位儿女死绝、衣食不给的老太婆，所以他说的话，完全和他们自己说的一样……这类诗的好处在真，事愈写得详细，真情愈发挥得透彻。我们熟读他，可以理会得真即是美的道理。”“真即是美”是英国 19 世纪诗人济慈的名言，梁启超把西方的文学理论应用到中国古代诗词上来，这就是古今中外都结合起来了。

王国维不但应用西方理论，而且有所发展。例如他在《人间词话》中提出来的“三种境界说”。第一种境界如晏殊《蝶恋花》中的：“昨夜西风凋碧树，独上高楼，望尽天涯路。”西风扫清了落叶，诗人登高望远，一览无遗，这就是达到了真境；第二种境界如柳永《蝶恋花》中的：“衣带渐宽终不悔，为伊消得人憔悴。”一个人做事如果能废寝忘食，专心致志，即使日渐消瘦，也无怨言，那就达到了善境；第三种境界如辛弃疾在《青玉案》中的：“众里寻他千百度，蓦然回首，那人却在灯火阑珊处。”这是一种“山重水复疑无路，柳暗花明又一村”的超群脱俗、特立独行的美境。

由此可见，梁启超认为真和美是在一个层次上的，而王国维却认为真善美的层次不同。如何分别层次的高低呢？《论语》中说：“知之者不如好之者，好之者不如乐之者。”真境可以使人知之，善境可以使人理智上好之，美境可以使人感情上乐之。所以王国维提出的真善美三种境界，层级愈来愈高。

继梁启超、王国维之后，对中西文化交流做出了重大贡献的有清华 1933 级的钱钟书学长。《钱钟书英文文集》总结了中国古代文化对西方的影响，书中妙语如珠，如他只用两个词就总结了中西文化的异同：Duet Duel。前者是“二重奏”，后者是二人“决斗”。如朱自清教授认为《诗经》用“赋比兴”的方法来歌颂古代的和平生活，古代西方的《荷马史诗》却用“赋比”的方法来歌颂暴力战争和英雄主义。《诗经》写的是“人法自然”，结果是天人合一的和谐，所以可以形象化地比喻为“二重奏”。《荷马史诗》中《伊利亚特》主要写特洛伊战争，写人与人的斗争，《奥德赛》却主要写海上漂流，写人与自然的斗争，所以两部史诗都可以比喻为“决斗”。钱钟书把文化比为“二重奏”，这是把抽象的文化比作具体的音乐曲调。1943级的汪曾祺却把晚唐的温李诗词比作“沉湎于无限晚景”，用山间晚霞“作脸上胭脂”，这也可以说是“二重奏”的发展。闻一多教授批评汪曾祺不问政治，汪曾祺却反批闻先生参加政治活动太多，闻先生说汪曾祺向他开了高射炮，汪曾祺却说是闻先生先向他俯冲轰炸的。把批评比喻为高射炮和俯冲轰炸机，这又可以说是“决斗”的发展了。这些例子说明清华人如何继承并发展的一大传统。

总之，清华人取得了辉煌的成绩，究其原因，还得归功于清华的教育。“自强不息”就是要不断克服困难，超越自己，超越前人；“厚德载物”更是要人尽其才，物尽其用。

（原文是《春风化雨：百名校友忆清华》序言，
后经修订收入《往事新编》，海天出版社2012年版）

清华外文系的传统

清华代有才人出，各领风骚三五年。

北京大学100周年校庆时，牛津大学校长代表各外国大学致贺词说：“一个传统是不容易树立的，也不是很快就能树立的。一百年来，北京大学培养了自己的传统。”（见1998年8月《英语世界》第5页）

我们不禁想起清华大学外文系来。清华的成立晚于北大，但清华外文系在全国、甚至在全世界的影响，决不在北大之下。1952年清华外文系并入北大西语系，清华树立的传统有没有在北大继承下来呢？只要一看系名，“外文”改成“西语”，一个重文学，一个重语言，顾名思义，就可以知道今昔不可同日而语了。

清华外文系的传统是什么？30年代，吴宓代系主任说过，外文系学生应该“（甲）成为博雅之士；（乙）了解西洋文明的精神；（丙）熟读西方文学的名著；（丁）创造今日的中国文学；（戊）交流东西方的思想”。

什么是“博雅之士”？“士”就是知识分子，在我们看来，“博”指知识的广度，“雅”指知识的高度。清华外文系学生应该

“博”到什么程度呢？就我们所知，以外语而论，至少应该掌握两门外语，一门（英语）既能理解，又能运用；另外一门只要理解。除外语外，还要有文史哲、社会科学、自然科学方面的知识。换句话说，就是必修大一国文、哲学概论、西洋通史、欧洲文学史等课，选修政治学、经济学、社会学概论中的两门，自然科学（物理、化学、生物）中的一门，至于各门知识掌握到什么高度，下面就分开来谈。

最能代表清华外文系学生知识水平高度的，应该是获得庚子赔款留学欧美的清华毕业生，几乎可以说是外文系的历届状元。就我们所知，1929 年的状元是杨业治，1935 年是钱钟书，1936 年是王岷源，1946 年是王佐良，还有 1935 年考取留德研究生的季羡林。其中最特殊的是钱钟书。早在 1933 年，他就在《国风》半月刊第 3 卷第 8 期上说：“同一书也，史家则考其述作之真赝，哲人则辩其议论之是非，谈艺者则定其文章之美恶。”又说：“文章要旨，不在其题材为抒作者之情，而在效用能感读者之情。”“唯其能无病呻吟，呻吟而能使读者信以为有病，方为文艺之佳作耳。”由此可见清华外文系“博雅之士”可以达到什么水平。

外文系毕业生为什么可以成为“博雅之士”呢？这除了他们本人的因素以外，自然也是和清华的教育分不开的。清华外文系有哪些教师呢？还以钱钟书的老师为例吧。教他大一英文的是叶公超，教材是奥斯汀的名著《傲慢与偏见》。叶公超是在中国介绍艾略特的第一人，他曾说过：“一个人写诗，一定要表现文化的素质……个人的才气绝不能与整个文化相比，艾略特的诗超出了个人的经验与感觉，而可以代表文化。”（见《文学翻译谈》台北版第 115 页）由此可见，叶公超本人也是一个“博雅之士”。

教大二英文的是温源宁，温用英文写了一本《一知半解》，钱钟书译为《不够知己》，林语堂非常欣赏，和温约钱为《天下》写英文稿。《一知半解》译者序中说，该书具有这样一些性质：“由深沉的智慧观照一切事物而来的哲理味；由挚爱人生而来的入情入理；严正的意思而常以幽默的笔调出之；语求雅驯，避流俗，有古典味；意不贫乏而言简，有言外意，味外味。”这样看来，温源宁，还有当时也在清华外文系任教的林语堂都是博雅之士。

教钱钟书《浪漫诗人》的是吴宓，他是中西比较文学的先行者，中国比较文学会第一任会长杨周翰就是他的学生。教西洋戏剧的是王文显，早在1927年，他就在美国耶鲁大学戏剧学院演出了自己写的英文剧《委曲求全》和《梦里京华》。他的学生中有许多中国著名剧作家，如洪深、陈铨、李健吾、曹禺、张骏祥、杨绛等。教《西洋小说》的美国人理查兹，他曾在美国哈佛大学任教授，是美国文艺理论的权威，例如他曾说过，国际上的语言交流可能是有史以来最复杂的大事。清华南迁期间，教莎士比亚的是英国诗人燕卜荪，没有教案，他能背诵莎士比亚的四大悲剧，真是一个少有的天才。

培养“博雅之士”，只靠外文系并不够，还要有文史哲各方面的配合；而清华文史哲大师也非常多，如历史系“以诗治史”的陈寅恪，哲学系以“三史释今古，六书纪贞元”的冯友兰。陈寅恪被称为历史界“一代宗师”，冯友兰则做出了“中国哲学史上具有里程碑性质的贡献”（《中国图书商报》1998年8月28日）。至于中文系的名师，则有散文家朱自清，诗人闻一多，词人浦江清，小说家沈从文等（包括联大在内，下同）。校外作家如徐志摩、茅盾、老舍、巴金等来校讲话，还不计算在内。

清华外文系在校内外的名师配合之下，培养了不少“博雅之士”，他们“了解西洋文明的精神”“熟读西方文学的名著”成了新中国外语教师的主力军，如北京大学李赋宁，北京外国语大学许国璋、周珏良，南京大学陈嘉，上海复旦大学索天章，广州中山大学谢文通，武汉大学方重，西北大学吴景荣等，都是清华校友。

清华外文系还有一个特点，那就是培养了不少作家，“创造了今日的中国文学”。除了前面提到的曹禺等六位剧作家之外，当代的剧作家还有英若诚（曾译莎士比亚）。小说家则有钱钟书，据《文汇读书周报》说，90 年代读者投票选举作家，结果钱钟书得票最多，其次是巴金，但得票比钱少一半。散文家有宗璞，《宗璞散文选集》序言中说：“她把文字建立在心灵对自然的细微观照上，所以能体贴入微，情致委婉。”女词人则有茅于美，冯至在《读后》中以茅于美词来比（李清照）漱玉词（见《茅于美词集》）。诗人更多，《九叶集》中就有四人：辛笛、杜运燮、袁可嘉、穆旦，而以穆旦成就最大。

清华外文系还有一个特点，那就是“交流东西方的思想”使中国文学成为世界文学的一部分。

总而言之，清华外文系的传统可以简化为五点：1. 培养博雅之士；2. 了解西洋文明；3. 熟读西方名著；4. 创造今日文学；5. 交流中外思想，为世界文化做出贡献。这些传统是不是应该继承发展呢？

何兆武学长在《也谈“清华学派”》一文中说，清华学人“都具有会通古今，会通中西和会通文理的倾向”。所谓会通，就是“融会和贯通，即你中有我，我中有你，正反双方不断朝着更高一层的综合前进”。他还举例说明：“吴宓先生教授西洋文学，陈岱孙先生教授西方经济学，金岳霖先生、贺麟先生教授西方哲学，但他们的中学素养都是极为深厚的。朱自清先生、闻一多先生教授中国文学，但都深入研究过西方文学。……冯友兰先生教授中国哲学史，但他所承袭和运用的理论建构却是西方的新实在主义，……陈寅恪先生论中国文化史，征引了圣奥古斯坦、巴思卡尔和卢梭作为对比。凡此都是对中西文化没有深入了解的人所做不到的。”

吴宓先生在清华开设了《文学与人生》一课，课中比较了中国的历史人物刘邦、项羽、虞姬和西方的历史人物恺撒、安东尼和埃及女王，也比较了中国的小说《红楼梦》和英国的小说《名利场》，他说：“小说家试图显示体现在不同人物身上的不同性质和不同生活环境的各种爱。”他还开了中西诗比较课，由此可见他是融会贯通了古今中外文化的。至于融会文理的大师则有清华工学院长而又是世界桂冠诗人的顾毓琇，做过教育部副部长的化学家曾昭抡，编过中文字典的物理学家王竹溪等。但是1952年院校合并，清华文学院并入北大，于是融会古今、融会中西、融会文理的清华传统就中断了。

直到90年代，清华要创建世界一流大学，需要恢复人文学院，而老一代的清华学人如吴宓先生等都已作古，只好邀请还健在的校友回校讲课，以便继承中断了近半个世纪的会通古今中外的文化传统。就是在这种情况下，我于1999年回到清华，为中外文化班讲《中国古代诗歌的翻译与赏析》。

在世界诗歌史上，中西方是并立的。早在两三千年以前，西方最早的诗歌有希腊的《荷马史诗》，东方有中国的《诗经》。西方重刚，歌颂力量；中国重柔，歌颂和平。如荷马史诗《伊利亚特》把战争的丑恶残暴描写得有声有色，使人得到惊心动魄的美感，使美和丑可怕地结合在一起了。例如蒲伯英译的《伊利亚特》第十六本第486—499行描写希腊英雄帕托克鲁斯是如何杀死敌人特斯托尔的：

紧接着特斯托尔看见了首领，
他就成了胆战心惊的牺牲品：
畏畏缩缩，眼睛无神，丧魂失魄，
既不敢战斗，又没有力气逃脱；
帕托克鲁斯发现他不敢打仗，
人和战车都在发抖，没个人样，
缰绳离了手，就对准他的下巴，
用钩镰枪把他从战车上拉下。
正如钓鱼高手坐在俯瞰海面
的悬崖边，用他的钓竿和长线
把气喘吁吁的大鱼拉到岸上，
他同样巧妙地用它的钩镰枪
把这奄奄一息的胆小鬼挑起。
长枪一摇，他就落地，魂已归西。

这十四行诗说明了荷马史诗描写多么精确，栩栩如生，使人如临其境，如见其人，把可怕的暴力写得很有吸引力，对英雄的歌颂产生了可怕的后果。

相反的是，中国的《诗经》描写战争却非常简单，非常精炼。例如《大雅》中的《大明》最后一段记述武王伐纣的八行诗：

牧野洋洋，（广阔牧野作战场，）
檀车煌煌，（檀木兵车亮堂堂，）
驷原彭彭。（四马威武又雄壮。）
维师尚父，（三军统帅姜尚父，）
时维鹰扬。（好像雄鹰在飞扬。）

凉彼武王，（协助武王带军队，）
肆伐大商，（指挥三军击殷商，）
会朝清明！（一朝开创新气象。）

这段诗描写的三军统帅姜尚父，就是八十岁挂帅的姜太公，只用了一句话：好像雄鹰展开了翅膀在飞扬；描写战车，只说是亮堂堂，描写战马，只说是威武雄壮，多么精练。比较一下荷马史诗把英雄比作钓鱼人，把他的钩镰枪比作钓竿和钓线，把胆战心惊的战败者比作奄奄一息的大鱼，说他的战车也在发抖，他的马缰绳也松垮垮地脱了手，写得多么精确生动。由此也可看出，东方和西方的诗人对战争和对暴力的态度是多么不同。

战争和爱情是诗歌中的两大主题。墨西哥诗人帕斯说，如果爱情是一棵花木，那么“性”就是花木的根，“性爱”即由根长出来的茎，而“情爱”则为生在茎头上的花。现代人的爱情危机在于采取了感情上节省，性欲上放纵的态度。杂乱的性关系最终导致灵魂的普遍失落（见《中国图书商报》2001年6月21日第11版）。例如英国诗人艾略特（钱钟书巧妙地译成“爱利恶德”，具有象征意义）在名诗《荒原》中描写一个打字员和一个经纪商人的爱情：

晚餐吃完了，她疲倦无聊。
他动手动脚，来向她调情。
她没有骂他，也没有心动。
他脸红心定，就马上进攻，
他探险的手 没碰到防守，
他的虚荣心 不需要反应，
把冷漠无情 当作是欢迎。

这是典型的没有感情的性爱，所以钱钟书巧妙地讽刺诗人爱利恶德。而在中国的古诗中，根本没有性爱的描写。如《诗经》的《击鼓》中有四行抒情的名句：

死生契阔，（死生永远不分离，）
与子成说。（对你誓言记心里。）
执子之手，（我要紧紧握你手，）
与子偕老。（和你到老在一起。）

因此，我认为如要会通中西文化，就该取长补短，以情补性，以柔济刚，以德代利，这样才能建立21世纪的新文化。

何谓世界一流大学？

杨振宁在香港《今日东方》创刊号上说："我那时（1938—1944）在西南联大本科生所学到的东西及后来两年硕士生所学到的东西，比起同时代美国最好的大学，可以说是有过之而无不及。"当时美国最好的大学自然是世界第一流的大学，西南联大居然比起来毫无逊色，那也可以算是世界一流的了。联大是抗日战争时期由北大、清华和南开在昆明联合组成的大学。当时生活艰苦，四十个大学生住一间茅屋，吃的是粗米掺砂子的"八宝饭"，穿的是"空前绝后"的袜子和"脚踏实地"的鞋子。这样的物质条件却办出了世界一流的大学，无怪乎林语堂要说，联大物质上不得了，精神上了不得！

当时联大常委，清华大学校长梅贻琦有一句名言："大学者，非谓有大楼之谓也，有大师之谓也。"后来季羡林说："根据中外各著名大学的经验，一所大学或其中某一个系，倘若有一位在全国或全世界都有名的大学者，则这一所大学或者这一个系就成为全国或全世界的重点和'圣地'。……这是一个众所周知的事实，是无法否认掉的。"这样看来，一流大学最重要的是有大师。

那么，西南联大有些什么大师呢？就以杨振宁所在的理学院来说，院长吴有训1923年在美国同康普顿合作研究X射线的散射，证实了康普顿效应的解释，使康普顿在1927年得到了诺贝尔物理奖。杨振宁的物理老师赵忠尧在1930年第一次发现了正负电子对湮没现象，对反物质的研究做出了开创性的贡献。数学老师陈省身是"当代微分几何学的大师"，提出了"陈省身－韦尔定理"。学士论文导师是吴大猷，杨振宁从吴先生那里"学到的物理已能达到当时世界水平"，比如说，他那时念的场论比后来他"在芝加哥大学念的场论要高深，而当时美国最好的物理系就在芝加哥大学"。杨振宁又说，吴先生是"量子力学研究在中国的带头人。……量子力学是20世纪物理学最重要的革命性的新发展。……没有量子力学，就没有今天的半导体元件，也就没有今日的计算机"。这样看来，吴、赵、陈等人自然是世界一流的大师。

联大理学院的大师如云，工学院又如何呢？院长顾毓琇在1925年就发明了"四次方程通解法"，1928年分析电机瞬变现象，研究成果被国际电机理论界称为"顾氏变数"；他开创了现代自动控制理论体系，被公认为是该领域的国际先驱，1972年获"兰姆金奖"（等于国际电子电工领域内的诺贝尔奖）。更难得的是，他出版了几十部小说、戏剧、诗词，1976年世界诗人大会授予他"桂冠诗人"称号，可以说他是20世纪全世界唯一的文理大师。

至于文学院，大师就更多了。院长先是中国新文化运动的主将胡适，后是中国哲学史家冯友兰。教授则有文史大师陈寅恪，散文大师朱自清，郭沫若认为是"前无古人，后无来者"的诗学大师闻一多，小说大师沈从文，中国比较文学的开创人吴宓，胡适认为英文比英美大政治家还好的叶公超，学贯中西、20世纪无人可比的钱钟书等等。有了这么多世界级的大师，无怪乎联大成了世界一流大学了。

联大校歌中有四个短句:“千秋耻，终当雪；中兴业，须人杰。”这四句不但总结了联大八九年的历史，也概括了20世纪中国知识分子的使命。前两句指上半世纪抗日战争的胜利和后来的香港回归，后两句指下半世纪振兴中华的经济和文化建设。联大为“中兴业”培养了多少“人杰”呢?

振兴中华的重要标志是“两弹一星”。没有原子弹、氢弹和卫星，就没有中国今天在世界上的地位。而“两弹一星”的二十几位功臣中，有三分之二是联大人（包括清华北大在内），如两弹元勋邓稼先，核武器专家朱光亚，远程导弹总设计师屠守谔，返回式地球卫星总设计师王希季等。在国际上，振兴中华的标志之一是得到国际学术奖，而中国第一次获得诺贝尔物理奖的杨振宁和李政道都是联大人。1983年数学系的王浩得了“数学定理机械证明里程碑奖”，据说这在数学界就等于诺贝尔奖了。

至于文学院，中文系汪曾祺创作的小说曾经多次得奖，已经进入中国当代作家之列。在我看来，他的《受戒》《大淖记事》等比起川端康成的小说来毫不逊色，而川端康成是日本得到诺贝尔文学奖的作家。历史系的何兆武在史论方面有超越前人的高见，如他指出陈寅恪不是“论从史出”，而是“史从论出”；又说雷海宗单纯着眼于普遍规律，并不足以充分说明人文现象之所以然。他可以说是青出于蓝了。在台湾，哲学系的殷福生（后改名殷海光）原来是极右派，去台后却成了自由主义的旗帜，是港台及海外学子最有号召力的思想导师，后被软禁致死。外文系的吴讷孙（后为美国华盛顿大学教授）用“鹿桥”的笔名创作了以联大为背景的长篇小说《未央歌》，在台湾出版，到1973年已经印刷了44次。顾毓琇赠他的诗说:

未央歌往事，著作益清芬。

从中可以看出他的成就。在国际上，英国企鹅出版社出版了联大人英译的《中国古诗词三百首》，顾毓琇说是“有史以来第一”；法译本则有诺贝尔文学奖评委说是“伟大的中国传统文化的样品”；《楚辞》的英译本，有美国学者说可算英美文学高峰；《西厢记》的英译本，则有英国出版社说可和莎士比亚比美（详见《中国图书商报》1999 年 8 月 31 日《书评周刊》）。由此可见联大文学院学生成就的一斑。

为什么西南联大有这么多世界一流的大师，能出这么多世界一流的人才呢？这和联大自由民主的校风是分不开的。

学术自由，首先体现在尊重知识，尊重人才上。联大领导能识人才，敢于破格任用。例如文学院的钱钟书，理学院的陈省身，华罗庚等，都是二十几岁就提升为教授的。如果在“官本位”的制度下，教授等于处级干部，书记等于局级干部，“文革”中的“打砸抢派”摇身一变成了书记，就自封博士生导师，要和院士争分房子（详见上海《文汇读书周报》2000 年 6 月 10 日《走近北大》），这种武大郎开店式的干部，怎么谈得上尊重知识、尊重人才呢？

其次，学术自由体现在兼容并包上，要能允许百花齐放，百家争鸣。联大既有出版过《新世训》的冯友兰，又有批评过国民党的张奚若。如果有人一旦当了学位评议组组长，自认为大权在握，就压制不同意见，排挤学术成就超过自己的学者，这样滥用职权（详见中国文学出版社《北大往事》第 127 页），怎么谈得上学术民主？怎么可能办出世界一流的大学来呢？

邓小平同志说过，不管白猫黑猫，能抓老鼠就是好猫。我看，联大出的人才都是能抓老鼠的好猫。小平同志又说，他愿做知识分子的后勤部长。我看，联大领导就是好的后勤部长。说来令人难以相信，联大的师生比例是一比十，教职员（就是今天的教师和干部）的比例是十比一；这就是说，十个学生才有一个教师，一百个学生才有一个干部。人员如此之精，效率如此之高，无怪乎茅屋里能飞出凤凰了。

最近，江泽民同志（他也是顾毓琇老师的学生）提出了“三个代表”的理论，这是新形势下的新学说，也是创立世界一流大学的指导思想。如果一个大学的理工学院能对发展先进的生产力做出贡献，文法学院能对发展先进的文化做出贡献，又能以西南联大为借鉴，尊重大师，培养人才，精减人员，发扬自由民主的学风，我看争取办出世界一流的大学不是不可能的。

（2000 年 6 月 20 日）

哈佛大学留学生

Enter to grow in wisdom, and depart to serve better thy country and thy kind.

——Motto of Harvard University

（入校为了增长智慧，离校为了服务于祖国和同胞。

——哈佛大学箴言）

胡适提出文学革命，1916 年 3 月间写信给在哈佛大学研究西洋文学的梅光迪（1890—1945），得到他的回信说："文学革命自当从民间文学入手，此无待言。" 7 月 2 日他们又谈了半天，胡适在日记中写道："吾以为文学在今日不当为少数文人之私产，而当以能普及最大多数之国人为一大能事。吾又以为文学不当与人事全无关系；凡世界有永久价值之文学，皆尝有大影响于世道人心者也。觐庄（梅光迪字）大攻此说，以为功利主义，又以为偷得托尔斯泰之绪余；以为此等 19 世纪之旧说，久为今人所弃置。" 胡适认为梅光迪生了气，就写了一首一千多字的白话诗和他开玩笑，现在摘抄如下：

“人闲天又凉”，老梅上战场。
拍桌骂胡适，说话太荒唐！……
文字哪有死活！白话俗不可当！……
老梅牢骚发了，老胡呵呵大笑……
文字没有今古，却有死活可道……
古人叫做“至”，今人叫做“到”……
古名虽未必不佳，今名又何尝不妙？……
正要求今日的文学大家，
把那些活泼泼的白话，
拿来作文演说，作曲作歌：……
出几个白话的嚣俄（今译雨果），
和几个白话的东坡，
那不是“活文学”是什么？

任叔永在回信中说：“如凡白话皆可为诗，则吾国之京调高腔，何一非诗？”胡适答道：“今之高腔京调皆不文不学之戏子为之，宜其不能佳矣，此则高腔京调之不幸也。……足下亦知今日受人崇拜之莎士比亚，即当时唱京调高腔者乎？”胡适说得很对，今天的京剧因为不是文人学者所写，所以问题不少。如《空城计》中诸葛亮的唱词：

我本是卧龙岗散淡的人。
评阴阳如反掌保定乾坤……
东西战南北讨博古通今。

第二、三行文理不通，“保定乾坤”虽然和“阴阳”有关，但应该是“东西战，南北讨”的结果，应该和“博古通今”对调才对。后来有的作家开始为京剧歌曲写台词，如老舍、汪曾祺等，京调高腔也在走上文学的道路了。

梅光迪在哈佛大学师从新人文主义运动领袖白璧德教授（1865—1933），并且介绍吴宓来见他。《吴宓日记》1918 年 9 月 24 日记下了他见各位教授选课的概况：他选修了白璧德教授（Prof. Babbitt）的《卢梭及其影响》，珀理教授（Perry）的《抒情诗》，梅纳杰博士（Dr. Maynadier）的《英国小说（从理查逊到司各特）》，罗斯教授（Lowes）的《英国浪漫诗人研究》，郝金博士（Dr. Hawkins）的《法国散文与诗歌》等课。他和胡适不同，主要是读比较文学。

关于吴宓在哈佛大学上课的情况，《吴宓自编年谱》中有记载。白璧德教授 1918 年上学期讲《卢梭及其影响》，下学期讲《近世文学批评》，两门课上完后要交一篇论文，吴宓的论文题是《卢梭对雪莱的影响》，说雪莱的生活和思想受卢梭的影响很大，得到白教授的好评。1919 年上学期白教授开《19 世纪浪漫主义运动》，下学期开《法国文学批评》，吴宓写的论文题是《卢梭与罗伯士比尔》，成绩列入 A 等。此外，吴宓还读完了白教授的全部著作，觉得这两年学问大有进益。他用西方的观点来重新发现中国传统文化的价值，并且把中西的古典文化结合起来，反对现代实用主义的文化（如胡适）。后来，他对白教授的观点有所突破，主张把古典和现代加以沟通，也就是把西方现代的科学思想方法来重新解释中国古典文化。结果，他成了中国比较文学的奠基人。

吴宓选修《英国小说》时，讲师梅博士拿出一张书单来，上面写了七十部英美的小说，问吴宓读过几部？并说美国学生一年要读七十部小说也很难，所以必须已经读过二分之一，至少三分之一，才准选课。吴宓只读过六七部，即使加上林纾的译本也不过十部，但他却说在留美预备学校读了四十本，这样才得到梅博士的批准。后来他上课并不觉得困难，因为有些英国小说不必全读，只要翻阅，或者在《英国小说史》中查到故事大概，记住两三个主要人物的名字，就可以应付两次学期考试了。至于读书报告，吴宓写了一篇《菲尔丁的小说理论在〈汤姆·琼斯〉中的运用》，得到了 A 等，后来，他就开始进行《红楼梦》和菲尔丁的比较研究了。

罗斯教授的《英国浪漫诗人研究》是一门研究课程，只有五个学生，每人研究一个诗人，要到图书馆里阅读诗文全集、传记评论、各家注释，然后写出论文报告。教授只讲背景材料，诗句根源，不讲如何欣赏，吴宓觉得枯燥无味。他写的两篇报告是《雪莱关于诗之艺术之见解》和《雪莱诗中灵感之来源》，都只得到 B 等。

珀理教授著有《小说研究》和《诗之研究》两书，曾任文学杂志《大西洋月刊》的总编辑，极负盛名。他 1918 年上半学期开《抒情诗》，下半学期开《丁尼孙》（*Tennyson*），1919 年他开《18、19 世纪之各体小说》，讲课最受欢迎，因为他深通人情世故，对人和蔼可亲，讲课简单明了，学生容易接受。吴宓写过两篇评论丁尼孙诗的报告，成绩都是 B 等；写了一篇《菲尔丁之文学理论》，珀理教授的批语是“详尽，及用心作成”，给了 A 等；还有一篇《评乔治·艾略特之小说》，也得了 A 等；但是他的《评托尔斯泰之小说〈安娜·卡列尼娜〉（*Anna Karenina*）》，因为他不同情安娜，反而为她的丈夫抱屈，成绩只得 B+，批语说：“立论聪明而有力量，但评判殊嫌过刻，后宜切戒。”

吴宓还听了诗人葛兰坚教授的《法国文学史》，并在《年谱》中说：“哈佛大学之教授中，白璧德师以外，宓所尊敬钦佩者，实惟葛兰坚先生也。”又说：“初上课即印发《全学年工作大纲》，每两周（每周上课三小时）为一段。《大纲》详列每一段中应读课本某页至某页，及文学名著某篇与某篇。每段之末，举行小考一次。最后，即以历次小考之平均分数为两学期、全学年之成绩。”读了《年谱》我才知道，吴宓先生教我们《欧洲文学史》就是沿用了葛兰坚先生的教学法。此外，吴宓在美国选修《法文》，用的课本是 Frazer & Squair 合编的《法文文法》，后来我在联大学法文时，用的也是同一课本，可见清华联大基本上沿用了美国大学的教材和教法。

1920 年吴宓升入哈佛大学研究生院，主要上历史课，如马克万教授的《欧洲政治学说史》。吴宓写的论文是《孔子孟子之政治思想与柏拉图及亚理斯多德比较论》。马教授给了 A 等，批语说："予甚望有一日汝能完成汝在此篇所提出之研究。”因为吴宓对中国古典文学造诣很深，再用西方的观点和方法来阐明中国的传统文化，进行比较，结果就青出于蓝而胜于蓝了。吴宓还上了贝克教授的《莎士比亚时代之英国戏剧》。贝克说，必须置莎士比亚于其现实之社会环境中，并与同时代之许多戏剧作家详细比较，方能了解莎士比亚编剧工作之发展与进步，及其惊人之天才之何以高出余子之上。贝克写了一本《戏剧家莎士比亚的发展》，我在清华研究院接受吴宓先生建议写的论文《莎士比亚和德莱顿的戏剧艺术研究》，就受到这本书的启发。

吴宓在哈佛大学的老师多是一时之选，同学也多是中国的精英，如梅光迪在哈佛研究文学批评，已经得到硕士学位。《吴宓自编年谱》中说他“造诣极深”，说他原来是胡适的同学好友，等到胡适创立“新文学”时，“梅君即公开步步反对，驳斥胡适无遗。”又说吴梅二人“屡次作竟日谈。（宓首惊其藏书之丰富。）梅君慷慨流涕，极言我中国文化之可宝贵，历代圣贤儒者思想之高深，中国旧礼俗旧制度之优点，今彼胡适等所言所行之可痛恨。……宓十分感动，即表示：宓当勉力追随，愿效驰驱，如诸葛亮之对刘先主‘鞠躬尽瘁，死而后已’云云。此后一年中，宓多与梅君倾谈，敬佩至深。”可见两个人的交情。

1919 年暑假梅光迪回国，先任天津南开大学英文系教授兼主任，后为南京东南大学英语系教授。1921 年 5 月来信聘吴宓为东南大学英语兼英国文学教授，月薪 160 元；并与中华书局约好，编辑出版《学衡》月刊，请吴宓担任总编辑。《年谱》中说：“现任英语系主任张士一（1917 年与宓同船来美，留学一两年后回国）嫉妒我辈，不欲迪汲引同志来，故诡称‘英语系之预算，现只余每月 160 元，恐此区区之数，吴君（指宓）必不肯来。’迪答：‘姑且一试。’”不料吴宓居然放弃了北京师范大学 300 元的月薪，而来南京，可见吴梅二人友情之深。吴宓到南京时，“梅光迪君仍留沪游乐，彼在沪已将本学期为宓所排定之教学课程告宓知，并以课本及参考书授宓。”这就有点令吴宓失望了。

1922 年吴宓在东南大学除了尽心授课以外，还集中全力编撰了《学衡》杂志。第三期发表了胡先骕翻译的《白璧德中西人文教育谈》，还有胡的表兄弟汪国垣（我在南昌第二中学的国文老师汪国镇的哥哥）等江西诗派的诗稿。梅光迪每期都登一篇文章，但自第十三期起就不再投稿了，并说“《学衡》杂志竟成为吴宓个人之事业，内容愈来愈坏，我与此杂志早无关系矣！”于是《吴宓自编年谱》中说：“梅光迪君好为高论，而无工作能力。彼置父母妻子于原籍不顾，而尽花费其薪入于衣服（极华丽），酒食（平日美餐，偕客豪宴），游乐（打麻将牌、冶游、狎妓），盖一极端个人主义与享乐主义者耳。”这样，两个哈佛时代的好朋友就分道扬镳了。

1923 年秋，梅光迪写信给白璧德先生，请白教授推荐他为哈佛大学汉文教员。那时他和女学生李今英搞婚外恋，闹得满校风雨。

《吴宓自编年谱》中说："1924年夏梅君赴美国之前，已与李今英约定：'待我三年不来而后嫁'。答以'请待子'。于是李今英在广东某校，做英文教员三年。梅君1927年暑假回国，与李今英结婚，相偕双双赴美国去。1939年再回国，梅君任国立浙江大学文学院长兼外文系主任，李今英为外文系讲师。1944年九月，宓游经遵义，住半月。宿郭斌和君（国文系主任兼训导长）家，而每日在梅君家用午晚餐。不意1945年秋，梅君竟病殁于贵阳医院中焉！"对比一下吴、梅、胡三人，胡适提倡新道德却维持旧式婚姻，吴、梅赞成旧道德却一个离婚，一个搞婚外恋。上一代人理论和实践的矛盾到我这一代才得到解决，再到下一代旧道德就崩溃了。

《年谱》第169页上说："宓所见之大多数美国学生皆愚而惰。"第175页上又说："波士顿城中有中国留学生百余人，皆相识，居此无异在中国。哈佛大学等规模宏大，学生众多，在其中无异游览百货商店。其课堂中，学生数百人挤坐，上课无异听广播演说，师生之间毫无接触……至如白璧德先生之在哈佛（而不在他校）讲学实偶然之事。其立说宏大精微，本为全世界，而不为一时一地。吾侪最重要之工作，乃在多读细读先生所著之书，至于每日走上课堂，亲聆先生讲授，为学得先生之精神与人格，一学期亦已足矣。故宓在哈佛大学三载，未免失之过久。"这话说明了师生关系主要是"师傅带进门，修行在个人"。读书主要是靠自学。

自学如得良师益友，进步自然更快。吴宓在哈佛的同学中，俞大维和汤用彤就曾为他讲授《欧洲哲学大纲》，讲得简明扼要，使他受益匪浅。《年谱》第187页上说："俞大维君毕业于圣约翰大学，短小精干，治学极聪明，其来美国为专习哲学。然到哈佛研究生院不两月，已尽通当时哲学最新颖而为时趋之部门曰数理逻辑学。Lewis教授亟称许之。然于哲学其他部门亦精熟，考试成绩均优。

故不久即得哈佛大学博士。”可惜俞大维后来成了国民党政府的国防部长。

《吴宓自编年谱》中说：“俞大维君又多称道其姑表兄义宁陈寅恪君之博学与通识。”陈寅恪 1890 年生于江西义宁（今改为修水县），十一岁时留学日本，二十岁前和梅光迪在上海复旦同学，曾写过诗赠梅光迪，前后两联如下：

乱眼繁枝照梦痕，寻芳西出忆都门。
绝代吴姝愁更好，天涯心赏几人存？

可以看出他们的交游生活。陈寅恪曾两度游学欧洲，先在巴黎，后在柏林。中间 1915 年在北京时担任过蔡锷的秘书。1919 年他从欧洲来到美国，读了吴宓的《红楼梦新谈》后，写了一首诗赠吴宓：

等是阎浮梦里身，梦中谈梦倍酸辛。
青天碧海能留命，赤县黄车更有人。
世外文章归自媚，灯前啼笑已成尘。
春宵絮语知何意，付与劳生一怆神。

吴宓对他“深为佩仰”，因为“寅恪不但学问渊博，且深悉中西政治社会之内幕，例如，于巴黎妓女及秘密卖淫之生活实况，又欧美男女迟婚不得嫁之痛苦及流弊，述说至为详切。其历年在中国文学、史学及诗之一道，所启迪指教宓者，更多不胜记也。”又说：“陈寅恪君之豪华，第一表现于购书。……主张大购、多购、全购。……第二表现于宴会。陈君到（美国）后，既受许多友好之请宴，乃于五月底六月初，一次汇总还席。于是发出请柬，合宴我等于东方楼，酒宴丰盛，所费不赀。”由于陈先生深悉中西社会的内幕，了解青楼女子的生活，所以他后来在《柳如是传》中把这位江南名妓写成一个精通文史词曲、才华名节俱高、具有独立精神和自由思想的奇女子，使降清的名流无地自容。任继愈在《陈寅恪先生史学述略稿》序中说：“陈寅恪之史论，近代中国之政论也。”所以他赞扬柳如是，就是赞扬中国知识分子的独立精神和自由思想。

据《文汇读书周报》721 号说，1940 年 3 月蒋介石宴请中央研究院院士，陈寅恪不买账，写诗说：“看花愁尽最高楼。”蒋介石要选朱家骅做院士，陈寅恪说：“选院士不是给蒋先生选秘书！”可见他的独立精神。《陈寅恪的最后 20 年》第 102 页上说，陈寅恪要求郭沫若“允许研究所不宗奉马列主义，并不学习政治”，可见他的自由思想。《吴宓与陈寅恪》第 167 页上说：“陈对女性的看法不仅突破了中国传统的纲常名教，而且也超越了西方古典文化的圈子。”但是我在清华研究院的级友何兆武在他的《学术文化随笔》第 291 页上说，从陈先生“所引征的材料往往得不出他那些重要的理论观点来。……即是说历史研究事实上并非是‘论从史出’，而是‘史从论出’。”他对陈先生的看法可以说是“长江后浪推前浪”了。

《吴宓与陈寅恪》第 156 页上对比吴陈二人说：“以坦率真诚，渴望行动而言，吴宓自认为自己是一位堂吉诃德式的悲剧人物；而以深思忧虑而论，陈寅恪又是接近哈姆雷特的。”两个哈佛大学时代的好友相反相成，所以吴宓觉得受益匪浅。他们二人在 1919 年 12 月 14 日有一次长谈，《吴宓日记》中记下了这次谈话的主要内容：“中国之哲学美术远不如希腊，不特科学为逊泰西也。但中国古人素擅长政治及实践伦理学，与罗马人最相似。其言道德惟重实用，不究虚理，其长处短处均在此。长处，即修齐治平（修身、齐家、治国、平天下）之旨。短处，即实事之利害得失，观察过明，而乏精深远大之思。”吴宓在按语中说：“宓意以诗论诗，中国诗并不弱，然不脱实用之轨辙也。”由此可见，他们哲学观点相同，但是艺术观点却有异。《何兆武学术文化随笔》第438页上说，吴先生“画了一张七级浮屠式的图，把对权力的追逐放在最下层，以上各层依次是对物质的追求，对荣誉的追求，对真理的追求，对艺术创造的追求”。他们两人都认为中国学术重视实用，这是他们的共同点；但陈先生追求真理，吴先生追求艺术创造，这是他们同中之异。

《吴宓日记》1919年12月29日谈到哈佛大学的中国留学生时说：“留美同人，大都志趣卑近（没有远大志向、趣味低级），但求功名与温饱，而其治学，亦漫无宗旨……乃高明出群之士，如陈君寅恪之梵文，汤君锡予（汤用彤字）之佛学，张君鑫海之西洋文学，俞君大维之名学（逻辑学），洪君深之戏，则皆各有所专注。”可见陈汤张俞洪等人在吴宓看来是出类拔萃的留学生。

关于汤用彤，他在哈佛大学曾和吴宓同住一室，1919年10月7日曾同吴宓、洪深去波士顿醉香楼共进午餐，同去戏院看莎士比亚的名剧《哈姆雷特》。12月19日的《吴宓日记》中说：“锡予言：‘宓在清华时，颇有造成学者之志趣，之气度。及民国五六年间（1916—1917），在校任职一年，而全失其故我。由是关心俗务，甚欲娴熟交际，趋重末节，读书少而心志分，殊可惋惜’云云。按宓近今之见解，以为人生应有之普通知识及日用礼节规矩，例应通晓，且习之亦不必即害正业，故亟欲一洗前此偏僻朴陋之病，非有从俗学交际之心，且生来本无此才也。”二十年后，1938年10月5日的《吴宓日记》中说：“汤用彤君对友，于私情上甚为关切。然其世故最深，故亦最得人心（被举为教授会主席，现任哲学系主席，兼研究室主任，继胡适也）。其治事处世，纯依庄老（纯粹依据老子和庄子），清静无为，以不使人不悦为原则，而是非利害不问焉。其御众（对待群众），不为褒贬赏罚，而绝对模糊，绝对平等，不使人知其有亲疏厚薄之差，善愚贤恶之别焉。”由此可见吴宓对人观察深刻，对事好恶分明，喜怒形之于色。汤用彤则与世无争，善得人心，开过中印西三大哲学传统的课程，成了北京大学的副校长。

关于张鑫海，《吴宓日记》1919 年 9 月 18 日说：“上午，张君鑫海来，宓等导示一切，并为觅定寓所。”他是清华大学 1918 年毕业生，入哈佛研究生院后，师从白璧德研究文学，得文学博士学位，论文题是《亚诺德的古典主义》。回国后任清华北大教授、外交部欧美司司长、驻外公使等职。

关于洪深，《吴宓日记》中说，他常同吴宓谈戏、看戏。如 1919 年 12 月 18 日邀吴宓同看他协助纽约剧团演出的《黄马褂》，内容取自《赵氏孤儿》和《狸猫换太子》。西宫陷害正宫，满门抄斩，乳母藏起太子，西宫搜寻孤儿，乳母牺牲了自己的儿子，才保住太子的性命。后来太子长大，凭黄马褂登上王位，为母亲报了仇。剧中穿插了一些西方恋爱和杀人的情节，如太子爱上了一个美人，在月下拥抱亲吻；舞台上杀了人还当场玩弄首级等等。由此可以看出中美文化的异同：美国重性，重刚，重外；中国重情，重柔，重内。《日记》中评论说：“论其服饰之美，描摹之工肖，自堪称许。惟美人演中国事，自不免嘲笑之意。如剧中之皇帝及宰相，而拖长辫。……然其中扮女郎者数人，其二人皆富商新娶之少妇，美艳绝伦，穿中国衣，益增妩媚，此则中国所难得见者也。”又如《日记》12 月 28 日谈到洪深编的剧本《为之有室》时说：“洪君专研戏剧之学，确有深造，此剧尤属完美。窃观此间同人所学，多不免浮泛敷衍之病，求其能如洪君学戏之殚心竭力，聚精会神者，不可多得也。”1937 年我在南昌二中时演出过洪深的爱国剧本《回春之曲》。

《吴宓日记》1919 年 9 月 19 日谈到了林语堂。“林君玉堂偕其夫人自中国来，亦专习文学，昨晚抵此。……林君人极聪敏，惟沉溺于白话文学一流，未能为同志也。”我在中学时代就读了林语堂的《我的话》，他主张“文中有我”，这影响了我的一生。《日记》12 月 30 日又谈到冯友兰说：“冯芝生现甫到美，则自谓初亦反对新文学，今则赞成而竭力鼓吹之。”可见哈佛的留学生意见是分歧的。

分歧中，吴宓开始了他比较文学的研究，如 1919 年 8 月 31 日的日记说：“狄更斯之书似《水浒传》，多叙娼优仆隶、凶汉棍徒，往往纵情尚气，刻画过度，至于失真，而俗人则崇拜之。而萨克雷则酷似《红楼梦》，多叙王公贵人、名媛才子，而社会中各种事物情景，亦无不遍及，处处合窍。又常用含蓄，褒贬寓于言外，深微婉挚，沉着高华，故上智之人独推尊之。”

从哈佛大学中国留学生的新旧斗争，可以看出 20 世纪的中国文化是如何更新、如何发展的。

好德与好色

伪币只是虚伪世界的标志，人与人的关系，包括爱情、亲情、友情都存在虚伪的一面，这是人的价值的全方位失落。

再纯洁的爱情也只能在幻想中存在，对方只是自己创造的神化偶像而已。

——纪德的《伪币制造者》

《论语》中说："吾未见好德如好色者。"所谓好德，就是喜欢道德；所谓好色，可以说是爱美。在具体情况下，好德可以说是重德轻才，好色可以说是重貌轻德。吴宓先生"以道德与爱情为职志"，可以说是想在爱情中把道德和才貌结合起来，并且把这当作他的天职、理想。但在事实上能否做得到呢？

《吴宓日记》1936 年 8 月 1 日中说："盖中国一般人，其视爱皆为肉体之满足及争夺之技术，不知宓则以宗教之情感而言爱。……真正之爱者，皆情智超卓，道行高尚，上帝之宠儿，而人类之俊杰也。爱乃极纯洁、仁厚、明智、真诚之行事，故宓不但爱彦（指毛彦文）牺牲一切，终身不能摆脱，且视此为我一生道德最高、情感最真、奋斗最力、兴趣最浓之表现。他人视为可耻可笑之错误行为，我则自视为可歌可泣之光荣历史，回思恒有余味，而诗文之出产亦丰。我生若无此一段，则我生更平淡，而更郁郁愁烦，早丧其生矣。今年老情衰，并此而不能再，故益不胜其系恋也。”

吴先生这番话，在我看来，是柏拉图式的精神恋爱观在中国的翻版。首先，把爱情看作肉体的满足，不但在当时，就是在今天也一样；不但在中国，就是在西方，甚至西方还超过了东方，都把爱看成是不需要感情的性行为，如英国的爱利恶德在《荒原》中描写的女打字员，法国加缪在《局外人》中描写的局外人，都是有性无情的爱。其次，把爱情看作争夺的技术，那就是充斥今天电影电视上的三角恋或多角恋。而吴宓却把爱看作宗教的情感，那就是把意中人看成了神圣不可侵犯的女性，把爱情当作对女性的向往与追求；换句话说，爱情使女性升华为女神，而性行为却使她还原为女人，甚至降低到动物的地步。所以吴先生说真正的爱者，无论在情感上还是智慧上，都会超凡脱俗，卓尔不群，道德行为都很高尚，成了天之骄子，人中龙凤。一句话，爱情使双方都提高了。

以上谈的是理论。至于在事实上，吴宓为了爱毛彦文而牺牲一切，甚至牺牲家庭，和陈心一离婚，这是不是宗教的情感呢？关于宗教情感，《吴宓日记》1928 年 10 月 3 日早有记载说：“1. 对爱情的宗教观：爱情是恶魔的诱惑，应加以抵制；2. 对爱情的古典主义观点：爱情是一种疾病或病态，只能在沉默中忍受；3. 对爱情的浪漫主义观点：爱情是幸福，是上帝的恩赐，是光荣，应该尽量享受，即使牺牲自己也在所不惜；4. 对爱情的现实主义观点：爱情只不过是激情和欲望，用谋略和金钱来满足爱情，对另一方无责任可言。若宓诚当其局，不知于四者之间何择也？”由此可见吴宓选择的宗教观并不是 28 年的宗教观，也不是古典主义观点，而是接近浪漫主义的爱情观。他反对的肉欲观倒反而像是现实主义的观点了。

他在前一天的《日记》中说："寅恪新婚，形态丰采，焕然改观，颇为欣幸。谈校事，寅恪亦谓近今深感于生命之短促，故决专心著述，及时行乐；其他事务得失，概不萦心。……念宓半生无室家之乐，此生何可如此断送。今既看明一切，即毅然果决，与心一离异，而希望与彦结婚。世人诽笑，亲友责难，皆所不顾矣。"但后一天的《日记》却说："如能介绍彦与他人，彦诚得所依归，宓亦当斩断情丝，而心一亦可敷衍终身。"这样看来，吴宓对毛彦文的爱情并不是宗教情感，也不是浪漫主义，而是矛盾重重，逐渐发展的。既然不一定要和毛彦文结婚，为什么一定要和陈心一离婚呢？这是合乎道德的吗？

《吴宓日记》1928 年 10 月 10 日中说："宓以对彦及心一事征求温德教授（Winter）意见，以为参考。因托言欲撰小说一部，设为三角恋爱。……C（吴宓）不满于其旧式之妻 A（陈心一），而眷恋新式之女友 B（毛彦文），B 亦心爱 C 甚，则其后之事实将如何推演，道德与利害之关系又如何？温德所答宓之问，略述如下：……总之，若 C 终不能自制其感情，非弃 A 而就 B 不可，到此地步，只有用最和平妥善之方法，与 A 离婚，而与 B 结婚，总以使 A 伤心之处愈少愈佳，以善良慈祥之道出之，则 C 之罪可以减轻。"由此可见，吴宓担心与陈心一离婚是不道德的，所以才和温德商量；而温德甚至认为抛弃陈心一是有罪的，如不伤陈之心，罪才可以减轻。

11 月 27 日的日记又记下了陈寅恪的意见："寅恪则谓无论如何错误失悔，对于正式之妻，不能脱离背弃或丝毫蔑视。应严持道德，悬崖立马，勿存他想。……又谓宓此时已堕情网，遂致盲目，感情所激，理性全无。他日回想，所见必异。……寅恪谓此事已成悲剧之形式。宓则以本身提倡道德及旧礼教，乃偏有如此之遭遇。一方则有心一，一方则有彦，此则悲剧之最大者也。”陈寅恪是吴宓最要好的朋友，他也认为抛弃妻子是不道德的；更严重的是，吴宓本身提倡旧道德，旧礼教，却不能以身作则，反而不如他批评的胡适；胡适提倡新文学，新道德，为了不伤母亲的心，却和旧式女子结婚，相形之下，吴宓不是太不道德了吗？

1929 年 9 月 8 日《吴宓日记》中谈到叶公超时说：“宓与谈离婚事，叶极不赞成，谓此事固非道德问题，然事实上则离婚对两造均有害而无益。对宓有损名誉及声望，对心一则殊痛苦。盖心一为中国旧式之好女子，非受宓逼迫，绝不愿离。宓应早知世间多不满意事，婚姻不过人生一种辛苦之义务，何可今者更存浪漫之理想，而不以宓之室家为满足乎？容忍是宓之唯一指针，最好不必离婚，……”叶公超说离婚不是道德问题，这是从西方的观点来说的。但陈心一是东方的旧式女子，被迫离婚就不能说不是道德问题了。叶公超说的话暴露了他自己的思想，他把婚姻看成义务，这是现实主义的爱情观；他也看出了吴宓的爱情观并不是宗教的，而是浪漫主义的。由此可见他有知人之明，但 10 月 28 日他说“虽有意为某事，须为之若无心者方妙”，这又说明他做事有心机，有策略了。

《吴宓日记》8 月 25 日还提到陈逵，吴宓曾称陈逵为中国的雪莱。谈到离婚的事，陈逵说：“1. 离婚并不伤道德，惟宓与心一虽性情兴趣不同，但尚未至必须离婚之程度；2. 彦必愿与宓保持友谊，但必不肯嫁宓（此陈君推想之词）；3. 如不与心一离婚，则宓虽欲与彦为感情之朋友，亦必势所不许，则试问宓视（甲）与心一之夫妇关系（乙）与彦之感情及友谊二者孰重？如谓（乙）重于（甲），则宜决然离婚。（结论）。”陈逵的分析很合吴宓的心意：第一，他说离婚不伤道德，这也是从西方观点说的；第二，他说毛彦文不肯嫁吴宓，吴宓却认为这是陈逵的推测，并不一定符合实际情况；第三，如果吴宓认为对毛彦文的爱情重于夫妇之情，那就坚决离婚。这点最合乎吴宓的浪漫主义爱情观，所以吴宓就请陈逵替心一另找对象，以便虽然离婚，也对得起陈心一。在吴宓看来，这就算道德高尚，超凡脱俗了。

张曼菱在《北大才女》中说："我感到《吴宓日记》才算得上一部心语，才是真日记。现在的'心语'和明星'日记'只是作秀。"又说："吴宓先生自觉自愿地充当了一个历史时期和一个特定知识范畴的史官。他作当时当地记载，绝对简明如实，不作增删粉饰。""吴宓先生为我们记下了文人与学术的巨细之事，记下了文人与社会的关系和感触，记下了天气与时事，记下了文化人之间的交往关系及特有的敏感的精神气质的活动。这是《日记》的一个重大成就，是无可取代的贡献。这部《日记》事关学术史时事史关系史个性史。试问我等如今能有此'等量级'的日记吗？无也！难哉。汗颜之。"读了《吴宓日记》中关于温德、陈寅恪、叶公超、陈逵的记载，可以听到他们朴实无华的心语，他们心灵的真诚交流，文化人之间的往来关系，他们的道德观、爱情观等等。如果对照一下我们的时代，我们能畅所欲言说心里话吗？知心的朋友有多少呢？道德观、爱情观等有没有改变？时代是不是进步了？

《北大才女》中说："在乎什么才会记下什么。"吴宓最在乎的是什么呢？从他的日记看来，"就是对女性的向往想象与追求，……渴求得到对方的灵肉的自由赐予。"

《吴宓日记》1936年7月12日说："按宓现今所接近之诸女士中，（一）敬（指张敬）与宓在精神思想（文学艺术）上，最相契合。（二）绚（指陈绚）于事务及实际生活，最能帮助宓，使宓舒适。（三）铮（指方铮）日常与宓晤谈过往之机会最多，对宓最熟悉。（四）宪初（指黎宪初）如昔之薇（指欧阳采薇），可称社交美人，且又具历史之关系，恋爱痛苦之同情。然宓爱以上诸君皆不如K（指高棣华）。宓爱K正如昔之爱彦（指毛彦文），而K之年少活泼天真处则又似薇。然若论（1）年龄之相差；（2）师生关系之受攻诋；（3）K友朋甚多，而不易取得；论此三点则K似若最不适宜于宓之爱。……然事实上，则宓之爱K胜过其他诸君，此亦未可如何之事。K而外，则为宪初。正如昔爱彦之时，亦颇系心于薇也。但宓与玮德（指方玮德，黎宪初已故的丈夫）为知友，则恒视宪初为吾友之妻或吾之弟妇（以未亡人守节）。又与黎锦熙先生为僚友，则又视宪初为世侄，为通家之晚辈。此二观念，反使宓不能对宪初亲近。合以上种种，在宓之寸心中，宪初实不抵K；此则由真切之经验及感触而可知者也。"

上面谈到的几位女士，第一位张敬以前提到过。吴宓给她介绍了男朋友，1936年7月6日的日记中说："晨获敬复函，怒责宓。知敬盖喜宓，不得宓爱，则必与宓绝，而不免自苦。"后来张敬和林文奎结了婚，我见到过，人很端庄典雅，无怪乎吴宓常说她最美了。但她并没有和吴宓断绝往来，他们的友情持续了很久，可见吴宓处理爱情和道德的关系，结果有时很好。

第二位女士陈绚是陈岱孙教授的妹妹，《吴宓日记》1936年7月6日说："绚已知宓不能爱绚婚绚之意，不以此望之宓，故甚能客观了解而同情宓。"后来陈绚和姚从吾教授结了婚，《吴宓日记》1936年12月12日有记载："抵欧美同学会。先见姚从吾君及毛准君（毛彦文的兄长）。3:00举行婚礼，胡适证婚。顾颉刚与宓为介绍人。姚君之父及陈总（即陈岱孙）主婚。来宾约二百人。礼毕，照相，即散。宓至南池子缎库前巷三号汤用彤宅，与汤君及贺麟，钱穆二君谈。5:00邀以上三君宴于东安市场森隆饭馆。宓因感触太多，故以饮宴为排解。晚 8:35 乘汽车回校。”吴宓不爱陈绚，介绍她和姚从吾结婚，看来爱情和道德的问题处理得也不错，但为何感触太多，要借酒浇愁呢？

第三位女士方铮字秀贞，《吴宓日记》1936 年 7 月 15 日有记载：“晚饭后，7–9F（方秀贞）来，艳装，着乔其纱衣，盛施脂粉。宓尝以‘丰容盛装（？）’四字评 F。其人肌肉丰莹，有充实之美，而性情亦忠诚和厚，对宓表情极明显，而宓则自始明告以‘愿为兄妹’，不能相爱，此 1935 七月事也。嗣后 F 恒来过从盘桓；且凡宓托办之事，F 皆迅速遵照办理。宓则力劝 F……另求爱。宓愿为顾问或参谋，以助成 F 之幸福云云。”从吴宓对以上三位不能相爱的女士的态度看来，可以说他是道德高尚的。他和陈心一在精神上也不能相爱，但是却结了婚，再要离婚，虽然从西方的观点看来不算不道德，而从中国的观点看来，伤了对方的心，即使好意托朋友为她寻找佳偶，恐怕也不能算道德高尚吧。

吴宓渴求得到女性的灵肉的自由赐予，这从他 1937 年 3 月 17 日的日记中可以看出。“4:00 绛珠来，服蓝衣，直谈至 6:40，二人皆极倦，而兴甚豪。绛珠谈话多，则面颊尽赤，血液涌集，而双目黑炯，其神态极美，宓甚乐对视，实副其名（绛珠）矣。”3 月 24 日的日记又说：“绛珠来迟。但是日盛施朱脂，而集中于眼鼻口之连接之处，益觉其尖圆小巧，如一颗樱桃之正熟，更不虚绛珠之称矣。”3 月 31 日的记载更详细：“绛珠近颇消瘦，述及其所爱之迅哥，似另眷一中学毕业之富家女郎，……则迅之弃珠，珠之痛苦，实意中事。爱之必殉也，如是夫。绛珠又谓其经济困窘，负债累累，宓愿借助以 100，珠亦欣受。……出园时，珠无意中与宓行甚密近。宓每认此乃女子对男子无意中感激或爱恋之表示。宓得绛珠为友，亦滋乐。目前惟绛珠可畅谈细论也。”由此可见吴宓渴望得到可以倾吐心事，善解人意的女性，她有痛苦，他愿安慰；她有困难，他愿帮助。这样的感情可以说是纯洁、仁厚、高尚、真诚、难能可贵的了。

《吴宓日记》中谈得最多的女性，除了毛彦文以外，大约要算高棣华了。1936 年 7 月 1 日说："棣来，着蓝色巴鲁图长衫，言将赴香山。宓谓暑中亦不离平（北平，即北京）。K（即高棣华）约慈幼院回家节后，以详情报告宓。宓约为棣择定翻译之书籍，以充毕业论文。棣乃持其白盔帽，欢跃而去。（宓以前所作日记示棣。）" 7 月 11 日又说："呜呼，此香山一隅之地，其系吾之情如此之深！初偕彦来，不知有 K。今来访 K，不得见彦。宓爱彦既深且久，失彦后乃复爱 K。岂天使 K 来代替彦而继承彦以为宓爱之对象耶？……最后决定：应即以最真诚、最自然、最明智之态度及心情对 K。结果，能互爱而有成绩固佳，否则亦不存丝毫之芥蒂，庶可以不负 K，不负彦，又不负宓自己矣。"这样看来，吴宓除了对自己的妻子陈心一以外，对其他女子可以说是不但好色，而且是好德或道德高尚的。

张曼菱在《北大才女》中说："爱情有无，不在于对象是否理解与接受。爱情不是一个公式，而是无解方程。"又说吴宓"追求那些已然时髦化了的若干女子，为她们一一服役效劳陪伴，直如一个最安全的老父和长兄，看作业改诗校译借款陪着同悲喜，活活一'宝玉'也。"张曼菱说得好：爱情并不在于对方是否接受，只要回忆起来"恒有余味"，自得其乐，生活也就更有意义了。爱情的意义与其说在于得到的结果，不如说在于付出的过程。得到的爱情和付出的爱情不一定是一个相等的方程式。如果相等自然很好，如果不等，那么值得回味的是得到的结果还是付出的过程呢？纪德在《伪币制造者》中所揭示的：再纯洁的爱情也只能在幻想中存在，对方只是自己创造的神化偶像而已。这就说明了付出爱情时是在幻想，得到爱情时神化的偶像就会还原为凡人，于是幻想破灭，所以爱情常是付出多于得到。

《吴宓日记》1937年5月15日谈到李健吾著的三幕剧《新学究》时说："晚8—10读之，甚增感伤。细察全剧，……目的在讽刺而滑稽，未必专为攻诋宓而作。然取材既太沾实，而叙事则又失真。如剧中（一）康如水即吴宓，（二）谢淑义即毛彦文，（三）朱润英即欧阳采薇。而谓康助谢留学款2000，竟以此为求爱求婚之口实。而谢径慨然偿还此款。又如康既爱谢又爱朱及其他妇女，被人当面揭破，此皆与宓所行全然相反。呜呼，宓一生以道德爱情合一为职志，今世恋爱婚姻之成功者，其聪明多过于宓，其仁厚忠诚，尽礼尽情，损己为人处，必不如宓也。谁其知我哉？谁其慰我哉？"吴先生的爱情与众不同，高人一等的地方，就在"损己为人"四个字上。所以他"诗文之出产亦丰"，不但表现在自己的《诗集》和《日记》中，甚至还可以从他的朋友和学生（如李健吾）的作品中看得出来，可惜真正了解他的人太少了。

1945年昆明天祥中学欢送毕业同学时曾演出过《新学究》，由历史老师许寿谔（联大历史系学生，后为北京大学历史系教授）扮演康如水，国文老师万先荣（联大中文系学生）扮演谢淑义，生物老师的妹妹唐耀昂扮演朱润英，我却扮演康如水的弟弟，糊糊涂涂地成了哥哥的情敌，既不知道康如水是影射吴先生，也不知道朱润英是影射欧阳采薇。说来也巧，1944年我考清华研究院外国文学研究所时，刚好坐在欧阳采薇左边。那时她已大学毕业十多年，并已结婚生子，不知道为什么还来考研究生。我见她穿一件粉红色的长衫，光着腿没有穿长袜，拖着一双鞋子，好像满不在乎。她的五官端正，皮肤白净，有几分像张敬，（据说毛彦文像电影明星阮玲玉，高棣华从照片看来像周颜玉。）也有点像我同班的美人金丽珠。（吴先生是她的证婚人，常去她家。）她答卷时下笔如飞，交了头卷，结果自然取录。但她并没有来上研究院，给我们留下了一个谜。

后来读《吴宓日记》1943 年 1 月 13 日，才能有所了解。日记中说："宓仍伴薇步归。途中，薇述其在清华之情史。知薇最倾情于超（叶公超）…… 又薇述嫁椿（吴之椿）后在南京之龃龉。时椿对薇关防甚严，而薇以其父虐待其母，迎母至南京同居。不久，椿竟勒逼送回。薇怒，至服安眠药水自杀，遇救。"这才知道欧阳采薇婚后生活并不幸福，所以才考清华研究院。吴宓虽然没有得到她的爱情，但对她还是施恩不望报的。

至于高棣华，《吴宓日记》1938 年 10 月 16 日说："宓按 K 之为人，喜玩耍，好虚荣，而感情甚薄…… 又需钱则顾我，得钱则不复宓函，不如宓命行事。今后宓当对 K 淡漠，且不当再以金钱助之也。"最后则说："宓之爱情失败，其对宓志业之损失（如学问、著作、名誉等）为最大也。"可见吴先生最后还是如梦方醒了。

我的书房

我的书房里有三架书，都是我的著译。左边书架第一层左起第一本是我的回忆录《追忆逝水年华》，第二、第三本分别是北京和纽约出版的《追忆逝水年华》英译本。英文序言是我的大学同班杨振宁写的。他在序中问我为什么文学翻译的公式是 1+1=3，我引用美国诗人弗罗斯特的话说，诗说一指二，如“春蚕到死丝方尽”，既是说蚕吐丝一直吐到死为止，又可指诗人相思到死方休，所以说一加一不只是二，而是等于三了。第四本是我的论文集《翻译的艺术》，第五、第六本是我的英文专著《中诗英韵探胜》，前者编入了《北大名家名著文丛》。书中说明西方文字互译可以对等，那就是 1+1=2；中英文学互译却不能选择对等的译文，而要选择最好的译语表达方式，这就是 1+1>2。有一位哥伦比亚大学博士说，这是他见过的最高级的译论。书架第二层中第四本是台北出版的《文学翻译谈》。第三层中的三四本是英国企鹅图书公司出版的《不朽之歌》和新世界出版社的《中国古诗词六百首》英文本。第四层是我英译汉的作品，包括德莱顿的诗剧《一切为了爱情》、司各特的小说《昆廷·杜沃德》（合译）、美国诗人亨利·泰勒的诗集《飞马腾空》等。

中间书架是我英译的《诗经》和《楚辞》。第一本是《人间春色第一枝》上册《国风欣赏》，第五本是下册《雅颂欣赏》；第二本是《诗经》汉英对照本，附有语体译文；第三本是《诗经》英译本，被美国加州大学韦斯特教授说“读来是种乐趣”；第四本是《楚辞》汉英对照本，美国学者科瓦利斯说“可算英美文学高峰”。第二层第一本是新加坡出版的《唐宋词选》英译本；第二本是钱钟书先生题签的《唐诗一百五十首》汉英对照；第三、第四本分别是香港和北京出版社我主编的《唐诗三百首》，据说留学生多买一本带出国去，已经印刷十几版了；第五本是《西厢记》（四折）英译本，英国智慧女神出版社说“可和莎士比亚媲美”；第六本是《李白诗选》英译本，钱钟书开玩笑说，太白“与君苟并时，必莫逆于心耳”。第三层是《唐宋词选》的英法译本，第一、第二、第三本分别是《一百首》《一百五十首》《三百首》的英译；第四本是法译《一百首》，第四层是北京大学的《一百五十首》系列丛书，有《汉魏六朝诗》《唐宋诗》《唐宋词》《元明清诗》四种。这种译本在国内受到欢迎，也受到“形似派”的批评，说是译文不够忠实，因为和原文不对等，不是 1+1=2 式的译文。

右边书架第一层第一本是英译《毛泽东诗词选》，其中《昆仑》词说：“一截遗欧，一截赠美，一截还东国”，我把三个“一截”分别译成 the crest（顶部或山峰）、the breast（胸部或山腰）、the rest（余部或山脚），形似派说是不忠实，但中国译协副会长贺祥麟却说评议妙绝，无与伦比，所以只好仁者见仁、智者见智了。书架第一层第三、第四、第五本分别是汉英对照《西厢记》（五折）、《苏东坡诗词选》和《中国革命家诗词选》。第二层是我译的《雨果戏剧选》和《红与黑》，后者引起的争议最大。如最后一句说女主角死了，一般译成“去世”。而我认为“去世”时自然死亡，女主角却是含恨而死的，因此译成“魂归离恨天”，结果群起而攻之。只有罗新璋一人支持我，说是“曲终雅奏”。我却轻千夫之诺诺，重一士之谔谔，“敌军围困千万重，我自岿然不动”。书架第三、第四层是我译的巴尔扎克的《人生的开始》（或名《人世之初》）、福楼拜的《包法利夫人》、莫泊桑的《水上》、普鲁斯特的《追忆似水年华》（合译）、罗曼·罗兰的《哥拉·布勒尼翁》等文学作品。

这三个书架的照片是上个世纪拍的，到了21世纪，著作又要增加《诗书人生》《文学与翻译》《译笔生花》，译著有罗曼·罗兰的《约翰·克里斯朵夫》和《中国古诗词三百首》的法译本，还有我一个人英译的《唐诗三百首》，由中央电视台和教育电视台报道了。不料形似派兴师问罪，在香港发表文章，说我是“老王卖瓜，自卖自夸”，还不许我“自得其乐”。这不禁使我想起了罗兰的一首小诗，现在抄在下面，作为这篇短文的结束。

人类还没有力量
禁止思想自由。
不能把太阳
埋进地球
打个洞
没有
用。

（原载董宁文编《我的书房》，岳麓书社2005年版）

我有四言献世博

上海世博会让中国认识世界，也让世界认识中国，提供了中西文化互竞的平台。

我谨把这四句话献给世博会：“西方重真，东方重善。东西结合，走向美满。”

早在20世纪初年，英国哲学家罗素就说过，中国文化在三方面胜过了西方：第一，在文字方面，西方人用拼音文字，注重精确，具有意美和音美；中国人用象形文字，注重精练，不但具有意美和音美，而且具有形美，这是中国文字胜过西方文字的地方。第二，在思想方面，西方因为宗教思想的发展，有过神权统治时代，并且有过一百年的宗教战争；而在中国，早在两千五百年前，孔子就把远古传统和神话逐一理性化，把神人化，把奇异传说化为君臣父子的人间秩序，因而走在西方前面。第三，在教育方面，西方长期实行贵族世袭制，平民不容易出人头地。而中国早有开科取士，用人唯贤的考试制度，因此也比西方先进。

到了21世纪的今天，中国和西方，在文化方面、政治方面、经济方面存在一些矛盾。这些矛盾并不是绝对的，而是辩证的，可以转化，可以统一，有时间性，有阶段性的。冲锋陷阵带头的是英雄，是强人。不争功，不争赏的却是好人。西方崇拜英雄，发展武力，发展科学，成了强国。而中国呢，《论语》第十一章子路言志说:“千乘之国，由也为之，比及三年，可使有勇。”夫子哂之，曰：“为国以礼，其言不让，是故哂之。”这说明中国古代并不崇拜英雄强人，却赞美礼让而不争功不争权的好人。所以中国从前重文轻武的思想造成了国家的积弱，要向西方学习，发展科学，加强国力，但是决不以强凌弱，只是帮助不发达的国家，这就是今天所谓的“中国模式”的内涵之一。

再看中国和西方对利和义理解上的不同。利有两种：一种是自私自利，损人利己；另一种是双赢互利，利人利己。后者就是“义”，也是中国模式的互利。现在有人说中国模式会给世界带来威胁，那是因为他们把中国的互利，看成损人利己了。这些人还批评中国不自由，不民主，没有人权，其实多是由于对中国不理解。

上海世博会是中国走向世界，也是世界走向中国的一次空前盛会，更是我们探讨中国文化走向世界的最好时刻。

（原载《光明日报》2010年6月19日第4版）

中国文化的“花”与“果”

1988 年，75 位荣获诺贝尔奖的科学家在巴黎聚会，取得了一个共识：21 世纪的人如果要过和平幸福的生活，应该到 2500 年前中国的孔子那里去寻找智慧。我问杨振宁他有没有参加那次聚会，他说没有，但是知道有这回事。

为什么要到孔子那里去寻找智慧呢？孔子的智慧是什么？如果要用一个字回答，那是一个“仁”字；如果 要用一句话，那就是“己所不欲，勿施于人”。“仁”是“二人”，就是说不要什么事都只想到自己一个人，而要设身处地为对方着想。如果双方都能易地而处，为对方着想，双方就可以和平共处。

如果说孔子“己所不欲，勿施于人”的思想是中国文化开出的花，那这朵花同样也可以在世界上结出“果”来。

我毕生钟情中国古典诗文，也翻译了很多介绍到国外，近来听居于美国的青年译者法兰克 · 许讲起了几件中国诗文在美国产生良好影响的小事，十分感慨。

法兰克是《千家诗》的英译者。为了推介中国文化，他时常把《千家诗》里的诗句发给一些国会议员欣赏。有一次，恰逢奥巴马的医改方案要经国会表决，有一位女议员收到了法兰克发来的柳宗元的《江雪》:“千山鸟飞尽，万径人踪灭，孤舟蓑笠翁，独钓寒江雪。”她非常欣赏渔翁独立自主的精神，她本来随共和党的大流，反对奥巴马改革医保的议案，但受渔翁独立精神的影响，改投了赞成票，结果议案以七票的微弱优势通过。奥巴马总统知道后非常高兴，给法兰克发来短信，开玩笑说法兰克是他的“厨房内阁”成员。

在丹麦世界气象会议召开时，法兰克又给美国友人发去了李白的《送友人》，其中有四句是“青山横北郭，白水绕东城”“浮云游子意，落日故人情”，使他们了解中国人对青山白水的热爱，浮云和游子合而为一的心态，故人对落日依依不舍的感情，这样一个热爱自然到了天人合一程度的民族，是不会乐意破坏世界气候环境的，这就增加了中美的互相了解，减少了对立的情绪。

法兰克还曾经把汉高祖刘邦的《大风歌》和《千家诗》中唐朝丞相张说视察边境时写的《幽州夜饮》发给奥巴马，张说诗中有两句“军中宜剑舞，塞上重笳音”，说明中国军队受孔子“礼乐之治”的影响，刘邦的诗更是说军队要“守四方”，可见从古到今，中国军队都不是侵略性，而是防卫性的。这样古诗今用，中为洋用，多少可以增加中美双方相互的了解和信任，有助于共同建立一个和平繁荣的世界。这就是中国智慧在国外起到的一些作用。

（原载《光明日报》2011 年 3 月 3 日第 16 版）

答疑·补遗·声明

《文汇读书周报》1999 年 11 月 13 日发表了一篇《小议〈鸟鸣涧〉中的“桂花落”》，说落的是春桂，所以《鸟鸣涧》最后一句“时鸣春涧中”，说的就是“春涧”，不必深化为“使涧充满春意”。《小议》作者谈的是理解问题，我谈的是翻译问题。关于“春桂”，《唐诗鉴赏辞典》第 183 页早有说明。十几年前，我在北京大学为研究生和外国留学生讲《鸟鸣涧》的英译时，先解释了“春桂”的问题，结果学生觉得《鸟鸣涧》没有多少诗意。第二年我在北京出版社《古诗英译》第 16 页发现《鸟鸣涧》第二句不是“夜静春山空”，而是“青山空”，于是我就想到桂花还是秋天落好，是鸟鸣使涧充满春意。这样一讲，既不必解释春桂的问题，反倒使学生觉得鸟鸣山更幽，更有诗情画意了。因此，我觉得在有不同理解时，翻译应该选择最美的解释。

《文汇读书周报》2000 年 1 月 1 日发表了《唐诗密码如何破译？》，文中谈到唐诗的译者法国女诗人戈谢不懂中文，是一个丁老师教她的。钱钟书《谈艺录》第 372 页谈到这个丁老师，全名是丁敦龄。“张德彝《再述奇》同治八年正月初五日记志刚、孙家谷两钦宪约法人欧建及山西人丁敦龄者在寓晚馔，又二月二十一日记欧建请志、孙两钦宪晚馔，欧建即戈蒂埃（或译戈谢）：丁敦龄曾与戈蒂埃女士共选译中国古今人诗成集，题汉名曰《白玉诗集》（*Le Livre de Jade*，1867），颇开风气。张德彝记丁'品行卑污'，拐诱人妻女，自称曾中'举人'，以罔外夷，现为欧建之记室。据外人云，恐其作入幕之宾矣。戈氏之友记丁本卖药为生，居戈家，以汉文授其两女，时时不告而取财物。其人实文理不通，观译诗汉文命名，用'书'字而不用'集'或'选'字，足见一斑。文理通顺与否，本不系于举人之头衔之真假。然丁不仅冒充举人，亦且冒充诗人，俨若与杜少陵、李太白、苏东坡、李易安辈把臂入林，取己恶诗多篇，俾戈女译而虱其间。颜厚于甲，胆大过身，欺远人之无知也。后来克洛岱尔译《白玉诗书》中十七首，润色重译，赫然有丁诗一首在焉。……词章为语言文字之结体赋形，诗歌与语文尤黏合无间。故译诗者而不深解异国原文，或赁目于他人，或红纱笼己眼，势必如《淮南子 · 主术训》所谓：'瞽师有以言白黑，无以知白黑'，勿辨所译诗之原文是佳是恶。译者驱使本国文字，其功夫或非作者驱使原文所能及，故译笔正无妨出原著头地。克洛岱尔之译丁敦龄诗是矣。"（引文略有删节）丁敦龄冒充诗人，无怪乎他的女学生戈谢译的唐诗难以破译。钱先生说过吃蛋不必看鸡。但从丁、戈译的唐诗看来，似乎还是对丁、戈有所了解，才更容易破译。

《中华读书报》1999年12月自《不一样的记忆》一书中摘录《许渊冲眼中的钱钟书》一文，文中引用何兆武先生的话有误。何先生原话是："钱钟书先生眼高手高，于并世学人甚少称许。"特此附带声明。

2000年1月15日

许渊冲学术小传

1921 年 4 月 18 日，雄鸡一唱东方红，我就在南昌呱呱坠地了，哭声特别响亮，仿佛要和雄鸡争鸣。我八岁开始学英文，因为英文的“女儿”读音怪，不如中文“女子”可以合成“好”字。所以并不喜欢学英文。高中二年级时背诵了三十篇英文短文，考试成绩跃居全班第二，才开始对英文产生兴趣。1938 年考入昆明西南联合大学（抗日战争时期由清华、北大、南开三校联合组成）外文系。上学期和杨振宁同上“大一英文”N 组，杨考第一，我考第二；下学期编入钱钟书先生“大一英文”B 组，对钱先生的妙语如珠非常钦佩。1939 年读到林徽因的《别丢掉》，我把它译成英文，这是我译的第一首英文诗。大学二年级时，欧洲文学史考试全班第一，俄文考试得 100 分；三年级时，法文小考又得 99 分，这就建立了我学好外文的信心。但英法文学谈情说爱的多，所以大三时找女同学的时间多于读书的时间，结果考试成绩有高有低。1941 年日本空袭珍珠港，美国志愿空军来华对日作战，我为美军担任翻译。在陈纳德将军的欢迎会上，我把“三民主义”译成“of the people，by the people，for the people”，得到好评。1942 年回联大入四年级，读了德莱顿的诗剧《一切为了爱情》，觉得很美，把剧译成中文，这是我翻译的第一部外国文学作品。1943年联大毕业，我在昆明天祥中学教英文，天祥是“小联大”，师生中出了六个院士，生活自由愉快。1944年我考入清华大学外国文学研究所，研究课题是“莎士比亚和德莱顿的戏剧艺术”。1946年我参加出国留学考试，1948年赴欧，先去英国伦敦、牛津和莎士比亚故乡游历，后去法国巴黎大学攻读文学研究文凭，研究课题是：“拉辛剧中的妒忌情素——兼和莎士比亚的《奥赛罗》比较”。同时在巴黎大学的有程抱一，他后来成了法兰西学院里第一位中国院士，我们曾同去罗马、瑞士等地游历。1950年我得到巴黎大学文学研究文凭后回国。

20世纪50年代，我在北京西苑、香山等地外国语学院教授英文、法文；60年代，在张家口外国语学院；70年代，在洛阳外国语学院。1983年，我来北京大学，先后在外国语学院、国际关系学院、新闻学院任教。同时北到天津、大连、秦皇岛，东到上海、南京、杭州，中到武汉、南昌、合肥，西到重庆、昆明、桂林，南到广州、海口、香港等地的高等院校讲学。来北大前，我已经出版了六本文学作品：英译中有《一切为了爱情》(1956)，法译中有罗曼·罗兰的《哥拉·布勒尼翁》(1958)，中译英有《动地诗》(1981)，《苏东坡诗词选》(1982)，中译法有《农村散记》(1957，合译)，中译英法有《毛泽东诗词四十二首》(1978)。那时，我已经是有史以来把中国诗词译成英法韵文的唯一一人了。

来北大后，20年内，我的译著增加了10倍，达到60多本，现在择要简介于后。先说中文专著：《翻译的艺术》《文学翻译谈》，《文学与翻译》《译笔生花》，四本书提出了中国学派的文学翻译理论。散文作品有《追忆逝水年华》和《诗书人生》。英文专著有《中诗英韵探胜》，列入北京大学名家名著文丛，美国哥伦比亚大学有一位博士说，这是他见过的最好的译论。还有一本英文散文《逝水年华》，请杨振宁写的序，分别在北京和纽约出版。英文译著有中国古典十大名著：1.《诗经》（美国加州大学韦斯特教授说读来是种乐趣）；2.《老子》；3.《楚辞》（墨尔本大学美国学者说，当算英美文学高峰）；4.《唐诗三百首》（钱钟书先生说，唐诗与译论“二书如羽翼之相辅，星月之交辉”）；5.《李白诗选》（钱先生开玩笑说，太白“与君苟并世，必莫逆于心耳”）；6.《宋词三百首》；7.《苏东坡诗词选》；8.《元曲三百首》；9.《西厢记》（英国智慧女神出版社说可和莎士比亚比美）；10.《不朽之歌》（由英国企鹅图书公司出版）。法文译著有《中国古诗词三百首》（诺贝尔文学奖评委说是伟大的中国传统文学的样本）。世界文学名著汉译则有罗曼·罗兰的《约翰·克里斯朵夫》（2004年的《外语论坛》认为胜过傅雷译本）等书。总之，西方译论重视对等，我的译论却强调优化，就是发挥译语优势，充分利用最好的译语表达方式（具有意美、音美、形美，而不一定是对等的方式），这个理论可以解决西方译论所不能解决的中西互译问题。

2005年于巴黎大学毕业55周年之际

第二辑

演　讲

文学翻译何去何从？

本文是作者在1994年文学翻译国际研讨会上的发言稿。发言指出翻译有内科和外科两条路线：外科路线如医治箭伤只把箭杆切断的医生，内科路线如把脉开方治病救人的御医，并举瓦莱里的《风灵》、秦观的《泗州东城晚望》、马致远的《天净沙》等译文为例，提出文学翻译何去何从的问题。

一

《中国翻译》1993年第2期发表了《在海峡两岸外国文学翻译研讨会上的发言》，发言人一再赞扬法国诗人瓦莱里《风灵》最后一段的译文（为了对事不对人，本文不提人名）：

无影也无踪，（Ni vu ni connu，）
换内衣露胸，（Le temps d'un sein nu，）
两件一刹那！（Entre deux chemises！）

原诗把灵感比作一阵来无影、去无踪的香风，比作美人更衣一刹那裸露出来的胸脯，真是妙喻；但是译文不好理解，没有传达原意，所以早先我在《世界文学》1990 年第 1 期发表了一篇评论，提出了新译文如下：

无影也无踪，
更衣一刹那，
隐约见酥胸！

但在那次研讨会上该发言人却认为本人“……所追求的，恰是作者——还有译者——所竭力避免的。‘酥胸’是滥调，是鸳鸯蝴蝶派的辞藻，而原作是宁从朴素中求清新的”，“这个例子说明的是：高雅的作者，体贴的译者，趣味不高的评者。”

“原作是宁从朴素中求清新的”吗？《世界文学》1983 年第 2 期中引用瓦莱里本人的诗论说：“诗歌须予字意、字音、甚至字形以同等价值，这些字同艺术相搏或相融，构成文采洋溢、音色饱满、共鸣强烈、闻所未闻的诗篇。”这就是说，诗歌要有意美、音美、形美！“文采洋溢”，怎么可能说是“朴素”呢？原诗每行五个音节，上二下三，新译也是一样，“换内衣露胸”却是上三下二了，哪种译文更“音色饱满”呢？“两件一刹那”不好理解，怎么能引起“强烈共鸣”呢？

“酥胸是滥调，是鸳鸯蝴蝶派的辞藻”吗？“酥胸”一般是指美人的胸脯，而旧译“露胸”却可以指男子的胸膛，也可以指女装晚礼服露出的胸口。如果把灵感比作男子换内衣，或女子露胸口，那灵感有什么可稀罕的呢？如果说“酥胸”是滥调，那法文 un sein nu 岂不是更“滥”了？但发言人却说“高雅的作者”，这岂不是自相矛盾吗！

什么是鸳鸯蝴蝶派？从内容上说，大约是卿卿我我；从形式上说，大约是对对双双。《中国比较文学通讯》1992年第4期上说："瓦莱里曾提到《道德经》中'有无相生，长短相成'的这种对称排比的表达方式，还肯定对称是人类高度文明的表现。"请看！发言人批评的鸳鸯蝴蝶派对称排比的辞藻，却正是瓦莱里肯定的"人类高度文明的表现"。这听起来又是陈词滥调了，但"滥调"只要用得恰到好处，倒是可以化腐朽为神奇的；而"从朴素中求清新"，如果用得牛头不对马嘴，反而变成八股滥调了。

我讲过一个笑话："从前有一个士兵中了毒箭，去找外科医生，医生只把箭杆切断，说取出箭头是内科的事。"我看，"两件一刹那"就是"外科医生"式的译文，"隐约见酥胸"却是"内科医生"式的译文，两种译文体现了两条路线的斗争。这虽是个笑话，但在学术会议上赞扬"外科"，批评"内科"，那就不是小事，而是文学翻译何去何从的大问题了。因此，一定要分清是非，不能颠倒黑白；真理越辩越明，真金不怕火烧，而"两件一刹那"，却是一烧便成灰的。

伏尔泰也讲过一个笑话，说有人左眼失明，去看眼科医生，医生说左眼不能治，右眼才能治；不料左眼不治而愈了，医生又写了一篇论文，证明左眼不该痊愈。在国际研讨会上说"两件一刹那"是文学语言，是贴切的翻译，也有点像这个眼科医生的论文。

二

国际上也有"外科"和"内科"两条翻译路线。美国匙河诗歌出版社在1985年出版了中美学者合译的《唐诗》和《宋诗》，并且译者写了一篇论文《论中国古诗词英译》，于 1987 年 12 月在香港举行的当代文学翻译国际研讨会上宣读。论文中说：

> ……在翻译理论的研究上却出现了困境，这一点在中国古诗词英译方面表现尤为突出。
>
> 困境产生的主要原因是同时强调两个方面："再创造"和"忠实原文"。因而可以通过的夹缝越来越小。……
>
> 中国翻译界长期以来受"信达雅"三字的困扰："达与雅"明显表示"再创造"，"信"表示忠实原文。……
>
> ……纵观世界翻译史，往往是那些在当时就为欣赏群体所接受的译本才具有较为持久的价值。……

这篇论文的第一个问题是只看到"再创造"和"忠实原文"之间、"信"和"达雅"之间的矛盾对立，却没有看到二者之间的辩证统一。试问：难道"再创造"的译文就不"忠实原文"吗？难道不"达"不"雅"的译文能算"信"吗？其实，"信达雅"应该是统一的：原文"达"，译文不"达"，这不能算是"信"，可见"信"可以包括"达"在内；原文"雅"，译文不"雅"，也不能算是"信"，可见"信"也可以包括"雅"在内。

第二个问题，译者说"再创造"和"忠实原文"之间，"可以通过的夹缝越来越小"。我没有"纵观世界翻译史"，但根据我自己把诗词译成英、法韵文的经验，却发现"再创造"和"忠实原文"之间的夹缝越来越大了，甚至大到了这种程度：没有一首诗词不能"再创造"成忠实于原文内容的译文。这点后面再举译例说明。

第三个问题，也是两位中、美译者理论的核心，那就是"在当时就为欣赏群体所接受的译本才具有较为持久的价值"。而据这两位译者说：他们合译的《唐诗》和《宋诗》“在当时就为欣赏群体所接受”。但是不是“具有较为持久的价值”呢？让我们来看一首他们合译的宋诗，秦观的《泗州东城晚望》：“渺渺孤城白水环，舳舻人语夕霏间。林梢一抹青如画，应是淮流转处山。”

looking out in the evening
from east of sizhou city

the lonely city is so far away
it is almost invisible

the river is a band of white circling the town
and sunset clouds fill with big ships and
people talking

above this scene the forest
looks like a green stroke painted on the sky

that should be the place
where huai river turns around the mountain

这个译文没有标点，没有大写，随意把原文分译两行或三行，这是“当时为欣赏群体所接受的”形式。但内容是不是忠实于原文呢？原诗是说：“诗人傍晚站在泗州东城城楼上，俯视远眺，只见烟霭笼罩之下，波光粼粼的淮河像一条蜿蜒的白带，绕过屹立的泗州城，静静地流向远方。河上白帆点点，船上笑语依稀，稍远处是

一片丛林，而林梢的尽头，有一抹淡淡的青色，那是淮河转弯处的山峦。”（据《宋诗鉴赏辞典》）

原诗名分明是《东城晚望》，译文却改成《城东晚望》，这真是差之毫厘，失之千里了。因为译者误以为诗人在城东，所以把“渺渺孤城”理解为孤城如此遥远，几乎看不见了。其实，“渺渺”二字并不是形容“孤城”，而是形容“白水”的，因为从内容上看，诗人站在东城城楼上，怎么可能说出“孤城如此遥远，几乎看不见了”这样的话来呢？从形式上看，“渺渺”形容“白水”，正如李白《送友人》中的“萧萧班马鸣”，“萧萧”形容的并不是“班马”，而只是“鸣”；再从修辞上看，“渺渺”二字既扣住了题目中的“晚望”，又与第二句的“夕霏”呼应，然后托出淮水如带，同孤城屹立相映衬，构成了画面上动和静、纵和横的对比。看来译者对这三方面的妙处毫无了解，所以把“白水环”移到第二句去了。原诗三、四两句着重写山，但在第三句中，诗人不从“山”字落笔，而是写出林后天际的一抹青色，暗示了远处的山峦；但译者却误以为一抹青色是写树林，并且错把树林放在“夕霏”之上，这简直是天翻地覆了。短短的四句诗，却犯了四个不可原谅的大错：“东城”错成“城东”，一也；“渺渺”写水误为写城，二也；“白水环”移下句，三也；“青如画”写山又误以为是写林，四也。这种译文如果“当时为欣赏群体所接受”，那只能说是读者受了译者的欺骗；如果说“具有较为持久的价值”，那只能说是译者在欺骗自己。检验真理的唯一标准是实践。译者自己的实践，说明了译者的理论绝对没有“持久的价值”；这种论文如能入选，说明了研讨会没有达到国际水平。

这两位中、美译者都是“外科医生”，他们的错误比“两件一刹那”还更严重。“两件一刹那”只是不“达”，词不达意而已；他们却是不“信”，不忠实于原文。他们只看到“再创造”和“忠实原文”在形式上的矛盾对立，却看不到“再创造”和“忠实原文”在内容上的辩证统一。所以他们认为两者之间的夹缝越来越小，结果他们的译文既不忠实于原文，又不是“再创造”，因为“再创造”的前提就是忠实于原文的内容，而不是忠实于原文的词汇。现举我翻译的《泗州东城晚望》英、法韵文本为例：

The lonely town is girt by a long river white,
Patched with happy fore–and–aft sails in twilight.
In a stretch of picturesque blue the forest's drowned;
It should be the hills where the River Huai turns round.

Le fleuve s'étend d'ici à pete de vue,
Parsemé de voiles où l'on parle à la nue.
Le bois est eouronné d'un bleu comme un tableau,
Qui serait la montagne au tournant du cours d'eau.

“孤城”“舳舻”“一抹”的英译胜过法译，“渺渺”“人语”“林梢”的法译胜过英译，但都在不同的程度上忠实于原文的内容，都是有所取舍，得意忘形的。“人语”法译成了“和云谈天”，是“再创造”。英译、法译都有韵有调，忠实于原诗的格律形式。

三

最近《外国语》1993 年第 2 期又登了一篇《马致远〈天净沙〉英译赏析》，现将《天净沙》原文和三种英译抄录如后：“枯藤老树昏鸦，小桥流水人家，古道西风瘦马。夕阳西下，断肠人在天涯。”

1. Withered vines, olden tree, evening crows;
   Tiny bridge, flowing brook, hamlet homes;
   Ancient road, wind from west, bony horse;
   The sun is setting,
   Broken man, far from home, roams and roams.
2. Crows hovering over rugged old trees wreathed with rotten vine—the day is about done. Yonder is a tiny bridge over a sparkling stream, and on the far bank, a pretty little village. But the traveller has to go on down this ancient road, the west wind moaning, his bony horse groaning, trudging towards the sinking sun, farther and farther, away from home.
3. At dusk o'er old trees wreathed with withered vine fly crows;
   'Neath tiny bridge beside a cot a clear stream flows;
   On ancient road in western breeze a lean horse goes.
   Westward declines the sun；
   Far, far from home is the heartbroken one.

这首思乡曲前三句每句写了三种事物，但这三种事物并不是并列，而是有主次轻重的。第一句主要是写“昏鸦”，会使人联想起曹操的《短歌行》:“月明星稀，乌鹊南飞，绕树三匝，无枝可依。”《天净沙》中的乌鸦到了黄昏时分绕树飞行，总有一棵枯藤缠绕着的老树可依；而天涯游子却有家归不得，比乌鸦都不如，这就倍增其哀了。这两句诗还会使人想起秦观的《满庭芳》:“斜阳外,寒鸦数点,流水绕孤村。”孤村可能就像游子的家乡,游子怎能不见景生情呢!《天净沙》第二句主要是写“人家”,“小桥流水”只是陪衬。看见乌鸦有枝可栖,路人有家可归,这更增加了游子的乡愁。第三句主要是写“瘦马”,“瘦马”象征乡愁,早在《诗经·周南·卷耳》中就有“我马瘏矣”;在《离骚》中更有“忽临睨夫旧乡,仆夫悲余马怀兮”二句。这也可能使人想起杜甫的《病马》来:“尘中老尽力,岁晚病伤心。”而游子的“瘦马”却在“古道”上,在“西风”中,离家越来越远,和“昏鸦”“人家”形成对照。因此可以说第三句比第一、二句更重要。但后两句又比前三句更重要:第四句说不但是人和乌鸦有家,就连没有生命的“夕阳”也有一个归宿,比第一、二句又深了一层;第五句最重要,是全诗的主句,比第三句更进了一步,因为瘦马走“古道”,还是“尘中老尽力”,而游子远在“天涯”海角,只能令人“肠断”。

《外国语》的评者认为第一种译文“简练”,是“上乘”之作。我却认为这是“外科医生”式的评论。因为“枯藤老树昏鸦”,写的是乌鸦绕树觅枝之景(“绕”“觅”是诗句形式所无、诗句内容却有的动词,就是“言外之意”),传的是游子思家之情。第一种译文并列三种事物,既没有画出原文的景,更没有传达原文的情,只是“外科医生”式的翻译,因此远不如第二种“内科医生”式的译文,用一个 hovering,更能绘形画影,传情达意。第一种译文把“老树”译成 olden tree,那就成了一棵当时已经不再存在的古树,形似而意不似了;又把“断肠人”译成 broken man,那又成了一个心灰意懒的人,似是而非了。总之,译者造句不分主次轻重,用词形似意非,虽然“行文简练”,但是没有传达原作的诗情画意,其实只是下乘之作。评者认为第二种译文在“西风瘦马”之后加了两个现在分词，“损伤了原作的意味”；我却认为这两个分词是原作形式所无、内容可有的修饰语，并无损于诗意；倒是“流水”之前加了一个形容词，和全诗气氛不协调，评者却没有指出来。第三种译文五行都押了韵，是第二种译文的诗化，可以算是“内外科”结合的译法，我认为这是文学翻译应该走的道路。

四

《外国语》1993 年第 4 期第 9 页有赫里克（Herrick）的一首《临终诗》，译文还有斧凿痕迹，可动“内科”手术如下：

Thus I	（外）我如此	（内）这样
Pass by	就消逝	死亡
And die,	而去世，	下葬，
As one	像一个	无名
Unknown.	无名者	幽灵
And gone：	死去了；	归阴，
I'm made	我变成	像是
A shade,	一个魂	影子
And laid	被埋进	消失，
I'th（In the）grave,	坟墓里，	坟墓
There have	我有穴	有如
My cave	在此地。	归宿。
where tell	这地点	悠悠
I dwell,	我长眠，	永久
Farewell.	我再见。	分手。

第 12 页还有一首 40–Love，可以译成“打网球三比零”，但那网球就没打完，不如译为“四十岁的爱情”，现将原诗和两种译文抄下：

40–Love	3:0	四十岁的爱情
middle aged	中年夫妇	中年
couple playing	打着网球	夫妻
ten–nis	待到	打网
when the	打完	球打
game ends	球回	完后
and they	家那	回家
go home	球网	走球
the net	仍将	网依
will still	隔在	旧把
be be–	他们	人分
tween them	中间	左右

原诗第一、二行都是双音节词，但重音都在前一音节，后一音节在诗中句末可以不算，所以前译每行四字，反不如后译每行两字，用网把夫妻分开，更有象征意义。原诗 ten– 和 when，will 和 still，be 和 be– 都算同韵；前译完全散体，后译“球”和“旧”押韵，“后”“走”和“右”押韵，更有音美。前译像“外科”，后译像“内科”，何去何从？要看哪种译文使人好之，乐之。

（原载《外国语》1994 年第 4 期）

在清华大学讲翻译与文化

我这次是代表20世纪的清华人来欢迎21世纪的清华人！（掌声）首先，我介绍一下今天带来的书。

我自己是1938—1943年在西南联大，就是抗日战争时期的清华、北大、南开联合组成的联大。为什么呢？因为日本人占领了清华。我的一个同班同学，现在也在清华任教，就是杨振宁。这次我献书，有一本底稿，就是回忆我们的往事，叫作《追忆逝水年华》，英文版叫作“*Vanished Springs*”，消逝了的春天，就是“逝水年华”了。（掌声、笑声）这本书我让杨振宁看了，他给我写了一个序言。书已经出版，国内国外都出了。现在我把原稿，杨振宁在上面写字的那本，送给清华图书馆。

这是第一本书，第二本就比较重要，叫作《唐诗三百首》。这本书是第一次由一个中国人翻成英文，而且全部押韵！（掌声）刚刚出版，首发式呢，请了国家领导人参加，因为这是我们国家的大事，也是我们清华园的大事。

第三本书就没有那么著名了，但也不简单，叫《千家诗》。这本书怎样呢？是为大家印的：既有英文，又有中文，还有图画！所以同学们看就是“书画配”！（笑声、掌声）是中华书局出版的。

第四本书就是大家都知道的《约翰 · 克里斯朵夫》，罗曼 · 罗兰写的那本。这是北大图书馆有史以来出借率最高的一本小说，好像清华也定为学生的外国文学必读书。原译本已经有了 50 年，所以我又把它翻成现代化的中文。

还有本小孩书，叫做《古诗绝句百首》。（笑声、掌声）你别看它小，“麻雀虽小，肝胆齐全”，又有中文，又有英文，还有图画。这些书作为我们老清华人给新清华的献礼，希望你们新清华再接再厉！

大家不要小看自己，当年我和杨振宁，跟你们现在一样大，当时哪会想到有今天呢？所以你们的前途不可限量！后人搭着前人的肩膀，“长江后浪推前浪”，一代新人胜旧人，这是自然规律。不过话又说回来，事情不是一帆风顺的。我和杨振宁，那是三四十年代在清华，到 50 年代就变了，清华变成了工科学校。现在清华的文化研究室的何兆武老师，也是我同学（我们当年同学不多了，我都八十了）。他说当时清华的三大传统：第一，中外贯通；第二，古今贯通；第三，文理贯通。这个是了不得的。中外贯通，现在就寄希望于你们了。从 50 年代开始，清华的外语系比我们当年差了好多，50 年代清华变成理工科大学，没有文科了。而当年清华的文科，简直就是不在北大之下。学贯中西的四大名师：梁启超，王国维，赵元任，陈寅恪，这是第一代；然后是吴宓，他是我的老师，也算第一代，第二代是钱钟书、曹禺，都是中西贯通的大师；第三代就到我们了，还有王佐良、许国璋。从我们那一代以后，清华外文系就暂时“断粮”了，直到 80 年代恢复文科，中断了 40 年。所以你们现在，任重而道远：又要接班，还要超越前人！

现在最主要的任务是什么？21 世纪谈得最多的是“全球化”，但“全球化”主要是经济全球化，而忽略了一个重要的“文化全球化”！而我认为，文化和经济是两翼，就像物质和精神，物质文明和精神文明是两翼。只有物质文明，没有精神文明，就不成了，这“全球化”就不是一个健康的“全球化”。

一谈“全球化”，大家就会想到美国。也的确如此，像科学技术，美国第一，大家都向美国看齐。所谓“全球化”，几乎为美国文化所垄断，这就是全球的形势，不但是物质方面，精神方面也变成美国最强大。它体现在哪里呢？大家看电视，确实是美国一统天下。将来网络发展，就寄希望于你们了。现在20世纪过去了，从20世纪来看，确实美国文化统摄全局，可以说是“西方压倒东方”。

大家知道艾略特，写过《荒原》的诗人，他写20世纪初的战后，荒凉、死气沉沉，从物质上看是死气沉沉，从精神上看也是没有生气。社会上最重要的爱情命题，他写的只有性，没有爱。这就是20世纪美国文化的一大特点，甚至可以说是西方文化的一大特点，即“有性无情”。法国有个加缪，存在主义者，也像《荒原》中讲的，写的是那种局外人，对人麻木不仁的人，所以西方文化也叫“荒诞文化”。这种文化好不好呢？这就“仁者见仁，智者见智”了。

得诺贝尔奖的科学家，1988年，在巴黎开了一个会，发表了一个宣言。宣言说：“21世纪的人类如果要过幸福生活，应该回到2500年前的孔夫子那里去寻找智慧。”为什么这么多世界上的文化精英，科学精英会得出这个结论来：“人类如果要过和平幸福生活，要回到2500年前孔子的时代去”？孔子的观点是什么？是“以情补性”，就是说“性”和“情”的关系，不着重在“性”，而着重在“情”，在“礼”。人类在感情方面如此，在政治方面更为严重。在政治方面孔子提倡的是和平，是“中和”之道。而西方呢，在孔子那个时代，西方有个著名的诗人——荷马，他有两部著名的史诗，一部是《伊利亚特》，一部是《奥德赛》。《伊利亚特》是写英雄的故事，他写的英雄很厉害，但是只会杀人，就像我们《水浒传》里的黑旋风李逵。荷马写得非常生动：武器像钓鱼的钩子，虽生动但歌颂了暴力。他代表了西方的诗歌，直到今天。为什么这么说呢？荷马是2800年前的希腊诗人，但他对西方的影响就像《诗经》在中国的影响一样。它提倡暴力，所以暴力在西方源源不断。20世纪的两次世界大战都是在西方打起来的，第一次是在德国，第二次也是在德国，接下来就是美国了，朝鲜战争、越南战争，直到最近的科索沃、伊拉克一系列战争，都是暴力的继续。因为西方文化里有暴力的传统。那么这个暴力要不要呢？它好的时候是英雄主义，不好的时候就是霸权主义。荷马到底是不是功大于过呢，他对世界文化的贡献很大。他描写的是英雄主义，而他描写的英雄是这样的：（英文见《宁港渝汉行》）当英雄们打仗的时候，我要站在最前面，冒险我是第一个，争名夺利我也是第一个。最后两句话我译为："冲锋陷阵我带头，论功行赏不落后。"（笑声、掌声）这两句话就体现了西方的英雄主义精神，第一句话是主要的，"冲锋陷阵我带头"，但同时"论功行赏"我也要带头。这个传统跟中国不一样。中国是怎么样呢？冲锋陷阵鼓励人家上前，但论功行赏你要谦虚，不要去追名逐利。这就是中西文化的不同，也有好处，也有坏处。中国为什么难以富强？就是因为它不"论功行赏"！最典型的例子是岳飞，他在前线抗敌，但是当时的皇帝十二块金牌把他召回，把他杀了。那不就成了"冲锋陷阵岳飞带头，论功行赏岳飞杀头"了吗？这就糟糕了，中国历史的教训就在于此，我们不能再继续犯这种错误了。所以英雄主义也有好的一面，值得学习。

当然它也有坏的一面，坏的一面就是暴力。这方面演化到我们这边也不少，武打之多啊！而孔子是反对暴力的，他说他不谈四件事情：“怪力乱神”。怪，稀奇古怪的他不谈；力，暴力他不谈；乱，混乱他不谈；神，鬼神他也不谈。你们不要小看，这四件事情很重要。你们都是80年代出生的吧，六七十年代的天下大乱你们都没有经历，那时真是暴力横行呀，毫不讲道理。所以你们是幸福的一代，我们只希望过去的历史不要重演。

由此看来，这样的好处就是英雄主义盛行，坏处就是凭暴力而称霸。暴力还在西方盛行，你看美国，搞了多少次还不承认失败：朝鲜没有成功吧，越南没有成功吧，现在海湾战争也没有成功吧！他用最先进的武器也成功不了。这是什么原因呢？因为最高明的科学，如果没有最高明的文化与之比翼齐飞，就只能是跛足的巨人，永远也走不快；折翅的苍鹰，永远也飞不高。20世纪最大的进步是科学的进步，但文化上、政治思想上的进步比得上吗？这就要寄希望于21世纪的新人了。要知道，20世纪的最大特点是：文化思想落后，物质文明先进，两者差距很大。结果，控制了先进科技的人没有先进文化思想，所以做出事情来总是失败、倒退、落后。我们清华21世纪恢复文科，非常重要。你光搞理科，科技再进步，像美国武器那么先进，就能够胜利了吗？

英国有个哲学家叫罗素，几十年前曾到北京讲过学，可能就是在清华讲的。他说中国文化比起西方文化来有三大优点。第一，西方是神权，而中国是人权。所以你们说好笑不好笑，现在反而美国向中国讲人权，其实是中国讲人权，西方讲神权，为什么这么说呢？甚至直到现在，布什总统就职宣誓还拿一本《圣经》，表示他相信上帝。至于他是否真的相信我不知道，至少他表面上是相信的。《圣经》就是神权的代表！而中国没有，中国就是人权，中国是以人为主。孔子的哲学就是两个字：仁义。就是说对人要做到“己所不欲，勿施于人”，这就是孔子留下来的最重要的一点。这一点与西方精神恰恰相反。西方精神在两千年前的《圣经》里。《圣经》里有一句非常重要的话“己之所欲，亦施于人”。一个是“己所不欲，勿施于人”，我不要的就不强加于人；一个是“己之所欲，亦施于人”，就是我要怎样，就要你也这样。

所以美国现在正是如此：我认为这样是民主，你们就也要这样才算民主！我认为怎样算自由就算自由！这句话不要紧，我们中国150年来的耻辱主要就是受这句话的影响。西方这句“己之所欲，亦施于人”并不只是对我们讲的，西方基督教一千多年前经历过新教旧教的斗争，旧教对新教不宽容，你信新教就是“异教徒”，“异教徒”就要被活活烧死。结果为了新教旧教之争，西方打了几百年的仗，现在算是慢慢和解了。这就是一个“己之所欲，亦施于人”的例证：我相信旧教，就要你也相信旧教，否则就把你活活烧死。这是在西方。

在东方，有西方传教士来传教，碰到我们中国的义和团，不信教，就打了起来，结果我们是“武力不如人”，从而导致了一百多年的耻辱。我谈到这里就是想让你们知道：一个是“己之所欲，亦施于人”，一个“己所不欲，勿施于人”。我们中国要强大，就要提倡英雄主义。

而在西方的黑暗时期，我们中国是人权当道。这值得我们研究，我们是既要“利”，但我们也要“义”。没有“义”的“利”不能要，合乎“义”的“利”才能要。“利”对于我们今天来说是怎样呢？没有一定不行，但有了不一定行。如果光有仁义，连饭都吃不饱，那显然是不行的；但没有仁义也不行，当你到最高峰了，没有仁义就不行。我说现在美国后继领导人缺少的就是仁义，就是只知道“利”，不知道“义”。这个“义利之争”就是中西文化的区别所在。所以别的国家妨碍了美国的利益，那就不行，他只谈利，不谈义。例如台湾，中国统一台湾是正义的，但不符合美国利益，他就反对。而我们呢，我们也不是不要利，但我们不能违反仁义。不能做不义之事，这就是中国的道德哲学。

第二是政治上，罗素认为中国是“学而优则仕”，而西方是世袭制，所以这点西方也不如东方。在“文革”时期，这是个大问题，好多北大的教授都被整得要死。凡是学得好的，都要挨整。为什么呢？因为那时认为“学而优则仕”反动，所以“文革”的时候就是“学而劣则仕”，学不好的就做领导，学得好的反而出了问题。现在这个问题是解决了，问题很大，那阵子的错误到你们这一代已经改正过来了。这是罗素讲的第二点，即“学而优则仕”比西方贵族世袭制要先进。

第三，是文字的问题。他认为，中文优于西方文字，中文优于英文。这个现在听来是笑话，因为现在正相反。但罗素说中文优于英文，中文比英文先进。大家想一想：英文是拼音文字只有意义和声音；而中文是象形文字，有意义，有声音，还有形象。这是西方文字没有的。东方文字有三美：意美、音美和形美，西方只有两美。

这就是罗素讲的中国优于西方的三点。这是罗素讲的，要我来讲呢？我刚才已经讲了一点，就是西方要“以情补性”。还从英雄主义讲起，“冲锋陷阵我带头，论功行赏不落后”这是西方的英雄主义精神，我们东方呢？《诗经》里有一首《采薇》：

> 昔我往矣，杨柳依依。
> 今我来思，雨雪霏霏。
> 行道迟迟，载渴载饥。
> 我心伤悲，莫知我哀！

当我离开家去打仗的时候，“杨柳依依”，随风飘扬，好像要拉住我，不让我走似的。这个“依依”两字就体现出汉语的形美，这在英文里你就不能说“cling，cling”吧。英文就没有中文的“形美”。

当我打仗回来的时候，“雨雪霏霏”，大雪纷飞，这就是借景写情，不说我多么不想去打仗，现在回来了又多么厌战，只写大雪纷飞，可见我们中文多么含蓄地写爱和平！这也代表了中国文化。中国文化里讲究对仗，“昔我往矣”对“今我来思”，一一对应。这在英文里是很难找到的。中国文化崇尚和平，他不鼓励人去杀人打仗，只鼓励人去热爱家园。但同时，从反面来说，外国侵略者一来，你再“杨柳依依”就糟糕了（笑声）。所以这个时候就需要“冲锋陷阵我带头”，所以说中西文化要互补。

中国的“昔我往矣，杨柳依依。今我来思，雨雪霏霏”。怎么翻成英文？我翻的英文寓情于景，天人合一。情感不是传到字形里，而是传到诗的形象里。这就是把中西方文化结合起来了。

我举荷马和《诗经》的例子就是为了说明中西方对于英雄主义态度的不同。西方宣扬暴力，东方宣扬和平。中国是热爱和平，反对战争的。我记得当时闻一多先生给我们讲这首诗的时候，我们正受日本的侵略，正是我们“昔我往矣，杨柳依依”的时候，当时我们在昆明。北京，当时叫北平，还被日本人占领，所以我们离开北京是“杨柳依依”。那时我们还回不去，因为北京“雨雪霏霏”。现在我们又回来了，我们这两个时代大不相同，所以今天大家一定要在我们前人的基础上大有作为。

这是讲东方与西方的暴力与和平的对比，要“以和易暴”。大家知道有一个“以暴易暴”，用一种暴力代替另一种暴力，而现在我们认为东西方关系应该“以和易暴”，用和平来代替暴力。这是东西方比较的第一点。

第二点是我刚才讲过，但没有举例说明的。就是“以情补性”。现在西方文化发展“性”的方面比重越来越大，是“性胜于情”。而中国“以情补性”，光有性没有情不够，所以说要回到孔子时代去寻找和平幸福的生活。

这个“以情补性”的问题到现在更为严重，还是举 20 世纪的小说为例。美国公布的 20 世纪最好的小说《尤利西斯》，就是以荷马的《奥德赛》中男主角的名字命名的，但是跟他根本就没有关系，算是“借尸还魂”吧，那个人物在生活中非常平淡，就是为了生存而生存，完全不是“以情补性”。我刚才举例说的《荒原》，它里头的那个女打字员也是这样，工作完了回家，来了个男人就跟他上床，这就代表着 20 世纪西方人的性生活。生活简直没有意义，这也是 20 世纪文化的一个特点。而中国呢？我们北大清华有很多同学毕业后去美国留学，去的时候两个人去，一去美国之后就分开了。美国人平均结婚时间是四年，四年就离婚，这还是平均的。我不能说这不好，马克思也说“两相情愿”嘛。但是，这跟东方的传统不大一样，中国人崇尚的生活就比较有意义，而不像西方，只是要尽人的本性，为什么生活呢？没有意义，“有性无情”。东方就不同了，东方重情。我也举一个例子，张爱玲最爱《诗经》里的四句诗：

> 死生契阔，与子成说。
> 执子之手，与子偕老。

这四句诗经过了 2500 年，还有人喜欢。大意是说，我们两人不管在一起也好，分开也好，感情总是不变的。由此可以看出，与美国的高离婚率相比，中国崇尚的是白头偕老的爱情。这说明了两种文化的不同，那么现在我们应该怎样去看待这个问题呢？我的看法是：不一定对，也不一定不对。就像秦观写的“两情若是久长时，又岂在朝朝暮暮”，未必需要长在一起，主要是要有情。有情，死生契阔都好；没有情，在一起也没意思。我为什么要举这个例子？因为得诺贝尔奖的科学家提出要学习孔子，而孔子的时代就只有《诗经》，实际上《诗经》是孔子删定的，所以《诗经》中一定有孔子的思想。孔子的思想就是要白头到老，我认为这个思想可以介绍到美国去，供他们参考：

Meet or part，live or die We’ve made oath，you and I
Give me your hand I’ll hold！ And live with me till old.

这样翻成英文就好懂些了。这是讲“以情补性”，用我们中国古代重情的思想来弥补，并不是取代。也不是说一定要白头到老，不这样的就罪该万死，不是这个意思。要怎样呢？主要是要有情，要“以情补性”。这是第二点。

《诗经》以后的例子就多了，中国是文化之邦，西方是找不到这样的例子的。如陆游的《钗头凤》，那是真人真事，不是编出来的：“错！错！错！”“莫！莫！莫！”就是陆游跟他的表妹唐婉结为夫妻，本来他们挺好的，结果母亲不喜欢，就逼着陆游休妻，他们就离婚了，分开了。于是陆游就写了《钗头凤》：

红酥手，黄滕酒，
满城春色宫墙柳。
东风恶，欢情薄。

一怀愁绪，几年离索。
错！错！错！

春如旧，人空瘦，
泪痕红浥鲛绡透。
桃花落，闲池阁。
山盟虽在，锦书难托。
莫！莫！莫！

这个“红酥手”有两个解释：一个是说陆游的前妻送上“黄滕酒”来，她的手很红嫩，所以说“红酥手”捧出“黄滕酒”，就像“吴刚捧出桂花酒”一样。还有一种解释，说“红酥手”不是她的手，而是一种点心。哪一种解释好呢？我不作结论。

下面，“满城春色宫墙柳”：春天来了，而柳树还被关在宫墙之内。这又有两种解释：一种是说满园春色都关在宫墙之内；另一种是说“满园春色关不住”，连柳树都伸出宫墙之外来了。那这又是哪种解释好呢？我也不下结论。中文妙就妙在这里，你愿意怎么讲就怎么讲，讲得通就行了（笑声、掌声）！

“东风恶，欢情薄”，“东风”指他的母亲，可见中文的委婉。“一怀愁绪，几年离索。错！错！错！”就是说：我满腹悲哀，我们已经分散。这时候“死生契阔”他也不管了，他只说已经分开好几年了。这几句我翻成英文是这样的：

East wind unfair,
Happy times rare.
In my heart sad thoughts throng,

We’ve served for years long

Wrong，Wrong，Wrong！

这是讲到第二点“以情补性”，下面再讲第三点：“以柔克刚”或者说“以柔济刚”，“克”不太好，太暴力了，就“以柔济刚”吧。刚才讲过了“和”与“暴”，“情”与“性”，这一点“柔”与“刚”也是中西文化的不同。

大家知道，孔子问道于老子，孔子问老子，到底怎么样才算“道”？老子比孔子年纪大，他张开口，不说话。孔子看了半天，回家又想了半天，终于恍然大悟。为什么呢？老子年纪大了，牙齿没有了，舌头还在。孔子从中悟出：刚的没有了，柔的还存在。所以这是一个很重要的教训，一定要“刚柔相济”。后来南宋有一个词人叫辛弃疾，大家知道吧，他曾经写了一首哲学词：“刚者不坚牢，柔者难摧挫。不信张开口角看，舌在牙先堕。”也是同样的道理。从这里也可以看出，中西文化是唇齿相依的关系。我看这首词可以献给美国的布什总统，让他考虑考虑，有几副牙齿？否则，不要忘了“舌在牙先堕”呀！

好了，今天就只讲这三点。谢谢大家！（掌声）

在中西文化国际研讨会上讲翻译与文化

1988年75位荣获诺贝尔奖的科学家在巴黎开会，提出21世纪人类要过和平幸福的生活，就应该回到2500年前中国的孔子那里去寻找智慧。为什么呢？因为孔子提出了“礼乐”治国的理论。据冯友兰说，“礼”模仿自然界外在的秩序，“乐”模仿自然界内在的和谐。“礼乐”是仁义的外化：做人要重仁义，治国要重礼乐，这使中国文明经历了几千年而不衰。古书上说：“大道之行也，天下为公。选贤与能，讲信修睦。”所谓大道，可以理解为礼乐之道；天下为公，就是世界大同。这是中国古代的政治哲学。选贤与能，就是今天的民主制度。而讲信用是经济制度的基础；睦邻友好，则是和平外交政策的体现。所以如果运用冯友兰的“抽象继承法”，可以说孔子的时代包含了今天世界文明的种子。而今天西方文化的流弊，正是暴力横行和色情泛滥，如要矫正暴力，只有宣扬和平；如要削弱色情，则可求助于礼乐。在我看来，这是西方有识之士转向东方寻求智慧的原因。所谓全球化，并不只限于西方的经济全球化，还应该包括使东方的文化走向世界。

如何使孔子的智慧全球化？如何使中国的文化成为全球的财富呢？这就需要翻译的艺术了。无论是把外国的先进文化吸收到本国来，或是把本国的先进文化宣扬到外国去，都不能没有翻译，因此到了全球化的新世纪，翻译有了前所未有的重要意义。这次中西文化交流研讨会正是对中西学术思想及翻译理论进行研究讨论，以便对全球文化有所促进；而把中国先进的文化思想引进到世界文化中去，从某个意义上讲来，也是对1988年巴黎宣言的响应。

20世纪中国翻译（尤其是文学翻译）的理论和实践，已经在世界上占有领先的地位。因为全世界用中英两种文字的人最多，所以中英互译是全世界最重要的交流活动；全世界没有一个外国人出版过一部中英互译的文学名著，而中国出版了中英互译作品的人却不在少数，因此以实践而论，中国翻译家的水平最高，中英两种语言之间的差距远远大于西方语言之间的差距，只有西方语言互译实践的翻译家，不可能提出解决中英互译问题的理论，因此就理论而言，也是有中英互译实践的理论家最高。

20世纪中国第一个翻译理论家是严复，他提出的“信达雅”三字经影响了中国几代人。第二个是鲁迅，他用“信顺”二字修正了过时的“雅”字，并且提出了中国文字“三美”论（意美、音美、形美）。第三个是郭沫若，他认为文学翻译等于创作，并且说文学翻译“越雅越好”；我认为他是用“优雅”代替了严复的“古雅”。第四个是朱光潜，他用孔子的话“从心所欲，不逾矩”作为艺术成熟的标志，我看这话也可应用于翻译的艺术。第五个是傅雷，他提出了“重神似不重形似”的翻译理论。第六个是钱钟书，他认为“化境”是翻译的理想。我看他们六人的说法可以构成中国学派的翻译理论。根据我自己的实践，我认为孔子说的“知之者不如好之者，好之者不如乐之者”可以用于文学翻译；翻译要能使人好之，甚至乐之，就需要发挥译语的优势，也就是要尽量利用译语最好的表达方式。译语甚至可以和原语展开竞赛，看看哪种文字能更好地表达原作的内容。这样，我就把中国学派的文学翻译理论总结为十个字：

美化之艺术　创优似竞赛

所谓“美”，就是把鲁迅的文字“三美”论应用于文学翻译；所谓“化”，就是把钱钟书的“化境”说分解为深化、等化、浅化“三化”论；所谓“之”，就是把孔子的知之、好之、乐之总结为“三之”论；所谓艺术，就是把朱光潜的艺术论应用于文学翻译，认为文学翻译和文学译论都是艺术。总起来说，美化之艺术就是三美、三化、三之的艺术。所谓“创”，就是把郭沫若的“文学翻译等于创作”提高为再创论；所谓“优”，就是发挥译语优势论；所谓“似”，就是傅雷的神似说；所谓竞赛，即文学翻译是两种语言文化的竞赛论。合起来说，“美”和“优”是文学翻译的本体论；“化”和“创”是方法论；“之”和“似”是目的论；艺术和竞赛是认识论。

以上是文学翻译的理论。关于文学译论的理论，中国翻译学派又把马列主义哲学中的“实践论”和“矛盾论”应用于翻译理论；并把译论和自然科学中的数学、物理、化学、生命科学等结合起来。提出了下列六论。

（1）实践论：文学翻译理论来自文学翻译实践，又要受到实践的检验。因此，没有两种文字互译的实践，不可能提出解决两种文字互译问题的理论。理论如与实践不符，应该改变的是理论而不是实践。

（2）矛盾论：文学翻译理论的主流是要解决真与美的矛盾，或科学与艺术的矛盾。科学研究有之必然，无之必不然的规律；艺术还要研究有之不必然，无之不必不然的现象。因此求真是文学翻译的低标准，求美是文学翻译的高标准，矛盾统一的结果是提高。

（3）1+1>2 论：科学研究 1+1=2；3–2=1；所以西方科学派提出“对等”“等值”“等效”、形似直译的译论。艺术研究 1+1>2；3–2>1；因为意大于言，所以中国艺术学派提出意译、神似；发挥译语优势的理论，也就是说，译者可以译出原文内容所有，原文形式所无的词语。因此，文学翻译的公式是：1+1>2。

（4）超导论（Theory of Superconductivity）：在物理学上，半导体传导的电流没有损失，超过一般的导体，就是超导。在翻译学上，译文传达的信息和情感没有损失，甚至超过原文，也是超导。超导论是译文可以青出于蓝而胜于蓝的理论根据。

（5）化学论：文学翻译是把一个国家创造的美转化为另一个国家的美，甚至是全球美的艺术。译著应该是原作者用译语的创作。化学变化之后可以产生新的品种，翻译之后也可产生新的作品，这可以称作再创论的根据之一。

（6）克隆论（Cloning Theory）：在生命科学中，克隆就是把一种机体的优质基因移植到另一机体中，使它优化的理论。在文学翻译中，把一种语文的优质基因移植到另一种语文或同一种语文中去，使它优化，也就是克隆论。译论家把自然科学的最新成就（就是优质基因）引进到文学翻译理论中来，这也是文学翻译克隆论。

总而言之，中国翻译学派提出了“美化之艺术，创优似竞赛”的文学翻译理论，又借鉴哲学、模糊数学与自然科学的最新成就，提出了文学翻译的实践论、矛盾论、超导论、克隆论等，可以算是目前世界上最先进的文学翻译理论。如果经过这次研讨会后，大家能够通过实践，发现并弥补理论的不足，发扬中国学派理论的优势，并且把中国古代的政治、经济、文化哲学引进到全球文化之中，为世界文化添砖加瓦，我相信那一定可以使全球文化越来越丰富多彩，越来越光辉灿烂。

2001 年 10 月 15 日

第三辑

序　跋

《翻译的艺术》初版前言

我国文学翻译家傅雷在谈到中国艺术家对世界文化应尽的责任时说："唯有不同种族的艺术家，在不损害一种特殊艺术的完整性的条件之下，能灌输一部分新的血液进去，世界的文化才能愈来愈丰富，愈来愈完满，愈来愈光辉灿烂。"[①]我想，中国文学翻译工作者对世界文化应尽的责任，就是把一部分外国文化的血液，灌输到中国文化中来，同时把一部分中国文化的血液，灌输到世界文化中去，使世界文化愈来愈丰富，愈来愈光辉灿烂。

早在19世纪末年，英国剑桥大学教授Herbert A. Giles就曾将一些唐诗名篇译成诗体，"他善于将词义和韵律巧妙地结合起来""颇得评论界的赞赏"。[②]例如英国文学家Lytten Strachey就说过："他译的唐诗是那个时代最好的诗，在世界文学史上占有独一无二的地位。"[③]但是他的译文有时理解不够正确，后来的Arthur Waley等人就"抛弃了老套的脚韵和诗歌用语，而用自由诗体和白

① 《傅雷家书》第146页。

② 《外国语》1981年第5期第7页。

③ 《外国语》1982年第4期第18页。

描手法”[①]来翻译我国的诗词，这就开始了分行散文的翻译时期。到了20世纪70年代，美国印第安纳大学出版了一本《葵晔集——中国三千年诗词选》，这是有史以来规模最大的诗词英译本，但是译文重“形似”，诗意不浓，不能给世界文化灌输多少新的血液。因此，我觉得有必要恢复Giles以诗体译诗的传统，改正他不够正确的缺点，把翻译的艺术向前推进一步。

在我看来，翻译的艺术就是通过原文的形式（或表层），理解原文的内容（或深层），再用译文的形式，把原文的内容再现出来。这种再现不是机械地逐字对译，而是对原文“意美”的再创造。翻译散文一般只要再现原文的“意美”，而翻译诗词，却除了“意美”之外，还要尽可能再现原诗的“音美”和“形美”。

根据以上一些想法，我翻译过一些英、法文学作品，近几年来，更把唐宋诗词四五百首，革命诗词二百余首，译成英文、法文。同时，还在国内各外语刊物上发表了一些翻译论文，比较国内外翻译家的译文，评论各家不同的译法，汇集成册，希望能为我国的翻译理论添上一砖一瓦。

英国翻译家Arthur Waley认为“林纾翻译的狄更斯作品优于原著”[②]，范存忠教授也说过：“有些译诗经过译者的再创造，还可以胜过原作。”[③]我想，这应该是我们文学翻译工作者努力的方向，如能再创造出“胜过原作”的译文来，那就是给世界文化灌输新的血液，可以使世界文化更加光辉灿烂。

1982年8月8日

（原载《翻译的艺术》，中国对外翻译出版公司1984年第1版）

---

① 王佐良：《英语文体学论文集》第27页。

② 《书林》1982年第1期第30页。

③ 《外国语》1981年第5期第8页。

《翻译的艺术》修订版前言

《翻译的艺术》最初是我在 1984 年出版的论文集，书中收录了自 1978 年改革开放以来，直到 1983 年我来北京大学之前，在全国外语学刊上发表的 20 篇文章。那时我只出版了 6 本书：一本英译汉：德莱顿的诗剧；两本汉译英：中国革命家诗词选《动地诗》和《苏东坡诗词选》；一本法译汉：罗曼 · 罗兰的小说；半本汉译法：秦兆阳《农村散记》中的五篇散文；一本汉译英、法：《毛泽东诗词选》。所以论文基本上是汉、英、法三种文字翻译实践的总结。

回忆 1978 年改革开放初期，之前不久毛泽东的《论十大关系》发表，我就结合翻译界的实际，写了一篇《翻译中的十大关系》。《外国语教学》发表时删了三分之二，题目改成《翻译中的几对矛盾》，主要是说：翻译的主要矛盾是原文的内容和译文的形式之间的矛盾，如果译文的形式表达了原文的内容，翻译的矛盾就解决了。这篇文章后来收入《翻译论集》，现在再改名为《翻译中的矛盾论》。

1978 年《毛泽东诗词选》英、法文译本出版时，我写了一篇序言，认为鲁迅提出的“三美论”（意美以感心，形美以感目，音美以感耳）可以应用于诗词翻译，这就是说，诗词翻译应该尽可能传达原诗的意美、音美和形美。序言在 1979 年《外语教学与研究》发表时，题目是《如何译毛主席诗词》，收入初版《翻译的艺术》时，题目改为《意美、音美、形美》，修订版更加上“三美论”三字，这是我提出的第一个翻译新论。

1980 年我写了一篇《直译与意译》，这是《翻译中的矛盾论》中的第二论，在《外国语》上分三期发表。我认为直译和意译都把忠实于原文的内容放第一位，直译把忠实于原文的形式放第二位，把通顺的译文放第三位；意译却把通顺的译文放第二位，把忠实于原文的形式放第三位。如果忠实于原文形式的译文是通顺的，那就无所谓直译与意译，这个问题后来还有发展。

1981 年我在《中国翻译》(那时刊物名叫《翻译通讯》) 发表了一篇《翻译的标准》，提出忠实于原文的内容，通顺的译文形式，发挥译语的优势，是文学翻译的三个标准。所谓发挥译语优势，就是尽可能利用最好的译语表达方式，而不一定是对等的方式。1982 年我又在《中国翻译》上发表了一篇《扬长避短，发挥译文优势》，现在改名《扬长避短优化论》，收入本书。这是我提出的第二个翻译新论。

1982 年我写了几篇文章：第一篇是《忠实与通顺》，这是《翻译中的矛盾论》中的一论，文中提出忠实于原文的内容是意似，忠实于原文的形式是形似，现在可以补充一条：忠实于原文的风格是神似。第二篇文章是《“三美”和“三似”的幅度》，这是为《唐宋词选》英、法文译本写的序言，文中提出“三似”是“三美”的基础，如果译文“似”而不“美”，那就要舍“似”求“美”，题目现在改为《三美与三似论》。第三篇文章是《谈中诗英译的变通问题》，谈到变通的方法有等化、浅化、深化三种，题目现在改为《浅化、等化、深化：三化论》，文中提到浅化可以使人知之，等化可以使人好之，深化可以使人乐之。于是又把 1980 年在《编译参考》上发表的《译诗记趣》改名为《知之、好之、乐之：三之论》。第四篇文章是《译文能否胜过原文》，文中第一次提出文学翻译是两种语言、甚至两种文化之间的竞赛这一新观点，现在改名为《发挥优势竞赛论》，这是我提出的第三个翻译新论。

1983 年《翻译的艺术》初版发行之前，中国对外翻译出版公司要我写一篇总结性的文章，我就根据郭沫若说“好的翻译等于创作”这一论点，写了一篇《文学翻译等于创作》，文中提出了“以创补失论”，就是用创造来弥补翻译的所失；还提到朱光潜的艺术论（“从心所欲不逾矩”是一切艺术的成熟境界）。收入《文学与翻译》时改为《再创论》，现在再改为《再创论与艺术论》。这样看来，我今天提出的文学翻译理论“美化之艺术，创优似竞赛”，在初版的《翻译的艺术》中就已经略具规模了。

现在，五洲传播出版社要出修订版的《翻译的艺术》，提出要从台北初版的《文学翻译谈》中增选几篇文章，第一篇是我在河南大学的讲稿《翻译的哲学》，讲稿中提到文学翻译的本体是“美”，方法是“化”，目的是“三之”（知之、好之、乐之），认识论是“艺术”论。简单说来，文学翻译就是三美、三化、三之的艺术。

第二篇文章是《世界文学》发表的《文学翻译与翻译文学》，文中提到文学翻译的目标是要成为翻译文学，要把文学翻译提高到文学创作同等的地位，一流文学翻译家的作品，和一流作家的作品，读起来应该没有什么分别。翻译求似，文学求美，似是文学翻译的低标准，美是高标准，似而不美的文学翻译不能算是翻译文学。

第三篇文章是上海《外国语》发表的《文学翻译：1+1=3》。如果说前一篇文章说的是翻译和文学的关系，这一篇说的却是翻译和科学的关系。科学研究的是必然王国的真理，公式是 1+1=2。翻译艺术研究的却是自由王国的美，公式是 1+1>2。换句话说，科学研究等化，艺术研究优化。

第四篇文章是《谈“比较翻译学”》。本书通论中的第一篇文章是《翻译中的矛盾论》，这一篇可以说是《翻译中的实践论》，用实际译例来说明《发挥优势竞赛论》。其实，本书专论中的文章多半都是比较翻译的实例。如对毛泽东和周恩来诗词英、法译文的比较，对中美译者李清照词不同译文的评论，初版译例较多，修订版作了删节。

此外，新本还从《文学翻译谈》中增选了五篇文章。第一篇是用英文写的《李白与拜伦》，文中比较了相隔千年、相距万里的两位诗人，对自由、对自然的热爱。第二篇评论了中英译者对白居易《长恨歌》不同的译文。第三篇比较了《西厢记》和莎士比亚的《罗密欧与朱丽叶》的异同。第四篇研究了雨果戏剧的真善美。第五篇比较了巴尔扎克的两个中译本：一本直译，一本意译，可以算是直译和意译的竞赛，所以本文也可说是竞赛的实践论。

中西翻译竞赛的结果如何呢？有人认为中国翻译理论落后于西方至少 20 年，我的意见恰恰相反。因为理论来自实践，西方译者都没有汉英互译的实践，没有出版过一本汉英互译的文学名著，因此不可能提出解决汉英互译问题的理论。从本书所举的译例看来，无论是理论还是实践，西方译者落后于中国至少 20 年。中国社会科学院发表的《中国学派的文学翻译理论》，现在作为本书的总论，可以看出 20 年来中国文学翻译理论已经进入了自由王国，而西方译论却还停留在必然王国中挣扎。2016 年发表在《中国翻译》上的《有中国特色的文学翻译理论》，则代表我最新的思考。

2005 年，南京大学外语学院陈寒来信，她是和初版《翻译的艺术》同年出生的人，选了“优势竞赛论”作为论文主题，认为

“竞赛论”在指导文学翻译的过程中，与其他各家译论“竞赛”，优势明显。她以李白《送友人》的法译文为例：

青山横北郭，Au nord ondoient les verts coteaux ;
白水绕东城。Al’est serpente tin blanc ruisseau.
浮云游子意，Il part en nuage flottant ;
落日故人情。Je descends avec le couchant.

她在论文中说：“李白起笔用了一个‘横’字，这是形容词的动词用法，‘诗仙’飘逸的风格跃然纸上，译成法语却不容易，无论是 traverser 还是 se dresser haut，都诗意尽丧，破坏了整体美感。此处若直译，呆板是不可免的。另外，原诗对仗工整，‘横’与‘绕’两字相对，动感很强；欲传神，必定非‘另起炉灶’不可了。许渊冲在法语中选择了 ondoyer（波浪起伏）与 serpenter（蜿蜒曲折）两个词，不但把山形与水势勾勒了出来，而且使山与水都灵动地‘活’了起来，达到了汉语中‘画龙点睛’的效果。”关于“浮云”一联，她说译者“敢于和诗人竞赛，试图在新的语言环境中更好地重构诗人所创造的意境。诗人让‘浮云’‘落日’成为‘游子’与‘故人’的所见，让离别之人触景生情，感慨万千；而译者似乎更高一筹，将‘他’与‘我’的情感外化成为与‘浮云’‘落日’相仿的动作（partir 与 flotter，descendre 与 concher），同时构成读者的所见，让读者见景生情，从而与作者产生共鸣。译诗由内化外，再由外化内，‘意美’达到与‘音美’‘形美’的浑成效果，在译诗中实属难得！这是否可以看成译者胜过诗人的范例呢？……竞赛的结果是‘双赢’！难怪钱钟书感叹道，太白‘与君苟并世，必莫逆于心耳。’”

陈寒的评论虽有过誉之处，但是她的鉴赏力很高。如果外文表达力也一样强，那就可以使中国的翻译维持世界一流的水平。《傅雷论艺札记》(见《文汇读书周报》第820期)中说："艺术特别需要创造才能，不高不低，不上不下之艺术家，非特与集体无益，个人亦易书空咄咄，苦恼终身。""艺术乃感情与理智之高度结合，对事物必有敏锐之感觉与反应，具备了这种条件，方能有鉴赏；至若创造，则尚须有深湛的基本功，独到的表达力。"从陈寒的论文看来，她的感觉与反应都很敏锐。

2005年在香港报上看到杨振宁和翁帆新婚的喜讯，同时还有一个故事，"北宋词人张先在八十岁时娶了十八岁少女为妾，其友苏轼等去拜访他，问这位老前辈得此美眷作何感想，张先随口说：

我年八十卿十八，
卿是红颜我白发。
与卿颠倒本同庚，
只隔中间一花甲。

幽默的苏东坡当即和了一首打油诗：

十八新娘八十郎，
苍苍白发对红妆。
鸳鸯被里成双夜，
一树梨花压海棠。

杨振宁告诉我，翁帆的论文研究了我的翻译理论，我就把这两首诗译成英法韵文，给她看看，说明"八十"和"十八"这种中文所有，外文所无的颠倒关系，如何处理。

Zhang Xian：For My Young Bride

I'm eighty years old while you are eighteen;
I have white hair while you're a fairy queen.
You and I are the same age, it appears,
If you ignore between us sixty years.

Su Shi: For the Newly–Weds

The bridegroom is eighty and eighteen the bride;
White hair and rosy face vie side by side.
The pair of love–birds lie in bed at night,
Crab–apple overshadowed by pear white.

Zhang Xian: Pour Ma Maîtresse

J'ai quatre–vingts afls; tu en as dix–huit.
J'ai les cheveux blancs et ta beauté luit.
Mais je serais aussi jeune que toi,
Si soixante ans fie nous séparaient pas.

Su Shi: Pour le Nouveau–Marié

Tu as quatre–vingts ans et elle ella dix–huit;
Tes cheveux blancs font ressortir son beau vi sage.
Quand deux oiseaux s'accouplent au lit a la nuit,
Le poirier fleuri donne au pommier bel ombrage.

同时我把这两首诗的英译文寄给陈寒，要她参考译成法文，然后对照我的译文，再加修改，这样也许可以得到“长江后浪推前浪”的效果吧。我在翁帆和陈寒的论文中似乎看到了“中国世纪”的曙光。

这些年来，中国在世界舞台上扮演着越来越重要的角色。我想，中国的和平崛起不只是经济方面，而且是文化方面的，文学翻译理论的崛起就是中国文化在全世界崛起的先声。但愿修订版的《翻译的艺术》是“中国世纪”的一朵“报春花”！

2017 年 6 月

（原载《翻译的艺术》修订版，五洲传播出版社 2018 年版）

《文学与翻译》前言

文学翻译是艺术的高级形式。绘画、音乐、戏剧是不同的艺术。绘画要有悦目的形美，音乐要有悦耳的音美，戏剧要有感人的意美。文学翻译，尤其是诗词翻译，需要意美、音美、形美，所以是综合性的艺术。文学翻译家要像画家一样使人如历其境，像音乐家一样使人如闻其声，像演员一样使观众如见其人，因此，文学翻译作品应该是原作者用译语的创作。

什么是翻译？翻译是两种语言的统一。什么是文学翻译？文学翻译是两种语言、两种文化的统一，而统一应该是提高。词汇是语言文化的基因，两种语文的词汇有时相等，有时不等；相等时，两种语文处于均势，不等时，一种处于优势，另一种处于劣势。统一时，如果两种语文处于均势，那自然好；如果一优一劣，那就要争取优势，所以说统一就是提高。统一的结果是译文，译文应该改变译语的劣势，争取均势，最好能够发挥译语的优势。争取均势，可以用等化的方法；改变劣势，可以用浅化的方法；发挥优势，可以用深化的方法。浅化可以使人知之，等化可以使人好之，深化可以使人乐之。

总而言之，意美、音美、形美（三美论）是文学（尤其是诗词）翻译的本体论；优势、均势、劣势（三势论）是两种语言关系的认识论；深化、等化、浅化（三化论）是文学翻译的方法论；知之、好之、乐之（三之论）是文学翻译的目的论。总起来说，艺术论是文学翻译的认识论；简单说来，文学翻译就是“美化之艺术”，三美、三化、三之的艺术。

在我看来，“信、达、雅”三字经可以理解为“信、达、优”。“优”就是发挥译语优势，就是用译语最好的表达方式，用富有意美、音美、形美的词语，换句话说，“优”就是“美”。其次，深化、等化、浅化（三化论）说明“对等论”只能解决西方语文之间的翻译问题，不能解决中西文学翻译的难题；“三化”包括等化，但不是对等，而是创造，“化”就是“创”。创的结果是使译作和原作意似、形似、神似，目的是使读者知之、好之、乐之。意似使人知之，形似而意似使人好之，神似使人乐之，这是“三似”和“三之”的关系。“美化”就是“创优”，“优”有高下之分，所以“创优”就是竞赛，看哪种语言更能表达原作的内容。总起来说，文学译论也可以说是“创优似竞赛”：“优”是文学翻译的本体论，“创”是方法论，“似”是目的论，“竞赛”是认识论，和前面提到的“美化之艺术”加起来，一共是十个字：“美化之艺术，创优似竞赛。”

这就是我积六十年文学翻译的经验（用中、英、法文出版了五十多本文学作品，把两千多首诗词译成英、法韵文）总结出来的理论。我的理论有实践的成果，如把“不爱红装爱武装”译成“to face the powder and not to powder the face”，这个译文既不合乎“信、达、切”的要求，也不是“最佳近似度”。那么，到底是要这种翻译，还是要“信、达、切”或“最佳近似度”的理论呢？我认为检验真理的唯一标准是实践。如果理论不能解释或者产生好的翻译，那就要修改理论。

最近，我还把最新的科学成就融入了文学翻译的艺术。在数学方面，我提出了文学翻译的模糊数学公式是 1+1>2（意大于言）；在物理方面，我把超导理论引入文学翻译，提出译文传导的信息可以超越原文（超导论）；在化学方面，我说过文学翻译是把一国创造的美转化为全球美的“化学”；在生命科学方面，我又把克隆理论引入文学翻译，认为引进优质基因，可以改善译文，甚至超越原文（克隆论）。

本书分上、下两编，既谈文学翻译的理论，又把这些理论应用于文学翻译作品。翻译理论应该是双向的，也就是说，既可应用于外译中，又可应用于中译外。因此，本书作者把“美化之艺术，创优似竞赛”的理论，一方面既应用于翻译英国莎士比亚的戏剧，司各特的小说，拜伦、雪莱的诗歌，又应用于翻译法国雨果、司汤达、巴尔扎克、莫泊桑、罗曼·罗兰等作家的作品；另一方面，还应用于中国的《诗经》《楚辞》、唐诗、宋词的英译和法译。因此，本书可以说是创造性地总结了文学翻译经验的理论著作。

2003 年 4 月 18 日

（原载《文学与翻译》，北京大学出版社 2003 年初版）

《西风落叶》前言

三十年前我回到北京大学，出版了一本《翻译的艺术》，收录了 1978—1984 年间发表的 20 篇论文，提出了中诗英译的“三美论”：“意美以感心，音美以感耳，形美以感目”（鲁迅语），认为意似、形似、音似是文学翻译的低标准，意美、音美、形美才是诗词翻译的高标准。

十五年前我又在台北出版了一本《文学翻译谈》，收录了 1984—1994 年间发表的 30 篇论文，其中有《翻译的哲学》，提出了“三美论”是文学（诗词）翻译的本体论，“三化论”（等化、浅化、深化）是方法论，“三之论”（知之、好之、乐之）是目的论，“艺术论”（文学翻译不是科学而是艺术）是认识论。

十年前我在北京大学出版了一本《文学与翻译》，收录了 1984—2004 年间发表的三十余篇论文，其中提出了文学翻译“超导论”“克隆论”，文学翻译：1+1>2，“翻译是把一种文字转化为另一种文字的化学”等理论和观点。“超导”是物理学，“克隆”是生命科学，1+1>2 是数学。这就是说，论文把数理生化的科学理论应用于文学译论了。

一年之后，河南文心出版社《译家谈艺录丛书》收录了我的

《译笔生花》，书中提出了文学翻译竞赛论，编者认为："竞赛论的贡献在于它突破了翻译'以信为本'的传统观念。"又一年后，五洲传播出版社出版了《翻译的艺术》(增订本)。2005年后，我就没有再出版新的翻译文集了。

今年，我国要建设成社会主义文化强国，而在国际上建设文化强国，建设翻译强国应该是先声。以翻译而论，世界上最重要的文字翻译应该是中英互译，因为全世界用中文和英文的人最多，而世界上能中英互译而且出版世界名著的人，只有中国译者。因此说中国是一流翻译强国，这是无可争辩的。所以我又再把十几年来发表的文章整理成集，谈谈中国学派的文学翻译理论。

第一篇文章是送交2008年世界翻译大会的中文论文。文中提到中国学派的译论是"从心所欲不逾矩"，要发挥主观能动性而不违反客观规律，要做到马克思说的"莎士比亚化"。如毛泽东的"不似春光，胜似春光，寥阔江天万里霜。"可译成：

Unlike springtime, Far more sublime,
The boundless sky and waters blend with endless time.

接着一篇是关于罗曼·罗兰《约翰·克里斯朵夫》的译论。罗兰是根据贝多芬来创作小说的。而贝多芬的名言"为了更美，没有什么清规戒律不可打破"为中国学派的译论提供了理论基础。罗兰的名言是："创造可以战胜死亡。"贝多芬和罗兰的创作成就了他们的不朽，就是证明。中国学派译论正是研究再创作的理论。

再后有几篇是讨论中西文化交流的，伦敦大学有个教授说不能让中国人英译唐诗。本书举出该教授英译的李商隐诗，错误百出，从反面证明了徐志摩说的"中国诗其实只有中国人才能译好"。但中国有些人却说：中国翻译理论至少落后西方二十年。本书举出反证：两千五百年前，中国的老子就曾提出“信言不美”（翻译中“真”与“美”的矛盾论），孔子也曾提出“知之、好之、乐之”（翻译中真善美的目的论），这说明中国理论比西方要早两千年。

老子和孔子的思想是中国翻译理论的源头活水，于是下面的文章又谈到古为今用的问题。其实，严复的“信达雅”就是老子“信”与“美”的继承和发展，到了今天，“信达雅”更发展为“信达优”的“优化论”。“优化论”和西方的“对等论”不同，原因是西方语文之间约有 90%可以对等，所以翻译提出了对等论。而据电子计算机统计，中文和西方语文之间至多只有一半可以对等，因此不对等的一半，不是译文优于原文，就是不如原文，所以译文应该争取优化，才有可能和原文比美，甚至超过原文，于是就提出了优化论。优化论不但可以用于中外互译，也可用于西方语文之间的互译，因此可以说是国际上最好的译论。

但是这个译论并没有得到一致的赞同，甚至受到很多人的批评和反对，如支持“信达切”“紧身衣”“最佳近似度”的译者。不过检验理论的标准是实践。所以我在书中根据自己的翻译实践进行了答辩，像西风扫落叶一般进行了批判。例如《论语》第一句“学而时习之，不亦说乎”如果理解为“学了要复习”，那就不如把“学”解释为“得到知识”，把“习”解释为“付诸实践”，意义要大得多，那才能让外国人明白为什么半部《论语》可以治天下，为什么 75 位荣获诺贝尔奖的科学家会要全世界学习孔子的智慧。这也可以看出提高翻译水平与建设文化强国的重要关系。因此本书也选了几篇《〈论语〉译话》和《〈老子〉译话》，以增加读者对中国古代文化的了解。

本书还选了几篇谈译者实践时心路历程的，并和西方译者进行比较。英国译者翟理斯（Giles）谈到《离骚》时说：“诗句有如闪耀的电光，使我眼花缭乱，觉得美不胜收。”《离骚》前四句说：“帝高阳之苗裔兮，朕皇考曰伯庸。摄提贞于孟陬兮，惟庚寅吾以降。”（我父亲是高阳皇帝的后代，大名鼎鼎的伯庸。我降生的日子，是寅年寅月寅日——虎日）的确是不平凡的家世，不平凡的生日，不平凡的开端！无怪乎翟理斯觉得美不胜收了。这样不平凡的诗句如何译成英文呢？我们看看美国哥伦比亚大学华逊（Watson）教授的译文：

Descendant of the ancestor Kao-yang,
Po-yung was my honored father's name.
When the constellation She-t'i pointed to the first month,
On the keng-yin I was born.

王国维说过，诗中景语都是情语。文字都包含作者的感情在内，如“高阳”就有正大光明之意，“伯庸”却有超凡脱俗之感，华逊音译，原诗感情荡然无存。三个“寅”字重复的美感，虎日英勇的形象，都消失得无踪无影了。这怎能使读者得到美不胜收的印象呢？我们再看看中国学派的译文：

Descendant of High Sunny King, oh!
My father's name shed sunny ray.
The Wooden Star appeared in spring, oh!
When I was born on Tiger's Day.

墨尔本大学教师 Kowallis 说，《楚辞》英译“非常了不起，当算英美文学里的一座高峰”。虽然有点过誉，但中国学派“从来的文章，都是讨论中国学派译论的”，因为一年写一两篇，例证不免重复。不过重复也有好处，就是便于记忆，因此就不改动了。

2013 年 11 月 15 日

（原载《西风落叶》，外语教学与研究出版社 2015 版）

《任尔东西南北风》前言

文学评论指出，中国古代的《诗经》可以和西方同时代的《荷马史诗》相比，不过西方歌颂的是斗争中的英雄人物，中国赞美的是和平时期的劳动人民。中国屈原写追求理想的天路历程《离骚》比西方但丁神游天堂的《神曲》大约要早一千年。中国的唐诗宋词更是独步世界，因为中世纪的西方没有可以相提并论的作品；即使后来西方的古典主义、浪漫主义、现实主义、象征主义推动了世界文学的发展，但在唐代诗人李白、杜甫、白居易、李商隐的诗作中，已经可以发现这些主义的先声。西方文艺复兴之后，出现了莎士比亚等大家，走在世界前列，但中国也有《西厢记》《牡丹亭》《长生殿》《桃花扇》四大诗剧，不让莎剧独占风光。所以从文学评论观点看来，中西各有千秋，应该取长补短，共同繁荣世界文化。

再看翻译研究，一般说来，西方提出了“对等”（Equivalence）的译论，因为西方语文（如英、法、德、俄、西）之间对等词很多。但是中国语文和西方语文大不相同，只有45%可以对等，如不对等，那译文不是优于原文，就是不如原文。本书作者认为，如果不能对等，应该尽可能争取优于原文，这就是“优化”（Excellence）的译论。例如，中国赞扬美人有“倾国”之貌，这两个字如何译成英文呢？英国译者 Giles 根据对等原则译成 “subverter of empires”（帝国的倾覆者），美国译者 Bynner 则用动词译成 shake an empire（动摇帝国），这两个对等词不是赞美，而是贬低美人了。再举个例子，汉武帝热爱李夫人，李夫人的哥哥写了一首诗赞美李夫人：“北国有佳人，遗世而独立。一顾倾人城，再顾倾人国。宁不知倾城与倾国？佳人难再得。”本书作者将后四行译成英文如下：

At her first glance, soldiers would lose their town;
At her second, a monarch would his crown.
How could the monarch and soldiers neglect their duty?
For town and crown are overshadowed by her beauty.

这就是用了优化法，说美人看了一眼，士兵就不守城了；再看一眼，国王就不要王冠了。国王和士兵为什么会玩忽职守呢？因为美色使王冠和城池都黯然失色了。这种译文看起来和原文不对等，却译出了原文的内容，得到了读者的好评。如美国加州大学教授 West 认为优化法译的《诗经》读来是一乐也，澳大利亚墨尔本大学教师 Kowallis 说《楚辞》可算英美文学高峰，加拿大多伦多大学 Ian Lancashire 教授在电台广播《唐诗》的优化译文大受欢迎，英国智慧女神出版社则说《西厢记》可和莎士比亚媲美，由此可见一斑。但是也有反对意见，东有复旦大学的“紧身衣”译论，西有翻译标准“多元互补论”，南有香港译会“千古罪人”的批评，北有形似而后神似论。简单说来，多是支持对等论的，但是“紧身衣”论者理论不能联系实际，他把“聪明”译 penny-wise 和 pound-foolish，分明是优化了译文，怎么可以说是“紧身衣”呢？“多元互补论”认为翻译的最高标准是最佳近似度，但把老子《道德经》的“道”

和“德”音译为 Tao 和 Teh，能算是最佳近似的译文吗？这也是理论不能联系实际。至于“形似而后神似”论，那是只看到“形似”和“神似”的统一，却没有看到二者的矛盾，实际上是矛盾多于统一的。就以上面讲的“倾国”为例，怎能把英美译者形似的译文变成神似呢？至于“千古罪人”的批评，恰好有一个反证。按照优化法译的《江雪》传到美国之后，有一位共和党参议员受了雪中钓鱼独立精神的影响，本来反对医保议案，结果投了赞成票，使医保议案得以通过。奥巴马总统知道后，来信赞扬译者许明，结果他成了对美国有功的人。现在中国要建设文化强国，对美国都有影响，这不是中国文化走向世界了吗！优化译论取得的成绩和清华联大的自由教育大有关系。清华人杨振宁对宇称守恒定律的怀疑，冯友兰对孔子、老子的分析，闻一多对《诗经》《楚辞》的实证，钱钟书对错误的讽刺批判，这怀疑、分析、实证、批判的精神就是优化译论的基础，而优化译论是我国建设社会主义文化强国的先声。

写于 2014 年

《许渊冲文集》后记

孔夫子超凡入圣，
教我们如何做人。

——英国诗人蒲伯

香港大学登纳教授说过，中国文化是世界上文学性最高、艺术性最高、历史最悠久的文化。为什么这样说呢？原因之一是中国文化中孔子的思想源远流长。例如唐太宗就写过一首五言诗如下：

疾风知劲草，板荡识诚臣。
勇夫安识义？智者必怀仁。

前两句的意思是：一个真正的人（忠臣）要经得住困难的考验，就像坚强的草木要经得起风吹雨打一样。这话应用到国家上，意思就是国家应该强大得可以打败敢于进犯的敌人，但对人民又应该像和风细雨一般。唐太宗执行了孔子的这些教导，结果大唐帝国三百年来成了当时世界上最强盛、最发达的国家。由此可见孔子思想对中国文化的影响。但是这首五言诗如何译成英文呢？一般说来，中文精炼，英文精确，如何把精炼的中文译成精确的英文？例如“仁义”二字，严格说来，没有完全对等的英文词。如要解释，可以说“仁”是做人的道理，“义”是“道义”“正义”“公正”“是非之心”等。怎么能够翻译得正确，甚至是精确呢？

英国 17 世纪桂冠诗人德莱顿说过，译诗有三种方法：一是字对字，句对句的“直译”；二是译者可以在不失原意的情况下，不严格遵照原文翻译，可以翻译原文的引申义，但是不能改变原文的意义，这是“意译”；三是“仿译”或“改写”，译者可以自由发挥，改变原文的字句和意义，甚至不顾原文。但是什么时候或在什么情况下用哪一种方法，德莱顿没有说。

现在我们来看看翻译唐太宗的诗可以用什么方法。如果把“仁”和“义”译成 benevolence and justice，那基本上用的是第一种“直译”的方法。第一句译文说“劲草不怕风吹雨打”，基本上用的是第二种“意译”法。第二句的《板》和《荡》是《诗经 · 大雅》中的两个篇名，《板》是对周厉王乱世的批评，《荡》是对周厉王的警告，如果译文说是从批评和警告中可以看出一个忠臣来，那并不符合原意。这时就要不顾原文，采用第三种译法，译成“乱世识忠臣”了。但第三种译法不顾原文，这里却顾到了原文的意义，因此和“仿译”不同，可以说是“创译”。这是中西翻译理论不同的一点。

中国学派的翻译理论怎么说呢？根据朱光潜和钱钟书的意见，孔子在《论语》第二章中说的“从心所欲不逾矩”，是“一切艺术的成熟境界”。文学翻译是艺术而不是科学，所以这话也适用于文学翻译。“从心所欲”就是要充分发挥译者的主观能动性，“不逾矩”就是不能超越客观规律容许的范围。孔子在《论语》第六章中又说：“知之者不如好之者，好之者不如乐之者。”这话应用到翻译上来：“知之”就是要使读者知道原文作者说了什么；“好之”却是要使读者喜欢作者的话，或者说是喜欢译文；“乐之”更是要使读者感到乐趣。“不逾矩”是要使读者“知之”，“从心所欲”是要使读者“好之”，最好是能“乐之”。如果原文能使读者喜欢，而译文不能，那译者就要发挥主观能动性，使读者“好之”；如果原文能给读者乐趣，而译文不能，那译者也要发挥主观能动性，使读者也“乐之”。进一步说，假如原文不能使读者喜欢，不能给读者乐趣，译者也要“从心所欲”，充分发挥主观能动性，使读者喜欢译文，给读者带来乐趣。这就是中国学派的文学翻译理论和西方的译论最大的不同之点。德莱顿所说的三种翻译方法，强调的都是“不逾矩”，如果逾矩，那就是“改写”，不是翻译了。中国学派强调的却是“从心所欲”。西方译论强调“知之”，中国学派强调“知之”之外，还要“好之”“乐之”。换句话说，“知之”是文学翻译的最低要求，“好之”是更高的要求，“乐之”是最高的标准。“知之”要解决的是“真”的问题，是“必然王国”的问题，“好之”“乐之”要解决的是“善”和“美”，是“自由王国”的问题。简单说来，知之求真，好之求善，乐之求美。

文学翻译，尤其是诗歌翻译，如何能达到真善美的境界呢？一般说来，诗歌具有“三美”：意美、音美、形美。鲁迅说过：“意美以感心，音美以感耳，形美以感目。”既然诗歌本来就有“三美”，所以译文最好也有“三美”。即使原文不是“三美”俱备，译者也可以发挥主观能动性，译出更美的诗来。下面就来举例说明。痖弦《如歌的行板》前三行是：

温柔之必要
肯定之必要
一点点酒和木樨花之必要

原文只是罗列了四个现象：温柔、肯定、一点酒、木樨花，如果译成温柔和肯定一样必要，一点点酒和木樨花一样必要，那就可以增加一点对比的意美了。又如卞之琳的《断章》：

你站在桥上看风景，
看风景人在楼上看你。
明月装饰了你的窗子，
你装饰了别人的梦。

原诗没有用韵，译文如果画蛇添足，加上韵脚：

你站在桥上看风景，
楼上人看你也是一样的心情。
明月照得窗户朦胧，
你也装饰了别人的梦。

译文虽然有损原诗，但是否也增加了一点音美？最后来看形美问题。白荻在《流浪者》中为了把流浪者写得和天边的一棵树一样孤单，把“在地平线上”五个字分写五行，并且重复如下：

一株丝杉
丝杉
在
地
平

线
上

英文的“地平线”（horizon）是一个词，但有三个音节（ho-ri-zon），如果一个词一行，那就只有三行，显不出流浪汉和树的孤单来。如果把“地平线”英文的三个音节分写成三行，那又不容易看出“地平线”的意义。如果要兼顾形美和意美，那就要译者“从心所欲”，发挥主观能动性，把“地平线”分成“水天相接的地方”，写成：

在
水
天
相
接
的
地
方

这样才可以意美和形美兼顾了。从以上三个译例可以看出中国译者如何“从心所欲”而“不逾矩”，如何把中国古今诗歌译成英文，使中国文化走向世界，使世界文化更加光辉灿烂。

这篇文章是《古今诗选一百首》英译本的序言。我出版了几十本中国古诗的英法译本，还没有出版过近代诗选。但我翻译的第一首诗却是现代诗，就是 1939 年 4 月 28 日大学一年级时翻译的林徽因的《别丢掉》，现在又翻译了二十几首，翻译的原则还是大学时从《论语》中学到的“从心所欲不逾矩”，“知之、好之、乐之”。几十年来，觉得还是中国译论更能解决中外互译问题。这篇文章是今年写的最后一篇了。现在要出文集，就把它当作后语吧。

2013 年 12 月 30 日

（原载《许渊冲文集》，海豚出版社 2013 年版）

《山阴道上》后记

没有人比得上他自己的书。人的精华都在书中，日常谈话却掺入了大量糟粕。

——杜朗特

《山阴道上》收集的都是近年来书刊选载的文章。难忘的书首先是影响了20世纪几代人的《约翰·克里斯朵夫》。罗曼·罗兰说过：人在书中总会发现自己。多少人在《约翰·克里斯朵夫》中体会到创造的乐趣、人生的艰险、感情的共鸣啊！

第二本难忘的书是《红与黑》，因为它掀起了轩然大波，引起了公开论战。论战的实质是形似与神似的问题。形似派认为翻译是科学，神似派认为文学翻译是艺术。科学是不以人的主观意志为转移的，文学翻译却不可能不受译者主观意志的影响，因此只能是艺术。科学派说：即使文学翻译是艺术，研究翻译的理论也是一门社会科学。于是他们就用一些读者不懂的术语，来说明一些读者早已懂得的理论。他们不知道科学理论是因为正确才得到承认，而社会科学的理论却往往是因为得到承认才算正确。艺术理论很难算是科学，因为不可能科学地根据一幅名画用了多少红色、绿色、白色、黑色，就画出一幅名画，也不可能根据一首名曲用了多少长短高低的音符，就作出一首名曲。因此研究翻译的理论也不可能是科学，只能是像音乐原理、美术原理一类的艺术理论。但是中国很多所谓的翻译理论家却认为译论是社会科学，于是借科学之名，制造了大量的学术泡沫，甚至是学术垃圾。有的翻译杂志却对批判这种现象的文章拒绝发表。所以本书收录了《关于红与黑的论战》，希望能够阻挡这股泥沙俱下的逆流。

《文汇报》2003年8月8日有一篇文章谈到赵译和许译《红与黑》时说："赵译作'我喜欢树荫'，许译作'大树底下好乘凉'；市长夫人死了，赵译作'去世'，许译作'魂归离恨天'。……在我看来，这不过是两种风格的不同。"原文把市长比做大树，说"大树底下好乘凉"，表现了市长的高傲，"我喜欢树荫"有什么高傲可言呢？原文说市长夫人含恨而死，正是"魂归离恨天"的意思，而"去世"却是正常死亡，并没有传达原文的感情。有没有传情达意怎么是风格的不同呢？这正是形似和神似的是非对错问题，而文章的作者却不了解，这也反映了当前评论界的水平，因此，重新发表《关于红与黑的论战》很有必要。

今年是诺曼底登陆60周年纪念，欧美各国的二战老兵隆重庆祝，十几国的元首都亲自参加，却忘了在中国参战的战士。我在《追忆逝水年华》中提到过这些难忘的人，《照片里讲述的西南联大故事》第58页登了一张1944年欢送联大参军同学的照片，但是没有说明，现在这里补充一下。左起第一人是联大外文系彭国焘，曾任美国十四航空队翻译；第二人是我；第三人是航空系万绍祖，曾任空军领航，现已去世；第六人是经济系熊中煜，曾在美军史迪威将军炮兵司令部，现已去世；右起第二人是外文系万兆凤，曾任美国志愿空军第一大队翻译，现已去世。拍照片的人是电机系孙水明。

曾在印缅远征军孙立人军部，现已去世。回想当年同学少年，风华正茂，为国效劳，不计生死；现在多已幽冥隔绝，而当年的盟军却变成了今天的对手，反而结了疮疤忘了痛，和当年的敌国结成了同盟。正是国际风云只有利害冲突，没有永久的敌友。

联大同学中最令人难忘的是杨振宁，因为他是第一个得到诺贝尔物理奖的中国人。但是他说他最大的成就并不是得到诺贝尔奖，而是帮助中国人克服自己不如人的心理。他不但是个科学家，而且文学水平也高。1999 年 5 月 22 日，他在纽约州立大学退休。演说时引用了唐代诗人李商隐的诗句:“夕阳无限好，只是近黄昏。”又引用了联大教授朱自清的旧诗:“但得夕阳无限好，何须惆怅近黄昏！”并且把这四句诗译成有韵有调、合乎格律的英文，可以看出他古今中外的文学水平。

在他八十岁时，清华大学为他在香格里拉举行宴会。他在演说时引用了莎士比亚的话说:

> 人生就像一出七幕戏，其第七幕即最后一幕是:
> “返回童年，返回茫然，
> 无牙齿？无眼睛，无味觉，无一切。”
>
> 假如我的一生是一出戏。那么我实在十分幸运，今天不但我“有牙齿，有眼睛，有味觉，有几乎一切。”……

我们几个联大同学参加了这次盛会，有梅校长的儿子祖彦，冯友兰的女儿宗璞，马约翰的儿子启伟，熊庆来的儿子秉明。振宁要秉明为他八十寿辰题词，写了几遍都不满意。熊夫人开玩笑说，不要写到九十还没写好。不料第二年，秉明、祖彦、启伟、宗璞的丈夫、振宁的夫人都先后去世了。

今年振宁落叶归根，定居清华，约了我和照君去他的新居。我看 60 年前的老同学见面不易，就约他来北京大学共进午餐，由我代表文学院，王传纶代表法学院（他和振宁在联大时都喜欢张景昭，后来张成了王夫人，不幸在“文革”中去世了），朱光亚代表理学院，王希季（卫星回收总设计师）代表工学院，对他表示欢迎。他谈到我翻译的杜诗：“无边落木萧萧下，不尽长江滚滚来”，说是如果拿到美国去讲，可以大受欢迎。我却说这两句诗对称，等于强相互作用下的宇称守恒；不对称的诗句如“夕阳无限好，只是近黄昏”却等于弱相互作用，所以不守恒。我就这样把他打破的宇称守恒定律和我的翻译理论，乱点鸳鸯谱似的结合起来了。他问照君：“我得到灵感时，会不会突然叫起来。”照君告诉他说：“我有时半夜里坐起，打开电灯，把梦里想到的东西写下，生怕第二天忘记了。”也许就是这种入迷，才能得到与众不同的妙句吧。

振宁曾来北京大学讲过《美与物理学》。他说：“学物理的人了解了这些像诗一样的方程的意义以后，对它们的美的感受是既直接而又十分复杂的。它们的极度浓缩性和它们的包罗万象的特点也许可以用布雷克（1757—1827）的不朽名句来描述：一粒砂里有一个世界，一朵花里有一个天堂。把无穷无尽握于手掌，永恒宁非是刹那时光？”

从他的讲演中可以看出，他把科学和艺术、真和美结合起来了。在我看来，科学的最高价值是真，社会的最高价值是善，艺术的最高价值是美。真和善都有客观需要，只有美并不依赖客观需要，而是人的主观意志的表现，表现了人的自由，所以具有更高的人文价值。

西南联大培养了一代把科学和艺术结合起来的人才。杨振宁认为，联大当时已经可以算是世界一流大学，因为他在物理系念的场论比他后来在美国一流大学念的场论还更高深。后来从《吴宓日记》中得知，我在外文系念的课程，和哈佛大学使用的教材教法也都一样。加上当时梅校长的名言，大学不是有大楼，而是有大师的学校。所以联大的大师云集，学风自由民主，全国学子精英闻风而来，于是穿的是“脚踏实地”“空前绝后”的鞋袜（头通底落），吃的是米沙混合的八宝饭，结果却成了振兴中华的建国人才。原因之一，联大不是“官本位”，而是以人才为本位。这点也许可以供创建世界一流的大学参考。

报载1988年75位荣获诺贝尔奖的科学家在巴黎聚会，发表了一个声明说，21世纪的人类如果要过和平幸福的生活，应该到两千五百年前的孔子那里去寻找智慧，因为孔子早就主张：“大道之行也。天下为公。选贤与能，讲信修睦。”大道之行，就是礼乐之治；天下为公，就是社会主义；选贤与能，就是民主政治；讲信修睦，就是和平共处。如果我们能够与时俱进，吸取孔子思想的精华，排除糟粕，重义轻利，培养好人，那就可以对世界文化做出重要的贡献。

2004年6月20日

（原载《山阴道上》，中央编译出版社2005年版）

《续忆逝水年华》序言

《追忆逝水年华》最初发表在《清华校友通讯》上，是1993年我大学毕业五十周年时写的两篇文章。后来上海《文汇读书周报》和台北《联合报》分别转载。1996年由北京三联书店出版全书，其中不少篇章还由其他书刊选载。于是我又将书译成英文，译时觉得不如重写，书名改为“*Vanished Springs*”（消逝了的春天），在国内由中国文学出版社出版，在国外由纽约“Vantage Press”出版。杨振宁看到中文本后很感兴趣，向我要书，我就请他为英文本写了英文序言，《英语世界》发表的中译文如下：

> 1997年5月，我和许渊冲久别重逢真是一件乐事。我发现他对什么事都像从前一样冲劲十足，如果不是更足的话，就像六十年前我们在一起读大学一年级的时候一样。后来，我们失去了联系，直到最近我偶然在《清华校友通讯》上读到他的一篇短文，我就跟踪寻找，最后找到他在北京大学。1938—1939年我们在昆明西南联合大学读一年级，两人一同上叶公超教授的英文课。联大绝对是一流的大学，我们两人后来的工作都要感谢联大给我们的教育。但叶教

授的英文课却极糟糕。他对学生不感兴趣，有时甚至要作弄我们。我不记得从他那里学到了什么，许恐怕也和我差不多。那个学期以后许就和我分道扬镳了，因为我们所在的学院不同——他在文学院，我在理学院。我后来旁听过英诗，但不记得许在同一班上过课。

许是一个硕果累累的作家，他做出了巨大的努力，把悠久的中国文学史上的许多名诗译成英文。他特别尽力，使译出的诗句富有音韵美和节奏美。从本质上讲，这几乎是一件不可能做好的事，但他并没有打退堂鼓。这需要付出多么艰巨的劳动！每当他取得了一次成功，他又会多么兴高采烈！比如说他炼字造句，翻译张若虚的名诗《春江花月夜》的前几句："春江潮水连海平，海上明月共潮生。滟滟随波千万里，何处春江无月明？"

张若虚原诗中洋洋大观错综复杂的抑扬顿挫，节奏韵律都巧妙地摄入译文中了。

下面一段谈到他和荣获诺贝尔文学奖的英国诗人艾略特见面的事，已经刊登在后面的《科学与艺术》中，这里就不重复，只将我对他的英文序言加的注解译成中文如后：

杨振宁和我在十几岁的时候是同班同学。我们在大学里受到过自由和民主的教育：自由是指做好事的自由，民主是指智者和能者的统治。大学毕业以后，他去美国继续他对科学真理的探求，我去欧洲研究文学和美的创造。50年代初期我回到了中国，他还留在美洲。浩瀚的太平洋把我们分开了约五十年。正如罗曼·罗兰在《约翰·克里斯朵夫》中说的："莱茵河在法国的小山和德国的平原之间冲出了一条河道，吸收了，汇集了两岸无数的支流。河流在两国之间前进，不是把它们一分为二，而是把它们合二为一，使两国在洪流中融汇，难解难分了。"我希望太平洋也不要把中国和美国隔离，而是把两国的文化融合到一个和平、繁荣、进步的新世纪；还希望我的《逝水年华》可以如雪莱在《西风颂》中所说的那样："像枯叶一般去催促新生。"

想不到的是，太平洋不但没有隔开我们，杨振宁反而远渡重洋，回到祖国，落叶归根，在清华大学定居了。于是我又把《诗书人生》中的《杨振宁和我》一文加以补充：第一部分加个标题《往事》；第二部分就是《久别重逢》，曾在《中国大学教学》中发表；第三部分《科学与艺术》曾在《散文月刊》中发表，并有多种报刊转载；第四部分《落叶归根》曾以《两张照片》为标题，分别在《联大校友会刊》和《山西文学》上发表；第五部分《新世纪的曙光》却是根据《翻译的艺术》新序言补充的。

三联书店告诉我，准备重新出版《追忆逝水年华》。初版是1996年的事，十年过去了，其间发生的事不少，于是我就补充了这本《续忆逝水年华》。第一章《童年时代》，第二章《小学时代》，第三章《中学时代》主要写我是怎样成为我的，一个普普通通的学生怎么成了全世界有史以来的"诗译英法唯一人"（《中国教育报》报道标题）。《我和唐宋词》原来是《唐宋词三百首》的序言，内容谈到我是怎么译起《唐宋词》来的，谈到我高中毕业时抗日战争爆发，我离开南昌二中（现在的校址就是南唐中主的故都）逃往赣州，经过章贡二水汇合处的八境台（就是辛弃疾《菩萨蛮》中的"郁孤台”），不禁想起南唐后主的“别时容易见时难”，辛弃疾的“郁孤台下清江水，中间多少行人泪”。于是悲从中来，就借古人的词句，来浇自己心中的哀愁了。因为这是我入大学之前的事，所以收入此集，可以补充叙述我中学时代的往事，本作为第四章放入《中学时代》之后，但考虑本文的连续性，又将此篇与《我与《论语》》《景语与情语》放一起了。

我到昆明入西南联大，第一次上英文课就认识了杨振宁，我靠窗坐，他坐紧挨着我的一把扶手椅，一脸的聪明伶俐，眉宇之间有一股逼人的英气，眼光犀利，仿佛溢出来的都是才华。他满腔灵气憋不住，所以喜欢提问，想到就说，老师并不容易回答；他眼明手快，考试老交头卷，成绩老是第一，仿佛在说我将来就是要得到诺贝尔奖。我那时正在想超人的问题，不知道超人就在自己面前，所以现在把《杨振宁和我》补为第四章。我们的课程表上大一英文是柳无忌教授讲，他请外文系主任叶公超教授代课。不久前柳先生去世了，《联大校友会刊》要我写一篇《我所知道的柳无忌教授》，现在编为第五章。

杨振宁和我同在N组上英文之前，原来在B组听钱钟书教授的课，不知道为什么调了组，这也许是缘分。更巧的是，下学期他调到陈福田教授那一组，我却调到钱先生这一组来。如果说杨振宁是中国科学界的超人，那钱先生可以说是20世纪中国学术界的大师。所以我把《破译大地之歌——兼悼钱钟书先生》列为第七章，放入第六章《钱钟书先生和我》后做补充。

如果说我在英文方面得益最大的是钱钟书先生，那在法文方面就是吴达元先生了。吴先生百年诞辰时出版了一本《纪念文集》，我写了一篇《吴达元先生与我》，现在编为第八章。在中文系，我得益最多的可能是闻一多先生，尤其是他讲的《诗经》，我在译成英文时，碰到各家注解都不能令人信服，一看他的新解，就觉得豁然贯通了。《中国大学教学》发表了我的《闻一多先生讲唐诗》，这里编为第九章。在“一二·一运动”六十周年纪念日，我同他的公子立雕夫妇都去昆明参加，并且同去西仓坡重谒了闻先生遇难处。至于宋词，我得益颇多的是同代人叶嘉莹教授。

我在大一时，萧乾曾来联大开座谈会。他的夫人王树藏，巴金的夫人陈蕴珍（就是萧珊）都和我同班上吴达元教授的法文课。萧乾去世后，文洁若约我写篇纪念文章，收入《微笑着离去——忆萧乾》，这就是第十章。卞之琳先生在联大开翻译课，给了我一次很大的影响，后来我们又在牛津会面。我正要参加他的九十华诞，不料他却驾鹤西去，于是我写了一篇《在卞之琳先生追思会上》，收入《卞之琳纪念文集》，现在编为第十一章。

顾毓琇教授是中国留美第一位科学博士，清华大学第一任工学院长，1976 年世界诗人大会当选为桂冠诗人，是世界少有的文理大师。他要我把他的诗词译成英文，由高等教育出版社出版。我并且写了一篇《文理大师顾毓琇》，就是《顾毓琇诗词选》英译本的序言，现在编为第十二章。清华大学梅校长的公子祖彦是北京联大校友会会长，他刚约我写了一篇纪念柳无忌先生的文章。不料他自己也辞世了，他的姐姐祖彬和我是外文系的同班，妹妹祖芬是我在昆明天祥中学教过的学生，所以我就写了一篇《梅校长一家和我》，发表在《联大校友会刊》上，这里编为第十三章。

程应镠（笔名流金）和我是中学，大学同学，又同在天祥中学任教，他是训导主任，我是教务主任。他和闻一多、沈从文二先生都很熟，在联大是进步学生，后来是民盟上海市委，不幸打成右派，“文革”中被斗致死。我写了一篇《西南联大的师生们》，作为对他的纪念。他是联大学生中的左派。右派的代表是殷福生，曾经受到蒋介石的召见，到台湾后改名殷海光，却转变成为反对蒋介石的自由主义战士，并且教出了李敖这样有独立见解、自由思想的学生。由此也可看出联大兼容并包的民主作风。《西南联大的师生们》原来发表在《联大校友会刊》上，现在编为第十五章。联大精神不但影响了远方的台湾，对联大所在地的云南影响更是深广。《北大才女》的作者张曼菱写了一本《中国布衣》，就是说她的父亲如何钦佩联大教授吴宓、陈寅恪、张奚若等几位先生的。她送了我两本书，要我谈谈读后感，我就写了一篇《从〈中国布衣〉到〈北大才女〉》，编为本书第十七章。

我在巴黎大学的中国同学中成就最大的是程抱一，他原名程纪贤，比我年轻八岁，父亲也是清华校友。他现在成了法兰西学院院士，是和维克多·雨果、罗曼·罗兰等大文豪齐名的不朽人物。我写了一篇《程抱一和我》，登在《文汇读书周报》上，这里编为第十八章。三联书店出版《追忆逝水年华》之后，我分别送给国内外的同学和朋友，赠书上还写了几句话，汇集起来，写了一篇《逝水余波》收在《诗书人生》中，现在编为第十九章。《余波》中谈到的林同端的夫君李耀滋院士，最近从美国寄来一本自传《有启发而自由》，第三章谈到他们夫妇的往事。第 96 页上说：“同端是阳宗海夏令营中最受男生崇拜的一颗明星（大陆作家许渊冲在 1999 年所写的回忆录之中，有一章内容是纪念 Nancy 的，就描写了同端在那次夏令营之活动。写得很生动，颇有戏剧性）。”这也可以算是对《追忆逝水年华》的反馈吧。书中还谈到他们家的游泳池，同端每天要游四十个来回，但在阳宗海时她才刚学呢，可惜同端已随逝水东流了。还在美国的，有和我、程纪贤等同游罗马的芳西，她从国际电视台看到了《东方之子》对我的采访，感到非常欣慰，想不到分别多年之后，我出版了这么多书。她在电话中的声音还和当年在巴黎时一样年轻，仿佛时间没有在她的额头划下皱纹。她约我今年秋天到纽约去看她。我和照君已经办好护照和签证，见面后我想告诉她的经验是：工作入迷，才会出众；有内在的动力，才会有外在的魅力。

2005年是冯友兰先生诞辰一百一十周年，清华大学举办了纪念会，宗璞约我参加并且发言。在联大教授中，冯先生对我的人生观和世界观启发很多，我就写了一篇《冯友兰先生的几次演讲》，发表在《联大校友会刊》上，现在编为第十四章。冯先生对我最大的影响，可能是使我了解了孔子的思想。我认为孔子在《论语》中所说的“己所不欲，勿施于人”和《圣经》中所说的“己之所欲，亦施于人”代表了东西方不同的思想。这两句话字面上一个消极，一个积极；但实行起来，有的西方国家已经把“亦施于人”变成“强加于人”了。我认为这是世界不能和平发展的一个关键问题，因此，让西方了解东方，了解中国，了解孔子，了解《论语》，可能是当前一个迫切的问题。所以我把《论语》译成英文，并把中文序言选入本书，那就是第二十一章。《论语》在国外已有英译本，我只见到里雅各和韦利的两种，但是译文不能令人满意。这点我在《中国外语》今年第4期《典籍英译，中国可算世界一流》一文中已有说明。因为西方英法德俄西等国文字，约有百分之九十可以对等，所以西方提出“对等”的翻译理论；而中西语文相差很大，只有百分之四十几可以对等，所以对等的中英互译效果不好。我总结了中国学者严复、鲁迅、胡适、郭沫若、林语堂、朱光潜、傅雷、钱钟书等的译论，提出了中国学派的文学翻译理论，现在编为本书的第二十三章。

在此书即将定稿之际，我又有两篇新文章，一篇是《联大和哈佛》，一篇是《景语与情语》。为丰富本书内容，将此一并纳入书中，就分别成为十六章和二十二章了。

一粒沙中见世界。从一个人的回忆中，只要是值得回忆的，也许可以过上两辈子的生活。从一群人，尤其是一群知识分子的成长过程中，也许可以看出一个世界的演变，一个民族的发展，一个时代的洪流。时势造我，我造时势。如果要问我对创造时势得到过什么启示，那也许是：

只有工作入迷，作品才能迷人。
只有自得其乐，才能使人乐之。

2006 年 5 月于北京大学

（原载《续忆逝水年华》，湖北人民出版社 2008 年版）

《诗书人生》序曲

重现的时光远比当初的一切有意味。只有认真生活过的人，才有值得回忆的一生。回忆是另一种生活。没有值得回忆的人生，是失败的人生。而美好的，哪怕是痛苦的回忆，则保证了一个人照样活上两辈子。如果回忆变成了一部书，那就是永恒的回忆。

——普鲁斯特

我这一生最值得回忆的第一件事，大约是我出生时震天动地的哭声。那时，恰巧父亲有一个会算命的朋友到家里来，根据生辰八字给我算了一个命，就对父亲说："这个孩子命大。"我怎么命大呢？三岁学认字，五岁考上南昌市最好的小学，六岁因为会写"侣"字，得到过"好学生"的称号；七岁开始看小说，会画许褚战马超；八岁学英语；九岁成绩下降，因为和老师争辩说"贺"字没有写错而挨了两个耳光，哭得比出生时还更厉害；十岁成绩回升，演说得了全校第二；不到十一岁就在小学毕业，成绩是甲等第五名。毕业后考取了江西省最难考的第二中学。老师常说："名称永居第二位，成绩须达最高峰。"这句话成了我一生的缩影：永远追随着第一名，追随着第一流的作家，自己只是以译为作，把第一流的创作，转化为第一流的译文；或者把值得回忆的人生，转化为值得回味的文字。

我小学时羡慕过的第一名是神童熊传诏。他比我高一年级，作文中有一句“行人如织”，得到全校大会表扬。升中学后，国文老师看见他在教室外面玩耍，问他书背熟了没有。他没有背，却说是背熟了，然后临时抱佛脚读了两遍，背书时居然一字不错。他能诗善画，画了一张水边楼台，几只帆船，水中还有楼台倒影，说这是“颠倒画”。他还在画上题了四句诗：“岸柳含烟晓，残月落天高；宦游悲远梦，帆归待涨潮。”这倒过来念是：“晓烟含柳岸，高天落月残；梦远悲游宦，潮涨待归帆。”是一首回文诗，可见他的才思工巧。我的小学，中学同班涂茀生说他：“翩翩少年，仪容俊伟，磊落潇洒，是我们低班小子的楷模偶像。”他在中学毕业之后，考取了清华大学外文系，因为家境困难没有升学，只在中学教书。一九五七年他不知怎么给打成了右派，从此潦倒一生。涂茀生说以他的聪明才智，博闻强记，本可能成为陈寅恪型的大学者，但因遭遇时艰，以致落拓坎坷，不能不为他的才智叹息，也为时代叹息！比起熊传诏来，我真可以算是命大的了。

我考取第二中学后，在初一时，羡慕过熊传诏的同班，跑百米、二百米的第一名涂曰谦。记得四百米决赛时，一马当先的是高人一头的程应镠，涂曰谦只跑第二，使我大失所望；不料到最后五十米时，涂曰谦大力冲刺，居然超过了程应镠，使我又惊又喜，仿佛自己成了“起跑虽居第二位，成绩须达最高峰”的英雄似的。那时我梦寐以求的，就是穿上涂曰谦一样的有“二中”字样的运动背心和米黄色的方格短裤。但我年纪太小，个子太低，做运动员的梦想很难实现。刚好那时大表姐从美国寄来了奥运会的邮票，票面上有一个体型完美的铁饼运动员，于是我就移情于邮票了。当时还一同集邮的涂茀生写了一首咏邮票的诗：

玲珑艳丽小华笺，入眼缤纷别有天。
百代英雄齐入彀，五洲动植竞争妍。
四方戚友传鱼雁，万国风光等闲廛。
史迹新闻留纪念，怡情益智乐陶然。

这样，我就从追求阳刚之美转向柔和之美了。对茀生说来，集邮是怡情益智的好事，所以初中毕业时，他的考试成绩很好，免考升入高中。对我而言，集邮却成了玩物丧志、冥思幻游的乐趣，结果学习成绩平平，需要重考才能升入高中。

到了高一，熊一奇老师讲几何学，问大家相信鬼么，他说“零度空间”是“点”，只有位置，没有长度，有如“鬼”的观念。“一度空间”是“线”，只有长度，没有宽度，好比从门缝中出入的“鬼”。“二度空间”是“面”，有长度，也有宽度，但是没有高度，犹如“鬼”的影子。“三度空间”是“体”，有长，宽，高，这就是人了。熊老师讲得形象生动，活灵活现；涂茀生听得印象深刻，考试分数全班最高；我却听得神游“九度空间”，结果考不及格，几乎升不了班。高一下学期去西山接受集中军事训练三个月，学习成绩好的学生多半被迫加入了国民党复兴社；我却因为成绩平平，反倒免了此难，真是“塞翁失马，焉知祸福”了。西山归来之后，茀生填了一首《如梦令》词：

三月韶光空溜，皮为骄阳炙皱。
操罢倦归来，苦汗侵衣欲透。
胡闹，胡闹！父母惊余黑瘦。

他对国民党一直反感，但是后来反被打成“右派”，真是左右不讨好了。

我的学习成绩不如涂茀生，更不如熊传诏，比熊晚一年考取了清华大学外文系。那年日本侵略华北，占领北平，清华大学和北大、南开一同迁到云南昆明，组成西南联合大学。从沦陷区到大后方来的学生，不但不交学费，还由国家发给贷金，交付每月膳费。就是这样，我的家境虽然不比熊家好多少，却到昆明升入了联大。大学一年级时，我和后来得到诺贝尔物理奖的杨振宁同班上英文，又在“文化昆仑”钱钟书教授班上听课。我从杨振宁那里学到的，是在同中见异的敏锐目光，从现象出发建立理论的过硬本领，用简明公式表达思想的精确方法。在钱先生那里看到的，是见人之所不能见的慧眼，说人所说不出的妙语，过目不忘，打通古今中外的才智。杨振宁的治学方法虽然可以学到，但他取得的突出成绩，却是难以企及的。钱先生的业绩也许可以跟踪，但他那过人的智慧，却是难以望其项背的。

我追随钱先生之后，去了英法两国，学了两种语言，本来以为回国之后，可以尽其所能，得其所值，不料那时用人的标准是德才兼备，而女子无才便是德，也可适用于男子，于是有德便成了无才的保护伞，有才却成了无德的同义词。其实，所谓的德只是唯唯诺诺，上面说一，下面决不说二，不敢说真心话，不敢发表不同的意见而已。知识分子经过小会批判、大会斗争，头上棱角早已磨光，尾巴不再翘起，这样日积月累，习惯成了自然，只会唯命是听，不说半个不字，甚至连是非对错观念都没有了。这样难得糊涂也好，可以苟全性命于乱世；等到国家建设需要人才，又可东山再起。不料有德无才之士，哪里容得下真才实学，就说大家都是半斤八两，谁也不许出人头地。于是武大郎一直坐天下，不许人比他高。当“翻译腔”和分行散文在外文界盛行的时候，钱先生第一个说我以诗译诗，好比戴着音韵和节奏的镣铐跳舞，灵活自如，令人惊奇。杨振宁更为我的回忆录写了英文序言，说我译诗用韵，是使不可能成为可能。在这种情况下，我成了“诗译英法唯一人”。说是命大，有何不可？

（原载《诗书人生》，百花文艺出版社 2003 年版）

学以致用，得师取友——《二中文选》序言

江西省立南昌第二中学在20世纪上半叶，是江西省成绩最好的中学。它的教学质量之高，培养人才之多，在江西省可以说是首屈一指的。先说教学质量，初中国文就选读了《论语》言志篇、《金石录后序》等大学才选用的课文，高中国文更开设了大学中国文学系开设的《中国文学史》《文字学概论》等课程。高中数理化使用的都是英文教材，如Fine的《高等代数》、Smith的《化学》，甚至高中历史都用过Hays and Moon的《世界史》，所以它的毕业生多能升入全国名牌大学，学习成绩多属优秀，著名的如吴有训（后为中国科学院副院长）、刘恢先（中科院土木所所长）、王遵明（被誉为中国球墨铸铁王）、阳含熙（中科院院士）、徐采栋（中科院院士，曾任贵州省副省长，九三学社中央第一副主席）等人。

二中的校训是“勤朴肃毅”。“勤”就是自强不息，“朴”就是不求虚名，两个字合起来可以说是“名称永居第二位，成绩须达最高峰”。“肃”是认真踏实，“毅”是坚持不懈。而这四个字的典型代表，是教我们高中国文的汪国镇老师。“勤”，他一天到晚不是教学，就是读书，我在二中六年，每天都要走过他的房门口，不是看见他伏案改卷，就是听见他书声琅琅，真是勤于治学的一代师表。

“朴”，他一年四季，都穿一件蓝布长衫，冬天才在里面加件棉袍；有的大学请他任教，他却宁愿留在二中。“肃”，他教学严肃认真，一丝不苟，考试严格，书法潦草要扣分数，他曾当堂宣布符达（后为南昌电厂总工程师）欠他五分，对好学生也不留情。“毅”，他孜孜不倦，日积月累，写出了《文字学概论》一部，《中国文学史》两本，并在课堂上对我们讲解，对我一生的事业，起了重要的作用。

他给我的临别赠言是：“旧学新知多致用，得师取友愿齐贤。”这两句话几乎是我后来的座右铭。高中一年级时，余立诚老师教我们学习英文成语，后来我翻译外国文学作品时，也注意应用中国成语，例如傅雷译的《约翰·克利斯朵夫》中有“死生活”三字，我就先后改成“生不如死”“虽生犹死”，不少读者认为胜过傅译。又如高中二年级时，余老师教了我们一课“One Thing at a Time”（一时只做一事），后来我每天把一首诗词译成英文或法文，结果把《诗经》《楚辞》《唐诗三百首》《宋词三百首》《元曲三百首》《西厢记》等全部译成英法韵文，美国学者说《楚辞》英文本当算英美文学高峰，英国智慧女神出版社说《西厢记》英文本的艺术性和吸引力可和莎士比亚的杰作比美。而这些成绩的取得，首先要归功于母校，归功于汪老师、余老师等师长对我的教诲。

上面谈的是“学以致用”的问题，至于“得师取友”，这两方面对我的作用也一样大。我 1938 年在二中毕业后，考入西南联大外文系，得到闻一多、朱自清、吴宓、钱钟书等名师指点，闻先生告诉我《诗经》是民歌，是情诗，这使我译成民歌的《诗经》胜过了古今中外把《诗经》当成帝王后妃颂歌的译本。钱先生说林琴南的译本有时胜过原著，这为我提出的“译文可以胜过原文”的理论提供了根据。至于同学，我入联大就和杨振宁同班上大一英文，他对英文过去分词为什么不表示被动的问题，说明他善于发现异常现象，所以后来得到了诺贝尔物理奖。我也注意到中国诗词“意大于言”的异常现象，提出了文学翻译的公式是 1+1>2，这个理论可能是目前世界上最高级的译论，因为它能解决世界上最困难的中英互译问题。最近杨振宁回国定居，我们几个老同学聚会了一次，我代表联大文学院，朱光亚代表理学院，地球卫星回收总设计师王希季院士代表工学院。聚会时杨振宁说，我译的诗词如果到美国去讲，可以大受欢迎。这可以算是“得师取友都齐贤”，也可以说是没辜负汪老师的期望吧。

饮水思源，我们这一代人取得的成绩，都不能不归功于母校的培养教育。现在南昌二中又已恢复，并且是全省的重点中学。希望学校要继承老二中的光荣传统，名称永居第二位，成绩须达最高峰。让我们在不同的岗位上，有一分光，发一分热，攀登各自的高峰。但愿赣江后浪推前浪，一代新人胜旧人！

2004 年 6 月 6 日于北京大学

《朗读者》序言

今年年初，我受邀参与录制了中央电视台《朗读者》节目。这个节目的创意与国家文化大格局相契合，激发人们对读书的热情，是一件功在当代、利在千秋的好事。

《朗读者》的同名图书由人民文学出版社出版，是再合适不过的事情。有国家级文学专业出版社为《朗读者》图书把关，是可以让读者放心的，也可以更好地推动全民阅读，提升读者的阅读品位。

我和人民文学出版社是老朋友了，五十九年前，他们就曾出版过我的译著《哥拉 · 布勒尼翁》。我对编辑认真负责的工作态度印象深刻。几十年来，人民文学出版社出版了众多中外文学经典，影响了中国几代人。

《朗读者》选择的文本大多是经典之作。作者既有莎士比亚、塞万提斯、约翰 · 多恩、雨果、梭罗、裴多菲、罗曼 · 罗兰、泰戈尔、吉卜林、海明威等外国名家，也有李白、杜甫、刘禹锡、苏轼、老舍、冰心、巴金等中国文学大家。《朗读者》的出版，以一种新的形式把人民文学出版社高质量的经典作品又传递给新的青年一代，让我国的文化传承生生不息。

听说青年人喜欢《朗读者》，我非常高兴。因为青年人能把宝贵的时间留给那些伟大的作品，我觉得是很好的事。我本人就深受经典作品的恩惠。小学时背诵的中国古典诗文让我爱上了中文的意美、音美和形美（鲁迅语）。中学时代，老师让我背诵的莎剧、欧文作品等的选段激发了我学英文的兴趣。在西南联大求学时，当时的课程可谓空前精彩，我阅读了很多中外名著，从中感受到美的乐趣，这也是我翻译工作的起点。我认为人生最大的乐趣是发现美、创造美，这个乐趣是用之不尽、取之不竭的，而美的乐趣来自阅读，阅读这些名篇佳作。

七十九年前，我进入大学校园。那时候，国家贫穷落后，凶残的日本帝国主义者侵略中国，人民在受苦受难。在那艰苦的环境下，西南联大师生排除万难，一心向学，有的同学投笔从戎，为民族复兴而流血牺牲。今天，中国的国势蒸蒸日上，希望青少年朋友们珍惜宝贵的时间，多多阅读中外名著，以人类文明的精华滋养我们的精神。也希望在你们之中能够涌现出更多传播优秀文化的使者和创造者，让中国文化走向世界，做出比我们这一代人更优异的成绩。

我衷心希望更多的人会爱上《朗读者》，爱上朗读，爱上阅读。

2017 年 7 月 7 日于北大畅春园

（原载董卿主编《朗读者》，人民文学出版社 2017 年版）

我所知道的梅贻琦校长

——《一个时代的斯文：清华校长梅贻琦》序言

（本文系许渊冲先生2010年10月25日上午口述，钟秀斌记录撰写，文中小标题由记录者添加，文字经许先生审阅修改确认。）

梅贻琦校长性格内向，不大喜欢表现自己，没有几个人能够很好地了解他的内心想法，不管是他的同事也好，甚至是他的家人（我与梅的大女儿是同班同学，梅的小女儿是我的学生）。我看过他的一些日记后，对他才有了了解。

自由教育

新中国成立以后，我们对梅贻琦校长，实际上是进行批判，因为他走的是“白专”道路，把读书、教育摆在政治之上。我们对他的看法一直受了“左”的干扰，对他并不怎么研究。不过，现在想来，他不一定是错误的。我对他最深的印象，是他始终认为：要求学生读书是第一位的，如果要搞政治，也不应该妨碍学术。而这正是新中国成立后批判的“白专道路”。

20 世纪 50 年代后，我们提倡学术要为政治服务。按梅校长的意见，总觉得政治不应该过分影响教育。我觉得当时在西南联大的同学大致可分两派，一派多搞政治，一派多搞学术。我和杨振宁都搞学术。在我的印象里，学习好的同学很少大搞政治。最著名的例子是闻一多先生和汪曾祺的对话（见后）。

西南联大有张伯苓、蒋梦麟、梅贻琦三位常委。他们三人里面，我觉得张伯苓比较左，他是周恩来的老师。我在西南联大上学时听到一个故事，有一次，这三位常委到长沙临时大学看房子。当时条件差，房子很不好。蒋梦麟说，他的儿子如果上学就不希望住这样的房子。张伯苓却说，如果他儿子上学，就可以住这种宿舍，可以锻炼锻炼。梅贻琦是折中派，说如果条件允许，可以住好房子；如果条件不允许，不妨住得差点。这样看来，蒋梦麟比较右，张伯苓比较左，梅贻琦是中间派。冯友兰也主张中和之道，我赞同梅校长和冯先生的观点。蒋梦麟比较右，但他当过孙中山的秘书，主张革命，原来很进步。张伯苓是贫民出身，从贫苦家庭奋斗出来，很不简单。他们三个人典型地代表了左中右派。

冯友兰先生曾将人生归结为四个境界，即自然境界、功利境界、道德境界、天地境界，自然境界追求本能的善，功利境界追求个体的善，道德境界追求社会的善，天地境界追求宇宙的善。

梅校长是道德境界，他非常重德，不过重德也有各种不同。新中国成立后重德主要重党性，阶级立场。梅校长却只要求学生学习好，不管你是什么派。当年国民党要西南联大开三民主义课程，梅校长只开了几个讲座。尽管当时校园里也有三青团，但并没有什么大的作用。我们用现在的眼光来看过去是错误的。当年国民党三青团在校园的作用远远不如现在共产党、共青团在学校里的影响大。在当年校园里，三青团没什么地位，人们不怎么在乎三青团，国民党也没什么地位，教授们大多不是国民党党员，名教授基本上都不是。冯友兰是文学院长，本来并不是国民党员，是后来拉进去的。吴宓教授没有入党，很多名教授都不是党员。张奚若教授是老革命，因为他跟随孙中山一起参加过同盟会。总之，当年学校并没把政治看得那么重要。那时认为，一个人德好，和政治没有必然关系，政治并不等于德。现在有人则把政治等同于德，这是现在与过去的区别。

我认为梅校长的教育思想在当时是起了好作用，但他主张的和现在的路线并不相同。我们这代人受梅校长的影响比较大。若不是采取他的教育思想，这么多人才就不一定出得来了。为什么现在派去国外留学的很多人，回国后成就并不大，问题可能是这些人把政治放在第一位。政治好，并不一定业务都能好。梅校长是把才能放在第一位的。不是不要德，而是主要把才能充分发挥出来，这才是德的价值。德是基础条件，一个人不能做对社会不利的事，这是德，但它只是一个人的基础。如果德是一层楼，那么才是二层楼，没有德不行，但光有德也不行。西方有人说过，光有德没有才，则德一点用也没有，没有才的德是空的。如果没有才，德怎么发挥？德没有才不可能发挥大作用。

适才适用

办好大学的一个关键是用人的问题。从梅校长办学效果上看，他根据中和之道的思想用人，能够人尽其才。比如，他任用文、法、理、工四大院长很得力，教务长潘光旦、文学院院长冯友兰、法学院院长陈岱孙、理学院院长吴有训、工学院院长顾毓琇，个个了得。冯友兰倡导儒家思想。理学院院长吴有训，像杨振宁、李政道、朱光亚、邓稼先等一批杰出科学家，都是他任院长时培养出来的。梅校长曾任清华物理学教授，他能用吴有训，而且认为吴有训物理学水平更高，还选他当中国物理学会会长。而现在并不是这样，当官是第一位的，当了官也可以提学术职称。梅校长并没有因为自己是校长而做会长或院长。这就是官本位和人才本位的差别。

梅校长以人才为根本，并不仅限于学历。钱钟书、华罗庚都是人才，虽然学历、资历不够，但是照样能评上教授。现在最大的问题是官本位，在学校做了官就容易提职称。像有的书记，也当上教授，实际上并没有什么研究，做了官就可以提升教授或者博导，实际上是贬低了教授。所以钱学森说，新中国成立后培养的杰出人才不多。

学术自由是梅校长在西南联大倡导的学风。学术不自由，人们的思想就会被禁锢，就难以发挥创造性。在梅校长看来，学生的责任就是读书，搞政治不能妨碍读书。要搞政治，学生走出校门进入社会后可以搞。如闻一多教授热衷政治可能有点过分。例如第二次世界大战时美军来华参战，需要大批英文翻译，梅校长号召学生参军，闻先生却不支持，认为不该为国民党政府利用，这就不合爱国主义精神了。学生中，汪曾祺说闻先生政治活动参加太多，闻先生说汪曾祺用高射炮向他高射。他反批评汪曾祺不搞政治，汪曾祺说闻先生是对他俯冲轰炸，由此可见一斑。西南联大国民党任命的训导长查良铮也比较进步，学生运动时，他们都是保护学生，而不是迫害学生。当时西南联大的气氛与后来被批判的并不是一回事，西南联大并不是落后的旧大学。当然，后来许多西南联大进步的教授都被批成“右派”了，不受批判的很少，吴晗教授是西南联大著名的左派，后来也被批斗。我同班的学生中，袁永熙是共产党地下领导人，他和蒋介石的机要秘书陈布雷的女儿结婚，却反对蒋介石，新中国成立后任清华大学党委书记，1957 年却被打成右派，西南联大校友搞政治的，很少不受冲击。

在我印象中，梅校长随和寡言。但他办教育有一套，清华一些年轻的名教授，如钱钟书、华罗庚、吴晗等，都是他一手提拔的。梅校长曾经谦虚地说，他的工作只是帮人搬搬板凳而已。实际上，正如邓小平所说，好领导就是要为大家做好后勤。梅校长的才干在于为做好教育工作，他总是能够准备好教学条件，充分发挥人的才能。在许多人看来，梅校长深得老子无为而治的精神，教育办得真好。他是理科出身，和文科出身的蔡元培先生不同。蔡元培先生喜欢研究学术，但他许多学术观点我并不赞同。比如他研究《红楼梦》，认为《红楼梦》在影射哪些前人，学术价值并不很大。梅校长在物理学术方面成就不一定大，但他在办教育上，却使清华在十年之内赶上北大。西南联大也好，清华也好，能够在短短的时间内赶上世界水平，这需要很难得的才能。可以说，清华事业就是他的事业。

中和位育

梅校长不是个外向的人，大家对他并不是很了解。他平时不大讲话，1949 年他去法国巴黎，我们陪他到处走走看看，都是我们讲，他不太问。到卢浮宫，我为他讲解宫中藏画和艺术珍品，他都是听，也没有问什么话。我们大家都很崇敬他，他能够这样和同学在一起已经很不容易了。当时我们是留学生，没有多少钱，我觉得他跟我们在一起比较委屈，参观博物馆不花多少钱还好，但看戏买不起头等票，只能买便宜票，他也乐意跟着我们一起去。在法国期间，梅校长曾经慢吞吞地讲过一个怕老婆的笑话。有一个人说：“怕老婆的坐到右边去，不怕的留在左边。”结果，绝大多数人都坐在右边，只有一个人不动。大家问他怎么不怕老婆？他回答说：“老婆叫我不要到人多的地方去。”当时北京已经解放，清华师生大多留校，梅校长这个笑话有没有流露出他当时的心情呢？

梅校长人品好。庚款那么多钱，要是在现在都不知道会被贪污到哪里去了。但梅校长分文不取，一丝不苟，这样做谈何容易？梅校长能够几十年如一日的清廉，这就是他的人品。清华校长向来不容易做，连罗家伦校长都做不长久，其他一些人都被否决了，甚至被赶走，梅校长一任就是二十年，单凭这点就很了不得。其他有学术水平或者有政治背景的人当校长都不长久，唯有梅校长能够稳稳地当好校长。联大之大，八方诸侯都是英雄，梅校长能够把这些大学问家邀集在一起，共度时艰，办出世界一流大学，真不容易！

当然，也有极少数人说梅校长不公平。比如，吴宓先生就在日记里写梅校长，听了陈岱孙的话，对他不公平。因为梅校长是个内向的人，从不对外人说起这些事，我们作为学生很难评价到底是梅校长不公平，还是吴宓先生自己偏激？但我认为，梅校长面对那么多人与事，也许会有疏忽。可是，如果梅校长处事不公，他能够掌校那么多年取得那么大成就吗？

梅校长对吴晗开始没有重用。因为西南联大文学院有好多人资历比吴晗深，名气比吴晗大，学问也不在吴晗之下。我觉得吴晗有投机心理，比如他跟毛泽东谈朱元璋时说，朱元璋时有一和尚是投降派，后来不革命了。毛泽东说这个和尚不可能投降，吴晗就去找资料证明这个和尚没有投降。虽然顺风转舵，可到了 1957 年反右，还是把他打成右派。因此，投机是不行的。

人才“天问”

抗战时期的两大后方，重庆国民党势力大，昆明就比较自由。在昆明的西南联大由清华、北大、南开组成，人才辈出，这和地方有关，和时代有关，是由时空两大因素综合造成的结果，正是所谓时势造人，人造时势。西南联大八年了不起。说句实话，如果新中国成立后阶级斗争思想不这么压倒一切，大学也可能像西南联大那样人才辈出。现在经济挂帅，人才多向钱看，愿搞学术的人少了，都做别的赚钱的工作去了。

梅校长办学请名师，讲究学术自由。新中国成立后，缺少像梅贻琦这样自由思想的教育家。发展社会主义是大方向，但说不同意毛泽东的人都是反革命，这就不对了。反右害了多少人，再加上“文化大革命”，这样的环境不改变，很难培养出杰出的人才来。

在反右时，我曾经提过三个意见。第一，我说毛泽东思想要继续发展。这句话现在看来没问题，但在当时不行，认为是反毛泽东的，得挨批。第二，我说斯大林肃反杀人太多。第三，我说《共产党宣言》第一句翻译出现三个错误，一是共产主义原文没有产字，二是幽灵应该翻译成魔影，三是徘徊应该翻译成经常出没，让人胆战心惊。这些意见在当时不得了。幸好，解放军外国语学院领导认为我只是学术问题，不是反党问题。《光明日报》今年还刊登了这件事。我也认为这是学术问题，因为《共产党宣言》的中译本是根据日本译本翻译的，日本人把中国翻译成“支那”，不可能不出偏差。

我的这些思想受了梅校长的影响。他自由教育的理念，要求学生把书读好，也就是后来说的“白专”道路，现在重新提出，可能有好处。如果不这样做，自由思想不能发展。现在时代在进步，反右、“文革”时期一波三折的历史已经一去不复返，人们赶上好时代，长江后浪推前浪，这是自然规律和历史必然。所以研究梅贻琦校长的思想，对教育事业的发展，可能有借鉴的作用。

（原载《一个时代的斯文：清华校长梅贻琦》，九州出版社2011年版）

《20世纪中国翻译思想史》序言

季羡林教授在《中国翻译词典》序中说：“无论是从历史的长短，还是从翻译作品的数量，以及从翻译所产生影响来看，中国翻译都是世界之‘最’。”这就是说，中国翻译堪称世界第一。但是什么思想使中国翻译成为“世界之最”的呢？从王秉钦教授这本翻译思想发展史中也许可以找到答案。

王教授这本书“以思想为经，以人物为纬”，提出了近百年来中国翻译思想史的发展主线，那就是严复的“信达雅”说，鲁迅的“信顺说”，郭沫若的“创作论”，林语堂的“美学论”，朱光潜的“艺术论”，茅盾的“意境说”，傅雷的“神似说”，钱钟书的“化境说”等。一言以蔽之，中国的翻译思想体现了从必然王国到自由王国的转化。所谓信，就是必然王国；所谓雅、美、创作、艺术、神似、化境，则是自由王国。

再看一下20世纪西方翻译思想的发展，无论是奈达的“动态对等”或“等效翻译”，卡特福德的“功能等值”，或威尔斯的“受者等值”，强调的都是一个“等”字。因为西方译论学研究的都是西方语文之间的互译问题，而据电子计算机统计，西方语文之间同多于异，有90%以上可以对等，所以他们提出了对等的译论。但是西方语文和中国语文之间却是异多于同，只有40%左右能够对等，因此，对等译论只能解决40%左右的中西互译问题；50%以上的问题都要用“创作论”或“艺术论”的思想才能解决。

高健在《外国语》总第90期上说得好：“等值等效说比较更适合于以资料、事实为主的科技翻译，而不太适用于语言本身在其中起着重要作用的文学翻译。换句话说，它更适合于整个翻译阶程中较低层次的翻译（在这类翻译中一切似乎都已有其现成的译法），而不太适合于较高层次的翻译（其中一切几乎全无定法，而必须重新创造）。”这句话一语中的，说出了中西翻译思想的差别：西方译论只能解决低层次的科技翻译问题，而中国译论却能解决高层次的文学翻译问题。

本书以思想为纲，提出了中国传统翻译思想的十大学说；又以人物为纬，分析了几十个翻译家的理论和实践。如果要用一句古话来概括中国传统翻译思想，我想可以用孔子说过的“从心所欲不逾矩”。例如严复的“信达雅说”，信是“不逾矩”，“雅”是“从心所欲”，他翻译的《天演论》第一句就是证明。鲁迅把“suffer”（受苦）译成“含辛茹苦”，多少也有一点“从心所欲”，不过程度比较轻，而“不逾矩”的程度更大。郭沫若把韦伯《夜》诗中的“fainter, dimmer, stiller（更模糊，更朦胧，更安静）”译为“愈近黄昏，暗愈暗，静愈静”，“从心所欲”的程度大于鲁迅。林语堂把李清照的“寻寻觅觅”译成“so dim, so dark（如此朦胧，如此黑暗）”，“从心所欲”的程度又大于郭沫若。傅雷把罗曼·罗兰的“marcher（前进）”译成“顶天立地”，那几乎是无中生有了。王佐良在谈到穆旦翻译的《唐璜》时说，穆旦的“最好的创作乃是《唐璜》”，更进一步打破了翻译和创作的界限，扩大了自由王国的领域，几乎不能算是“不逾矩”了。从严复到王佐良，可以看出中国学派翻译思想的演变。“从心所欲”的范围在不断扩大，“不逾矩”的范围在不断缩小。而西方的翻译思想始终停留在“等”字上，只谈“不逾矩”，不谈“从心所欲”。所以西方译论无法解决中英互译，尤其是文学翻译的问题。

至于文化问题，则更不是西方译论所能解决的。例如李白名诗《静夜思》:“床前明月光，疑是地上霜。举头望明月，低头思故乡。”中国的传统文化重视家庭团圆，所以看见农历十五前后圆圆的明月，就会使离乡背井的游子思念自己的家庭。而西方只有团聚，没有团圆的观念，见到圆月并不容易联想到团圆。因此如果只按照西方的对等论去译，就不能传情达意，不能传达原诗的文化内容。而根据中国的再创论，可以把“明月光”译为“a pool of light”，这就是把月光比作水了。再把“思故乡”译为“I’m drowned in homesickness（沉浸在乡愁中）”，又把乡愁也比作水，这样月光和乡愁就有了联系。英文读者也更容易理解。

本书还谈到融合中西翻译思想的“多元互补论”等，那就要看新译论能否解释旧的翻译精品，产生新的翻译精品了。本书总结了从“信达雅”到“互补论”的思想，可以说是对翻译界做出了重要的贡献。

2003 年 8 月 20 日

（原载王秉钦著《20 世纪中国翻译思想史》，南开大学出版社 2004 年版）

《唐人白话绝句百首英译》序言

张智中教授是《世界诗人》季刊（混语版）的客座总编，又是国际诗歌翻译研究中心的副主席。他在南开大学读博士学位时写了一本专著，《前言》中说：

“记得 80 年代中期读大学外文系的时候，父亲对我说：‘既然你现在学的是英文，就应该争取把唐诗翻译成英文，把中国诗歌介绍到美国和英国去。’我说：‘唐诗是只能用汉语来读，是不能翻译成英文的。用英文翻译过来的唐诗，其实都已经不再是唐诗了。’这基本上是我在读大学期间对于唐诗英译的看法。在父亲的影响下，我从中学起就对唐诗宋词产生了一些兴趣。上大学期间爱逛书店，出于好奇，买了几本古诗词英译之类的书，但刚读三五首就释手罢读。唐诗宋词韵味醇厚、耐品耐嚼，英译文有的为散体，读后总有一种失落感；有的虽为诗体，却冗长芜杂，读来令人窒息。于是，每次都是刚刚开读，便叹为‘观止’。心想：古诗英译，谁读？此后十余年间，再没有留心过古典诗词英译方面的书。

“硕士研究生毕业后，我来到深圳一家娱乐公司做翻译，开始游走于英汉之里，纵情于翻译之间。三春四秋，于不觉中度过。其间，深圳书城是我偶得闲暇的常去之地。这里，我惊喜地读到了汉英对照的《元明清诗一百五十首》。阅读时的状态，用‘如饥似渴’四个字是不能算过分的——一个晚上读完了整整一个译本——仍觉得有点意犹未尽。……此后，我逛书城，心里就带着明显的、甚至是唯一的目的：寻找许渊冲先生的新的译诗来读。我时常想起杨万里那首不乏幽默的《读诗》:‘船中活计只诗编，读了唐诗读半山。不是老夫朝不食，半山绝句当早餐。’许译中国古典诗词，不仅是我的‘早餐’，更常常是我的‘晚餐’。”

这本书的《前言》说明作者对“韵味醇厚”“耐品耐嚼”的唐诗宋词如何感兴趣；对不能传达原诗韵味的散体或诗体译文，又如何感到失落；对能够传达诗词情趣的译作，却又“如饥似渴”，一口气读完一本，还觉得“意犹未尽”，简直是把它当成了“早餐”“晚餐”。从《前言》中可以看出，如果作者自己成了译者，他会如何尽心尽力译出诗词的韵味情趣。现在作者的《唐人白话绝句百首英译》即将出版，我看如果借花献佛，把这两段前言移植过来，作为代序，让读者欣赏作者自备的“早餐”“晚餐”，岂不一举两得！

许渊冲于北京大学

2009 年 8 月 2 日

（本文是张智中著《唐人白话绝句百首英译》一书的序言，收入该书。国防工业出版社 2009 年版）

附　录

许渊冲作品一览（1956—2018）

1.《一切为了爱情》，约翰·德莱顿著，许渊冲译．上海：上海新文艺出版社，1956.

2.《哥拉·布勒尼翁》，罗曼·罗兰著，许渊冲译．北京：人民文学出版社，1958.

3.《苏东坡诗词新译》（汉英对照），苏东坡著，许渊冲译．香港：商务印书馆香港分馆，1982.

4.《人生的开始》，巴尔扎克著，许渊冲译．上海：上海译文出版社，1983.

5.《唐诗一百五十首》（汉英对照），许渊冲译．西安：陕西人民出版社，1984.

6.《翻译的艺术》，许渊冲著．北京：中国对外翻译出版公司，1984.

7.《水上》，莫泊桑著，许渊冲译．北京：人民文学出版社，1986.

8.《雨果文集·戏剧》，维克多·雨果著，许渊冲译．北京：人民文学出版社，1986.

9.《昆廷·杜沃德》，司各特著，许渊冲、严维明译．北京：人民文学出版社，1987.

10.《李白诗选》(汉英对照)，许渊冲译．成都：四川人民出版社，1987.

11.《唐宋词选一百首》(汉法对照)，许渊冲译．北京：外文出版社，1987.

12.《唐诗三百首新译》(汉英对照)，许渊冲、陆佩弦、吴钧陶等选编．北京：中国对外翻译出版公司，香港：商务印书馆(香港)有限公司，1988.

13.《中诗英译比录》，许渊冲、吕叔湘合编．香港：三联书店香港公司，1988.

14.《追忆似水年华》(第3卷)，马塞尔·普鲁斯特著，许渊冲、潘丽珍译．南京：译林出版社，1990.

15.《唐宋词一百五十首》(汉英对照)，许渊冲译．北京：北京大学出版社，1990.

16.《飞马腾空：亨利·泰勒诗选》，亨利·泰勒著，许渊冲译．北京：中国对外翻译出版公司，1991.

17.《唐宋词一百首》(汉英对照)，许渊冲译．北京：中国对外翻译出版公司，1991.

18.《包法利夫人》，福楼拜著，许渊冲译．南京：译林出版社，1992.

19.《人间春色第一枝：诗经雅颂欣赏》(汉英对照)，许渊冲译．郑州：河南人民出版社，1992.

20.《人间春色第一枝：诗经国风欣赏》(汉英对照)，许渊冲译．郑州：河南人民出版社，1992.

21.《中诗英韵探胜：从〈诗经〉到〈西厢记〉》(汉英对照)，许渊冲著．北京：北京大学出版社，1992.

22.《红与黑》，司汤达著，许渊冲译．长沙：湖南文艺出版社，1993.

23.《毛泽东诗词选》(汉英对照)，毛泽东著，许渊冲译．北京：中国对外翻译出版公司，1993.

24.《诗经》(汉英对照)，许渊冲译，姜胜章编校．长沙：湖南出版社，1993.

25.《埃及艳后》，德莱顿著，许渊冲译．桂林：漓江出版社，1994.

26.《中国古诗词六百首》(汉英对照)，许渊冲编译．北京：新世界出版社，1994.

27.《楚辞》(汉英对照)，许渊冲译，杨逢彬编注．长沙：湖南出版社，1994.

28.《唐宋诗一百五十首》(汉英对照)，许渊冲译．北京：北京大学出版社，1995.

29.《汉魏六朝诗一百五十首》(汉英对照)，许渊冲译．北京：北京大学出版社，1996.

30.《宋词三百首》(汉英对照)，许渊冲译．张秋红、杨光治今译．长沙：湖南出版社，1996.

31.《追忆逝水年华：从西南联大到巴黎大学》，许渊冲著．上海：生活·读书·新知三联书店，1996.

32.《元明清诗一百五十首》(汉英对照)，许渊冲译．北京：北京大学出版社，1997.

33.《西厢记》(汉英对照)，王实甫著，许渊冲译．长沙：湖南人民出版社，1997.

34.《文学翻译谈》，许渊冲著．台湾：书林出版有限公司，1998.

35.《中国古诗词三百首》(汉法对照)，许渊冲译. 北京：北京大学出版社，1999.

36.《包法利夫人》(日汉对照)，福楼拜著，伊吹武彦、许渊冲译. 吉林大学出版社，2000.

37.《新编千家诗》(汉英对照)，袁行霈主编，许渊冲译. 北京：中华书局，2000.

38.《唐诗三百首》(汉英对照)，许渊冲译. 北京：高等教育出版社，2000.

39.《顾毓琇诗词选》(汉英对照)，顾毓琇著，许渊冲译. 北京：高等教育出版社，2001.

40.《约翰·克里斯朵夫》，罗曼·罗兰著，许渊冲译. 长沙：湖南文艺出版社，2003.

41.《老子道德经》(汉英对照)，老子著，许渊冲译. 北京：高等教育出版社，2003.

42.《诗书人生》，许渊冲著. 天津：百花文艺出版社，2003.

43.《唐宋词三百首》(汉英对照)，许渊冲译. 石家庄：河北人民出版社，2003.

44.《文学与翻译》，许渊冲著. 北京：北京大学出版社，2003.

45.《罗曼·罗兰精选集》，罗曼·罗兰著，许渊冲编选. 北京：北京燕山出版社，2004.

46.《元曲三百首》(汉英对照)，许渊冲译. 北京：高等教育出版社，2004.

47.《中国古诗精品三百首》(汉英对照)，许渊冲译. 北京：北京大学出版社，2004.

48.《唐宋名家千古绝句 100 首》(汉英对照)，许渊冲、唐自东译. 长春：吉林文史出版社，2004.

49.《诗经选》(汉英对照图文典藏本),许渊冲译.石家庄:河北人民出版社,2005.

50.《山阴道上——许渊冲散文随笔选集》,许渊冲著.北京:中央编译出版社,2005.

51.《译笔生花》,许渊冲著.郑州:文心出版社,2005.

52.《约翰·克里斯托夫》,罗曼·罗兰著.许渊冲译.北京:燕山出版社,2005.

53.《精选宋词与宋画》(汉英对照),许渊冲译.北京:五洲传播出版社,2005.

54.《论语》(汉英对照),孔子著,许渊冲译.北京:高等教育出版社,2005.

55.《新编千家诗》(汉英对照大中华文库),许渊冲著.北京:中华书局,2006.

56.《最爱唐宋词》(汉英对照)(影画版),许渊冲选译.北京:中国对外翻译出版公司,2006.

57.《道德经与神仙画》(汉英对照),许渊冲译.北京:五洲传播出版社,2006.

58.《精选诗经与诗意画》(汉英对照),许渊冲译.北京:五洲传播出版社,2006.

59.《精选毛泽东诗词与诗意画》(汉英对照),许渊冲译.北京:五洲传播出版社,2006.

60.《白居易诗选》(汉英对照图文典藏本),许渊冲译.石家庄:河北人民出版社,2006.

61.《李煜词选》(汉英对照图文典藏本),李煜著,许渊冲译.石家庄:河北人民出版社,2006.

62.《李清照词选》(汉英对照),李清照著,许渊冲译.石家庄:

河北人民出版社，2006.

63.《一生必读：唐诗三百首鉴赏》（汉英对照），谢真元主编，许渊冲、马红军译 . 北京：中国对外翻译出版公司，2006.

64.《一生必读：宋词三百首鉴赏》（汉英对照），谢真元主编，许渊冲译 . 北京：中国对外翻译出版公司，2007.

65.《大中华文库·唐诗三百首》（汉英对照），许渊冲译 . 北京：中国对外翻译出版公司，2007.

66.《大中华文库·宋词三百首》（汉英对照），许渊冲译 . 北京：中国对外翻译出版公司，2007.

67.《苏轼诗词选》（汉英对照），许渊冲译 . 长沙：湖南人民出版社，2007.

68.《大中华文库 · 李白诗选》（汉法对照），李白著，许渊冲译 . 长沙：湖南人民出版社，2007.

69.《大中华文库 · 苏轼诗词选》（汉法对照），苏轼著，许渊冲译 . 长沙：湖南人民出版社，2007.

70.《续忆逝水年华》，许渊冲著 . 武汉：湖北人民出版社，2008.

71.《精选诗经与诗意画》（汉法对照），许渊冲译 . 北京：五洲传播出版社，2008.

72.《精选唐诗与唐画》（汉法对照），许渊冲译 . 北京：五洲传播出版社，2008.

73.《精选宋词与宋画》（汉法对照），许渊冲译 . 北京：五洲传播出版社，2008.

74.《红与黑》，（企鹅经典系列）司汤达著，许渊冲译 . 重庆：重庆出版社，2008.

75.《逝水年华》，许渊冲著 . 上海：生活 · 读书 · 新知三联书店，2008.

76.《联大人九歌》，许渊冲著 . 昆明：云南人民出版社，2008.

77.《中译经典文库 · 中华传统文化精粹：楚辞》（汉英对照），许渊冲译 . 北京：中国对外翻译出版公司，2009.

78.《中译经典文库 · 中华传统文化精粹：汉魏六朝诗》（汉英对照），许渊冲著 . 北京：中国对外翻译出版公司，2009.

79.《中译经典文库 · 中华传统文化精粹：千家诗》（汉英对照），许渊冲、许明译 . 北京：中国对外翻译出版公司，2009.

80.《中译经典文库 · 中华传统文化精粹：元明清诗》（汉英对照），许渊冲译 . 北京：中国对外翻译出版公司，2009.

81.《中译经典文库 · 中华传统文化精粹：元曲三百首》（汉英对照），许渊冲译 . 北京：中国对外翻译出版公司，2009.

82.《长生殿》（汉英对照）（舞台本），洪昇著，许渊冲、许明译 . 北京：中国出版集团 / 中国对外翻译出版公司，2009.

83.《牡丹亭》（汉英对照）（舞台本）. 汤显祖著，许渊冲、许明译 . 北京：中国对外翻译出版公司，2009.

84.《桃花扇》（汉英对照）（舞台本），孔尚任著，许渊冲、许明译 . 北京：中国对外翻译出版公司，2009.

85.《约翰 · 克里斯朵夫》，罗曼 · 罗兰著，许渊冲译 . 北京：中央编译出版社，2011.

86.《许译中国古典诗词：唐诗三百首》（汉英对照），许渊冲译 . 北京：五洲传播出版社，2012.

87.《许译中国古典诗词：宋词三百首》（汉英对照），许渊冲译 . 北京：五洲传播出版社，2012.

88.《许译中国古典诗词：唐五代词选》（汉英对照），许渊冲译 . 北京：五洲传播出版社，2012.

89.《许译中国古典诗词：元曲三百首》(汉英对照)，许渊冲译.北京：五洲传播出版社，2012.

90.《许译中国经典诗文集》(汉英对照)，许渊冲译.北京：五洲传播出版社，2012.

91.《中国诗文1000句英文这样说》(汉英对照)，许渊冲译.长春：吉林出版集团有限责任公司，2012.

92.《红与黑》(中英文本)，司汤达著，许渊冲译.南京：译林出版社，2012.

93.《高老头》(世界文学文库)，巴尔扎克著，许渊冲译.北京：燕山出版社，2012.

94.《往事新编——许渊冲散文随笔精选》，许渊冲、许明著.深圳：海天出版社，2012.

95.《画说唐诗》，许渊冲译，陈佩秋等绘.北京：中国对外翻译出版公司，2012.

96.《追忆似水年华》，M.普鲁斯特著，许渊冲、李恒基、徐继曾、桂裕芳等合译.南京：译林出版社，2012.

97.《丰子恺诗画》，丰子恺著绘，许渊冲译.北京：海豚出版社，2013.

98.《艾那尼》(最新修订版)，维克多·雨果著，许渊冲、谭立德译.南京：译林出版社，2013.

99.《许渊冲文集》(汉英对照)，许渊冲译.北京：海豚出版社，2013.

100.《杜甫诗选》(汉英对照)，杜甫著，许渊冲译.北京：中国对外翻译出版公司，2014.

101.《李白诗选》(汉英对照)，李白著，许渊冲译.北京：对外翻译，2014.

102.《玛丽·都铎》，维克多·雨果著，许渊冲、谭立德译 . 北京：北京联合出版公司，2014.

103.《许渊冲英译白居易诗选》，白居易著，许渊冲译 . 北京：中国对外翻译出版公司，2014.

104.《许渊冲英译杜甫诗选》，杜甫著，许渊冲译 . 北京：中国对外翻译出版公司，2014.

105.《许渊冲英译李白诗选》，李白著，许渊冲译 . 北京：中国对外翻译出版公司，2014.

106.《许渊冲英译王维诗选》，王维著，许渊冲译 . 北京：中国对外翻译出版公司，2014.

107.《任尔东西南北风：许渊冲中外经典译著前言后语集锦》，许渊冲著 . 北京：清华大学出版社，2014.

108.《大中华文库：唐诗选》（汉法对照），许渊冲译 . 北京：五洲传播出版社，2014.

109.《许渊冲经典英译古代诗歌 1000 首：诗经》（汉英对照），许渊冲译 . 北京：海豚出版社，2015.

110.《许渊冲经典英译古代诗歌 1000 首：唐诗》（汉英对照），许渊冲译 . 北京：海豚出版社，2015.

111.《许渊冲经典英译古代诗歌 1000 首：宋词》（汉英对照），许渊冲译 . 北京：海豚出版社，2015.

112.《许渊冲经典英译古代诗歌 1000 首：苏轼诗词》（汉英对照），许渊冲译 . 北京：海豚出版社，2015.

113.《许渊冲经典英译古代诗歌 1000 首：汉魏六朝诗》（汉英对照），许渊冲译 . 北京：海豚出版社，2015.

114.《许渊冲经典英译古代诗歌 1000 首：元曲》（汉英对照），许渊冲译 . 北京：海豚出版社，2015.

115.《许渊冲经典英译古代诗歌 1000 首：元明清诗》(汉英对照)，许渊冲译 . 北京：海豚出版社，2015.

116.《约翰·克里斯朵夫》，罗曼·罗兰著，许渊冲译 . 北京：北京理工大学出版社，2015.

117.《奥瑟罗》(汉英对照)，威廉·莎士比亚著，许渊冲译 . 北京：外语教学与研究出版社，2015.

118.《许渊冲英译毛泽东诗词》(汉英对照)，毛泽东著，许渊冲译 . 北京：中译出版社（原中国对外翻译出版公司)，2015.

119.《画说宋词》(汉英对照)，许渊冲译 . 北京：中国对外翻译出版有限公司，2015.

120.《西风落叶》，许渊冲著 . 北京：外语教学与研究出版社，2015.

121.《文学与翻译》，许渊冲著 . 北京：北京大学出版社，2016.

122.《牡丹亭》(汉英对照)，汤显祖著，许渊冲、许明译 . 北京：海豚出版社，2016.

123.《约翰·克里斯朵夫》，罗曼·罗兰著，许渊冲译 . 北京：中译出版社，2015.

124.《〈老子〉译话》，许渊冲著 . 北京：北京大学出版社，2016.

125.《梦与真：许渊冲自述》，许渊冲著 . 郑州：河南文艺出版社，2017.

126.《〈论语〉译话》，许渊冲著 . 北京：北京大学出版社，2017.

127.《红与黑》，司汤达著，许渊冲译 . 北京：当代世界出版社，2017.

128.《许译中国经典诗文集：道德经》(汉英对照)，许渊冲

译 . 北京：五洲传播出版社，2018.

129.《许译中国经典诗文集：汉魏六朝诗选》（汉英对照），许渊冲译 . 北京：五洲传播出版社，2018.

130.《许译中国经典诗文集：宋元明清诗选》（汉英对照），许渊冲、许明译 . 北京：五洲传播出版社，2018.

131.《许译中国经典诗文集：宋词三百首》（汉英对照），许渊冲、许明译 . 北京：五洲传播出版社，2018.

132.《许译中国经典诗文集：牡丹亭》（汉英对照），汤显祖著，许渊冲、许明译 . 北京：五洲传播出版社，2018.

133.《许译中国经典诗文集：西厢记》（汉英对照），王实甫著，许渊冲、许明译 . 北京：五洲传播出版社，2018.

134.《绮年琐忆》（卓尔文库・大家文丛），许渊冲著 . 深圳：海天出版社，2018.

图书在版编目（CIP）数据

诗书人生 / 许渊冲著．—南京：译林出版社，2021.4
（许渊冲集）
ISBN 978-7-5447-8572-3

Ⅰ.①诗… Ⅱ.①许… Ⅲ.①散文集－中国－当代
Ⅳ.①I267

中国版本图书馆 CIP 数据核字（2021）第 011084 号

诗书人生　许渊冲 / 著

责任编辑　陈绍敏
特约编辑　张兰坡
装帧设计　鹏飞艺术
校　　对　王兰英
责任印制　贺　伟

出版发行　译林出版社
地　　址　南京市湖南路 1 号 A 楼
邮　　箱　yilin@yilin.com
网　　址　www.yilin.com
市场热线　010-85376701
排　　版　鹏飞艺术
印　　刷　大厂回族自治县益利印刷有限公司
开　　本　960 毫米 ×640 毫米　1/16
印　　张　27.75
版　　次　2021 年 4 月第 1 版
印　　次　2021 年 4 月第 1 次印刷
书　　号　ISBN 978-7-5447-8572-3
定　　价　45.80元